KB060080

달콤한 인생

최인호 중단편 소설전집

5

문학동네

작가의 말

오래 전에 들은 이야기인데 백 미터를 달리는 스프린터들은 한 번도 쉬지 않고 달린다고 한다. 0.01초를 다투는 단거리에서는 숨을 쉬는 행위가 힘을 분산시키는 요인이 될 수 있기 때문이다.

문단에 데뷔한 것이 1963년 고등학교 이학년 때였으니, 사십 년에 가까운 세월이 흘렀는데 처음으로 중단편 문학전집을 상재(上梓)하면서 까마득히 잊어버리고 있었던 지난날의 중단편들을 읽으며 떠오른 생각이 바로 스프린터들이 숨을 한 번도 쉬지 않고 단숨에 백 미터를 달린다는 이야기였던 것이다.

일찍이 수천 곡을 작곡했던 모차르트에게는 다음과 같은 일화가 있다. 어느 날 역에서 기차를 타다 말고 흘러나오는 곡을 듣고는 무심코 "아, 그 음악 참 좋다"고 말하자 옆에서 듣고 있던 사람이 이렇게 대답했다고 한다.

"저 음악은 바로 선생님이 작곡한 것입니다."

나 역시 일단 쓴 작품은 벗어놓은 허물처럼 기억조차 하지 않는 습성을 갖고 있어 이번 기회에 지난 수십 년 동안 쓴 작품을 읽으면서 과연 이 작품이 내가 쓴 작품인가 아닌가 하는 모차르트적 착각에 빠졌다. 그럼에도 불구하고 비교적 초기 작품이었던 「술꾼」과 「타인의 방」과 같은 작품을 읽으면서 나는 새삼스러운 감회를 느낄 수 있었던 것이다.

내 기억이 정확하다면 「술꾼」은 두 시간에 걸쳐 단숨에 쓴 작품이다. 누나네 집에 놀러 갔다가 시간이 남아 배를 깔고 엎드려서 펜촉에 잉크를 묻히고 그야말로 백 미터를 달리듯 단숨에 쓴 작품이며, 「타인의 방」 역시 『문학과지성』 창간호에 의뢰를 받고 하룻밤 사이에 완성했던 단편소설이었던 것이다.

대부분의 중단편들은 이처럼 백 미터를 단숨에 달리듯 탄생되었다. 그렇게 백 미터 단거리 선수로 출발하였던 나는 그 동안 일만 미터의 중거리 주자를 걸쳐 주로 호흡이 긴 장편소설에 주력함으로써 마라톤 코스를 달려온 마라토너로 작가생활을 계속해온 것 같다.

마라톤은 숨 한 번 쉬지 않고 단숨에 백 미터를 달리고 0.01초를 다투는 스프린터의 피 말리는 고통과는 또다른 주법(走法)이 필요한 운동이겠지만 어느 것이 작가에게 최선의 선택인지는 정확한 판단은 내릴 수 없을 것이다.

한 작곡가가 평생을 통해 어떨 때는 달콤한 세레나데를, 어떨 때는 웅장한 심포니를, 때로는 실내악과 협주곡을, 어떨 때는 오페라 등 다양한 음악을 작곡하듯이 한 작가가 장편소설이든, 대하소설이든, 중편소설이든, 아니면 희곡이든, 시나리오든, 그 무엇이든 한곳에만 매달리는 것은 자유로운 작가정신에 스스로 자물쇠를 잠그는 구속 행위라고 나는 줄곧 생각해왔던 것이다.

그러나 이번 기회에 과거에 쓴 중단편을 새삼스럽게 읽어보는 동안 나는 문득 작가로서의 남은 인생을 또다시 숨 한 번 쉬지 않고 단숨에 백 미터를 달려가는 치열한 스프린터로 살아가고 싶다는 느낌을 강하게 받게 되었다.

특히 5권에 게재된 「산문」이나 「몽유도원도」 같은 중단편들과 「이별 없는 이별」과 같은 작품들은 그 어떤 작품집에도 수록된 적이 없는 신작이므로 다시 사백 미터 계주에서 배턴을 이어받아 달리는 최후의 주자처럼 남은 인생코스를 눈부신 속도의 스프린터로 다시 뛰고 싶다는 욕망을 지울 수가 없었던 것이었다.

그런 의미에서 이번 중단편 전집의 발간은 소위 최인호 문학의 정리가 아니라 새로운 출발을 알리는 신호탄이라고 말할 수 있을 것이다.

그렇다.

나는 마지막 주자로서 스타트 라인에 서 있다. 헐떡이면서 달려오는 지친 내 모습을 나는 고개를 돌려 지켜보며 기다리고 있다. 그는 내게 조금이라도 빨리 배턴을 넘겨주려고 필사적으로 달려오고 있다. 나는 이 순간 손을 뻗어 그 배턴을 마악 받으려고 하고 있다.

이제 내게 남은 것은 오직 결승점일 뿐, 0.01초를 단축하려는 기록도, 1등이라는 등수도 이젠 내게 상관이 없다. 결승점을 통과하여 테이프를 끊을 때까지 심장이 파열되어 찢어질 것 같은 치열함 속에서 달리는 것. 그 문학의 비등점(沸騰點)을 향해 나는 다만 끓어오를 것이다. 타오를 것이다. 그리고 마침내 날아오를 것이다.

2002년 봄 해인당에서
최인호

큰누나는 무엇이든 원하는 것은 색종이로 접는 기적의 손을 갖고 있었다.

큰누나는 색종이로 나비를 접고, 평생 동안 가족을 접고,

새를 접듯 아이들을 접고, 꽃을 접듯 사랑을 접었던 여인이었다.

이별 없는 이별

삶이 아무리 고달프고 고통스럽다 하여도 그 속에서 기쁨의 색종이를 접을 줄 알던

내 누이였기 때문에 누나는 결코 절망에 빠져본 적이 없는 명랑한 여인이었다.

그 큰누나가 마침내 자신의 손으로 자신과 상관없는 죽음을

색종이로 접어 보인 것이다.

1

영결미사가 열린 것은 2월 21일 오후 여덟시. 성 체칠리아 한인천주교회에서였다. 맑은 날이 많은 로스앤젤레스지만 마침 우기였으므로 며칠 동안 줄곧 비가 내리고 있었다. 바람까지 몹시 불어 거리의 야자수들은 구부정한 몸을 굽힌 채 활처럼 흔들리고 있었다.

다행히 저녁 무렵부터 비가 개기 시작했다. 미사 시작 삼십 분 전쯤 우리 가족들은 검은 상복을 입고 교회 앞마당에 도착했다. 성당 안은 곳곳에서 보내온 조화로 벌써 가득 차 있어서 마치 울긋불긋한 꽃대궐과 같았다.

죽음은 살아 있는 사람을 함께 모이게 하는 축제의 성격을 띠는 것일까. 세 명의 누나 중 이제는 하나만 남은, 뉴욕에 살고 있는 둘째누나와 매형을 비롯하여 시카고에 살고 있는 하루아침에 홀아비가 되어버린 막내매형, 평생을 대기업에서 몸담고 있다가 하루아침에 회사가 흔적도 없이 사라져 강제로 퇴물이 되어버린 형과 로스앤젤레스에서 라디오 방송을 하고 있는 동생 그리고 나, 엄마의 자궁 속에서 함께 태어난 가족 중에서 살아 있는 사람들은 한 사람도 빠짐없이 모두 모인 성대한 축제였다.

그뿐인가. 큰누나가 낳은 세 명의 아이들과 그 아이들이 낳은 여섯 명의 손자 손녀들. 그리고 아내인 큰누나를 잃어버린 큰매형 등 살아서는 한꺼번에 모이기가 불가능한 파티를 큰누나는 자신의 장례식을 통해 주최한 것이다.

속속 보내오는 조화들을 조카들은 가지런히 성당 벽에 세우고, 제대 앞에 정리해두었다. 그리고 우리들은 맨 앞자리에 줄을 지어 앉았다.

마침내 여덟시가 가까워오자 검은 상복을 입은 문상객들이 몰려오기 시작했고 누군가 스위치를 올려 성당 안의 불을 밝혔다. 불을 밝히자 어두운 성당 안은 신장개업한 슈퍼마켓처럼 환해졌다. 삽시간에 넓은 성당 안은 사람들로 가득 차버렸다. 한국 사람들이 대부분이었지만 그중에는 간혹 외국 사람들의 모습도 보였으며 누이의 가게에서 점원 일을 보던 멕시코 계통의 사람들도 눈에 띄었다.

나는 성호를 긋고 무릎을 꿇었다.

바로 큰누나의 이 장례식에 참례하기 위해서 나는 어젯밤 늦게 로스앤젤레스에 도착했다. 비행기를 타고 형과 나란히 앉아서 태평양을 건너 이곳까지 단걸음에 날아왔다. 형은 형대로 자신의 업무에 바쁘고, 나는 나대로 일상생활에 바빠서 함께 같은 하늘 아래서 생활하고 있었지만 자주 만난 적이 없었는데, 큰누나의 장례식에 참석하기 위해 나란히 비행기를 타고 오는 동안에도 우리는 별로 대화를 나누지 않았다.

형은 비행기에 타자마자 스튜어디스에게 검은 안대를 빌리고 귀마개까지 하고서 일찌감치 눈을 감은 채 잠든 척하고 있었지만 간간이 한숨을 쉬는 것으로 보아 만감이 교차되어 쉽사리 잠이 들지 못하는 듯 보였다. 어쩌다 화장실에 가기 위해 자리에서 일어서면 검은 안대로 가린 형의 얼굴 위로 한줄기의 눈물이 흘러내리는 모습을 보기도 했다. 나도 형을 피해 비행기의 화장실에 가서 문을 잠그고 혼자서 울었다.

누나가 죽었다.

아아, 큰누나가 죽었다.

비행기의 소음으로 통곡을 하고 울어도 아무도 내 울음소리를 눈치챌 사람은 없겠지만 나는 화장실에 숨어들어가 수돗물을 틀고 혼자서 숨죽여 울었다.

지난달 초였던가.

아침 여덟시쯤 신문의 연재원고를 쓰고 있는데 전화가 왔다. 받고 보니 로스앤젤레스에 살고 있는 큰누나로부터였다. 큰누나의 전화를 받으면 우선 주의 깊게 목소리 상태부터 가늠해보곤 한다. 왜냐하면 일 년 전쯤 누나가 가슴에 물이 차서 병원에 입원했던 뒤부터 심장이 계속 나쁜 상태로, 병원으로부터 각별히 주의하라는 중환자 선고를 받았기 때문이었다. 그래서 누나한테 전화가 오면 나는 본능적으로 누나의 목소리가 어떤가, 활기에 가득 차 있는가, 혹시 힘들어하는 기운이 역력한가를 나름대로 체크해보는 습관이 있는 것이다.

"나야."

늘 그러하듯 그렇게 전화를 시작하는 것이 큰누나의 말버릇이었다. 목소리에 힘이 실려 있는 것 같아 우선 마음이 놓였다. 큰누나는 영재의 결혼식(형님의 아들로 4월 초에 결혼하기로 되어 있다)에 아무래도 참석할 수 없을 것 같다, 조금만 움직여도 숨이 차서 그런다,

계단을 오르기도 힘들다, 고 했다. 누나는 통화를 할 때면 자신의 건강을 염려하는 내 눈치를 살피며 일부러 활기찬 목소리를 내기도 했다.

"건강은 좀 어때?"

내가 묻자 누나는 대답했다.

"문제없어. 너희 매형이 매일같이 선인장 즙을 짜서 먹여주는데 그것을 먹으면 힘이 솟는다고."

매형과 누나는 알로아베라라는 선인장을 멕시코까지 가서 구해다가 매일같이 그것을 짜서 선인장 물을 먹는다고 했다. 선인장을 먹으니까 불끈불끈 힘이 솟는다는 것이 누나의 표현이었다. 나는 다행이다 싶었다. 선인장의 즙액이 큰누나의 심장을 건강하게 해줄 수 없으리라는 것을 잘 알고 있으면서도 태평양을 사이에 두고 멀리 떨어져 무엇을 어떻게 도와줄 수도 없는 내게 오히려 심리적 위안을 주려는 누나의 배려에 나는 안심이 되었다.

"그래, 누나. 그럼 선인장을 삶아 먹고, 구워 먹고, 쪄 먹고, 마구마구 먹어."

우린 그렇게 우스꽝스러운 이야기를 나누었고, "건강해, 누나" "잘 있어, 또 전화 걸게" 하는 의례적인 인사로 전화를 마쳤다.

그런데 그것이 누나와 내가 나눈 마지막 전화가 된 것이다.

이틀 전 미국에 사는 큰조카로부터 전화가 왔었다. 대뜸 아무래도 엄마가 가망이 없다는 것이었다. 나는 순간 왼쪽 가슴을 날카로운 비수로 찢어내리는 것 같은 흉통을 느꼈다. 벌써 병원에 입원한 지 사흘째 되는 날이고 마지막 방법으로는 심장이식 수술을 받는 것뿐인데 그것도 가망 없어 임종 준비를 하고 있는 중이라는 일방적인 통보 전화였다. 그런데 그로부터 한 시간 후쯤 마침내 큰누나가 돌아가셨다는 연락이 온 것이다.

전화를 끊고 나니 황당했다.

일 년 전 부활절 날 막내누나가 갑자기 교통사고로 돌아가셨고, 일 년이 안 된 사이에 이번에는 큰누나가 심장마비로 돌아가신 것이었다. 그러니까 불과 일 년 사이에 누나 두 사람이 한꺼번에 돌아가 내 곁을 떠난 것이다.

나는 서둘러 제일 먼저 떠나는 비행기표를 예약하면서도 이것이 꿈인지 생시인지 영 분간이 가지 않았다.

큰누나.

우리 형제에게 큰누나는 엄마 이상이었다. 큰누나는 올해 일흔한 살로 우리집의 맏누나이자 대부였다. 우리집 형제들은 모두 큰누나를 마음속 깊이 믿고 의지하고 있었다. 그런데 그 큰누나가 갑자기 돌아가버린 것이다. 어느 날 갑자기 사전에 예고도 없이 정전(停電)이 되어버린 것처럼. 큰누나가 살아 계셨을 때는 비록 누나가 먼 미국에 떨어져 살고 있었다 하더라도 내 생활에 늘 광명의 빛을 비추고 있었다. 그런데 그 빛이 어느 한 순간 사라져 캄캄한 어둠이 온 것이다. 캄캄하고, 캄캄하고, 캄캄한 어둠이. 나는 그 캄캄한 어둠 속에서 더듬거리며 그 어둠의 실체를 확인하기 위해서 이처럼 비행기를 타고 큰누나의 장례식장에 날아왔다.

2

영결미사는 정각 여덟시에 큰누나의 관이 성당에 도착하는 것으로 시작했다. 검은 장의차에 실려온 누나의 관은 생각보다 웅장하고 겉면에는 반질거리는 윤기까지 흐르고 있어 누나에게는 호사스러운 마지막 사치처럼 보였다. 두터운 관의 윗부분은 열대지방인 로스앤젤레스에서 피어나는 화려한 각종 야생화와 꽃들로 뒤덮여 있어서 그 속에 누나가 누워 있는 목관이라고 생각되기보다는 무슨 고급 가구나 호화로운 가재도구처럼 보였다.

모든 가족들은 누나의 관을 앞세우고 성당 안으로 입장했으며 파이프 오르간의 연주 소리가 성당 안을 가득 채우기 시작했다. 사람들은 앉은자리에서 모두 일어나 관을 향해 묵례를 하였으며 몇몇 사람들은 소리를 내어 울기 시작했다. 모자를 쓴 사람은 서둘러 모자를 벗었으며 어떤 사람들은 성호를 긋고 무릎을 꿇었다.

누나를 주인공으로 하는 인생의 단 한 번뿐인 마지막 축제가 시작된 것이다.

미사를 집전하는 신부님은 연기를 태우는 향로를 들고 한 바퀴 관을 돌고 축성된 성수를 뿌림으로써 누나의 시신과 영혼을 정화시키고 있었다.

나는 온갖 화려한 꽃다발 속에 놓인 누나의 사진을 쳐다보았다. 그제야 누나가 돌아가셨다는 실감이 가슴을 파고들기 시작했고 이제 다시는 살아 있는 누나를 볼 수 없다는 사실에 푸른 연기 속에 떠오르고 있는 누나의 모습이 물기에 젖어 뿌옇게 흐려져가고 있는 것을 나는 느꼈다.

"항상 자비로우시고 너그러이 용서하시는 하느님, 이 세상을 떠난 최테레사(경욱) 자매를 위해서 겸손되이 강구하나이다."

마침내 제단 위에 올라간 신부는 제문을 낭독하기 시작했다.

"그녀는 이 세상에서 주님을 만나고 믿었사오니 이제는 본 고향으로 돌아가 영원한 기쁨을 누리게 하소서. 성부와 성자와 성령의 이름으로 아멘."

마침내 여덟시 정각이 되자 신부님의 본 기도로 영결미사가 시작되었다. 내 머릿속에는 '이제는 본 고향으로 돌아가 영원한 기쁨을 누리게 하소서'란 기도 말이 떠올라 줄곧 소용돌이치고 있었다. 이 세상의 삶이란 성녀 테레사 수녀의 말처럼 '낯선 여인숙에서의 하룻밤'인 것이다. 인생이란 낯선 타향에서의 짧은 귀양살이에 지나지 않는다. 죽음이란 낡은 허물을 벗고 천지창조 전부터 있어왔던 본 고향으로 되돌아가는 것이다. 그러므로 슬퍼하거나 고통스러워할 필요는 없다. 오히려 죽음이라는 할례(割禮) 의식을 통해 영원한 기쁨을 누릴 수 있게 되는 것이다.

성당측에서 나누어준 영결미사 팸플릿에는 큰누나의 사진이 실려 있었다. 새색시처럼 새빨간 립스틱을 바르고, 새빨간 한복을 입고 있는 큰누나의 사진 밑에는 이렇게 적혀 있었다.

'최테레사(경욱) 자매(1930년 9월 9일∼2000년 2월 16일).'

칠십의 고희를 맞는 나이에도 유난히 빨간색을 좋아해서 나들이를 할 때면 빨간색 원피스를 즐겨입던 누나. 이상하게도 살아 있을 때는 자연스럽게 보이던 누나의 사진 모습이 이처럼 죽어 영정(影幀)의 사진으로 탈바꿈하고 나면 전혀 다른 사람처럼 보였다. 갑자기 빛이 바래고, 퇴색이 되어, 마치 우연히 두터운 책을 뒤지다 발견한, 어느 해 가을에 주운 바짝 마른 낙엽처럼 비현실적으로 보였다. 사람도 죽으면 바짝 마른 낙엽처럼 한순간에 생명력을 잃어버리는 것일까. 큰누나, 아니 이제는 고인이 다 되어버린 최테레사 경욱 누나. 큰누나는 우리 형제들이 입학시험을 치를 때면 우리가 시험을 보고 있는 학교 정문에 수문장처럼 버티고 서 있곤 했다. 그것은 자신이 그렇게 해야만 우리 형제들이 당연히 합격할 수 있으리라고 믿는 신념 때문이었다.

과연 큰누나는 우리 형제들의 미륵불이었다.

누나가 우리들이 시험을 끝내고 나올 때까지 꼼짝도 하지 않고 정문을 지키고 서 있으면 우리들은 중학교에 고등학교에 대학교에 취직시험에 언제든 합격했다. 백 퍼센트의 합격률이었다. 단 한 번의 낙방이 있었는데 그것은 내 동생녀석의 대학 입학시험 때였다. 동생이 Y대학 시험을 보았을 때 큰누나가 감기에 걸렸는지, 혹은 몸이 불편했는지 그 수문장 노릇을 포기하자 누나의 예언대로 동생은 대학 입학시험에서 낙방을 했다. 재수 끝에 동생은 Y대에 다시 시험을 보았고 나는 그때 군대에 갓 들어가 신병훈련을 하고 있었다. 그해는 누나의 아들까지 중학교 시험을 볼 때여서 누나는 빨간 내복을 속에 입고(누나는 천주교 신자였음에도 불구하고 이따금 점을 보러 가곤 했는데 그때 점쟁이가 빨간 내복을 입고 가면 아들이 중학교에 합격한다고 말했다는 것이다) S중학교와 Y대학교 앞을 번갈아 뛰면서 수문장 노릇을 했다. 과연 누나의 신통력 때문인지 아니면 점쟁이 말대로 빨간 내복 때문이었는지 그해 동생녀석과 조카는 똑같이 입학시험에 합격할 수 있었다.

이 말은 누나가 우리들의 입학시험 같은 데나 팔을 걷고 나섰다는 것이 아니라 항상 우리 형제들을 어떻게 해서든 보호하려는 마치 마피아 가문의 대부 같은 마음으로 가득 차 있었다는 이야기다.

그도 그럴 것이 아버지가 돌아가셨을 때 우리집에서는 단 한 사람 큰누나만이 시집을 간 상태였다. 형은 중학교 이학년이었고, 나는 초등학교 삼학년, 동생녀석은 초등학교 일학년이었다. 말로만 변호사였지 남긴 재산이라고는 쥐뿔도 없는 가난한 살림에서 큰누나는 〈바람과 함께 사라지다〉의 스칼렛처럼 당당하고 꿋꿋했다.

지금도 생생히 기억하지만 간경화로 돌아가신 아버지의 수발은 전적으로 큰누나가 모두 도맡아 했던 것으로 기억된다. 큰누나는 아버지의 대소변은 물론 모든 수발을 책임졌다. 아버지를 어찌나 사랑했던지 항상 아버지 우리 아버지 하고 종달새처럼 노래부르곤 했다. 그무렵 큰매형은 미국에서 연수생활을 하고 있었으므로 큰누나는 전적으로 아버지의 병구완에만 힘쓰고 있었는데, 아버지가 돌아가신 후 천호동에 있는 공동묘지에 묻힐 때 갑자기 큰누나가 땅을 치며 이렇게 말했던 것을 나는 기억하고 있다.

"에구머니나, 아버지가 묻힌 묏자리가 며칠 전 꿈속에서 보았던 바로 그곳이로구나. 에구머니나, 꿈이 이렇게 맞을 수 있다니."

가족들에 관한 한 큰누나는 신통하게도 꿈이 잘 맞는 예지의 능력을 갖고 있었다. 아버지가 돌아가실 무렵 김홍섭 판사를 대부로 영세를 받은 후 우리집에서 제일 먼저 천주교를 받아들인 사람이 엄마와 큰누나였다. 소화 테레사가 큰누나의 세례명이었다.

아버지가 돌아가신 후부터 큰누나는 출가외인임에도 불구하고 언제나 최씨 가문의 대모를 자처했다. 우리집이 무슨 몰락한 왕족도 아니고 뼈대 깊은 양반의 후예도 아닌데 항상 우리를 만나면 '우리의 최씨, 우리 최씨'를 강조하곤 했다. 그리고 기회가 있을 때면 지금은 만날 수 없는, 이북에 계신 할머니, 작은아버지들의 이야기를 마치 극사실주의 화가의 묘사처럼 생생하게 해주곤 했다. 언젠가 나는 아내와 함께 로스앤젤레스에서 둘째조카 폴이 운전하는 차를 타고 큰누나와 함께 라스베이거스를 돌아 그랜드 캐년까지 차를 타고 3박 4일 동안 여행한 적이 있었다. 그때 누나는 뒷좌석에 앉아서 3박 4일 내내 잠시도 쉬지 않고 북한에 살고 있던 할머니, 사리원 고모, 아버지의 형제들에 대한 이야기를 집중적으로 쏟아내었다. 큰누나의 속셈은 내가 작가이니 그런 이야기를 자주자주 해주면 소설 속에서라도 표현되지 않을까 싶어서라는 것이었다.

돌아가시기 하루 전 문병차 찾아간 신부님에게도 누나는 예외가 아니어서 이북에 있는 가족의 이야기를 심장에 물이 고여 숨이 차는데도 계속 했다고 한다. 장례식이 끝나고 가족들끼리만 특별미사를 올릴 때 그 신부님은 이렇게 말했다.

"그때 시간이 있었더라면 이야기를 더 듣고 싶을 정도였습니다."

큰누나는 남북전쟁으로 폐허가 된 타라의 집을 재건하려는 스칼렛처럼 6·25전쟁으로 뿔뿔이 흩어져 이산가족이 된 우리집을 일으켜세우려는 최씨 집 맏이의 사명감에 항상 불타고 있던 여전사였다. 누나는 자신이 최씨 집의 첫 손녀로서 비록 여자였지만 호랑이 할머니와 작은아버지들로부터 어찌나 사랑을 받았던지 그 사랑을 영원히 잊을 수 없다는 것이었다. 누나는 그때부터 우리를 만나면 할머니 이야기와 고모들의 이야기를 듣거나 말거나 녹음기처럼 되풀이하면서 이렇게 말을 하곤 했다.

"우리 최씨, 우리 최씨."

우리 형제가, 특히 나와 같은 말썽꾸러기가 그나마 타락하지 않을 수 있었던 원동력은 아마도 큰누나가 항상 노래하던 그 '최씨 응원가' 덕분일 것이다. 누나의 그런 최면 때문에 우리집 형제들은 마치 우리집이 몰락한 왕족이나 되는 듯 프라이드를 지켜나갈 수 있었다.

누나의 이러한 태도 때문에 상처입은 아이들은 오히려 누나의 실제 자식이었던 내 조카들이었다. 이들은 마땅히 '우리 김씨, 우리 김씨' 하는 엄마의 응원가를 들으며 성장했어야 함에도 불구하고 엄마의 입에서는 항상 '우리 최씨, 우리 최씨' 하고 친정을 응원하는 응원가만 나왔으므로 이제는 함께 늙어가는 처지가 된 장조카 마틴이 언젠가 이렇게 불평하기도 했다.

"엄마, 우린 최씨가 아니야. 우린 김씨야."

누나는 우리에게 이렇게 프라이드를 심어주려고 노력했다.

고등학교 때였다. 가난했던 우리집 형편으로 어쩔 수 없이 형이 입던 교복을 내가 물려받을 수밖에 없었는데, 그 때문에 내 고등학교 때 별명은 '걸레'였다. 어찌나 지저분하게 다녔는지 담임 선생님이 나를 극빈자 집의 아들로 보고 쌀배급을 주려고 했다. 그때 상처입은 내가 큰누나에게 이 사실을 이야기했더니 그 다음 월요일 아침조회

때 큰누나가 직접 학교 운동장으로 나를 찾아왔다. 전교생이 교장 선생님의 훈화를 듣고 있을 때 큰누나는 나를 운동장 뒤로 불러 그 자리에서 내 헌 교복을 벗기고 새 교복으로 갈아입히기 시작했다. 누나의 손에는 반짝반짝 금단추가 달린 새 교복이 들려 있었다. 누나 앞에서 특히 전교생이 모인 자리에서 옷 벗는 것이 쑥스러웠으므로 부끄러워 머뭇거리자 누나는 결연한 목소리로 말을 했다.

"윗옷을 벗어라."

나는 단추를 풀고 윗저고리를 벗었다. 낡은 내복을 입은 빈약하고 왜소한 체격이 드러나자 누나는 한숨을 쉬면서 말했다.

"밥 좀 많이 먹어라. 사내 녀석 체격이 그게 뭐냐."

그러고 나서 누나는 내게 다시 명령했다.

"바지를 벗어라."

"여기서 말이야?"

"여기서 말이야. 그럼 어디서 갈아입는단 말이냐. 뭐가 부끄러워. 부끄러워할 것 하나도 없다."

나는 바지를 벗었다. 마침내 바지까지 갈아입자 누나는 직접 저고리의 단추를 하나씩 끼워주었다. 옷은 생각보다 커서 바지는 두 겹으로 접을 만큼 헐렁헐렁하고 소매의 길이도 두 뼘 정도 컸다. 누나는 내 머리에서 낡은 모자를 벗겨내고 새 모자도 씌워주었는데 모자도 눈을 가릴 만큼 큼지막했다. 한참 클 나이 때의 옷은 성장을 대비해서 넉넉하고 큼지막해야 한다는 누나의 쓸데없는 절약정신 때문이었다. 더군다나 내 몸의 성장은 고등학교 일학년 때 멈추어버렸다. 그러니 중고등학교 시절 내내 한 번도 몸에 꼭 맞는 옷을 입어볼 수 없었다. 나는 항상 넉넉한 바지를 질질 끌고 다니거나 귀밑까지 내려오는 큰 모자를 쓰고 다녔으므로 일부러 남을 웃기려는 코미디언 찰리 채플린이나 횟가루 방귀를 뀌던 서커스단의 어릿광대처럼 일부러 우스꽝스러운 행동을 과장하며 다닐 수밖에 없었던 것이다.

어쨌거나 그날은 내가 새신랑이 된 느낌이었다.

그날 조회가 끝나자마자 곧바로 누나는 교무실로 담임 선생님을 찾아갔다. 그리고 담임 선생님에게 이렇게 말을 했다고 한다.

"선생님, 우리 인호를 잘 돌봐주셔서 감사합니다. 진작 찾아뵙고 인사를 드렸어야 하는 것인데. 먹고사는 것이 바빠서 죄송합니다. 그러나 선생님, 우리 아이는 보통 아이가 아닙니다. 선생님, 인호는 비록 지저분하게 옷을 입고 다니고 등록금을 남보다 늦게 내는 가난한 아이이지만 그렇다고 극빈자는 아닙니다. 그러니까 선생님, 내 동생 인호를 함부로 보지 말아주십시오."

3

인생은 언제나 외로움 속의 한 순례자
찬란한 꿈마저 말없이 사라지고
언젠가 떠나리라
인생은 나뭇잎 바람이 부는 대로 가네
잔잔한 바람아 살며시 불어다오
언젠가 떠나리라
인생은 들의 꽃 피었다 사라져가는 것
다시는 되돌아오지 않을 세상을 언젠가 떠나리라 언젠가 떠나리라.

성가대원들이 파이프 오르간 반주에 맞춰서 애조 띤 장송곡을 부르기 시작했다. 사람들은 성당측에서 미리 준비해놓은 인쇄된 악보를 들여다보면서 낮고 둔중한 목소리로 성가를 따라 부르고 있었다. 그러나 그 노래는 우리가 알고 있는 노래가 아니었다. 그래서 우리는 성가대가 부르는 곡조를 흉내내어 대충 어림짐작으로 노래를 따라 부르고 있을 뿐이었다. 우리 가족들은 마치 음치들이 노래하는 우스꽝스러운 바보들의 합창과 같은 불협화음을 낳고 있었다. 그 불협화음이 우습기도 하고 또한 슬프기도 하여서 우리는 빙글빙글 웃으면서 찔금찔금 눈물을 함께 흘리고 있었다.

만약 큰누나가 살아 있었더라면 이런 우스꽝스러운 합창은 이루어지지 않았을 것이다. 누나는 언제나 높은 소프라노의 목소리로 노래를 부르는 습성을 가지고 있었다. 언젠가 한번 누나와 함께 로스앤젤레스에서 성당의 미사에 참석한 적이 있었는데 나는 일흔에 가까운 할머니인 누나가 여전히 소녀와 같은 하이소프라노의 목소리를 내는 것을 보고 약간 창피했던 적이 있을 정도였다.

큰누나는 나보다 열다섯 살이 위였다. 누나는 내가 어렸을 때부터 다 큰 처녀였다. 따라서 누나가 시집가기 전 처녀 때의 기억은 별로 남아 있지 않다. 그중에서도 잊혀지지 않는 어릴 때의 기억 하나는 바닷가를 거닐면서 부르던 누나의 노랫소리다.

6·25동란중 부산으로 피난을 갔었는데 그때 내가 예닐곱 살이었으니 아마도 큰누나는 스물한둘 꽃다운 처녀 때였을 것이다.

피난을 갔다가 한밤중에 불이 나서 하마터면 온 가족이 불에 타서 죽을 뻔했다. 남포동 번화가의 이층집에 세들어 살고 있던 우리 가족은 밤마다 합창을 하곤 했다. 그때 아버지는 우리 형제들이 모여서 부르는 노랫소리를 눈을 지그시 감고 즐겨 들었다. 그날도 밤늦도록 노래를 부르다 잠들었던 우리들은 한밤중에 매캐한 연기에 약속이나 한 듯 깨어났다. 엄마가 커튼을 열자 이미 무시무시한 화염의 불꽃이 방 안으로 왈칵 쏟아져들어오고 있었다. 우리들은 이불을 몸에

둘둘 말고 불타는 계단을 굴러내려 간신히 살아남았는데, 그러나 우리 가족은 하루아침에 알거지가 되고 말았다. 그러고 나서 이사를 간 곳이 용당이라는 바닷가였다.

나는 태어나서 처음으로 바다를 보았다. 바닷가에 있던 작은 오두막집에서 온 가족이 함께 살았다. 죽은 가족들의 영혼을 모신 당집이어서 방 한가운데 사진과 위패가 모셔져 있는 기분 나쁜 방이었고, 실제로 나는 한밤중에 가위에 눌려 비명을 지르면서 깨어나곤 했다. 그무렵 누나는 땅거미가 내리는 해질 녘이면 이 당집에서 나와 서너 살 되는 어린 동생을 데리고 동네에서 떨어진 개울가로 가서 목욕을 하곤 했다. 목욕을 가는 길이면 누나는 바다를 보면서 알 수 없는 일본 유행가를 부르며 혼자서 춤을 추기도 했다.

"아나타토 도모니 이키마쇼 —."

뜻은 모르지만 하도 들어서 가사를 외워 따라 부를 수 있을 정도였다. 일본 노래를 들을 때면 나는 이렇게 누나에게 물어보곤 했다.

"누나, 그게 무슨 뜻이야."

그러면 누나는 수평선 위로 나는 갈매기떼를 눈으로 좇으면서 아련한 눈빛이 되어 이렇게 말하곤 했다.

"그대와 나 우리 함께 갑시다. 이것이 우리의 운명이라면 그대가 가는 곳이 이 세상 끝이라 할지라도 나는 그대를 따라가겠어요."

그때 누나는 꽃다운 처녀였다. 누나는 처녀의 눈빛으로 바다를 보며 처녀의 목소리로 노래를 부르고 처녀의 감상에 젖어 세상 끝이라도 함께 따라갈 사랑하는 애인이 나타나기를 기다리는 숫처녀였다. 어떤 때는 그 당시 한참 유행하던 가요를 부르기도 했다.

"남쪽나라 바다 멀리 물새가 날고, 뒷동산엔 동백꽃이 곱게 피었네. 서울 가신 아가씨는 어데로 가고, 정든 고향 정든 사람 잊었단 말인가."

큰누나와 목욕을 하러 가며 걷던 그 바닷가는 누나가 마음껏 노래를 부를 수 있는 청춘극장이었다. 누나는 그 청춘극장의 프리마 돈나였다. 누나가 노래를 부를 때면 실제로 노래 가사처럼 물새떼들이 공중제비를 하여 재주를 넘고 있었고, 뒷동산 숲에서는 동백꽃들이 새빨갛게 피어나고 있었다.

아아, 생각난다. 바로 그무렵 지금도 잊혀지지 않는 한 사건이 있었다. 누나는 나를 목욕시킬 때면 발가벗기고 온 살갗이 벗겨져나갈 정도로 빡빡 때를 밀곤 했는데, 물론 누나도 속옷 차림의 알몸이었다. 어느 무더운 여름날이었다. 나를 목욕시키고 있던 누나가 갑자기 어둠을 향해 날카로운 목소리로 비명을 질렀다.

그 날카로운 비명 소리는 아직도 내 뇌리에 날카로운 찰과상을 남긴 채 날카로운 기억으로 남아 있다.

그 당시는 잘 몰랐지만 다 큰 처녀가 목욕을 하고 있으니까 동네총각이 몰래 어둠 속에 숨어서 목욕하는 모습을 훔쳐보고 있었던 모양이었다.

"이봐욧. 거기 누구예요!"

누나는 비명을 지르며 순간 벌거벗은 몸을 일으켜 어둠 속에 숨어 있는 그림자를 손가락질하며 불러 세웠던 것으로 기억된다.

그 사람은 누나의 고함 소리에 압도되어 도망치지도 못하고 엉겁결에 숨어 있던 곳에서 불려나와 죄지은 사람처럼 우리 곁에서 몸 둘 바 몰라하던 것을 내 눈으로 똑똑히 보았다.

나는 그때 무서웠다.

그 사람은 누나보다 나이가 많아 보였고 무엇보다 덩치가 큰 남정네였다. 더구나 누나는 속옷을 입고 있긴 했지만 거의 벌거벗은 몸이 아니었던가. 그런데도 누나는 전혀 거침이 없었고 그 남자를 향해 소리를 질러 부당함을 따졌다. 그러자 그 남자는 변명도 제대로 못 하고 뭐라 중얼거리다가 누나가 "가세요, 다시는 그러지 마세요" 하고 명령하자 어둠 속으로 도망쳐버렸던 것이다.

나는 지금도 그 어린 날의 추억을 강렬하게 간직하고 있다. 아마도 그 추억이 큰누나가 아직 시집가기 전 처녀였을 때 내게 보여준 가장 강렬한 인상이었을 것이다.

겁이 없고, 무엇보다 당당했던 큰누나의 목소리, 어둠 속에 숨어 있던 자신보다 훨씬 큰 정체불명의 사내를 감히 불러내어 훈계할 수 있을 만큼의 당당한 도전정신.

큰누나가 돌아가신 후 가족만의 특별미사를 가졌을 때 신부님은 큰누나를 한마디로 이렇게 평했다.

"나는 최테레사님과 같이 분명하고 당당한 사람은 별로 본 적이 없습니다."

큰누나는 신부님의 말씀처럼 평생을 통해 항상 분명하고 당당했다.

이 분명하고 당당함은 자신의 가족인 동생들 앞에서는 더욱 돋보였고 형제들을 대표하는 맏이로서 언제나 대한독립만세를 부르짖는 유관순 누나였다.

70년대 초에 전 가족을 이끌고 미국으로 이민을 간 누나는 처음에는 양재공장에서 하루 종일 재봉틀을 돌렸다. 그후 어느 정도 자리를 잡고 나자 누나는 '세븐일레븐'이라는 편의점을 인수했다. 돌아가시기 전까지 큰누나는 이 가게를 거의 삼십 년 동안 혼자서 직접 운영했다.

유태인이 경영하는 전문 체인점으로 하루 이십사 시간을 꼬박 운영하는 그 상점을 평소 장사라고는 장자도 모르는 큰누나가 삼십 년간을 혼자서 경영해왔던 것이다. 큰누나는 너무나 피로해서 눈을 뜰 수 없을 만큼 중노동을 하면서 그 가게를 운영했다. 그렇게 해서 아이들 모두 대학을 보냈고 결혼을 시켰고, 세 명의 아이에게서 모두 여섯 명의 손자손녀를 탄생시켜 번성케 했다.

　미국에 갈 때면 나는 가끔 그 가게를 들러보곤 했다. 큰누나는 연신 땡큐 땡큐 하면서 오가는 흑인들, 멕시칸들을 맞고 인사를 나누며 맥주를 팔고, 식료품을 팔고, 복권을 팔았다. 짧은 영어로도 이들과 못 나누는 대화가 없을 정도였다. 단골손님들은 모두 누나를 마미(엄마)라고 부르면서 좋아하고 따르고 있었다. 이따금 알코올 중독자들과 집 없는 노숙자들이 누나의 가게에 와서 스스럼없이 공짜로 따뜻한 커피와 도넛을 먹으면서 한참을 떠들다 가곤 했다.

　흑인 동네는 아니지만 각종 인종이 혼합된 동네에서 밤을 새워 현금장사를 하는 가게는 자연 범죄의 표적이 되고 말았다. 실제로 70년대 말 누나의 가게에서 한밤중에 손님을 가장하여 들어온 강도에게 종업원이 피살되는 살인사건이 일어나기도 했다. 그 얘기를 전해 들었을 때 나는 마음이 아팠다. 이때의 경험이 영화 〈깊고 푸른 밤〉의 한 장면에 담겨 있다. 우리나라 영화사상 처음으로 현지 올 로케하던 이 작품의 촬영차 로스앤젤레스에 들렀던 나는 서부시대 권총을 찬 보안관 같던 큰누나를 보면서 충격을 받기도 했다.

　누나의 얘기로는 이따금 강도가 가게로 들어온다는 것이다. 며칠 전에는 실제로 칼을 든 인디언 강도가 가게에 들어왔다고 했다. 칼을 든 몸집이 큰 인디언 강도는 자신이 먼저 겁을 먹어 벌벌 떨고 있었다는 것이 누나의 표현이었다.

　"몸집이 산만큼 큰 강도였는데 벌벌 떨고 있더구나. 내게 칼을 들이대고 현금이 들어 있는 금고를 열라고 했어. 물론 말을 하지 않고 손짓으로만 그렇게 행동했지. 그래서 내가 말했어. 얘, 이러지 마. 이러지 말라고."

　"영어로 말이야, 누나?"

　"아니, 한국말로 그랬어. 내가 영어를 할 줄 아니. 한국말로 얘, 이러면 안 돼, 이러면 큰일 나, 하면서 칼을 든 손을 내 손으로 뿌리쳤단다."

"칼을 든 손을 말이유?"

"그래 내가 이랬어. 얘, 칼을 치워. 오케이, 칼은 좋은 게 아니야. 칼을 쓰는 사람은 칼로 망하게 되어 있는 거라고. 그러자 인디언은 내가 무서워졌는지 뒷걸음질쳐서 도망가기 시작했어. 그래서 내가 도망치는 인디언에게 십 달러짜리 지폐 몇 장을 집어주었지. 그러자 인디언은 땡큐 땡큐 하며 나가더군. 참 불쌍한 인디언이었어."

누나는 자랑하는 마음도 없이 담담하게 자신이 당했던 경험담을 털어놓았다. 그 말을 들으면서 나는 문득 어렸을 때 몰래 누나의 벗은 몸을 훔쳐보던 사람을 불러세워 한바탕 혼을 내던 누나의 옛 모습이 떠올랐었다.

큰누나. 평생을 분명하고 당당하게 살아갔던 큰누나. 동생들과 자식들, 가족을 위해서라면 칼을 든 인디언이라도 두렵지 않았던 큰누나.

나는 기억한다. 매일 아침 새벽 여섯시면 누나는 회사를 은퇴한 매형과 함께 자신의 생활터전인 가게로 출근했다. 그리하여 저녁 여섯시까지 열두 시간 동안 누나는 발이 퉁퉁 부어 신발을 신을 수 없을 만큼 혼신의 힘을 다했다.

몇 년 전 누나의 집에 들렀을 때 머리맡에 쏴아- 물을 붓고 사라지는 북청 물장수처럼 나는 잠결에 누나와 매형이 나누는 얘기를 듣곤 했다. 새벽 여섯시경 출근을 서두르며 피로해서 제대로 눈도 뜨지 못한 채 나누는 대화였다.

"여보, 오늘은 날씨가 좀 어떻수."

"열쇠는 잘 챙겨놨어."(매형은 가는귀가 어둡다.)

"열쇠가 아니라 날씨 말이유."

"여보, 이것 좀 봐. 밤새 선인장이 꽃을 피웠네."

"그러게나 말이에요. 예쁘기도 하지. 하느님의 솜씨야말로 신비롭기도 하지. 여보, 인호가 자고 있으니까, 발걸음 소리 좀 줄이세요."

이제 그런 대화도 사라졌다. 큰누나는 돌아가셨다. 나는 감히 우리 누나를 성녀라고 부른다. 인도에서 죽어가는 사람들을 위해 헌신하는 테레사 수녀만이 성녀가 아니다. 평생을 가족을 위해 헌신했던 우리 누나야말로 성녀 최경욱 테레사인 것이다. 이제는 새벽 일을 나가는 누나의 발걸음 소리에 잠을 깰 수도 없다. 누나는 육신의 껍질을 벗었으므로 발걸음 소리 따위의 유치한 소리는 내지 않을 것이다. 누나는 발걸음 소리도 내지 않고 언제나 어디서나 내 곁에서 나와 함께 머물러 있을 것이다.

4

한 시간 남짓 걸린 영결미사가 끝난 후 마침내 작별의 시간이 되었다. 작별의 시간이란 관 뚜껑을 열고 누나의 시신을 공개한 후 살아남은 사람들과 마지막 인사를 나누는 미국식 장례행사였다.

장의사 측에서 사람이 나와서 두꺼운 관 뚜껑을 열었다. 그러고 나서 일가족들에게 누나의 모습을 우선적으로 공개했다.

큰누나는 화장을 한 얼굴로 꽃 속에 누워 있었다. 빨간색 한복을 입고 마치 꽃향기에 취해 깊은 잠에 빠진 사람처럼 보였다. 눈을 감고 있었고 얼굴에는 발그스레 화색이 돌고 있었는데 아마도 장의사 측에서 연극배우용 화장품을 두텁게 바른 모양이었다. 입술에도 유행가 가사처럼 붉은 립스틱을 짙게 바르고 있었다.

분명히 누나의 모습이었지만 그러나 관 속에 누운 누나는 정교하게 만든 실물 크기의 밀랍인형처럼 보일 뿐이었다. 어린 조카들이 울기 시작하였고, 딸인 로사가 실신하여 쓰러지는 것을 주위 사람들이 부축하여 일으켰다.

"할머니" 하고 손자들이 울고, "엄마" 하고 조카들이 울고, 그리고 우리들은 "누나" 하고 각자 자기 나름의 명칭으로 부르면서 눈물을 흘렸다.

그러나 나는 눈물이 흘러내리지 않았다.

누나의 시신은 다만 하나의 육신에 불과할 뿐이다. 누나의 영혼은 이미 빠져나가버렸으며 저 관 속에 누운 누나의 형상은 다만 하나의 탈바꿈한 껍질에 지나지 않는다. 마치 죽은 꽃을 말려 드라이플라워를 만들 듯 이미 누나의 형상은 영혼의 향기와 빛깔이 스러져버린 것이다. 그러므로 저 누나의 모습은 꽃병에 꽂힌 마른꽃(乾花)에 지나지 않는다. 나는 가만히 다가가 누나의 손을 만져보았다. 가슴 위로 올려 가지런히 모으고 있는 누나의 두 손은 얼음장처럼 차디찼다.

큰누나의 손, 다정했던 누나의 손.

큰누나는 마술의 손을 가지고 있었다. 대학 시절 가정학을 전공했던 큰누나는 그 손으로 무엇이든 접을 줄 알았다. 내가 나비를 원하면 누나는 금방 나비를 접었다. 새를 원하면 새를 접고 비행기를 원하면 비행기를 접었다. 처녀 시절 만들어두었던, 누나가 색종이로 접었던 표본들은 내가 어렸을 때 가장 즐겨 보던 앨범이었다.

그 앨범은 내게 있어 환상의 궁전이었다. 그 속에는 없는 것이 없었다.

배도 있고, 자동차도 있고, 자전거도 있었다. 꽃도 있고, 코끼리도 있고, 기린도 있었다. 누나가 색종이로 만든 꽃은 실제의 꽃보다 더 아름다웠다. 큰누나는 무엇이든 원하는 것은 색종이로 접는 기적의 손을 갖고 있었다. 큰누나는 색종이로 나비를 접고, 평생 동안 가족을 접고,

새를 접듯 아이들을 접고, 꽃을 접듯 사랑을 접었던 여인이었다.

삶이 아무리 고달프고 고통스럽다 하여도 그 속에서 기쁨의 색종이를 접을 줄 알던 내 누이였기 때문에 누나는 결코 절망에 빠져본 적이 없는 명랑한 여인이었다.

"평소에 죽음에 대해서 생각해보셨나요."

돌아가시기 전날 신부님이 찾아가 물었을 때에 누나는 이렇게 대답했다고 한다.

"아니오, 신부님. 난 한 번도 죽음에 대해서 생각해본 적이 없어요. 죽음이란 나하고 상관없는 것이니까요."

죽기 바로 전까지도 자신의 죽음에 대해서 심각하게 생각해보지 않았던 큰누나. 튼튼한 흑인의 심장을 이식받아 천년 만년 살라던 막내동생의 농담에도 깔깔대며 웃던 큰누나. 그 큰누나가 마침내 자신의 손으로 자신과 상관없는 죽음을 색종이로 접어 보인 것이다.

"수고했어요, 큰누나."

나는 얼음장처럼 차가운 누나의 손에서 손을 떼면서 소리를 내어 중얼거렸다.

"이 지상에서 나의 큰누나로 살다가 알 수 없는 저 세상으로 돌아간 경옥 누나, 안녕히 가세요."

유가족들의 작별인사가 끝난 뒤 장례식에 참가했던 모든 문상객들의 작별 순서가 이어졌다. 유가족들은 관 옆에 일렬로 서서 찾아온 사람들과 일일이 악수를 나누었다. 그러고 나서 다시 관 뚜껑이 닫혔다. 이제 누나의 형상은 마치 햇빛을 받으면 균열되어 먼지가 되어버리는 흡혈귀의 육체처럼 썩어서 한줌의 흙으로 돌아가게 될 것이다. 성당 한구석에 마련된 영안실에 누나의 관을 안치하고 두터운 자물쇠로 채운 후 성당 밖으로 나오자 캄캄한 어둠이 내려와 있었다.

사람들은 뿔뿔이 흩어져가고 우리들도 무거운 짐을 벗은 것처럼 홀가분한 기분이 되었다. 뜨락에 서서 담배를 피우고 있는데 처음 보는 수녀 한 분이 내게로 다가왔다.

"최베드로씨죠."

"그렇습니다."

"축하합니다."

나이 든 수녀는 내게 만면의 미소를 띠면서 말했다. 난 조금 어리둥절한 느낌이었다. 축하라니. 누나의 장례식에서 축하의 인사라니. 그러자 그런 내 속마음을 눈치챈 듯 수녀는 웃으며 이렇게 말했다.

"며칠 전 십육일이었어요. 그날 로스앤젤레스에는 오전 내내 비가 내렸지요. 저는 그때 교회에 있는 어떤 분을 방문했다가 돌아오는 길이었어요. 그런데 갑자기 하늘에 큰 무지개가 뜬 것을 보았답니다. 큰 무지개도 하나가 아니고 쌍무지개였어요. 너무나 찬란하고 아름다워서 차를 멈추고 한참을 보았지요. 그런데 돌아와서 들으니까 바로 그 시간에 테레사님이 선종하였다지 뭐예요. 그러니까 베드로씨, 큰누나가 돌아가신 그 순간에 하늘에 아름다운 쌍무지개가 떴던 것이랍니다. 그러니까 너무 슬퍼하지 마세요."

무지개.

하느님은 홍수로써 이 지상을 멸망시킨 후 이렇게 말씀하셨다고 창세기(創世記)는 전하고 있다.

"……내가 구름 사이에 무지개를 둘 터이니 이것이 나와 땅 사이에 세우는 계약의 표가 될 것이다. 내가 구름으로 땅을 덮을 때 구름 사이에 무지개가 나타나면 다시는 물이 홍수가 되어 모든 동물을 쓸어버리지 못하게 하리라."

그렇다.

큰누나는 이 세상을 떠날 때 마지막으로 빨강 주황 노랑 초록 파랑 남색 보라, 일곱 가지 색종이로 빛나는 무지개를 접어 보인 것이다.

그 기적의 손으로 큰누나는 쌍무지개를 접어 보인 것이다. 마치 하느님께서 인간과 땅 사이에 다시는 홍수로 멸망시키지 않겠다는 계약의 표시로 무지개를 세우듯 큰누나는 아직 이 지상에 남아 있는 가족들을 죽어서도 잊지 못하겠다는 계약의 표시로 또한 언젠가는 또다시 함께 만나자는 약속의 표시로 무지개 한 쌍을 접어 보이고 나서는 떠나버린 것이다.

5

다음날 오후 큰누나는 로스앤젤레스 교외에 있는 공동묘지에 묻혔다. 로스앤젤레스 특유의 햇볕이 찬란하게 내리쬐고 있어 마치 화장하고 있는 여인의 분첩에서 분가루가 떨어지듯 황금의 햇빛 분말이 둥둥 떠다니고 있는 듯한 화창한 날씨였다. 미리 묘지 측에서 파놓은 구덩이 속에 관을 밀어넣은 후 마지막으로 유가족들이 부삽으로 흙을 떠서 한줌씩 관 위에 뿌리기 시작했다. 로스앤젤레스에 살고 있는 막내동생은 한사코 흙을 관 위에 뿌리지 않았다. 대신 장미꽃 한 송이만 관 위에 던졌을 뿐이었다.

동생은 울면서 말했다.

"형, 나는 도저히 큰누나를 떠나보낼 수 없어. 큰누나를 땅속에 묻어 망각 속으로 떠나보낼 수 없어."

그래서 흙을 뿌리지 않겠다는 것이었다. 그러나 나는 서슴지 않고 듬뿍 퍼담은 흙을 누나의 관 위에 힘차게 뿌린 후 장미 꽃송이를 던져버렸다. 왜냐하면 나는 알고 있으므로. 비록 큰누나가 땅속에 묻혀 영원히 우리 곁을 떠난다 하더라도 누나는 내 가슴속에서 영원히 떠나지 않고 살아 있을 것을 내가 알고 있으므로.

나는 누나를 땅속에 묻지 아니하고 내 가슴 깊은 곳에 묻었다. 누나는 내 가슴속에서 항상 살아 움직이고 있을 것이다. 비 온 뒤 저 서편 하늘에 떠오르는 찬란한 무지개처럼 누나는 내 가슴속에서 내가 원하면 언제든 찬란한 무지개로 떠오르고 있을 것이다.

어떻게 저런 굽 높은 신발에 저런 옷차림으로

이처럼 비 오는 장마철에 이 산사까지 찾아올 생각을 하였을까, 저 여인은. 등산객도 아니고

행락객도 아니라면 그러면 무슨 목적으로 여인은 저런 차림으로 이 산사까지 온 것일까.

산문(山門)

여인은 약수를 마시다 말고 얼핏 장작더미를 들고 지나가는 법운과 눈이 마주쳤다.

그러나 여인은 약수를 마시다가 문득 법운과 짧게 시선이 마주치자 마치

몰래 숨어서 나쁜 짓을 하다가 들킨 사람처럼 얼핏 시선을 피하면서

고개를 돌려버리는 것이었다.

천도재(薦度齋)

　법운(法雲)이 그 여자를 처음 본 것은 부엌으로 들어가 마른 장작을 한 움큼 집어들고 나올 때였다. 비는 내리지 않았지만 장마철이었으므로 벌써 열흘 이상 내리 내린 비로 숲과 계곡은 물안개가 드리우리만치 습기가 가득 차 있었다. 물기에 젖은 방바닥은 눅눅하고, 방에 이부자리를 펴면 퀴퀴한 곰팡이 냄새까지 날 정도였다. 어젯밤인가, 한밤중에 잠을 자다 무슨 소리에 깜박 눈을 뜨고 창문을 보았더니 창호지가 발라진 격자창 위로 뭔가 기어가는 소리가 사각사각 들려왔다. 경내에 밝힌 석등의 불빛이 희미하게 내비쳐진 위로 지네 한 마리가 스멀스멀 기어가고 있었다.

　지네는 유난히 습기를 싫어하는 동물로, 절 주위에 밤나무가 많이 자생하고 있어 밤나무숲에는 지네가 수많이 살고 있었다. 한창 밤나무꽃이 피어날 무렵이라 한밤중에도 온 숲이 달집에 걸어놓은 흰 소지(燒紙)처럼 희게 빛나고 있고, 정액 냄새와 같은 밤꽃 향기가 온 산을 가득 채우고 있었다.

한두 번 부목(負木)을 좇아 밤나무숲으로 나가 지네를 잡으러 따라가본 적도 있었다. 부목은 6·25전쟁통에 손 하나를 잃고, 허벅지에는 총탄을 맞아 관통상의 흔적이 남아 있는 상이군인이었는데, 그는 닭뼈가 들어 있는 유리병을 밤나무 숲의 내려쌓여 있는 낙엽 더미 속에 아가리를 연 채 파묻어두었다가 다음날 나가서 유리병 속에 가득 들어 있는 지네를 채집하곤 했다. 그는 그것을 대나무 등에 머리와 꼬리를 매달아 햇볕에 건조시킨 후 더러는 자기가 먹기도 하고 더러는 한약방에 내다팔아 수입을 올리기도 하는 모양이었다.

지네들이 밤나무숲을 벗어나 승당 안으로까지 침입하여 들어오는 것을 보면 장마의 습기가 온 산을 적시고 있음이 분명하였다. 그래서 법운은 잠결에 이렇게 결심했었다.

내일 날이 밝으면 아궁이에 불을 지피리라. 그래서 방 안의 습기도 없애고, 빨아두었는데도 며칠 동안 햇볕이 나지 않아 냄새나는 젖은 빨래도 뜨거운 장판 위에 올려놓아 말리리라.

점심 공양을 끝내고 법운은 가만히 툇마루로 내려와 경내 앞마당을 발돋움하고 내려다보았다. 경내 앞마당에 늘 세워져 있던 6인승 작은 승합차의 모습이 보이지 않는 것으로 보아 부목 김씨가 차를 몰고 산길을 내려가 절에서 먹을 찬거리를 사거나, 각종 공과금을 내는 등 시내로 볼일을 보러 간 것이 분명했다. 부목은 원래 절에서 나무 땔감을 하는 사람을 말함인데 김씨는 절 살림을 도맡아 하고 있었다. 비록 전쟁통에 팔 하나를 잃은 상이군인이긴 했지만 차 한 대가 겨우 다닐 만한 작은 산길을 능숙하게 오르내리는 운전사이기도 했으며, 절의 각종 허드렛일을 능숙하게 처리하곤 했다. 머리만 깎지 않았을 뿐 절 살림을 도맡아 하기 때문에 법운은 가끔 농 삼아 부목 김씨를 원주(院主) 스님이라고 부르곤 했다. 부목 김씨가 법운이 부엌에서 장작더미를 한아름 안고 나오는 것을 보면 틀림없이 법운의 손에서 이를 빼앗아들고 자신이 불을 지핀다고 자진해서 나설 것이 분명했으므로 법운은 앞마당에 승합차가 보이지 않자 우선 마음이 놓였다.

법운이 부엌에 들어갔을 때 공양주는 부뚜막에 앉아서 찬밥에 물을 말아 손가락으로 소금에 절인 오이지를 찢어서 먹고 있었다. 육십이 좀 넘은 할멈이었는데 머리는 하얗게 세고 등이 굽어 있었다. 키가 아주 작아서 법당에 놓인 초에 불을 밝히지도 못했다. 원래 키가 작기도 하였지만 나이에 비해서 등이 많이 굽어 있었으므로 마치 반토막의 새우와도 같아 보였다. 그녀는 밥을 짓고, 빨래를 하고, 절 안팎을 쓸어내는 작은 일을 해주는 것으로 절에 몸을 기탁하고 있었다. 그녀는 자신이 직접 만든 먹물 들인 승복을 입고 있었는데 가는귀까지 먹어 웬만큼 소리지르지 않으면 대화가 되지 않았다. 그런데도 할멈은 항상 웃고 다녔으므로 마치 영원히 웃고 있는 탈바가지를 뒤집어쓰고 덧뵈기 탈놀이를 하고 있는 남사당패 같아 보였다.

"스님, 뭐 하셔유?"

법운이 장작을 한아름 들고 일어서자 할멈이 이빨 없는, 구멍과 같은 입으로 물에 만 밥을 먹고 있다가 물어 말했다.

"방에 군불을 지피려고요."

법운은 할멈이 알아듣거나 말거나, 소리를 높이지 않기로 작정했다. 왜냐하면 소리를 지른다 해도 어차피 반쯤은 알아듣지 못하여 대화가 통하지 않을 것이 분명하였으므로.

"누룽지 드릴까유?"

법운이 이 절에 왔을 때부터 공양주 할멈은 유난히 법운을 좋아했다. 법운이 겨우 스무 살 안팎의 풋중인 것을 알자 할멈은 법운을 손자처럼 아끼고, 사랑했다. 그래서 할멈은 밥을 지을 때면 일부러 누룽지가 많이 나오도록 밥을 태우고 나서 그 누룽지를 긁어 화끈하게 달아오른 화덕에다 올려놓고 바싹바싹 과자처럼 말려두었다가 그 위에 꿀을 바르고, 설탕가루까지 슬슬 뿌린 후 법운의 잠자리에 넣어주곤 했다.

"주세요."

법운은 누룽지를 맛있게 먹는 것이 할멈을 즐겁게 하는 일임을 잘 알고 있었으므로 일부러 주머니를 열어 보였다. 그러자 할멈은 화덕 위에 말려두었던 누룽지를 한 움큼 집어내어 법운의 승복 주머니 속에 가득 채워주었다.

법운은 장작더미를 들고 나오다 경내의 삼층석탑 앞 약수터에서 한 여인이 플라스틱 물바가지로 약수를 받아 마시는 것을 보았다. 그녀의 모습이 눈에 들어왔던 것은 그녀의 행동이 유별나거나 특별났기 때문이 아니었다. 비록 법운이 머물고 있는 청화사(淸華寺)가 말사(末寺)의 작은 암자였지만 서울 근교의 산중에 있는 사찰이었으므로 휴일이면 신도들이 모여들어 불공을 드리거나, 계곡으로 행락객들이 모여들어 제법 성시를 이루고 있었다. 게다가 절 뒤로 산을 타고 넘는 등산로가 있었으므로 휴일이면 배낭을 메고 등산화를 신고 등산객들이 쉴새없이 산을 오르내리면서 경내에 들러 사진을 찍거나 약수를 마시면서 땀을 식히곤 했으므로 경내에서 여인의 모습을 만나는 일은 드문 일이 아니었다.

그러나 오늘은 휴일이 아닌 평일이었고 게다가 장마철이라, 아직 비는 내리지 않는다고 하더라도 당장에 폭우가 쏟아질 만큼 잔뜩 찌푸린 이 우중에 여인이 산사에서 물을 마시고 있다는 느낌이 우선 색다르게 느껴져서 법운은 문득 발을 멈추고 여인을 보았다.

연인과 함께 이 산사까지 나왔다면 또 모르겠거니와 주위를 둘러

보아도 다른 사람은 보이지 않고 여인은 혼자뿐이었다. 물론, 여인 혼자서 등산을 올 수도 있다. 호젓한 산행을 즐기는 사람들은 남자건 여자건 남들과 어울리지 않고 혼자서 등산을 한다. 그러나 여인은 산행에는 어울리지 않는 나들이옷 차림을 하고 있다. 처음부터 시내로 극장 구경을 가거나, 물건을 사기 위해서 백화점으로 쇼핑을 나가거나 하면 어울릴 그런 정장 차림으로 나왔다가 전혀 엉뚱하게 이 산속의 절까지 찾아온 듯 보인다. 그러나 비록 서울 근교의 사찰이라고 하더라도 여기부터 절 입구에 이르는 국도까지는 칠 킬로미터에 가까운 먼길이다. 이 절까지를 목적지로 하지 않고는 저런 옷차림으로 길을 잘못 들어 계곡을 지나 가파른 산길을 올라 이 절까지 우연히 찾아왔을 리는 없는 것이다.

물론 이 절이 목적이라면 아예 택시를 불러 타고 올 수도 있었을 것이다. 돌아가는 왕복 차비에다가 약간의 웃돈을 더 주어야만 택시는 이 절까지 여인을 태워다주었을 것이다. 그러나 그렇게 보이지는 않았다. 먼 산길을 걸어오느라고 여인은 피로한 기색이었고 온 이마에는 땀이 송글송글 배어 있었다. 머리카락 역시 땀으로 온통 젖어 있어 칠 킬로미터의 산길을 걸어온 것이 분명해 보였다. 한 손에는 비가 올세라 미리 준비한 접는 우산이 들려 있었고, 신발은 굽이 높은 하이힐 차림이었다.

저 굽이 높은 하이힐을 신고 칠 킬로미터의 산길을 줄곧 걸어온 것이라면 아마도 두 시간 이상은 걸렸을 것이다. 그러나…….

법운은 장작더미를 든 채 약수터 앞을 지나 자신이 묵고 있는 요사채 앞으로 다가가면서 생각했다.

어떻게 저런 굽 높은 신발에 저런 옷차림으로 이처럼 비 오는 장마철에 이 산사까지 찾아올 생각을 하였을까, 저 여인은. 등산객도 아니고 행락객도 아니라면 그러면 무슨 목적으로 여인은 저런 차림으로 이 산사까지 온 것일까. 그렇다고 독실한 불교 신자도 아닌 것처럼 보인다. 여인은 약수를 마시다 말고 얼핏 장작더미를 들고 지나가는 법운과 눈이 마주쳤다. 짧게 마주친 시선이었지만 만약 여인이 불교 신자라면 승복을 입은 법운의 모습을 당장에 알아보고 합장하여 배례라도 하였을 것이다. 비록 밀짚모자를 쓰고 있었다 하더라도 흰 고무신에 승복을 입은 것을 보았으면 대번에 그 여인은 법운이 승려임을 알아차렸을 것이다. 그러나 여인은 약수를 마시다가 문득 법운과 짧게 시선이 마주치자 마치 몰래 숨어서 나쁜 짓을 하다가 들킨 사람처럼 얼핏 시선을 피하면서 고개를 돌려버리는 것이었다.

법운도 장작더미를 들고 자신이 묵고 있는 요사채로 걸어왔다. 요사채는 주로 떠도는 객승들이나, 한적한 곳으로 찾아와 장기 투숙을 하면서 고시공부를 하는 대학생들을 상대로 방을 빌려주는 하숙업을 겸하고 있었는데 방 두 개는 텅 비어 있었고, 맨 끝 방이 법운이 머물고 있는 승방이었다. 장마철이 지나면 방학이 오는데 그때는 두 개의 방이 모두 찬다고 하였으니 좀 있으면 하숙생들이 찾아올 모양이었다. 법운은 아궁이의 뚜껑을 열고 우선 그 안에 고여 있는 물을 깡통으로 퍼서 담아 버리기 시작했다. 요사이 줄곧 장마비가 내렸으므로 절 주위로 배수가 잘 안 되는 모양인지 아궁이에 물이 고이곤 했다.

아궁이에 고인 물을 퍼담아 버려도 어디선가 자꾸 물이 스며들어 다시 고이곤 했다. 그래서 아궁이는 퍼도 퍼도 마르지 않는 샘처럼 느껴질 정도였다. 간신히 물을 다 퍼내고 법운은 장작을 얼기설기 바람이 잘 통할 수 있도록 쌓아올린 후, 불을 붙이기 시작했다. 습기가 밴 장작은 눅눅히 젖어 있고, 아궁이 역시 물기에 젖어 있었으므로 불이 잘 붙지 않았다. 신문지 대여섯 장을 불쏘시개로 해보았는데도 나뭇단에는 불이 옮겨붙지 않고 이내 꺼졌으며 조금 붙었는가 싶다가도 이내 꺼지고 매운 연기만 뿜어내고 있을 뿐이었다. 밀짚모자를 벗어 그것으로 부채 역할을 하여 바람을 일으키기도 하고 매운 연기에 눈물을 흘리고 기침을 콜록콜록 하면서 입김을 불어넣기도 하자 겨우 솔가지에서부터 불이 타오르기 시작했다. 젖은 장작이라 불을 붙이기가 힘들었지 한번 불이 붙으면 밤새도록 타오를 것이다.

아궁이에 불을 지피고 나서 법운은 툇마루에 앉아서 누룽지를 먹었다. 무엇이든 삼시 세 때의 공양 빼놓고는 군것질이나 주전부리를 좋아하지 않는 법운이었지만 할머니가 준 누룽지는 별미였다.

매캐한 생나무 타는 연기는 아직 피어오르고 있었지만 그제야 겨우 굴뚝으로 통하는 겨우내 막혔던 환기통이 뚫려 바람을 빨아들이는 듯, 거친 기세로 불이 타오르기 시작했다. 송진이 많이 박힌 소나무라, 소나무 진이 엉긴 관솔 부분이 맹렬한 기세로 타오를 때마다 나무가 뻐개지고, 불똥이 튀는 소리가 타악타악— 들려왔다.

요사채 앞은 그대로 산이었다.

뻗어내린 산맥의 능선이 끝간데없이 굽돌아나가고 있었고 마침 한여름의 성하였으므로 산은 울창한 나무들로 밀림을 이루고 있었다. 험준하게 뻗어내린 산세로 그만큼 깊은 계곡으로는 며칠 해서 계속 내린 빗물이 폭포를 이루면서 쏟아져내리고 있었으므로 그 깊은 골짜기로 떨어지는 물소리가 밤에는 지축을 흔들 듯이 머리맡 가까이서 들려올 정도였다. 산 아래는 아직도 물안개가 피어오르고 있었으므로 마치 구름의 바다 위에 떠 있는 느낌이었다.

법운은 벽에 몸을 기댄 채 처마 밑을 우러러보았다.

처마 밑에는 제비둥지가 만들어져 있었다. 밀짚으로 만든 제비집이었는데 그 집 안에는 어미새 한 마리가 꼼짝 않고 알을 품고 앉아 있었다.

법운이 이 절에 왔을 때부터 어미 제비는 벌써 둥지 속에 들어가 알을 포란(抱卵)하고 있었다. 둥지 밑에 어미새가 누는 똥을 받아내는 널빤지를 깔아주면서 이 절의 주지인 무이(無二) 스님이 법운에게 말해주었다.

자신이 이 절에 주지로 올 때부터 저 제비집은 만들어져 있었다는 얘기였다. 해마다 같은 배에서 태어난 새끼 제비들이 어미새가 되어 돌아오는데 돌아올 때마다 둥지를 보수해서 같은 집에서 새 살림을 차린다는 것이다. 법운이 이 절에 올 무렵에는 이미 어미새는 다섯 개 정도의 알을 낳아 이를 품고 있었는데 법운이 이 절에 온 것이 벌써 보름가량 되었으니 어미새는 벌써 반 달가량이나 알을 품고 있는 셈이었다. 이제는 거의 새끼들이 알의 껍질을 깨고 부화되어 태어날 때가 가까워온 것이었다.

주지 스님이 여행을 떠난 뒤로 매일같이 제비집 앞에 새가 눈 똥을 받아낼 널빤지를 깔아놓는 일이 법운의 차지가 되었다. 널빤지를 깔아놓지 않으면 그대로 툇마루에 똥을 누어버리곤 하여서 볼품 사납고 또한 불결하였기 때문이었다.

법운이 이 절에 머물게 된 것은 주지 스님의 간청 때문이었다. 무이 스님은 본사의 스님들과 스리랑카에서 열리는 승려대회에 참가했다가 이왕에 외국에 나간 김에 인도의 불교 성지를 보고 오겠다고, 한여름의 하안거(夏安居) 기간을 순례여행으로 정진하겠다고 결심을 하였던 모양이었다.

워낙 말사라서 주지 스님이라고는 하지만 덜렁 혼자서 주승(主僧)이자 행자로 있는 판에 따로 자신의 순례여행 동안만 절을 지켜줄 승려를 구할 수도 없었던 무이 스님은 마침 서울에 볼일을 보러 왔던 참에 하룻밤 객승으로 묵고 가게 된 법운에게 한여름 동안만 자신이 출타중인 절을 지켜달라고 간청했던 것이다.

법운은 객승이지만 하룻밤 신세지고 공밥을 먹고 그냥 가는 것이 미안해서 새벽에 일어나 도량송(道場頌)을 독송하고 새벽 예불을 올려주었는데 법운의 청아한 독경 소리를 들은 무이 스님이 법운을 청하여 자신의 방으로 들인 후 차를 따라주면서 말했다.

기왕에 따로 머무르는 절도 없고 그냥 운수(雲水) 행각에 나설 생각이라면 한여름 결제기간 동안 절에 머물며 자기 대신 절을 지켜달라는 게 그의 부탁이었다. 나머지 일들은 절에 있는 부목이나 공양주 할멈이 다 알아서 할 것이고, 법운이 할 일이란 새벽에 일어나 예불 올리고 저녁에 때맞춰 예불 올리고 이따금 신도들이 찾아와서 재를 올려달라고 부탁을 하면 재를 올려주면 그뿐 따로 할 일이 없으니 마음놓고 무주공산의 빈 절에서 홀로 정진하는 편이 어떻겠냐는 것이 무이 스님의 권유였다.

스님의 청을 마다할 특별한 이유가 없었다. 무엇보다도 이 절이 마음에 들었던 것은 서울이 가까워 책을 구하기 쉽다는 점이요, 그러면서도 외진 느낌으로 적요하다는 점이었다.

법운이 승낙을 하자 마음이 놓인 무이 스님은 그 다음다음날로 절을 떠나버리고 법운은 이 절에 혼자 남은 또하나의 주승이 되어버렸다. 그러기를 보름 남짓. 실제로 청화사에 머물고 보니 무이 스님이 말하였던 대로 절의 살림은 부목과 공양주 할멈이 알아서 다 하고 법운이 하는 일이란 새벽에 일어나 범종을 울리고, 법고를 두들겨 홀로 천수경을 외고, 저녁 무렵 홀로 저녁 예불을 올리는 것이 고작이었다. 서울 근교에 있는 절이었지만 신도 수도 빈약하여 찾아오는 신도도 많지 않았으며, 기껏 절이 시끌시끌한 것은 일요일 하루뿐이었다. 휴일 하루만 지나면 절은 완전히 적막강산이었다.

그 동안 재를 올린 적은 한 번도 없었다. 한여름 결제기간이라지만 혼자만 있는 절에 따로 무슨 정진이 있을 것인가. 정진이고 무에고 법운은 홀로 한여름 피서를 나온 느낌이었다. 배 고프면 밥 먹고, 졸리면 낮에도 자고 밤에도 잤다. 더우면 숲을 헤치고 들어가 혼자서 멱을 감았다. 숲 사이에는 암벽이 있고 그 암벽 사이로 물이 흘러내려 작은 폭포를 이루고 있었다. 그 바위 틈으로 흘러내리는 석간수가 얼음장 이상이었다. 언젠가 무더운 여름날 한낮에 숲을 헤치고 들어가 승복을 벗어던지고 벌거벗은 채 멱을 감고 있는데, 인기척이 나서 돌아보니 숲 사이에 공양주 할멈이 하회탈 같은 얼굴로 하얗게 웃고 있었다.

부끄럽다기보다는 민망해서 법운이 손으로 그냥 가라고 휘이휘이 쫓는 시늉을 하였는데도 할멈은 무슨 신기한 구경거리나 되는 듯 한참을 쳐다보면서 이렇게 말했다.

"하이구 스님. 속살이 어쩌면 저렇게 희디야. 하이구, 이쁘기도 하지."

마침내 법운이 좀 화가 나서 그 손으로 물을 받아 흩뿌리자 할멈이 웃으면서 말했다.

"괜찮아유 스님. 그냥 갈게유. 부끄러워하지 마시고 그냥 목욕 감으셔유―."

부목의 얘기로는 그 할멈에게는 딸이 하나 있다는 것이다. 그 딸이 비구니가 되어 전라도 내의 암자에서 지내고 있는데, 할멈은 일 년에 한 번씩 산을 내려가 그 딸을 만나고 온다는 것이다. 이따금 할멈은 법운을 만나면 넋을 잃고 법운의 손을 잡고는 이렇게 말하곤 했다.

"하이구. 이 손 보라지. 무슨 손이 이처럼 예쁘실까 모르겠네유―."

할멈은 법운이 온 뒤로 부쩍 공양에 뜸을 들였다. 밥을 먹는 식구라야 세 식구 살림밖에 안 되었는데도 할멈은 호박전을 부치고, 법운이 국수를 좋아하는 줄 알고 자주 콩을 갈아 콩국수를 만들었다. 아무엇도 하는 일이 없는 무위(無爲)의 절 살림에서는 먹는 즐거움이 큰 낙 중의 하나였다. 할멈은 호박잎을 따다가 이를 삶아 호박쌈을 상에 올리기도 하고 법운이 밤에 먹을 간식을 위해 일부러 밥을 태워 만든 누룽지로 과자를 만들었다가 그의 방 안에 들여놓곤 했다.

한밤중에도 더우면 법운은 숲을 헤치고 들어가 그 폭포수 앞에서 멱을 감곤 했다. 그무렵 장마가 시작되었으므로 온 골짜기로 흘러내리는 물이 그대로 폭포수를 이루고 있었다.

어느 날은 한밤중에 멱을 감고 오다가 반딧불이떼를 만난 적이 있었다. 공해로 멸종되어버린 줄 알았던 개똥벌레들이 엄청난 무리를 이루어서 돌연 숲 사이에서 한꺼번에 일어나 날아가고 있었으므로 그는 처음에는 무슨 빛의 폭포를 바라보는 느낌이었다. 반딧불이들은 습기가 많은 늪지대를 좋아하는 성질이 있으므로 임우(霖雨)의 숲속에 앉아 있다가 인기척에 놀라 떼를 지어 날아가고 있는 모양이었다. 무심코 손을 뻗어 낚아채자 한 마리의 개똥벌레가 손바닥 안에 잡혔다. 손가락을 오므렸더니 손금이 비쳐 보일 정도로 형화(螢火)의 밝기가 강해지고 촉광이 세어지고 있었다.

불가에서는 한여름에 숲을 지날 때 우연히 곤충 한 마리라도 발로 밟아 죽여서는 안 되기 때문에 예로부터 지팡이를 들고 다니면서 일부러 인기척을 내어 곤충이나 벌레 들을 쫓는 습관이 있었지만, 법운은 그날 우연히 반딧불이들을 만난 이후로 다시 한번 그 황홀했던 반딧불이들의 윤무(輪舞)를 보고 싶어서 한밤중에 일부러 숲속에 들어가 이리저리 거닐어보기도 했으나 더이상 그 반딧불이의 행렬을 만나지 못하였다.

반딧불이들은 번식기가 되면 교미를 하기 위한 신호로 암컷이 먼저 빛을 내어 자신의 위치를 알리고 이를 본 수컷들도 일제히 배 끝에 있는 발광체에 불을 밝히면서 서로 어울려 어두운 숲속을 날아다니면서 정사를 나누는데, 아마도 법운이 만난 그 장대한 반딧불이들의 군무(群舞)는 한날 한시에 발정기를 맞은 반딧불이들이 서로 함께 교미를 하기 위해 어울리는 현장에서 본 광란의 춤이었던 모양이었다.

법운이 제비집에 꼼짝 않고 들어앉아서 알을 품고 있는 어미새에게 관심을 갖게 된 것은 그무렵이었다. 하루에 한 번씩 어미새가 배설해놓은 제비 똥을 치우면서 법운은 벌써 보름 이상이나 꼼짝 않고 알을 품고 있는 어미새에게 조금씩 흥미가 끌리기 시작했다. 이따금 어디서 날아오는지 수새 한 마리가 부리로 거미와 같은 곤충들을 물고 오면 이를 받아먹기만 할 뿐, 그 둥지 그 자리에서 꼼짝도 하지 않았다. 먹이를 물고 오는 수새가 그 어미새의 남편이자 이제 곧 태어날 새끼들의 아비새인 모양이었다. 어디선가 숨어 있는 듯 보이는 수새이지만 일정한 거리를 떨어지지 아니하고 항상 단숨에 둥지까지 날아올 수 있는 거리를 확보하고 있었다. 어미새가 드물게 삐찌삐찌 삐찌 하고 울 때가 있는데, 그럴 때면 어김없이 가까운 숲속에서 쭈르르르 하고 화답하는 수새의 울음소리가 들려오곤 하였다. 곧이어 숫제비가 부리에 곤충을 물고 힘찬 날갯짓을 하면서 날아와 잠시도 쉬지 않고 산고의 고통을 인내하고 있는 어미새의 입에 먹이를 찔러넣곤 했다.

한밤중에 부목이 사다리를 타고 올라가 전짓불을 어미새의 눈가에 비추어 잠시 정신을 잃게 한 다음 둥지 안을 살펴보았는데, 법운도 그를 따라 사다리를 타고 올라가본 적이 있었다. 둥지 안에는 다섯 개의 제비 알이 옹기종기 모여 있었다. 부목이 그 제비 알을 만져보라고 해서 둥지에 손을 넣어 만져보았더니 어미새의 체온으로 따뜻한 온기가 묻어 있었다. 다섯 개의 제비 알을 본 이후로 법운은 그 제비집에 대해 더 많은 관심을 갖게 되었다. 제비는 여름새인 후조(候

鳥)로서 가을을 맞으면 저 따뜻한 강남의 남쪽 나라를 찾아서 수천 킬로미터를 날아가는 것이다. 그리하여 그곳에서 한겨울을 보내고 봄이 되면 다시 자기가 태어난 곳으로 어른이 되어 날아오는 것이다.

어떻게 제비는 자기가 태어난 고향을 수천 킬로미터나 떨어진 곳에서도 정확히 짚어내 귀소(歸巢)할 수 있는 것일까. 그리하여 정확히 자기가 태어난 집에서 다시 어미가 되어 알을 낳고 새끼를 키우고 또 그 새끼는 대(代)를 물림해가면서 번식해나가고 있는 것일까.

법운은 간혹 툇마루에 나와서 제비집을 우러르면서 포란하고 앉아 있는 어미새를 물끄러미 바라보곤 했다. 등은 초록의 광택이 있는 어두운 청색이고, 이마와 멱은 어두운 밤색을 띤 붉은색이며, 멱과 어두운 청색으로 경계를 이룬 어미새의 배는 눈처럼 흰빛이었다. 그 흰 배로 알을 품고 있는 어미새는 돌로 빚은 석상처럼 꼼짝도 하지 않았다. 하나의 생명이 태어나기까지의 고통을 어미새는 한결같은 침묵으로 이겨내고 있음이었다.

그때였다.

갑자기 둥지에 앉아 있던 어미새가 생각난 듯 삐찌삐찌삐찌- 하고 울부짖었다. 그러자 운무가 피어오르는 숲속에서 곧이어 찌리찌리 쯔이 하는 숫제비의 화답 소리가 들려오더니, 이윽고 날개를 파닥거리면서 활상(滑翔)하는 숫제비의 모습이 요사채 앞에 나타났다. 제비는 반원을 그리면서 날아오르다가 다시 처마 밑으로 날개를 파닥이면서 다가왔다. 배고픈 어미새가 부리를 벌리자 숫제비는 그 입 속에 방금 잡아온 곤충을 산 채로 집어넣었다. 먹이 사냥은 한 번으로 그치지 아니하였다. 어미 제비가 포식할 때까지 대여섯 차례라도 만족할 때까지 계속되었는데 그럴 때마다 숫제비는 어김없이 모이를 물어다가 알을 품고 있는 어미새의 입 안에 집어넣곤 하였다.

비록 미물의 새이긴 하지만 한 가족을 이루고 있는 제비 부부의 다정한 모습이 법운이 바라보기에 아주 좋았다. 그래서 이제 곧이어 태어날 다섯 마리의 새끼까지 합세하면 저 다정한 제비 가족들은 얼마나 아름다운 가정의 모습을 연출해낼지, 은근한 기대감마저 들고 있었던 것이다.

장작불이 이제 잦아들고 있었다.

방문을 열고 손바닥으로 방바닥을 짚어보았더니 설설 끓고 있었다. 법운은 방 안에 들어가 줄 위에 널어놓았던 덜 마른 빨래들을 활짝 펴서 방바닥에 널어놓았다. 한여름의 더위와 눅눅한 습기로 몸에서는 가만히 있어도 땀이 줄줄 흘러내릴 만큼 무더웠지만 닫힌 방 안에 앉아 있는 기분은 의외로 상쾌하였다. 등이 방바닥에 바짝 닿도록 베개도 없이 그대로 누웠더니 뜨끈뜨끈한 열기가 등허리에 그대로 느껴지고 온몸이 노곤하게 풀어지기 시작했다.

법운은 그 자리에서 그 자세 그대로 깜박 잠이 들었다. 짧은 잠 속에서 법운은 뼈찌뼈찌 하고 우는 제비의 울음소리와 쑤와와와- 잠시 끊겼다 다시 퍼부어대는 장마비 소리를 들은 듯도 싶었는데 누군가 자신을 깨우는 말소리에 눈을 떴다.

"스님, 주무셨어유-?"

공양주 할멈이었다.

벌써 밥때가 되었다. 법운이 잠이 덜 깬 상태에서 어림짐작해보았지만 아직 날이 어둡지 않은 오후 무렵인 것을 깨닫고 웬일인가 하는 눈빛으로 몸을 일으켜서 언제나 하얗게 웃고 있는 할멈을 쳐다보았다.

"손님 한 분이 스님을 뵙자고 하는데유-."

법운은 벗어두었던 가사를 주섬주섬 입기 시작했다. 이처럼 우중에 이 절에 손님이 찾아오시다니.

법당 앞에 종무소가 있었다. 절의 사무를 맡아보는 승당이었는데 살림 규모가 작아서 종무소라고는 해도 신도의 명부가 적혀 있는 주소록이나 서류 등이 비치되어 있는 작은 나무문갑에 전화기 한 대가 놓여 있는 것이 고작이었다. 그나마 절에 손님이 찾아오면 앉으라고 준비한 소파와 접대용 탁자가 한 세트 놓여 있을 뿐이었다. 주로 부목이 그곳에 앉아서 사무를 맡아 하고 있었는데 아직 그의 모습이 보이지 않는 것으로 보아 부재중인 모양이었다. 밀짚모자를 쓰고 뛰듯이 종무소 앞으로 다가갔더니 사무실 앞에 아까 약수터에서 본 여인의 모습이 서 있었다. 들고 있는 우산의 빛깔이 화려한 것으로 보아 비를 피하는 우산이 아니라 햇빛 같은 것을 피하는 양산인 모양이었다. 비가 오는 어두운 산사에서 여인이 펼쳐든 화려한 양산의 빛깔이 순간 비현실적으로 화려하게 돋보이고 있었다.

그 동안 이 여인은 이 절 안에서 무엇을 하고 있었던가.

법운은 순간 그 여인을 보면서 생각했다.

"절 보자고 하셨습니까?"

법운이 입을 열어 묻자, 여인은 황급히 시선을 피하면서 대답했다.

"아, 예."

"그럼, 들어오시지요."

법운이 고무신을 벗고 사무실 안으로 들어갔다. 그러자 여인은 양산을 접어들고, 천천히 구두를 벗고, 사무실 안으로 들어와 소파에 앉았다. 여인은 손수건으로 콧등에 밴 땀을 찍어 닦아내고 있었는데, 그것은 더위 탓이 아니라 긴장 때문인 것처럼 보이고 있었다.

"물 한잔 드릴까요?"

마침 사무실 안에는 소형 냉장고가 있어 간단한 마실 것을 준비해 두고 있었다. 그중에서 오렌지주스가 든 깡통을 들어내, 법운은 여인 앞에 내놓았다. 깡통의 마개를 따주었으나 여인은 음료수를 마시려 하지 않았다.

"불교 신자세요?"

입을 열려 하지 않았으므로 자연스레 법운이 먼저 말문을 열었다.

"아, 아닙니다."

여인이 당황해서 들고 있던 음료수를 약간 흘렸다.

"아, 미안합니다."

자신의 치마폭에 음료수를 엎질렀는데도 그것이 상대편인 법운에게 실례라도 끼친 일인 듯, 여인은 손수건으로 성급히 닦아내면서 말했다.

"그런데 어째서 저를 찾으셨습니까?"

"불교에 대해서 잘 모르지만 어디선가 들은 소문도 있고 해서 찾아왔습니다만…… 불교에서는 죽은 사람의 영혼이 이 지상에서 방황하고 떠도는 원혼이 되지 않도록…… 죽은 사람을 위해서 제사를 지내준다는 말을…… 들었는데요. 그게 사실인가요?"

여인은 아주 어렵게, 그러나 뜻은 분명하게 물어 말하였다.

"물론 있습니다. 불교에서는 이를 천도(薦度)라고 합니다. 죽은 사람의 업을 부처님과 인연을 맺게 하여 좋은 곳으로 왕생 극락하도록 맺어주는 재의 일종이지요."

"죽은 사람이 불교 신자가 아니더라도 그 제사를 올릴 수 있을까요?"

여인은 조심스럽게 물었다.

"……물론입니다."

"제가 불교 신자가 아니더라도 그 제사를 올릴 수가 있을까요?"

"상관없는 일입니다."

"그렇다면 스님, 스님께서 제사를 올려줄 수 있으시겠습니까?"

비로소 여인이 얼굴을 들어 법운을 쳐다보면서 물었다.

"그 일 때문에 저를 부르셨습니까?"

"그렇습니다, 스님."

쏴와와- 빗소리가 더욱 굵어져서 지붕을 두드리고 있었다. 경내
에는 배롱나무라고도 불리는 백일홍나무가 붉은 꽃잎을 흐드러지게
피워올린 채 참다랗게 비를 맞고 있었다. 원숭이도 올라가다가 미끄
러져 떨어진다는 매끈매끈한 배롱나무의 밑동으로 간단없이 몰아치
는 풍우에 참수되어 목이 베인 백일홍 꽃잎의 시체들이 즐비하게 떨
어져 있었다.

"언제 돌아가셨는데요?"

법운이 탁상 위에 놓인 종이와 볼펜을 집어들고 물어 말하였다. 여
인이 바라는 대로 천도재를 올리려면 죽은 사람의 영가(靈駕)에 관
한 신상명세를 미리 알아둘 필요가 있었기 때문이었다.

"……한 일 주일쯤 되었나요."

여인은 불분명하게 대답을 하면서 시선을 들어 피했다.

"돌아가신 분의 이름은 무엇입니까?"

여인은 대답 대신 들고 있는 손수건을 꼬아서 매듭을 만들고 있을
뿐이었다.

"재를 올리려면 돌아가신 분의 이름을 알아야 합니다."

법운이 설명하자 그제야 그것이 생각났다는 듯 여인이 말했다.

"이름이 없습니다, 스님. 아직 이름을 갖지 못하였습니다."

법운은 조금 어리둥절한 느낌이 들었다. 그래서 법운은 다시 물
었다.

"몇 살에 돌아가셨는데요?"

그러자 여인은 얼굴을 비가 쏟아지는 문 밖으로 돌려버렸다. 순간
법운은 그녀가 울고 있는 것이 아닐까 하는 느낌을 받았다. 그래서
더이상 질문을 하지 않고 침묵을 지키고 있었는데 여인은 다시 얼굴
을 돌려 법운을 보면서 대답하여 말했다.

"나이도 없습니다, 스님. 왜냐하면 죽은 사람은 태어나기도 전에

죽었으니까요. 그러니까 죽은 사람은 이름도 없고, 나이도 없고, 남자인지 여자인지 성별도 알지 못합니다. 스님, 굳이 나이를 따지자면 사 개월이 되었다고나 말할 수 있을까요."

여인의 두 눈에 촉촉한 이슬이 맺히고 있었다. 창백한 여인의 이마에서는 구슬땀이 배어 흐르고 있었고, 푹 팬 두 눈에는 슬픔과 알 수 없는 적의의 감정 같은 것이 뒤범벅되어 흔들리고 있었다.

"스님, 비록 그러하지만 죽은 사람을 위해서 천도재를 올릴 수는 있겠지요? 부디 이 지상을 떠돌고 구천을 헤매는 원혼이 되지 않고 좋은 인연을 받아 다시 하늘나라에서 태어날 수 있도록 재를 올려줄 수는 있겠지요?"

"물론입니다."

법운이 분명하게 잘라 대답하자 여인의 두 눈에 안도의 빛이 흘렀다.

"고맙습니다, 스님. 고맙습니다, 스님."

여인은 비로소 안심이 된 듯 고개를 들어 감사의 표시를 하면서 되풀이하여 말했다.

법운은 여인에게 재를 올리는 요령에 대해서 대충 알려주고는 재를 언제쯤 올렸으면 좋겠느냐고 물었다.

그러자 여인은 단숨에 받아 대답하였다.

"내일중이라도 올렸으면 합니다, 스님."

여인의 서두르는 기색을 보자 법운 역시 가능하면 빨리 천도재를 올리는 것이 여인을 번뇌와 죄의식에서 벗어나게 하는 지름길이라는 판단이 들었다. 그래서 법운은 다음날 오전 열시쯤 법당에서 천도재를 거행하겠다고 말했다.

그런 후 법운이 재에 참가할 사람이 있으면 미리 모두에게 알려 함께 참석하도록 하라고 했는데, 여인은 이 말에 머리를 흔들면서 다음과 같이 대답하는 것이었다.

"아뇨, 재에 참석할 사람은 또 없습니다. 어차피 나 혼자뿐이니까요, 스님."

바람의 칼(風刀)

원래 죽은 사람을 위한 천도재는 사람이 죽은 지 사십구 일이 되는 날이거나, 백 일이 되는 날이거나, 아니면 돌아가신 날짜인 기일을 기다려 올리는 것이 당연한 순서였다.

그러나 법운이 특별한 날짜를 점지하지 않고 바로 그 다음날로 날짜를 잡은 것은 여인의 딱한 속마음을 미리 짐작하고 조금이라도 빨리 여인의 마음을 강박관념에서 해방시켜주기 위함이었다.

천도재는 죽은 사람을 위한 제사라기보다는 오히려 살아 있는 사람을 위한 제사인 것이다.

사람들은 대부분 돌아가신 망자에 대해서 막연한 죄의식을 갖고 있게 마련이었다. 자식들은 부모들에게 생전에 자식으로서의 도리를 다하지 못했다는 죄책감을 갖고 있게 마련이며, 아내는 남편에게, 남편은 아내에게 살아 있을 때 책임과 성의를 다하지 못했다는 죄의식을 갖고 있게 마련이었다.

그러므로 죽은 사람을 위해 왕생 극락하여 좋은 곳에 태어나도록 제사를 올리고 나면 살아 있는 사람들은 죽은 사람에 대한 의무를 다했다는 해방감으로 비로소 죄의식과 죄책감에서 벗어나게 되는 것이다.

법운은 그 여인이 일 주일 전쯤에 뱃속의 아이를 낙태시킨 사실을 여인과의 얘기를 통해 감지해낼 수 있었다.

여인의 말에 의하면 잉태된 지 넉 달이 된 태아였던 것이다. 뱃속의 아이를 살인하였다는 죄의식이 여인을 이 비 오는 장마중에 교외에 떨어진 산사까지 오게 만들었을 것이다. 불자가 아니었으므로 불교의 의식에 관해서는 전혀 알지 못하는 여인은 아마도 귀동냥으로 주워들었던 얘기를 절에서 비로소 떠올리고, 태어나지도 못하고 죽어버린 태아를 위한 진혼재(鎭魂齋)를 올릴 수 있는가, 그 가부를 법운을 통해 타진해보려 하였을 것이었다.

의외로 법운이 선선히 승낙하자 여인은 물에 빠진 사람이 지푸라기라도 잡듯 법운에게 매달린 것이었다.

여인은 어째서 잉태된 지 넉 달이 되는 아이를 지워버렸을까. 사랑하는 남자로부터 버림을 받은 것일까. 장래를 약속하고 서로 육체를 나눈 남자가 갑자기 마음이 변해서 돌아서버린 것일까.

그날 밤 법운은 저녁 예불을 올리면서도 줄곧 그 생각을 떨쳐버릴 수가 없었다.

여인의 눈빛으로 보아 여인은 간절히 뱃속의 아이를 낳아 기르고 싶은 소망을 가지고 있었음을 알 수 있었다.

그런데 그 소망은 무참히 짓밟혔다. 여인은 스스로 허름한 산부인과로 찾아가 수술대 위에 다리를 벌리고 누웠을 것이다. 전신을 마취한 후 여인은 그토록 간절히 바라던 사랑하는 남자의 아이를 날카로운 쇠꼬챙이로 갈가리 찢어 잔인하게 죽여버렸을 것이다.

저녁 예불을 올리고 난 후, 법운은 흰 종이로 아이의 형상을 만들기 시작했다.

보통 천도재라 하면 죽은 사람의 영가를 위해 독경을 하는 것이 상용이었지만, 물에 빠져 죽은 사람의 영혼이라든지 우연한 객사로서 그 시신의 형체를 찾을 수 없는 사람의 천도재를 지낼 시에는 흰 종이로 죽은 사람의 가구(假柩)를 만들어서 임시로 만든 육신 위에 죽은 사람이 살아 있을 때 입었던 옷이라든지 신발을 신기고, 마치 임시로 만든 영구가 실제의 시신인 듯 정식으로 다비식(茶毘式)을 올려주는 것이 올바른 법도였던 것이다.

뱃속에 들어 있던 아이는 분명히 생명을 얻어 영혼은 있으되 그 육신은 태어나지 못하였다. 그러므로 그 아이에게는 육신은 없고, 다만 구천을 헤매는 혼백만 남아 있을 뿐이었다.

법운은 정갈한 흰 종이를 잘라서 갓난아이의 형상대로 인형 하나를 만들었다. 정성 들여 가위질을 하고 풀칠을 하면서 인형을 만든 다음, 법운은 인형의 얼굴 위에 붓으로 눈과 코, 그리고 입을 그려넣었다. 태어나지도 못한 아이가 남자인지 여자인지 그 성별을 알지 못하였으므로 법운은 일상적인 모습의 눈과 코, 입 모양을 그려넣은 후 가장 나중에 홀로 점안식(點眼式)을 거행하였다.

점안이라 함은 눈을 뜨게 한다는 개안(開眼)을 의미함인데 비로소 눈에 눈동자를 그려넣음으로써 그 물체가 살아 있는 생명을 지니게 된다는 불가 의식 중의 하나인 것이다.

법운은 십악 오역의 중죄를 지은 사람이라도 두서너 번 듣기만 하면 모든 죄업이 소멸되고, 깨끗한 모래에 진언(眞言)을 백팔 번 외서 그 모래를 사람의 시체나 무덤가에 뿌려주기만 하여도 모든 죄가 다 소멸되어 곧 극락세계에 이르게 된다는 광명진언(光明眞言)을 외기 시작하였다.

"옴 아모가 바이로차나 마하 무드라……."

진언을 외면서 법운은 흰 종이로 만든 아이의 눈 위에 눈동자를 그려넣었다.

그러자 종이로 만든 아이는 생명을 가진 동자(童子)가 되었다.

이로써 법운은 내일 아침 천도재를 지낼 모든 준비를 다 끝낸 셈이었다.

한적한 산사에서 재를 올리는 것은 하나의 축제이다. 여인이 재를 올릴 재물을 준비해달라고 미리 시줏돈을 놓고 갔으므로 부목과 할멈은 제단 위에 올릴 시식(試食)을 준비하느라고 분주하였다.

밤이 깊어질 때까지 비는 조금도 기세를 누그러뜨리지 않고 계속 퍼부어대고 있었다.

사무실에는 어쩌다 상태가 좋으면 화면이 잘 나오다가도 상태가 나쁘면 치익치익 하는 잡음 소리와 함께 주사선(走査線)이 가로세로로 흔들리는 고물 텔레비전 한 대가 놓여 있었는데 무심히 튼 뉴스 시간에 범람하는 한강의 모습과, 전국 각지의 홍수 피해상황을 보도하고 있었다.

산은 높고 골짜기는 깊어 둑이 무너져 온 들판을 강물이 범람한다 하더라도 홍수의 피해와는 거리가 먼 산사였지만, 이렇게 밤새도록 비가 내리면 산사로 들어오는 도로 위에 놓인 다리가 떠내려가 길이 끊겨버릴지도 모르는 일이었다.

시내로 볼일을 보러 갔다가 저녁 무렵에야 돌아온 부목은 아무래도 다리가 심상치가 않다고 걱정했다.

해마다 장마가 들어 물이 범람하면 그 다리가 무너져서 길이 끊기곤 하였는데, 보수를 해도 골짜기를 쏟아져내리는 물줄기가 워낙 거세서 다리의 받침대가 물살의 하중을 견디어내지 못한다는 것이었다.

다리가 끊어지면 산사는 고립된다.

고립된다 하더라도 먹을 것이나 살림살이가 넉넉하여 걱정할 것은 없지만 오늘밤 무너지면 내일로 약속된 천도재는 올리지 못할 것이 아닌가.

밤이 깊어갈수록 비는 더욱 거세지고 천둥에 번개까지 번득여서 온 산이 표류하는 배처럼 흘러가고 있는 느낌이었다.

망연히 방 안의 불을 꺼버리고 툇마루에 앉아서 비 오는 밤하늘에서 거대한 기념사진이라도 찍는 것처럼 플래시의 불빛을 번득거리는 번갯불을 바라보는 법운의 마음은 알 수 없는 슬픔으로 갈가리 찢기고 있었다.

천도재를 지낼 동자상을 만들 때부터 법운의 가슴속으로는 처연한 슬픔이 고여들고 있었다.

법운은 그 동자처럼 갓난아기 때 법당에 버려진 아이로 발견되었다. 아무도 없이 빈 촛불만 타고 있는 법당 안에서 자지러지게 홀로 울고 있는 어린아이를 발견한 것은 노스님이었다.

여승들만 머무르고 있는 암자에서 법운은 자랐다. 젖이 나오지 않는 노스님의 젖을 빨면서 법운은 동승(童僧)이 되었다. 노스님을 할머니로 여승들을 어머니로 부르면서 법운은 별 걱정 없이 자랐는데, 법운이 자신의 비밀을 알게 된 것은 초등학교에 들어가고 난 이후부터였다.

법운이 머리를 깎고 다니자 아이들은 법운을 까까중이라고 놀려대었다.

학교에 들어가고서야 법운은 노스님이 자신의 할머니일 수는 없고, 비구니들이 자신의 어머니일 수가 없다는 사실을 깨달았다.

어느 날 노스님에게 울면서 내 엄마가 누구냐고 떼를 쓰자 노스님은 법운을 데리고 법당 안에 들어가 불상의 모습을 가리키면서 이렇게 말했다.

"저게 네 어미다. 너를 낳은 네 어미다."

초등학교를 졸업할 무렵이 되어서야 법운은 자신의 출생의 비밀을 알게 되었다.

노스님은 어느 날 법운을 불러다가 머리맡에 앉히더니 더듬거리면서 이야기를 들려주었다.

포대기에 싸인 핏덩어리가 법당 안에 누워 있었다고 했다. 어찌나

고집스레 울던지 열흘을 달래도 울음을 그치지 않았다고 노스님은 말했다. 어릴 때 법운의 별명이 울보였던 것은 그런 연유 때문이었다.

"너는 엄마도 없다. 너는 아빠도 없다. 너를 낳은 어미는 법당에 계신 부처님이고, 너를 낳은 아비도 법당에 계신 부처님이다. 애초부터 태어날 운명을 갖지도 못하고 태어났으니 별수 없이 너는 평생 머리를 깎고 중이나 해먹을 팔자인 게야."

그로부터 며칠 뒤, 법운은 한밤중에 휘발유통을 들고 법당 안으로 들어가 불상에 끼얹고 불을 질렀다. 불상에 불이 붙어 화광이 충천하자 법운은 겁도 나고 무서워서 그 길로 산을 내려와 대처로 도망쳤다.

그때가 열두 살.

이후부터 법운이 낯선 도시에서 겪은 고생은 이루 말할 수 없는 형극이었다.

법운은 갖은 고생을 겪으면서도 절대로 절로는 돌아가지 않겠다고 결심하고 있었다. 무슨 일이 있더라도 다시는 머리를 깎고 중은 하지 않겠다고 결심하고 있었다.

그는 자신을 버린 도회지의 저잣거리에서 어떻게 해서든 살아남아야 한다고 이를 악물고 있었다. 자신을 배고, 자신을 낳고, 자신을 버린 도시에 복수하는 길은 도시에서 살아남는 일이었다.

도회지는 그를 밴 쾌락이었으며, 그를 만든 정충이었으며, 그를 잉태한 태였으며, 그를 낳은 자궁이었으며, 그를 버린 어머니였다.

그가 열여덟이 되었을 때 법운은 더이상 버텨나갈 수 있는 힘이 없음을 깨달았다. 그래서 그는 자살하여 죽으리라 결심했다.

그가 죽으리라 봐둔 장소는 제련소의 굴뚝이었다. 광석에서 금속을 뽑아내어 정제하는 제련소의 굴뚝은 길이가 일백 미터 가까이 되는 거대한 높이였다.

굴뚝 꼭대기까지 철제 사다리가 놓여 있었다. 제련소의 굴뚝에서는 광석을 가열할 때마다 검은 연기가 뿜어져나오고 있었는데, 법운은 사다리를 타고 올라가 그 굴뚝의 구멍 속으로 몸을 던져버리면 그 즉시 용광로의 불꽃 속에서 한 움큼의 뼈도 한 조각의 살도 남지 아니하고 순식간에 검은 연기로 사라져버릴 것이라고 생각하고 있었다.

약을 먹어 죽거나, 달리는 기차에 몸을 던져 죽는 일은 추악한 육신을 남기는 일이라 생각되었던 것이다. 어차피 태어나서는 안 될 운명이었다면 죽음조차도 흔적을 남기는 일 없이 깨끗한 무(無) 그 자체로 돌아가야 한다고 생각하였다.

그래서 그는 자신의 죽음을 맞이하는 장소로 제련소의 굴뚝을 봐 두고 있었던 것이다.

법운은 철제 사다리를 타고 굴뚝을 오르기 시작했다. 굴뚝은 한낮의 태양으로 달아오르고 내부에서 끓어오르는 열기를 연기로 뿜어내고 있었으므로 가마솥처럼 익어 있었다.

오로지 자살을 할 목적으로 굴뚝을 오르고 있었던 법운은 거지반 굴뚝의 꼭대기에 이르렀을 무렵, 갑자기 생에 대한 애착이 솟아오르는 것을 느꼈다.

굴뚝 밑으로 눈부신 바닷가의 넘실거리는 파도가 보이고, 바다 위를 떠도는 크고 작은 배들의 모습이 바다 위에 기생하는 이〔蝨〕처럼 피를 빨고 있었다.

오로지 죽기 위해서 필사적으로 굴뚝을 오르고 있는 자신의 모습이 갑자기 희화적으로 느껴져서 그는 거품 같은 웃음을 흘리기 시작했다.

법운이 다시 절로 돌아온 것은 불상에 불을 지르고 절에서 도망친 지 실로 육 년 만의 일이었다.

떠날 때는 열두 살의 소년이었지만 돌아올 때는 열여덟의 청년이었다. 노스님은 이미 돌아가 열반하였으며, 그가 태운 불상은 사라지고 대신 새 불상이 법당에 안치되어 있었다.

이미 사미계(沙彌戒)를 받은 법운이었지만, 그는 다시 삭발하고 행자(行者)가 되었다. 행자생활 이 년을 보내고 만 이십세가 되던 해에 법운은 구족계(具足戒)를 받고 정식으로 비구가 되었던 것이다.

비록 제련소의 굴뚝에서 미련도, 애착도, 미움도, 증오도, 슬픔도, 원한도, 번뇌도, 탐욕도 모두 굴뚝의 연기와 더불어 태워버리고 다시 출가하여 승려가 되었지만, 가슴속에 묻어 있는 한은 아직 남아 있는 마음속의 광석을 태워 쇳물을 뽑아내는 용광로처럼 이글이글 타오르며 검은 연기를 뿜어대고 있었다.

법운은 종이로 만든 동자상이 마치 이십여 년 전 포대기에 싸여 법당에 버려진 자신의 분신인 것 같은 느낌이 들었다.

그러므로 내일 올리는 천도재는 그 여인이 낙태시킨 갓난아이의 영혼을 달래주는 다비장이기도 하였지만, 태어나자마자 버려진 비참한 자신의 어린 시절의 영혼을 달래주는 진혼재인 것 같은 느낌이 들어 내내 법운은 마음이 무겁고, 상심(傷心)되었던 것이다.

우르르 쾅ー.

누비이불처럼 드리워진 무거운 먹구름 사이로 번쩍번쩍 거대한 부싯돌을 일구듯 번개의 섬광이 일더니 곧이어 온 하늘이 찢어지듯 뇌성이 들렸다.

법운은 얼굴을 들어 버릇처럼 제비둥지를 우러러보았다. 천둥이 울거나 말거나, 벼락이 치거나 말거나, 번개가 번쩍이거나 말거나, 폭우가 쏟아지거나 말거나 한결같은 그 자세 그대로 어미 제비는 알을 품고 둥지 속에 웅크리고 앉아 있었다.

제비집 앞에 깔아놓은 널빤지에는 하루 종일 어미새가 배설해놓은 제비똥이 수북이 쌓여 있었다.

저 폭우 속 우거진 숲 어딘가에 숫제비는 날개를 접고 앉아 있을 것이다. 마치 누구든 자신의 보금자리를 침입하면 가차없이 공격하여 쫓아낼 것 같은 경계심을 가지고 엄호하고 있는 것처럼.

법운은 주섬주섬 툇마루에 걸쳐놓은 우장을 입기 시작하였다. 이처럼 비가 쏟아질 때는 우산보다는 밀짚을 엮어 만든 우장을 걸치는 게 한결 비를 피할 수 있음이었다.

법운은 밀짚우장에 밀짚모자까지 눌러쓰고 비가 쏟아지는 경내로 나왔다.

석탑 앞 석등에는 희미하게 불이 밝혀져 있었으므로 절의 내부는 어렴풋이나마 드러나고 있었지만 돌계단을 지나 일주문 앞으로 다가가자 사위가 캄캄하였다.

빛이라고는 전혀 없는 칠흑같은 야밤이었지만 밤눈이 밝고 워낙 눈에 익은 길이라, 앞 못 보는 소경 노릇은 면하고 있었다. 일주문을 지나자 온 산과 온 숲이 업장(業障)이 무너져내리는 것 같은 한숨 소리를 내면서 진저리를 치고 있었다. 계곡으로는 성난 물들이 쏟아져 흐르고 있었고, 절로 오르는 비탈길은 흐르는 물줄기로 깊이 패고 흙더미가 흘러내려 산사태를 이루고 있었다.

야단났다.

법운은 계곡에 놓인 다리가 있는 여울목까지 내려가보기로 하였다. 그곳은 계곡이 갑자기 좁아지는 천탄(淺灘)이어서 급한 경사를 타고 쏟아져내린 물살이 세차게 흐르는 곳이었다.

해거름에 돌아온 부목이 그때 벌써 계곡물이 흘러넘쳐 다리 위로 범람하고 있었다고 말한 것이 사실이라면 지금쯤 다리는 벌써 떠내려갔을지도 모르는 일이었다.

아직까지 요행히 다리가 떠내려가지 않고 그대로 남아 있다 하더라도 오늘밤 안으로 다리가 그대로 무너져내릴 것은 분명한 일이었다.

퍼붓는 기세로 보아 비는 밤새도록 내릴 모양이었고, 쉽사리 그칠 비는 아니었다. 다리가 떠내려간다면 절로 들어오는 산문(山門)은 그대로 끊기게 될 것이다.

먼길로 우회하여 절의 뒤쪽으로 돌아오는 등산로가 따로 있긴 하지만 그 길을 아는 사람은 드물 것이다.

만약에 다리가 끊긴다면 내일 오전에 천도재를 올리기 위해서 찾아올 여인은 다리가 끊겨 산문을 오르지 못하고 어쩔 수 없이 그대로 돌아가게 될 것이다.

우장을 덮어쓰긴 하였지만 내리쏟는 빗줄기가 워낙 강하였으므로 곧 옷 속으로 물이 스며들기 시작했다. 법운은 아무래도 걱정이 되어 직접 눈으로 확인하지 않고서는 불안해서 견딜 수 없는 마음이었다. 뛰듯이 비탈길을 내려와 여울목 앞에 이르자 법운은 계곡이고 뭐고, 다리고 뭐고 가릴 것 없이 그대로 도도히 흐르는 엄청난 물바다를 보았다. 계곡의 양 옆으로 쌓아놓은 둑마저 무너졌으며, 그 위를 비천(飛泉)의 물줄기가 계속 흙더미를 무너뜨리면서 쏟아져내리고 있었다.

다리는 이미 흔적도 없이 떠내려가버렸으며 길은 끊겨 있었다. 건너다보이는 도로는 아득히 멀어 도저히 건널 수 없는 피안의 언덕처럼 보일 뿐이었다.

여인은 오지 못할 것이다.

법운은 낙담하여 발목까지 잠겨드는 물줄기를 굽어보면서 탄식하였다. 바람마저 법운이 쓴 밀짚모자를 단번에 날려서 거세게 흘러내리는 물 속으로 집어던졌으며, 모자는 모든 것을 무너뜨리고, 부수고, 삼키고, 할퀴면서 흘러내리는 물살과 더불어 어둠 속으로 사라져버렸다.

어쩔 수 없이 다시 비탈길을 올라 절로 돌아오면서 법운은 혼자서 중얼거려 말했다.

다리가 끊어지는 것이 나하고 무슨 상관이 있단 말인가. 여인이 다리를 건너지 못하고 산문에 이르지 못한다고 해서 나하고 무슨 상관이 있단 말인가. 여인이 오지 못해 천도재를 올리지 못한다고 해서 그것이 나하고 무슨 상관이 있단 말인가. 태어나지도 못하고 육신마저 취하지 못한 채 다만 하나의 넋으로만 황천을 헤매고 있을 그 가없은 태아의 영혼이 나하고 무슨 상관이 있단 말인가.

그날 밤 법운은 밤새도록 꿈에 시달렸다. 꿈속에서 법운은 간밤에 자신이 만들었던 그 동자가 되었다. 여인은 자신의 어머니였는데 그 여인이 자신을 품안에 안고 풍도(風刀)로 갈가리 찢고 있었다. 사람이 죽을 때는 마치 날카로운 바람의 칼이 몸을 갈가리 찢는 것과 같은 고통이 찾아온다 하였는데, 이를 풍도라 하였다. 그 바람의 칼로 어머니인 여인이 자신의 몸을 찌르고, 베고, 온몸을 도려내고 있었다. 법운은 그 아픔에 소리쳐 외마디 비명을 지르곤 하였다.

어머니. 어머니. 어머니.

자신이 지른 비명 소리에 놀라 눈을 뜨니 온몸에는 땀이 비오듯 흐르고 있었고, 이미 새벽 예불시간을 지나 있었다. 아무도 지켜보는 사람도 없고 하루 거른다고 해서 뭐라고 탓할 사람도 없었지만, 법운은 무거운 몸을 일으켜 목탁을 들고 일어나 여전히 장대와 같은 빗줄기가 쏟아져내리는 경내로 나가 법당을 향해 큰절을 올린 후 목탁을 두드리면서 참제경(懺除經)을 송주(誦呪)하기 시작했다.

"……살생한 죄, 오늘 참회하나이다. 도적질한 죄, 오늘 참회하나이다. 사음(邪淫)한 죄, 오늘 참회하나이다. 거짓말한 죄, 오늘 참회하나이다. 아첨한 죄, 오늘 참회하나이다. 이간질한 죄, 오늘 참회하나이다. 나쁜 말 한 죄, 오늘 참회하나이다. 탐애(貪愛)한 죄, 오늘 참회하나이다. 성낸 죄업, 오늘 참회하나이다. 어리석은 죄, 오늘 참회하나이다. 백겁 천겁 쌓아온 업, 한 생각에 없어져서 마른 풀(枯草)

불태우듯 흔적조차 없어지소서. 죄의 자성(自性) 본래 없어, 마음 따라 일어난 것, 마음 한번 없어지면 죄업 또한 없어지네……."

약 캐는 나그네

비는 그쳐 있었지만 햇볕은 나지 않았다. 숲 사이가 깊어 세사(細沙) 같은 실비가 나뭇가지 위에서 흩날리고 있었는데 안개와 같은 비가 내리고 있기 때문인지, 며칠 동안 계속해서 내린 비가 숲을 빠져나가지 못하고 습기를 머금은 비가 되어 운무처럼 떠돌고 있음인지 분간할 수는 없었으나 어쨌거나 법운은 숲으로 들어오자 기분이 한층 좋아졌다.

그는 어깨에는 대로 만든 소쿠리를, 한 손에는 끝이 날카로운 모종삽을 들고 숲속으로 들어선 길이었다. 오전 열시까지 기다려 여인이 찾아오기를 기대했지만 예상했던 대로 여인은 오지를 않았다.

부목 김씨가 여울목까지 내려갔다 돌아와서는 다리가 완전히 끊어져버렸다고 법운에게 투덜거리면서 보고했다.

다리가 끊어져나가는 것은 거의 해마다 일어나는 연중행사였는데, 이번에는 철근까지 박고 콘크리트 양생까지 하여서 웬만한 홍수에는 끄떡도 없을 것으로 알았는데 그만 다리가 떠내려가버렸다는 것이 김씨의 불평이었다. 그도 그럴 것이 다리가 떠내려가면 김씨는 승합차를 타고 시내로 볼일을 보러 갈 수도 없고, 굳이 볼일로 시내까지 나가려면 등산로를 우회하여 걸어서 나다녀야 했기 때문이었다.

다리가 무너져나갔으므로 여인이 오지 못할 것은 분명한 일이고, 여인이 오지 못하는 한 재를 올리지 못하는 것은 자명한 일인데도 법운은 약속시간까지 기다렸다가 무릎까지 오는 장화에 방갓을 눌러 쓰고 숲으로 들어선 길이었다.

어릴 때부터 산에서 자란 동진(童眞)의 법운으로서는 이처럼 장마철에 비가 계속해서 내린 후에는 숲 사이에 버섯이 많이 자생하고 있다는 사실을 잘 알고 있었다. 법운은 이것을 따기 위해 숲에서 숲으로 들어갔다.

버섯은 수분을 좋아하여 썩은 나무나 수목의 잔뿌리에 붙어 기생하여 자라는 독특한 습성을 갖고 있었다.

이와 같이 열흘 동안 폭우가 계속 내린 장마철의 여름 숲에서는 말버섯, 먼지버섯, 밤빛 나는 두메그물버섯, 우산버섯, 광대버섯, 그물버섯과 같은 버섯들이 자라고 있는 것이다. 이때의 며칠간을 놓치면 버섯들은 변색하여 말라붙어 죽어버리는데, 장마가 끝나고 무더위가 시작되기 전에 버섯을 따야 제철인 것이었다.

어릴 때부터 산에서 자란 법운은 그냥 보기만 해도 어느 것이 먹을 수 있는 식용 버섯인지 못 먹는 유독한 버섯인지 구분해내는 안목을 갖고 있었다. 그 지혜를 법운은 일찍이 노스님에게 배웠다.

가난하고 궁벽한 절 살림에서 버섯을 채취하는 것은 필수적인 작업이었던 것이다. 어린 법운이 숲속에서 버섯을 발견해서 소리를 지르면 노스님은 다가와 그 버섯이 먹을 수 있는 버섯인가 먹을 수 없는 버섯인가를 판별해주곤 하였다.

"이것은 광대버섯이라는 것이다. 광대버섯은, 빛깔이 이처럼 아름다우며 선명하고 화려한 버섯이란다. 그러나 이 버섯은 보기에만 좋을 뿐 먹으면 죽어버린다. 이와 마찬가지로 사람도 버섯과 똑같아. 보기에 아름답고 보기에 화려한 사람은 그 속에 독이 있게 마련이란다."

노스님은 어린 법운에게 또 한 가지 독버섯을 구별할 수 있는 방법을 가르쳐주었다. 버섯을 담근 물 속에 은수저를 집어넣어 은수저가 변색이 되면 독버섯이고, 변색이 되지 않는 버섯은 먹어도 좋은 식용 버섯이라고 가르쳐주었던 것이다.

언젠가 송림 사이에 난 향기롭고 아름다운 버섯 하나를 발견하여 법운이 소리쳐 노스님을 부르자, 노스님은 다가와 침을 세 번 퉤퉤 뱉고 말했다.

"이 버섯은 비록 향기가 고운 버섯이긴 하지만 미치광이 버섯이란 다. 이 버섯을 먹으면 사람이 미쳐서 날뛴단다. 향기롭다고 해서 모 두 먹을 수 있는 버섯은 아니란다."

버섯은 몸체에 뿌리, 줄기, 잎의 구별이 없고 대부분 균사(菌絲)로 이루어지며 자체에 엽록소가 없어서 다른 식물에 기생하여 그 식물 이 만들어놓은 양분을 빼앗아 얻어먹으면서 자라는 특성이 있었다.

버섯은 알맞은 온도와 수분과 습도, 흙 속의 양분 등이 적절하게 어우러져야 잘 자라는 식물이었으므로 숲으로 들어가면서도 법운은 반신반의했다.

그러나 길이 없는 숲으로 들어가서 우거진 숲 사이를 헤치고 보니 의외로 수목의 잔뿌리에 그물버섯들이 많이 자라 있는 모습이 보였다.

그물버섯은 균근(菌根)이라는 독특한 뿌리를 만들어서 영양분을 다른 나무의 잔뿌리로부터 공급받아 타생하고 있는, 먹을 수 있는 버 섯이었던 것이다.

법운은 버섯을 삽으로 떠서 소쿠리에 담으면서 숲으로 점점 더 깊 이 들어가기 시작했다.

숲은 향기로운 방향으로 충만해 있었다. 버섯을 따러 나왔다가 법 운은 우연찮게도 승검초를 캘 수 있었다. 승검초는 그 뿌리가 당귀라 고 하는 한약재로 귀하게 쓰이는 식물이었다. 주로 장마철이 지난 8 월에야 흰 꽃이 피게 마련인데, 철이 일렀는지 암벽 사이에서 한 움 큼의 승검초 꽃을 발견했던 것이다.

이것은 의외의 수확이었다. 승검초의 뿌리는 주로 보혈작용을 나타내는 약재로서 빈혈에 특효를 보이는, 그것을 차로 달여서 한여름 동안 마시면 무더위를 능히 이길 수 있는 체력을 얻을 수 있는 것이었다.

법운은 꽃삽으로 숙근(宿根)인 승검초의 뿌리를 캐기 시작했다. 순간 법운의 머릿속으로 다성(茶聖)이라 불렸던 초의(草衣) 선사의 시 한 구절이 떠올랐다.

초의 선사는 법명이 의순(意恂)이라 하였던 조선조 중기의 대선사로, 15세 때에 강변에서 놀다가 탁류에 휩쓸려 죽을 고비에 이르렀을 때 근처에 있던 승려가 건져주어 살게 된 것을 계기로 출가하여 승려가 되었는데 평생을 다도(茶道)에 정진하였다.

그는 어느 날 대둔산(大屯山)에 올라가 승검초의 뿌리인 당귀를 캐면서 다음과 같은 시를 짓는다.

승검초를 캐려고 험한 산을 올라간다. 골짜기는 트여 풀잎에 이슬이 맺혀 있고, 산은 깊어 안개가 차디차다. 초군(樵軍)들의 길이 끊겨 걱정되더니, 골짜기 안이 탁 트여 오히려 그게 기쁨이라. 충벽이 푸른 구름을 머금었고 안개는 햇빛을 띠었으며 수목 사이로 산새들이 지저귀는데, 계곡의 물은 바위를 안고 울어댄다. 나는 그 사이사이에서 석자 창으로 승검초를 캔다. 신령스런 뿌리를 찾기란 퍽 어려운 일. 부드러운 움이 난처럼 향긋하다. 산 속은 고요하기 이를 데 없고, 나의 마음 또한 향기롭기 그지없어, 어지러운 속세를 떠난 즐거움으로 마치 은거한 셈이로다. 이렇듯 즐거운데 어찌 채소찬을 걱정하리오. 생각건대 출세하여 헌면자(軒冕者)가 되는 것이란 술에 취해 있는 것과 같이 어리석은 짓. 문득 푸른 구름 아래에서 나는 약을 캐는 나그네임을 알았네.

'약을 캐는 나그네.'

법운은 승검초의 뿌리를 캐면서 초의가 노래하였던 대로 자신이 약을 캐는 나그네임을 새삼스레 깨달았다.

버섯을 따러 나왔다가 우연찮게 약초를 캔 것만 해도 행운이었는데, 행운은 그것에만 그치지 아니하였다.

숲속 깊이에는 활엽나무들이 우거진 삼림이 있었는데 그 숲 사이에서 송이버섯을 발견했던 것이다. 송이버섯은 버섯의 왕이라 불리는 대표적인 식용 버섯으로, 주로 추석을 무렵하여 가을에 밀생하는게 보통이나 드물게는 장마철에도 볼 수 있다.

송이버섯의 씨인 포자가 바람에 날려서 적당한 곳에 떨어져 발아하는데, 주로 적송(赤松)의 소나무숲에서 자라는 특성을 갖고 있었다.

그런데 간혹 넓은 잎나무들이 우거진 숲에서도 자라는 경우도 있었으니, 법운은 바로 활엽수목의 잔뿌리에서 송이버섯을 발견했던 것이다.

송이버섯은 '채중선품(菜中仙品)'이라 불리는 버섯인데, 다행히 절에서 쓰는 땔감을 마련하느라고 부목 김씨가 숲에 떨어진 낙엽을 부지런히 긁어내었기 때문에 썩은 낙엽 더미에서 나오는 독한 부패 독성이 없어, 송이버섯이 자랄 수 있는 좋은 환경이 조성되어 있었던 덕분으로 생각되었다.

법운은 풍화된 흙더미 속에서 송이버섯을 캐내어 소쿠리에 담았다.

법운은 행복감으로 홀로 입을 벌려 소리를 내어 웃었다.

법운의 웃음소리가 숲을 울리자, 숲 사이를 떼지어 날아다니면서 나무열매를 먹고 있던 한 떼의 찌르레기들이 일제히 찌르르르르르— 울면서 날아갔다. 흰빛의 깃털과 분홍빛 부리를 가진 찌르레기들은 그들의 영지를 침범한 법운을 경계하듯 떼지어 날면서 비상하고 있었다.

그때였다.

숲속의 정적을 깨뜨리듯 멀리서 땡강땡강 종소리가 들려오기 시작하였다. 진폭이 없이 짧게 끊어지는 종소리로 보아 절에서 치는 종소리인 모양이었다.

예불시간도 아니고 종성(鐘聲)을 낼 만한 특별한 이유가 없었으므로 법운은 그 종소리가 숲속으로 들어간 자신을 부르는 종소리임을 깨달았다. 그새 버섯을 찾아 헤매느라고 깊은 숲속으로까지 들어와, 절 주위를 찾아 헤매던 부목 김씨는 어쩔 수 없이 종을 두드려 법운을 숲속에서 불러낼 꾀를 생각해낸 모양이었다.

하는 수 없이 법운은 돌아가기로 마음먹고 발을 돌렸다. 소쿠리 속은 버섯과 약초로 수북이 차 있었고, 생각지도 않게 송이버섯까지 딸 수 있었다. 송이가 생길 수 있는 곳이라면, 가을철에 더 많은 송이버섯을 딸 수 있도록 시간이 있을 때면 갈퀴를 들고 와 낙엽 더미들을 긁어주리라.

적은 양이라 할지라도 일단 송이버섯이 발견된 이상 좋은 환경을 만들어주면 송이의 발생지는 늘어가게 될 것이다.

법운은 송이버섯이 발생한 지역의 지형 지물을 면밀히 관찰하여 다음에 오더라도 쉽게 찾을 수 있도록 기억해놓은 후, 수풀을 헤치면서 절로 돌아왔다.

절에는 어제의 그 여인이 사무실에서 법운을 기다리고 앉아 있었다. 어제와는 달리 흰 상복을 입고 있었다.

"죄, 죄송합니다. 스님."

여인은 법운을 보자 늦게 온 것이 자신의 큰 죄라도 되는 듯 몸둘 바를 몰라하면서 말하였다.

"다리가 끊어져서요. 그냥 돌아가려다가 우체부 아저씨를 만나서 다른 길을 통해 오느라고 늦었습니다, 스님."

일 주일에 두 번 정도 우체부가 다녀간다. 급한 전보나 지급 편지가 아니면 우체부는 우편물을 모아두었다가 한꺼번에 배달하고 있었던 것이다. 여인은 다리가 끊어져서 길이 막혀 산문을 오르지 못해 돌아가는 길에 다행히 우체부를 만나게 되었던 모양이었다. 우체부가 절에 이르는 우회 등산로를 일러주어 여인은 뒤늦게 절에 도착한 모양이었고, 여인이 도착하자 법운을 찾아 나왔던 부목 김씨가 찾다 찾다 못해서 종을 두드려 종소리를 내었던 모양이었다.

여인이 늦게라도 온 이상 망설일 필요도 없이 곧바로 천도재를 올리기로 하였다.

원래 천도재는 명부전(冥府殿)에서 올리도록 되어 있었다. 죽은 사람의 명계(冥界)를 관장하는 부처는 지장보살(地藏菩薩)인데 지장보살이 안치되어 있는 곳이 주로 명부전이었기 때문이다.

그러나 청화사는 작은 절이었으므로 명부전이 따로 만들어져 있지 않았다.

그래서 본존불(本尊佛)이 모셔져 있는 법당에서 재를 올릴 수밖에 없었다.

여인은 법운이 일러준 대로 재를 올릴 준비를 갖추고 있었다. 철로 만든 세숫대야 속에 갓난아기가 입을 색동저고리와 한 켤레의 꽃신을 담아들고 있었다.

원래 사람이 죽으면 죽은 사람의 머리카락을 깎아 삭발을 하고, 손과 발을 비롯하여 몸을 깨끗이 씻긴 후, 여자에게는 착군(着裙)이라 하여 치마를 입히고 남자에게는 착의(着衣)·착관(着冠)이라 하여 옷을 입히고 모자까지 씌워주는 절차를 거치도록 되어 있었다.

또한 죽은 사람의 이름을 적은 신위와 위패를 불단 위에 올려놓아야 하는데 아이의 이름이 없었으므로 따로 이를 준비할 수 없었다.

그러나 그 모든 복잡한 절차를 생략해도 상관없다고 법운은 생각하고 있었다. 죽은 영혼의 천도도 중요하지만, 그보다도 어머니로서 태어나지 않은 아이를 뱃속에서부터 죽여 살인을 범한 여인의 상처를 달래주고, 아이를 지워버릴 수밖에 없었던 고통과 어쩔 수 없는 연기(緣起)를 끊어주는 일이야말로 더 절실하고 급한 일이라고 법운은 생각하고 있었던 것이다.

분향이 무슨 소용이 있으랴. 형식이 무슨 소용이 있으랴. 정해져 있는 순서와 절차가 무슨 소용이 있으랴.

법운은 목탁을 두드리면서 무상계(無常戒)를 송주하기 시작했다.

"……무상계는 열반으로 가는 요긴한 문이고, 고해를 벗어나는 자비의 배이니라. 부처님도 이 계를 의지하여 열반을 성취하였고 중생도 이 계를 의지하여 고해를 벗어나게 되기 때문이다. 영가여, 이제 그대는(이곳에서 죽은 사람의 이름을 부르도록 되어 있었다. 그러나 죽은 사람의 이름을 알지 못하였으므로 법운은 다만 이렇게 불렀을 따름이었다) 눈·코·귀·혀·몸·생각의 여섯 가지 감각과 여섯 가지 경계(六境)를 벗어나서 신령한 영식(靈識)이 뚜렷이 드러났고, 부처님의 위대한 계를 받게 되니 이 얼마나 다행한 일인가……"

죽은 사람은 육신의 덫을 벗어났으므로 알음알이가 아주 예민해진다고 한다. 그의 눈은 마음을 그대로 꿰뚫어볼 수 있으며, 어디든 가고자 하는 곳이면 자유로이 갈 수가 있다는 것이다. 멀리 밖에서 들려오는 소리도 들을 수 있으며, 멀리 밖에서 풍겨오는 냄새도 식별해낼 수 있다는 것이다.

다만 자기 자신을 위한 기구(祈求)는 불가능한 일이어서, 이때 누군가가 대신하여 죽은 영혼을 위해 불공을 드려주면, 그 경전의 내용 하나하나가 죽은 영혼의 마음으로 그대로 스며들어 비로소 다음에 태어나는 내세에서는 해탈하여 부처를 이룰 수가 있다는 것이다.

"……영가여, 겁이 다하여 말세가 되면 대천세계도 불타고 수미산과 큰 바다도 다 말라 없어지는 것인데, 어떻게 이 작은 몸뚱어리가 늙고 병들고 죽고 고뇌하는 생사법을 벗어날 수 있겠는가?"

마침내 무릎을 꿇고 앉아 있던 여인이 흐느껴 울기 시작했다.

"영가여, 그대의 머리털과 손톱·발톱, 뼈와 이와 가죽·살·힘줄·해골 같은 것은 다 흙으로 돌아가고, 침과 콧물·고름·피·진액·가래·눈물·오줌 같은 것은 다 물로 돌아가고, 더운 기운은 불로, 움직이는 기운은 바람으로 변해 돌아가니 네 가지의 요소가 다 각각 제자리로 돌아가는 것인데, 오늘날 영가여, 그대의 죽은 몸은 어디에 있겠는가? 이 몸은 다만 흙과 물, 바람과 불, 네 가지 요소로 잠시 거짓으로 모였다 사라지는 헛된 것이니 조금도 아까울 것이 없는 것이다."

여인의 흐느낌 소리가 점점 높아지고 있었다.

법운은 점점 더 빠르게 목탁을 두드리면서 소리 높여 무상계를 송주하고 있었다.

법운은 자신이 송주하는 무상계가 영가를 위해 설법하는 형식의 내용이긴 하였지만, 실은 살아 있는 목숨인지 아니면 이미 죽어 있는 목숨인지 산 것이 산 것이 아니요 죽은 것이 죽은 것이 아닌 취생몽사의 자신을 향해 타이르는 내용처럼 느껴지고 있었다.

"영가여, 그대는 끝없는 옛날부터 오늘까지 무명(無名)이 근본이 되어 선악의 행업을 지었고, 이 행업이 이 세상에 태어나려는 일념을, 이 일념이 태중의 정신과 물질인 명색(名色)을, 이 명색이 여섯 감관[六根]을, 이 여섯 감관이 감촉(感觸) 작용을, 감촉 작용은 감각지각[受]을, 지각은 애욕을, 애욕은 탐욕을, 탐욕은 내세의 과(果)가 되는 여러 가지 업을 짓고, 이 업은 다시 미래에 태어나는 연이 되어서 늙고 병들고 죽고 근심하고 걱정하고 하였느니라. 그러므로 무명이 없어지면 행(行)이 없어지고, 행이 없어지면 식(識)이 없어지고, 식이 없어지면 명색이 없어지고, 이렇게 마침내 생로병사가 없어지느니라. 아아, 덧없다. 흘러가는 생명법이여. 태어났다 죽는 것이 없어지면 이것이 고요한 열반이 아닐 것인가?"

무상계를 송주하는 법운의 귓가에는 어린아이의 울음소리가 들려오고 있었다. 그 울음소리는 시간과 공간을 뛰어넘은 아득히 먼 옛날, 태어난 지 얼마 안 되어 법당 안에 내버려진 자신의 울음소리인지, 아니면 육신조차 취하지 못하고 가엾게 죽어 구천을 헤매고 있는 태아의 울음소리인지 법운은 분간해내지 못하고 있었다.

순간 법운은 두 가지 울음소리가 나와 너의 울음소리가 아닌 한 몸, 한 마음에서 터져 흐르는 울음소리임을 깨달았다.

태어나지도 못하고 죽어버린 어린아이의 영가가 다름아닌 자신임을 법운은 깨달았으며, 울고 있는 저 여인은 자신을 법당 안에 버리고 도망쳐버린 어머니임을 깨달았다.

저 여인의 모습이야말로 나를 낳은 어머니의 모습이다.

"……영가여, 그대는 오음(五陰)을 벗어버리고 신령한 알음알이가 드러나 마침내 부처님의 거룩한 계를 받았도다. 이 얼마나 통쾌한 일인가? 영가는 이제 하늘의 세계인 천계(天界)에도, 부처님의 세계인 불계(佛界)에도 마음대로 태어나게 되었으니 이는 참으로 통쾌하고 통쾌한 일이로다."

무상계를 끝낸 법운은 흐느껴 울고 있는 여인으로 하여금 종이로 만든 동자의 손과 발을 씻기도록 시늉이라도 할 것을 권하였다.

비록 세숫대아에는 물이 담겨 있지는 않았지만 상상의 물로써, 갓난아이의 몸을 씻고 손과 발을 씻기도록 하였다.

여인은 이른 새벽에 처음으로 길어올린 우물물인 정화수로써 아기의 몸을 씻겨내리듯, 정성 들여 종이로 만든 동자의 몸을 구석구석

씻기고 있었다.

목욕을 끝낸 후, 법운은 여인에게 가져온 색동옷을 동자에게 입히도록 하였다.

색동옷은 백일이나 첫돌을 맞은 아이들이 입는 꼬까옷이었는데 머리에 쓰는 조바위까지 있었다.

여인은 자신이 지워버린 아이를 사내아이라고 믿고 싶었던 모양인지 사내아이들이 입는 바지저고리 옷을 준비하고 있었다. 머리에 모자를 씌워 착관까지 하는 동안, 법운은 요령을 흔들어 진령(振鈴)하였다.

원래 재를 올릴 때 승려는 두 사람 이상 참석하여 한 사람은 요령을 잡고 의식 절차를 주도하는 법주(法主)가 되고 목탁을 잡은 사람은 바라지가 되는 법인데, 이 절에서 승려는 더도 덜도 아닌 법운 단한 사람뿐이었으므로 그는 혼자서 법주 노릇을 하고 이를 도와주는 바라지 노릇도 겸해서 하고 있었던 것이다.

법운이 요령을 흔들면서 다비송을 송주하고 있는 동안 여인은 종이로 만든 동자에 꼬까옷을 입히면서 마침내 참았던 눈물을 터뜨리기 시작했다.

여인은 품속에서 꼬마들이 신는 꼬까신을 한 켤레 꺼내들었다. 도저히 사람이 신을 수 없는 물건처럼 보이는 작은 고무신은 색색가지의 꽃무늬들이 현란하게 수놓아진 꽃신이었는데 그 꽃신을 신기면서 여인은 소리내어 울기 시작했다.

언젠가 태어날 아이를 위해 미리 준비하여두었던 색동옷에 예쁜 꽃신이었을까. 저처럼 소중한 아이를 어떻게 해서 여인은 스스로 죽여 살인해버렸을까. 뱃속의 아이라고 해서 생명이 없다고 생각했던 것일까. 명백한 살인인 줄 알면서 그 어떤 이유가 여인으로 하여금 저와 같이 살인하게 하고 저와 같이 통곡하게 만들고 있는 것일까.

여인이 모든 옷을 다 입히고 신발마저 신기기를 기다려 법운은 기 감(起龕)하기 시작하였다.

기감이라 함은 죽은 시신을 발인하여 화장하는 장소까지 운구하 는 절차를 말함인데, 법운이 앞장서고 여인이 대야에 담긴 동자상을 들고 그 뒤를 따라 법당을 나섰다.

잠시 그쳤던 장마비가 다시 쏟아지고 있었지만 법당의 추녀 밑을 돌아 뒤에 마련되어 있던 화장터까지 걸어갔으므로 비를 맞지는 아 니하였다.

법운이 요령을 흔들고 거화송(擧火頌)을 외면서 동자상 위에 불을 지폈다. 죽은 사람이 입던 옷이나, 물건들을 태워 죽은 사람에 대한 기억을 뇌리에서 씻어내고, 죽은 사람도 생에 대한 집착과 미련을 버 리게 하는 일을 창의(唱衣)라 하는데 재를 지낼 때마다 물건을 태우 는 일정한 장소였으므로 돌로 만든 제단은 불에 그을려 있었다.

처음에는 머뭇거리면서 잘 타오르지 않던 불길이 곧 자리가 잡히 기 시작하더니 먼저 동자상의 몸에서부터 붙기 시작하여 천천히 색 동옷으로 옮겨 타오르기 시작했다. 아이의 얼굴도 타기 시작했으며, 마침내 귀도, 코도, 입도, 눈도 타서 형체가 없어지기 시작했다. 아이 의 머리 위에 씌워졌던 모자도 맹렬한 불꽃을 보이면서 타기 시작했 고, 맨 나중에야 꽃신에 불이 붙기 시작했다.

이미 흘릴 눈물은 모두 흘려버려 더이상 나올 눈물마저 다 말라붙 어버렸음인지 여인은 머리를 풀고 물끄러미 타오르는 불길만을 바 라보고 있을 뿐이었다.

솟구쳐오르던 불길이 더이상 태울 물건이 없었으므로 곧 잦아들 어버리고 타다 남은 꽃신 한 짝만 반쯤 타다 말고 연기에 그을린 채 시커멓게 남아 있을 뿐이었다.

돌로 만든 제단 위에 한줌의 재만 남았을 뿐 이미 아무것도 없었다.

육신을 태우고 난 같은 자리에 몇 조각의 뼈가 남아 있듯, 타다 남은 꽃신 한 짝만이 연기에 그을린 채 습골(拾骨) 조각처럼 남아 있을 뿐이었다.

산의 문

천도재가 끝나자 여인은 곧 떠났다.

타오르는 불과 함께 그녀의 마음속에 새겨진 깊은 상처도 함께 태워버렸음인지 여인의 얼굴은 한결 밝아 보였다.

법운이 숲에서 딴 버섯을 종이봉지에 담아 돌아가는 여인의 손에 들려주었다. 한사코 여인이 사양하였으나 법운은 웬일인지 주고 싶다고 고집을 부렸다.

특히 법운은 자신이 캔 당귀를 여인에게 주면서 말했다.

"이것을 차로 끓여서 여름 내내 마시십시오. 그러면 빈혈이 가시고 기운을 되찾을 수 있을 것입니다."

낙태를 하였으므로 여인의 몸은 허혈(虛血)할 것이다. 그러므로 여름 내내 이 당귀를 달인 차를 마신다면 여인의 창백한 얼굴에는 마침내 화색이 돌 것이다.

부목 김씨에게 여인을 산문까지 바래다주라고 부탁하자 빗줄기가 엷어진 오솔길로 여인은 곧 부목과 함께 사라졌다.

법운은 일부러 법당 뒤편의 암벽 위에까지 올라가보았다. 흰 상복을 입고 우산을 쓴 여인의 모습이 숲길을 지나 산문을 벗어날 때까지 법운은 오랫동안 발돋움을 하고 지켜보았다.

법운은 잘 알고 있었다. 그 여인과의 만남은 이것으로서 마지막이라는 것을. 이제 다시는 그 여인과 만날 수가 없으리라는 것을.

여인은 자신이 과거의 한때, 태어나지 못한 아이의 생명을 죽여버렸음을 기억조차 하지 못하고 까마득히 잊어버릴 것이다. 언젠가는 새로운 남자를 만나 새로운 사랑에 빠져서 또다시 아이를 배고 마침내 신생아를 낳을 것이다. 그리하여 새로 태어난 아이에게 다시 예쁜 색동옷을 입히고 예쁜 꽃신을 신기겠지.

그녀에게 과거는 타오르는 다비의 불꽃과 함께 재로 소멸되어버린 것이다. 아아…….

법운은 이승에서는 이제 영원히 인연이 끊어진 태아의 입을 빌려서 조용히 여인의 모습을 향해 탄식을 하여 중얼거려보았다.

어머니.

여인은 법운의 입을 빌려 마지막으로 소리쳐 부르는 태아의 외침 소리를 듣는지 못 듣는지 아니면 들어도 못 들은 체하는지 물안개가 자욱이 드리워진 숲속으로 가물가물 사라져 마침내 구름의 바닷속으로 가라앉아 보이지 않게 되었다.

쑤와와– 다시 비가 쏟아지기 시작했으므로 법운은 도망치듯 암벽을 내려와 자신의 방으로 돌아왔다. 넋이 나간 사람처럼 망연히 툇마루에 앉아 있노라니 갑자기 머리 위에서 시끄럽게 우는 새소리 같은 것이 들려오고 있었다.

법운은 불현듯 고개를 들어보았다. 보름 이상 둥지를 지키고 앉아 있던 어미새 자리가 텅 비어 있었고, 그 대신 이제 막 알을 깨고 나온 제비 새끼들이 노오란 부리들을 합창이라도 하듯 벌리면서 재재재재 울고 있었다.

법운은 제비 새끼들의 머릿수를 세어보았다.

한 마리, 두 마리, 세 마리, 네 마리, 다섯 마리.

다섯 개의 알이 모두 한꺼번에 부화되어 약속이나 한 듯 울고 있었다.

그때였다.

그 어린 제비 새끼들의 울음소리에 화답이라도 하듯 삐찌삐찌 하고 울면서 어미 제비가 빗속을 뚫고 날아와 날개를 퍼덕이면서 둥지에 깃들이고 있었다.

어미새의 냄새를 맡은 새끼들은 아직 눈조차 뜨지 못한 장님이었는데도 더욱더 시끄럽게 재재재재 칭얼대면서 울고 있었다.

그 우는 새끼들의 부리에 먹을 것을 찔러넣어주고 어미새는 또다시 빗속을 뚫고 부지런히 먹이를 구하기 위해서 날아가고 있었다.

어미 제비가 마침내 다섯 마리의 새끼 모두를 알에서 부화시켰다.

다섯 개의 알 중 한 마리의 새끼도 잃지 않고 모두 다 탄생되었다.

법운은 어미 제비가 알에서 깨어난 새끼를 어느 정도 키워 육추(育雛)할 때까지 한여름 동안이나마 자신과 벗할 다정한 이웃이 생긴 사실이 반가워서 수북이 제비의 똥이 쌓여 있는 널빤지를 들고 비가 쏟아지는 우물가로 달려나갔다.

너무나 기뻐서 법운은 반쯤 열려 있는 법당에 안치되어 있는 주불(主佛)을 쳐다보면서 두 손으로 합장하고 고개 숙여 배례하면서 중얼거려 말했다.

"제비 새끼들 다섯 마리 모두가 무사히 태어나도록 하여주셔서 감사합니다. 나무 관세음보살 마하살. 제비 새끼들이 태어나 극락 왕생하였으니 이 모두 감사하나이다. 나무 아미타불 관세음보살."

그때 그의 머릿속으로 갑자기 밝은 불빛 속에 드러난 과거의 한 장면이 떠올랐다.

허우적거리는 엄마의 모습이었다.

"도망치세요, 엄마."

달콤한 인생

그 순간 그는 레일 위로 뛰어들었다. 그는 현실에서 과거로 뛰어들었다.

그는 허둥거리는 엄마를 부둥켜안았다. 그의 두 손은 기적적으로 아이를 받쳐올렸다.

그리고 순식간에 아이를 사람들 쪽으로 집어던졌다.

1

    간밤에 내린 눈으로 거리는 미끄러웠다. 아직 녹지 않은 눈이 쌓여 거리는 속력을 줄인 차량들로 꽉 막혀 있었다.

    그는 미끄러지지 않도록 주의하면서 지하도 입구 쪽으로 걸어갔다. 입구 쪽 작은 매점에는 신문들이 가판대에 꽂혀 있었다. 비에 젖지 않게 신문은 두터운 비닐로 포장되어 있었다.

    그는 조간신문을 한 장 샀다. 그리고 계단을 내려와 평소 하던 대로 정기통행권 패스를 구멍에 넣은 후 역 구내로 빠르게 내려갔다. 육 분 간격으로 출발하는 지하철 전동차가 도착할 시간이 거의 되었으므로 그는 뛰듯이 걸음을 빨리했다. 예상대로 전동차는 정시에 멎었다. 그는 아슬아슬하게 전동차에 올라탔다. 다행히 빈자리가 드문드문 남아 있었다. 그는 내리기가 수월해 보이는 입구 쪽 자리를 골라 앉았다.

　다섯 정거장이면 내려야 하는 짧은 거리였지만 다음다음 역은 각 노선들이 교차되는 환승역이었으므로 삽시간에 지하철 안은 발 디딜 틈 없이 인파로 가득 차, 입구 쪽에서 먼 위치에 있다가 내릴 때 고생했던 경험이 있었기 때문이다.

　자리에 앉고 나서 그는 가판대에서 산 신문을 펼쳐들었다.

　찬찬히 신문을 훑어볼 여유는 없었다. 일면에서부터 대충 큰 활자만 읽어내려가던 그의 시선이 사회면의 작은 기사에 멎었다. 기사의 내용은 다음과 같은 것이었다.

　'지난밤 열한시 Y역 구내에서 노숙자 한 사람이 불의의 사고로 지하철 레일에 떨어진 어린아이를 구출했다.'

　Y역은 그가 항상 내리는 역이었다. 그의 회사는 Y역에서 오 분 거리에 있었다. 그는 다시 기사를 읽어내려갔다.

　'그 노숙자는 어린아이를 구하고 달려오는 열차와 충돌, 현장에서 즉사했다. 경찰에 따르면 그 노숙자의 신원은 전혀 밝혀지지 않았다고 한다.'

　그는 다시 한번 그 기사를 훑어보았다. 기사의 내용으로 보아 감동적인 미담이었지만 톱뉴스로 부각되지 못하고 단신으로 처리된 것은 그 노숙자의 신원이 밝혀지지 않았기 때문이라고 그는 생각했다. 그는 팔짱을 낀 채 맞은편에 선 한 여인의 코트에서 단추 하나가 실밥이 풀어져 대롱대롱 위태롭게 달려 있는 것을 눈으로 좇으며 짧은 상념에 빠져들어갔다.

2

그가 태어난 것은 그의 어머니가 피난길에 올랐을 때였다. 몹시 추운 1월이었다. 피난을 떠날 무렵 그의 어머니는 이미 만삭이었다. 웬만하면 그냥 집에 머물면서 해산을 할 수도 있었지만 이미 한 번 유산의 혹독한 경험이 있었던 터라, 경기도 여주의 친정집으로 피난을 가서 그곳에서 해산을 하는 편이 좋으리라 생각했기 때문이었다. 아니, 남편만 있었더라도 그녀는 집을 떠나지 않았을 것이다. 남편은 어느 날 국방군에 징집되어 하루아침에 전선으로 끌려갔다. 그녀는 아무도 돌봐주지 않는 고독 속에서 아이를 낳느니 친정집으로 가서 아이를 낳고 싶었다. 그래서 무턱대고 피난길에 올랐다.

그녀는 아무것도 가진 것이 없었다. 몹시 추웠으므로 옷을 두둑이 입었을 뿐 워낙 몸이 무거워 짐을 따로 챙겨들 여력이 없었다.

여주까지는 먼길은 아니었지만 차를 얻어타고 가거나 기차를 타고 갈 수도 없었고 또 몸이 무거웠으므로 언제쯤 도착하게 될지 그녀는 아득하기만 했다.

다행히 한강은 얼어붙어 나룻배를 이용하지 않고도 건널 수가 있었지만 한강을 건너고부터가 문제였다. 피난민들은 대개 온 가족이 나서서 짐이 가득 든 수레를 밀고 끌거나 소달구지에 잔뜩 짐을 싣고 피난을 가고 있었는데 그녀만은 가족이 없는 홀몸이었다. 게다가 그녀에겐 오직 걷는 것이 유일한 피난 방법이었다.

잠실 근처에 이르렀을 때 격심한 진통을 느끼기 시작했다. 우연히 함께 피난길을 가던 아낙네가 고통스러워하는 그녀의 모습을 보고 직감적으로 아이를 낳으려 한다는 것을 알아차렸다. 마음씨 착한 아낙네는 우선 그녀를 길거리의 빈집으로 데려갔다.

그곳은 누에를 치던 헛간이었다. 누에는 아무도 돌봐주는 사람이 없어 한꺼번에 죽어 있었다.

아낙네는 불을 피우고 물을 끓이기 시작했다. 아낙네의 남편은 그렇지 않아도 바쁜 피난길에 무슨 상관이냐고 투덜거렸지만 그도 역시 인정이 많은 사람이었으므로 헛간의 널빤지들을 모아서 불을 피울 수 있게 도왔다. 짐수레에서 담요를 가져다가 바람을 막은 차일막 속에서 그녀는 분만을 시작했다. 아낙네는 눈썰미가 있었으므로 산파 노릇을 곧잘 해냈다.

마침내 한밤중이 되었을 때 여인은 아이를 낳았고 아낙네는 탯줄을 잘랐다. 아이는 태어나자마자 힘차게 울었는데 사타구니에 고추가 달린 사내아이였다. 사내아이라고 하자 여인은 울면서 말했다.

"애 아버지가 이 소식을 알면 좋아할 텐데."

아이가 태어났을 때 수호천사는 그 아이 오른편에, 악마는 그 아이 왼편에 섰다. 이처럼 모든 사람들은 자신만의 수호천사와 악마를 하나씩 갖고 태어난다. 마치 왼팔과 오른팔, 두 팔이 있듯이 사람은 누구나 두 개의 영을 갖고 태어나는 것이다.

"나는 이 아이를 반드시 천국으로 이끌고 말 것이다."

아이가 태어났을 때 수호천사는 이렇게 말했다. 그러자 이 말을 들은 악마는 낄낄 웃으면서 말을 받았다.

"그렇게는 잘 안 될걸."

원래 악마 역시 하느님에 의해서 창조된 거룩한 천사였는데, 어느 날 하느님의 권위에 도전해서 그 뜻을 배반했다. 그 이후부터 악의 천사로 전락하여 지옥의 겁벌(劫罰)을 받게 된 것이다.

"나는 이 아이를 파멸로 이끌 거야."

악마는 자신있게 말했다.

"나는 이 아이를 자살하게 만들 거야."

악마가 인간에게 거둘 수 있는 최고의 승리는 인간을 자살에 이르게 하는 일이었으므로 그렇게 말했던 것이다. 이 말을 들은 수호천사가 빛나는 날개를 펄럭이며 말했다.

"절대로 그렇게 할 수는 없을 거야. 나는 반드시 이 아이를 보호하고 지켜나가겠다. 네가 아무리 파멸시키려 하고 멸망의 구렁텅이에 빠뜨리려 갖은 함정을 파놓는다 하더라도 이 아이는 절대로 희망을 잃지 않을 거야."

"이봐."

악마가 말했다.

"잘난 체하지 마. 너는 이 아이의 인생을 알고 있잖아. 이 아이는 이처럼 불행하게 태어났어. 이제 곧 이 아이의 엄마는 죽을 거야. 그것을 모를 네가 아닐 텐데. 난 이 아이에게 권력과 재물과 명예를 주겠어. 그 대신 이 아이의 영혼을 소유하겠어. 그리하여 이 아이에게 허무와 절망을 키워주겠어. 그렇게 해서 마침내 이 아이가 자살하도록 만들 거야. 두고봐, 최후의 승리는 내가 얻게 될 것이니."

순간 천사가 소리쳐 말했다.

"물러가라, 악마야. 이 아이에게 손끝 하나 대지 마라. 난 이 아이를 지키고 있는 수호천사다. 난 이 아이를 반드시 영원한 천국으로 이끌겠어."

그러나 천사는 알고 있었다. 인간은 이 지상에 태어난 이상 인생이라는 편력(遍歷)을 거쳐야 하는 지상의 순례자인 것을. 그러나 천사와 악마에게는 그런 인생의 편력이 없다. 따라서 그 어떤 천사도 인간에게 결정적인 영향을 미칠 수는 없다. 엄청난 힘을 가진 대천사도 인간을 억지로 천국으로 이끌 수는 없는 것이다. 그 선택은 오직 인간 스스로의 자유의지에 달려 있을 뿐이다. 오히려 악마는 인간을 유혹하는 강력한 미끼를 갖고 있다. 그것은 방금 악마가 말했던 것처럼 권력과 재물과 명예다. 이 미끼들은 오직 악마의 소유다. 그에 비하면 천사가 가진 무기는 미약하기 이를 데가 없다. 악마가 '유혹하는 자'라면 천사는 인간을 유혹하지 않는다. 다만 인간의 마음속에서 '살아 있는 소리'로만 존재한다. 사람들은 이것을 양심(良心)의 소리라고 하지만 사실은 그 사람 속에 깃들여 있는 수호천사의 목소리인 것이다.

그러자 악마는 소리쳐 외쳤다.

"좋아, 네가 이 아이를 그 잘난 천국으로 이끌려 한다면 나는 이 아이를 불타는 지옥으로 이끌겠어. 좋아, 이 아이가 어떻게 될 것인지는 아무도 몰라. 어쨌든 이 아이는 우리들의 격전장이 되고 말았어. 나는 이길 자신이 있어. 두고보라고, 최후의 승리자는 반드시 나일 것이니."

사람들은 자신의 수호천사와 악마를 인식하지 못한다. 왜냐하면 수호천사는 신과 인간의 중재자라서 신의 뜻을 인간에게 전하고 인간의 기원을 신에게 전하는 영적인 존재이므로. 악마 역시 영적 존재인 것은 마찬가지다. 그러나 갓 태어난 아이들은 수호천사와 악마의 존재를 알아본다. 아이들이 웃고 있을 때는 수호천사와 서로 말을 하고 있는 것이다. 악마의 말처럼 태어날 때부터 불행하게 태어난 이 아이는 자신의 눈앞에서 수호천사와 악마가 서로 자신의 운명을 통해 강력한 싸움을 벌이겠다고 다짐하는 것을 물끄러미 지켜보았다. 그러나 아이를 낳은 어머니도 산파 역할을 했던 아낙네도 이들 영적 존재의 싸움은 전혀 눈치조차 채지 못하고 있었던 것이다.

그러나 그날 밤 악마가 예언한 것처럼 첫번째 불행이 시작되었다. 날이 샐 무렵 헛간에서는 아이와 엄마가 잠들어 있었고 아낙네의 가족들은 헛간 바깥에서 깊은 잠에 빠져 있었다. 동트는 여명 속에 다시 고단한 피난길이 시작되고 있었는데 이를 본 적군의 비행기가 갑자기 기총 소사를 시작했다. 비행기에서 쏟아지는 기관총탄은 한데서 잠들어 있던 아낙네 가족을 비껴 헛간을 관통했다. 정신을 차린 아낙네가 불붙기 시작하는 헛간 안으로 뛰어들어갔을 때는 이미 처참한 상황이었다.

아이의 어머니는 온 가슴을 붉은 피로 물들인 채 숨을 거두기 직전이었고 엄마의 품에 안긴 아이는 불에 덴 듯 울고 있었다.

"이 아이를……."

숨을 거두면서 여인은 말했다.

"이 아이를 부탁합니다."

채 말을 끝내기도 전에 여인은 숨을 거두었다. 여인의 불행을 예언했던 악마는 이 처참한 광경을 지켜보며 이렇게 말했다.

"이것은 다만 시작에 지나지 않아. 난 반드시 이 아이를 자살시키고 말 거야. 그래서 저 잘난 체하는 천사를 이기고 빛나는 승리를 거두고 말 거야."

아낙네는 어쩔 수 없이 그 아이를 받아들였다. 인정 많은 아낙네는 "이 아이를 부탁합니다"라는 유언을 남기고 죽어간 여인의 말을 차마 모른 체 뿌리칠 수가 없었던 것이다.

다행히 아낙네에게는 젖먹이 딸아이가 있었다. 젖은 딸아이에게 먹이고도 남았으므로 또 한 명의 아이에게 젖을 먹이는 것은 어려운 일이 아니었다. 아낙네는 갈 길이 급해 죽은 여인의 시체를 파묻어주지도 못하고 강보에 싸인 아이를 자신의 품에 안은 채 피난길을 떠났다.

아낙네의 남편이 피난길을 떠나기 전에 죽은 여인의 짐을 뒤져서 신분증을 찾아냈다.

'심분녀.'

신분증에는 여인의 이름이 그렇게 적혀 있었고, 여인의 본적지와 주소가 함께 적혀 있었다. 경황중에도 아낙네의 남편은 그 신분증을 소중히 간직했다.

아낙네는 자신의 젖먹이 딸은 포대기에 업고 갓난아기는 품에 안고 고된 피난길을 계속했다. 두 아이가 한꺼번에 배가 고파 울면 아낙네는 두 아이를 쌍둥이처럼 양 옆에 끼고 함께 젖을 먹였다. 갓난아기는 잘 먹고, 잘 자고, 잘 자랐다. 그것은 순전히 그 아이를 보호하는 수호천사의 보살핌 덕분이었다. 악마 역시 수호천사의 보살핌을 방해할 마음은 없었다.

왜냐하면 어린아이에게는 악마가 끼어들 여지가 없기 때문이었다. 악마는 '유혹하는 자'인데, 천국에서 떨어져나온 지 얼마 안 되는 아이들의 심성에는 유혹을 받아들일 인식이 존재하지 않기 때문이었다. 또한 천사와의 내기 때문에도 우선은 이 아이가 무럭무럭 잘 자랄 필요가 있었다.

아낙네는 목적지인 평택에 무사히 도착했다. 그 동안 아낙네는 아이에게 정이 들어 자신이 직접 낳은 친자식 같은 느낌이 들었다. 남편도 갓난아기가 남의 아이 같지 않았다. 그래서 부부는 머리를 맞대고 의논한 끝에 아이의 이름을 '박순택'이라고 지었다. 남편의 성을 아이에게 물려준 것이다. 일 년 먼저 낳은 딸의 이름은 '박순녀'였으므로 '순녀'와 '순택'은 한 살 터울의 오누이가 되었다.

순택은 평택에서 자라났다. 평택은 아버지의 고향으로 미군기지가 있었다. 가난했던 엄마는 미군기지로 몰래 들어가 석탄을 훔쳐 파는 것으로 살림에 보탰다. 몸이 날래고 민첩한 순택은 철조망 속으로 숨어들어가 고체연료인 해탄(骸炭)이 가득 쌓여 있는 차량 위로 기어올라가서 코크스라고 불리는 검은 석탄을 바닥 위에 던져 떨어뜨려놓았다. 그리고 나서 휘파람을 불면 엄마는 기지 안으로 숨어들어가 치마폭 한가득 코크스를 담아들고 빠져나오곤 했다. 간혹 미군 보초병에 들켜도 순택은 워낙 어리고 귀여웠으므로 병사들로부터 초콜릿과 과자 등을 얻고 무사히 빠져나오곤 했다. 엄마가 훔쳐온 코크스는 한겨울을 지내는 연료가 되기도 했고, 내다 팔아 살림에 보태는 가욋돈이 되기도 했다.

그러던 어느 날이었다.

달도 없는 칠흑 같은 밤이었다. 그런 날은 석탄을 훔쳐 나오기가 한결 수월했기 때문에 엄마와 순택은 한밤중에 미군기지로 다가갔다. 엄마는 얼굴에 숯검정을 칠하고 있었다. 순택은 아직 학교에 들어가지 않은 여섯 살의 나이였으나 같은 나이의 아이들보다 똑똑하고 다람쥐처럼 민첩했다.

순택은 평소 하던 대로 철조망 속으로 숨어들어가 조심스럽게 살금살금 기어서 차량 앞으로 다가가보았다. 막사에는 불이 켜져 있었으나 보초병이 있는가 없는가를 알아보기 위해서 작은 돌멩이 하나를 막사 유리창에 던져보았다. 쨍그랑 하는 소리가 났으나 막사 안에서 나오는 사람은 없었다. 순택은 안심하고 화차 위로 기어올라가 검은 코크스 덩어리를 레일 바닥에 집어던졌다. 엄마가 가져갈 한 번의 적정량을 잘 알고 있었으므로 그는 더이상 욕심 부리지 않고 던질 만큼 던지고는 됐다는 신호로 휘파람을 불었다. 곧이어 어둠 속에서 엄마의 모습이 나타났다. 엄마는 유령처럼 나타나 레일 바닥에 떨어진 코크스 덩어리를 재빠르게 치마폭에 담고 있었다.

그때였다. 갑자기 차량기지의 정문이 열리고 역과 연결된 철로를 통해 화차 하나가 들어오고 있는 모습이 보였다. 생전 처음 보는 듯한 화차의 불빛이 눈부시게 기지로 진입해 들어오고 있었는데 그 밝은 불빛 속에 엄마의 허우적거리는 모습이 드러났다. 열차는 속력을 줄이고 있었지만 이상하게도 엄마는 그 차를 피하지 못하고 허둥대고 있었다. 순간 순택은 엄마의 발이 레일 사이에 끼어 꼼짝할 수 없는 상황이란 걸 깨달았다.

"엄마."

순택은 소리질렀다.

"도망쳐요, 엄마."

수호천사는 이 순간 순택의 눈을 자신의 날개로 가려 비극적인 처참한 광경을 보여주지 않으려 했다. 그러나 순택의 눈을 가리려는 천사의 날개를 악마는 입김을 불어 치우면서 이렇게 말했다.

"눈을 가린다 해서 비극이 사라져버리는 것은 아니야. 이 잘난 체하는 천사야. 있으면 있는 대로 없으면 없는 대로 있는 그대로의 인생을 보여주는 게 현명한 방법이야."

그리고 나서 악마는 이렇게 말했다.

"자 똑똑히 보아라, 아가야. 하나도 남김없이 똑똑히 보아라."

순택은 악마의 선택대로 전부 똑똑히 볼 수 있었다. 레일에 낀 발목 때문에 도망치지 못하고 허둥대는 엄마를 향해 화차의 차량이 서서히 밀고 들어와서 마침내 엄마의 몸을 산산조각으로 찢어버리는 광경을.

"엄마."

순택은 소리쳐 울면서 화차에서 뛰어내려왔다. 엄마는 걸레처럼 레일 위에 쓰러져 있었다. 말로 형언할 수 없는 처참한 광경이었다. 죽어가는 엄마의 눈이 뭔가 말을 할 듯 말을 할 듯하면서 순택의 눈동자 위에 계속 멎어 있었다. 훔쳐낸 석탄 덩어리들이 분수처럼 피가 솟구쳐나오는 엄마의 치마폭 위에서 흔들리고 있었다.

"봐라."

악마가 순택의 귓가에서 속삭이며 말했다.

"이것이 인생이다. 인생이란 이처럼 처참한 것이다. 겨우 몇 덩어리에 불과한 석탄 때문에 네 엄마는 이처럼 비참하게 죽어간다."

천사는 순택을 위해 아무런 일도 할 수 없었다. 왜냐하면 순택은 위로를 받을 나이도 아니었으며 절망을 희망으로 바꿀 자유의지를 가진 성인도 아니었다. 천사가 해줄 수 있는 유일한 도움은 순택의 눈에서 계속 눈물이 흘러내리게 하는 일뿐이었다.

그렇다. 눈물은 천사가 가진 묘약이다. 악마는 인간을 절망시킬 수는 있지만 눈물을 갖고 있지는 못하다. 눈물은 오직 천사만이 가진 보석이다. 그러므로 우리가 절망하고 있을 때 눈물을 흘릴 수 있다면 우리는 천사로부터 위로를 받고 마침내 절망에서 벗어날 수 있는 것이다.

이로써 순택은 여섯 살의 나이에 자신을 낳은 생모에 이어 자신을 길러준 양모까지, 두 사람의 엄마를 잃어버렸다.

하루아침에 아내를 잃어버린 아버지는 순택을 미워하였다. 그는 아내의 죽음이 오로지 순택 때문이라고 굳게 믿고 있었다.

그래서 그는 순택을 고아원에 맡겨버렸다. 워낙 사이가 좋았던 누나 순녀는 아버지가 순택을 고아원에 버리자 울면서 말했다.

"아빠, 왜 순택이를 고아원에 버리는 거야. 순택이는 고아가 아니잖아."

그러자 아버지는 퉁명스럽게 말했다.

"그 자식은 원래 네 엄마가 낳은 애가 아니란다."

"그럼?"

"길거리에서 주워온 남의 아이란다."

그리고는 자신이 안 할 말을 했다 싶었던지 얼른 이렇게 덧붙였다.

"어쨌든 잊으렴. 순택이는 이제부터 네 동생이 아니니까."

그후부터 순택은 고아원에서 자라게 되었다. 비참하게 죽은 엄마의 모습은 어린 영혼에 깊은 상처를 입혔다. 명랑했던 그는 어느새 표정이 어둡고 말수가 적은 아이가 되어 있었다.

밤이면 순택은 울면서 잠이 들곤 했는데 그럴 때면 아무것도 해줄 수 없는 천사는 꿈을 빌려서 간혹 엄마의 모습으로 나타나 그를 위로

했다. 그게 천사가 해줄 수 있는 유일한 것이었다.

순택은 고아원에서 초등학교와 중학교를 다녔다. 그는 공부를 잘하지는 못했지만 총기가 있었다. 특히 손재주가 뛰어났다. 고아원에서 무엇이든 물건이 고장나면 순택이가 나서서 고쳤다. 그래서 고아원 원장은 순택이를 '만물박사'라고 불렀다. 그는 기계를 뜯어보기를 좋아했는데 어떤 기계든 한번 뜯어보면 그대로 맞출 줄 알았을 뿐 아니라 웬만한 기계는 스스로 조립하여 만들 줄도 알았다.

고아원 옆에는 철도역이 있었다. 하루에 수십 번 완행열차가 섰다가 떠나곤 했다. 그 기차를 타면 서울까지 갈 수 있다는 걸 알게 된 순택은 밤이 되면 고아원 앞 언덕에 올라가서 불을 한껏 밝힌 열차가 힘차게 기적을 울리며 달리는 것을 물끄러미 바라보았다. 언제부터인가 순택은 그 기차를 타고 말로만 듣던 서울로 떠나고 싶어졌다. 그는 자신이 고아가 아니면서도 어째서 고아원에 살고 있는지 그 이유를 알지 못했다. 그는 아버지가 자신을 왜 고아원으로 보냈는지 도무지 알 수 없었다. 그는 아버지보다 누나 순녀가 더 보고 싶었다.

마침내 열다섯 살이 되었을 때 순택은 고아원을 도망쳤다. 이른 저녁 어둠이 내리자 역사로 숨어들어간 순택은 열차가 들어오기를 숨죽여 기다렸다. 이윽고 밤 기차가 속력을 줄이고 들어왔다가 가득 손님을 태우고 떠나기 시작하자 순택은 뛰어서 기차의 난간을 부여잡았다. 간신히 열차 속으로 뛰어든 순택은 눈물을 흘리면서 멀어져가는 고향을 바라보았다.

이때 그의 귓가로 악마가 다가와 속삭였다.

"잘했어. 이제 넌 자유다. 넌 이제 그 지긋지긋한 고아원을 벗어나 마음대로 날갯짓하면서 날아다닐 수 있는 거야."

밤새도록 달린 기차는 마침내 서울역에 도착했다. 떠날 때와 마찬가지로 기차가 채 멎기 전에 뛰어내린 순택은 역사의 개구멍으로 빠져나왔다.

서울은 한마디로 거대한 마천루였다. 만날 사람도 없고 오갈 데도 없던 순택은 하루 종일 서울을 쏘다녔다. 순택이 믿을 거라곤 자신의 뛰어난 손재주뿐이었다. 그는 전파상이나 고물상, 공작소 같은 곳에서 틀림없이 자신을 취직시켜주리라 믿고 있었다. 간신히 말로만 듣던 청계천을 찾아가 그 수많은 상점들을 본 순간 순택은 우선 기가 죽었다. 그는 자전거 같은 간단한 기계들을 고치는 수리점 앞에 서서 한참을 쳐다보다가 주인으로 보이는 사람에게 물었다.

"아저씨, 심부름할 아이가 필요치 않으세요?"

눈에 색안경을 들이대고 용접을 하고 있던 사내는 이렇게 대답했다.

"꼬마야, 넌 아직 어리다. 엄마 젖이나 더 빨고 오려무나."

순택은 하루 종일 거리를 쏘다녔다. 그는 지치고 배가 고팠다. 주머니에는 겨우 두 끼 정도 먹을 수 있는 돈이 들어 있을 뿐이었다. 그는 시장 거리에서 국밥을 시켜 먹었다. 이미 어둠이 내리고 있었다. 겨우 한 끼로 허기를 채운 순택이 막 시장 거리를 나서려는데 누가 순택을 정통으로 들이받았다. 순택은 그 자리에서 쓰러졌다. 동시에 "도둑이야" 하는 소리와 함께 "도둑 잡아라" 하며 한 여인이 뛰어오는 모습이 보였다. 그 순간 순택과 부딪쳤던 소년이 재빠르게 일어서더니 바람처럼 도망쳐버렸다.

"도둑 잡아요, 도둑이요."

여인은 비명을 지르면서 종종걸음을 쳤으나 순택과 부딪쳤던 도둑은 인파 속으로 흔적도 없이 사라져버린 후였다. 여인은 혼잡한 인파 속에서 날카로운 면도날로 찢긴 자신의 핸드백을 들어 보이며 울부짖고 있었다.

순택은 시장 거리를 걸어나오고 있었다. 넘어졌다 일어섰던 터라 온몸에는 먼지가 묻어 있었다. 바지에 묻은 먼지를 터는데 뒷주머니에서 뭔가 묵직한 게 느껴졌다. 무심코 뒷주머니를 만져보았는데 무슨 물건이 들어 있었다. 꺼내보니 지갑이었다. 향수 냄새 같은 게 풍기는 것으로 보아 여자의 지갑 같았다. 지갑을 열어보고 순택은 깜짝 놀랐다. 지갑 속에는 수북이 상당한 액수의 돈이 들어 있었다.

순택은 지갑이 그 울부짖던 여인의 것임을 알아차렸으나 그 지갑이 어째서 자신의 주머니 속에 들어 있는가는 알 수 없었다.

큰 거리로 막 빠져나왔을 때 순택은 누군가 강한 힘으로 자신의 한쪽 팔을 껴안는 것을 느꼈다.

"따라와, 이 새끼야."

꼼짝할 수 없을 만큼 강하게 팔을 결박당한 채 순택은 건물 속으로 끌려갔다. 순택 또래로 보이는 소년과 삼십대 사내였다. 허름한 빌딩 속 화장실로 들어가자 소년이 문을 안에서 걸어잠근 후 말했다.

"하마터면 놓칠 뻔했어요."

사내가 입을 뗐다.

"내놔."

"뭘 말이에요?"

순택은 어리둥절한 눈으로 되물었다.

"어쭈 이 새끼 봐라, 제법인데."

사내는 순택의 몸을 뒤져 지갑을 찾아냈다. 내용물을 확인한 후 사내는 안심이라는 표정으로 지갑에서 천원짜리 지폐 하나를 꺼내주며 말했다.

"어쨌든 고맙다."

그들은 잠갔던 문을 열고 밖으로 나가려다 순택을 돌아보며 한마디 덧붙였다.

"갈 데 있냐?"

순택은 대답 대신 머리를 흔들었다.

"그럼 우리와 함께 갈 테냐?"

순택은 어쩔 수가 없었다. 그는 머리를 끄덕였다. 그러자 사내가 말했다.

"그럼 나를 따라와."

그렇게 해서 순택은 소매치기가 되었다. 그들은 일정한 지역을 정해놓고 판을 벌이는 큰 소매치기들이 아니라 그때그때 상황에 따라 소매치기를 하고 도망쳐다니는 뜨내기들이었다. 순택의 뛰어난 손재주는 곧 소매치기 수법에 익숙해졌다. 특히 옷 속으로 숨어들어가 속주머니의 지갑을 훔쳐내는 안창따기의 전문가가 되었다. 순택은 자신이 하는 일이 나쁜 일이라는 생각은 갖고 있지 않았다. 먹고살기 위해서는 어쩔 수 없지 않느냐는 정도로만 생각하고 있었다.

순택은 인정받는 기술자가 되었다. 그는 담배를 피우고 술도 마시게 되었다. 그가 소매치기들 사이에서도 알아주는 최고의 기술자가 된 것은 불과 열일곱 살의 나이였다. 소매치기들은 그를 '번개'라고 불렀다. 손이 번개처럼 빠르고 행동이 번개처럼 민첩하다고 해서 붙여진 별명이었다.

그러나 여전히 밤이면 꿈속에 엄마가 나타났다. 엄마는 꿈속에서 울고 있었다. 순택도 엄마를 만나면 함께 울곤 했는데 그것은 천사가 꿈을 빌려 엄마의 모습으로 나타나 점점 죄에 물들어가며 타락해가는 그의 모습을 슬퍼했기 때문이었다.

그가 첫번째로 체포된 것은 열여덟 살 때였다. 혼잡한 버스 속에서 소매치기를 하다가 손님에게 발각되어 버스째 경찰서 앞으로 끌려간 그는 현장에서 체포되었다. 아직 미성년이었으므로 소년원으로 들어갔다. 첫번째 전과였다. 육 개월 정도 소년원에 수용되었다가 나온 후 순택은 잠시 다른 일을 할까도 생각해보았다. 여전히 기계들을 수리하고 제작하는 일이 마음에 끌렸으나 당장 먹고사는 데는 다른 방법이 없었다. 그는 다시 소매치기를 시작했고, 요주의 인물로 찍혀서 그랬는지 이상하게도 손쉽게 현장에서 붙잡혔다. 그래서 불과 스물두 살밖에 안 된 나이에 그는 별이 다섯 개인 전과 5범이었다. 그는 아무런 희망도 없이 그날그날을 살아가는 인간 쓰레기였다.

그러던 어느 날이었다.

교도관 한 사람이 순택을 찾아와 누군가 면회를 왔다고 말해주었다. 도무지 찾아올 사람이라고는 없었으므로 순택은 반신반의하며 면회실로 나가보았다. 철창 너머에는 한 사람이 서 있었다. 젊은 여인의 모습이었다.

"나를 모르겠니."

여인은 흐느껴 울면서 말했다. 순택은 여인을 똑바로 쳐다보았으나 전혀 기억이 나지 않았다.

"누구십니까."

떨리는 목소리로 순택이 묻자 여인은 울면서 대답했다.

"순택아, 나야. 네 누나인 순녀다."

십육 년 만에 보는 누나의 얼굴이었지만 그제야 순택은 한눈에 순녀의 모습을 알아볼 수 있었다. 나중에 알게 된 것이지만 신상기록부를 본 교도관 한 사람이 평택의 가족에게 순택의 소식을 알려주었던 것이다. 그 교도관은 순택으로부터 자신이 고아가 아니라는 얘기를 여러 차례 들은 게 마음에 남았던 모양이었다.

십 분도 안 되는 짧은 면회시간이어서 줄곧 울기만 할 수밖에 없었지만 그래도 누나를 만난 후부터 순택은 표정이 밝아지기 시작했다.

이제 내겐 누나가 있다.

나는 이제 더이상 고아가 아니다.

일 년 후 그는 교도소에서 출감했다. 감옥을 나서자 그의 동료들이 기다리고 있었다. 소매치기 사이에서도 '번개'라고 불렸던 순택이었으므로 그의 출감을 동료 소매치기들이 눈이 빠져라 기다리고 있었던 것이다.

"수고했어, 번개."

그의 친구 '딱부리'가 다시는 감옥에 들어가지 말라고 두부를 내밀면서 말했다.

"얼마나 기다렸는 줄 알아?"

그러나 순택은 두부를 다 먹고 나서 결연히 말했다.

"난 이제 손을 끊겠어. 난 이제 번개가 아니야."

"무슨 소리야."

"난 고아도 아니고 날 기다리고 있는 가족도 있어. 난 이제 고향으로 내려가겠어."

감옥에서 줄곧 다져왔던 결심이었다. 짧은 면회시간 동안 누나 순녀는 울면서 말했다. 그 동안 너를 찾기 위해 얼마나 많은 노력을 했는지 모른다. 고아원에서도 전혀 네 행적을 모르더라. 아버지는 너를 기다리고 있다. 지난일을 후회하고 계시다. 그러니 다른 생각 말고 고향으로 돌아오라. 그러나 순녀는 더이상의 깊은 말은 하지 않았다. 순택이가 길거리에서 주워온 아이라는 출생의 비밀에 대해서는 입을 다물었던 것이다.

순택은 기차를 타고 고향으로 내려갔다. 그는 엄마와 살던 고향을 잊은 적이 없으므로 십여 년 만에 찾아가는 길이 전혀 낯설지 않았다. 옛날 집은 작은 구멍가게로 변해 있었는데 그것이 아버지와 누나의 살림터전이었다. 아버지는 완전히 늙고 병까지 들어 있었다. 아내를 잃은 뒤부터 아버지는 모든 슬픔과 외로움을 술로 달래고 있었다. 하루 종일 술에 취해 있을 때가 대부분이었다. 처음에 아버지는 십여 년 만에 나타난 순택이가 무슨 해코지라도 하는 줄 알고 당황했으나 늠름한 청년으로 성장한 순택이를 보자 마음의 문을 열었다.

순택은 아버지를 원망하는 마음이 없었던 터라 곧 아버지와 누나를 위해 열심히 일하기 시작했다. 비록 작은 구멍가게였지만 부지런한 순택이가 있어서 가게는 날로 번창했다. 그러나 아버지의 병은 점점 더 심각해지고 있었다. 골수까지 병이 들어 다시는 일어설 수 없을 만큼 중환자가 되었을 무렵, 아버지는 순택을 불렀다.

"술 한잔 따라다오."

간경화로 온몸이 붓고 복수가 찬 아버지는 숨찬 목소리로 그렇게 말했다. 의사는 절대 술을 마셔서는 안 된다고 했으나 순택은 서슴없이 술을 따라주었다. 아버지는 천천히 한 잔을 다 마시고 나서 깊은 한숨을 쉬면서 입을 열었다.

"오래 전부터 너에게 할말이 있었다."

아버지는 마음속에 간직해왔던 비밀을 털어놓기 시작했다.

"언젠가 때가 되면 너에게 모두 이야기하리라 결심하고 있었던 말이다."

그리고 아버지는 순녀를 다른 자리로 피하게 한 후 말을 이었다.

"너는 내 아들이 아니다. 그리고 네가 어렸을 때 죽은 네 어미도 실은 너를 낳은 친엄마가 아니란다."

숨이 차서 헐떡이는 목소리로 아버지는 출생의 비밀을 털어놓았다. 전쟁이 발발한 이듬해 추운 1월의 피난길에서 어떤 젊은 여자 하나가 누에를 치던 헛간에서 해산을 시작하였다는 것. 마침 지나가던 가족이 이를 보고 산파 노릇을 하였다는 것. 한밤중에 여인은 아이를 낳았는데 사타구니에 고추가 달린 사내아이였다는 것. 사내아이라고 말했을 때 여인은 울면서 '애 아버지가 이 소식을 알면 좋아할 텐데' 하고 말했다는 것. 그러나 날이 밝을 무렵 비행기에서 쏟아지는 기총 소사가 헛간을 관통했다는 것. 뛰어들어가보니 그 여인은 가슴을 피로 물들인 채 숨져가고 있었고, 숨이 끊어지기 직전 '이 아이를 부탁합니다'라고 말했다는 것.

그리고 나서 아버지는 어렵게 말을 꺼냈다.

"네가 바로 누에 헛간에서 총탄을 맞고 죽은 여인의 아이란다. 집사람이 차마 너를 버리고 갈 수 없어 거두어들인 거지."

간신히 말을 마친 아버지는 머리맡에 놓인 서랍을 뒤져서 오랫동안 간직하고 있던 물건을 꺼내들었다. 그것은 죽은 여인의 짐을 뒤져 찾아내었던 여인의 신분증이었다.

"이것이 너를 낳은 어머니의 신분증이란다."

낡은 신분증에는 한 여인의 이름과 본적지 그리고 주소가 적혀 있었다.

'심분녀.'

그것이 신분증에 적혀 있는 순택의 생모 이름이었던 것이다. 순녀는 문 밖에서 이 모든 말을 엿듣고 있었다.

"내가 죽으면 이 신분증에 적힌 주소로 찾아가보아라. 친아버지를 만날 수 있을지도 모른다."

순택은 아무런 감정도 보이지 않았다. 그는 묵묵히 신분증을 지갑 속에 넣었다.

자신의 운명을 예감하고 있었던 것일까. 얼마 안 있어 아버지는 숨을 거뒀다. 아버지의 장례를 치른 후 순택은 누나에게는 아무런 말도 없이 집을 나와 밤기차를 탔다. 기차에 앉아 차창 너머로 멀어져가는 고향을 바라보면서 순택은 다시는 이곳을 찾지 않으리라 결심했다. 출생의 비밀을 안 이상 이곳은 고향도 아니고 남아 있는 누나도 가족이 아닌 타인에 불과할 뿐이었다. 나는 떠돌이다. 인생의 변두리를 끊임없이 헤매고 있는 나그네며 행려병자다.

순택이 찾아간 곳은 경기도 여주였다. 신분증에 적혀 있는 엄마의 본적지였던 것이다. 흥천면은 그대로 남아 있었고 인근 농가에 물어

보니 상백리란 동리도 없어지지 않고 남아 있었다. 마침 한여름이었으므로 포도가 무르익고 있는 과수원들이 널리 퍼져 있었고 동네 한복판에는 수백 년은 됨직한 향나무가 자라고 있었다. 그 나무 그늘 아래 동네 노인들이 앉아서 더위를 피하고 있었다.

순택은 노인들에게 다가가서 주소를 말하고 찾고 있는 집을 물어보았다. 그러나 오래 전의 일이었으므로 마을 이름은 그대로였으나 번지수는 모두 바뀌어 노인들은 한결같이 모른다고 머리를 흔들 뿐이었다.

"그러면 이 마을에 심씨 성을 가진 사람이 살고 계십니까?"

순택의 생각에 엄마가 혼자서 피난길에 나섰다면 아이를 낳기 위해 친정집으로 가고 있었던 게 틀림없었다. 그렇다면 이 동리 어딘가에 심씨 성을 가진 사람이 살고 있을 것이다. 그러자 노인 한 사람이 장기를 두다 말고 순택을 쳐다보며 말했다.

"심씨 성을 찾소?"

"그렇습니다."

"내가 바로 심가요."

노인은 의아한 눈빛으로 순택을 쳐다보며 말했다.

"그런데 무슨 일로 심가 댁을 찾는 거요?"

"혹시."

순택은 조심스럽게 입을 열었다.

"심분녀란 사람을 찾을 수 있을까 해서요."

순간 노인은 귀신에 홀린 표정으로 순택을 쳐다보았다.

"분녀라면 내 딸 이름인데 어찌하여 젊은이가 내 딸 이름을 알고 있고, 또 내 딸을 찾고 있단 말이오."

순택은 그 자리에 주저앉으며 말했다.

"심분녀는 제 어머니고, 저는 바로 심분녀의 아들입니다."

"그러면,"

노인은 와들와들 떨면서 말했다.

"너는 누구냐."

노인은 순택으로부터 자신의 딸이 피난을 오던 중 비참하게 죽었고 그 와중에 태어난 손자녀석이 이렇게 살아왔다는 사실을 전해듣자 한참을 넋 놓고 앉아 있다가 마침내 긴 한숨을 쉬면서 말했다.

"이게 꿈이냐 생시냐, 도무지 알 수가 없구나."

그러나 순택이 자신의 손자이고 또한 자신이 순택의 할아버지라는 것은 틀림없는 사실이었다. 순택이 갖고 있는 죽은 여인의 품속에서 나온 신분증이 그 사실을 입증해주고 있었다.

며칠 뒤 순택은 자신의 친아버지를 만날 수 있었다. 아버지는 서울에 살고 있었다. 순택은 할아버지와 함께 서울로 올라왔다. 상당한 부잣집이었다. 아버지는 연락을 받고 기다리고 있었다. 두 사람은 만나자마자 서로가 혈육임을 금방 알아볼 수 있었다. 그만큼 닮았던 것이다.

"몇 살이냐?"

아버지는 순택이에게 물었다.

"스물네 살입니다."

이십사 년 만에 비로소 아버지는 자신의 유복자를 만났다. 아버지는 한쪽 다리를 약간 절고 있었는데, 전쟁중에 입은 부상 후유증이었다. 아버지는 큰 공장을 운영하고 있었다. 물론 아버지는 전쟁중에 행방불명된 아내를 기다렸다. 그러나 기약없이 기다리고만 있을 수는 없었다. 재혼을 했고, 열다섯 살 딸아이가 하나 있었다. 아버지는 순택에게 다시 물었다.

"이름은?"

순택은 대답했다.

"박순택입니다."

그러자 아버지는 정색을 하며 말했다.

"너는 박씨가 아니다. 너는 한씨다. 이제 너는 새 이름을 갖게 될거다. 지금 이 순간부터 박순택은 죽은 이름이다."

순택은 새 이름을 갖게 되었다. 선우였다. 박순택은 한선우로 이름이 바뀌었다. 이름만이 아니라 인생 전체가 바뀌었다. 선우는 아버지의 호적에 입적됨으로써 아버지의 정식 아들이 되었으며 새어머니를 갖게 되었다. 또한 새 누이동생도 생겼다. 아버지의 말대로 박순택이라고 불렸던 그의 과거는 이제 죽은 이름이자 죽은 인생이었다.

선우는 더이상 미군기지에서 석탄을 훔치다 화차에 부딪쳐 죽은 엄마의 모습을 기억하고 있는 불쌍한 소년이 아니었다. 고아원에서 사춘기 시절을 보냈던 불우한 소년도 아니었다. 그뿐 아니라 불과 스물두 살의 나이에 별이 다섯 개였던 전과 5범의 인간 쓰레기도 아니었다. 이 모든 과거는 아버지의 말대로 버려진 이름과 더불어 죽은 과거가 되어버렸다.

"나는 네가 어디서 무엇을 하면서 어떻게 자라왔는지 묻지 않겠다. 알고 싶지도 않다. 한 가지 분명한 사실은 너는 틀림없는 내 아들 한선우라는 것이다."

이렇게 선우는 완전히 다른 사람이 되어서 다른 인생을 살게 되었다. 선우는 아버지의 사업체에서 일을 하기 시작했다. 손재주가 뛰어나서 어릴 때부터 '만물박사'라고 불렸던 별명 그대로 기계에는 특별한 재능을 갖고 있었기 때문에 곧 아버지의 공장에서 두각을 나타낼 수 있었다. 아버지의 공장은 산업화의 바람을 타고 라디오, 선풍기, 텔레비전과 같은 가전제품을 생산하고 있었는데 선우는 금방 제2의 기술자가 될 수 있었다. 아버지의 공장은 하루가 다르게 번창하기 시작했고, 선우는 서른이 되기 전에 공장장이 되었다.

아버지는 선우가 한시라도 빨리 결혼을 해서 자신의 사업체를 물려받고 자신의 대를 이어주기를 고대하고 있었다. 그러나 선우는 작업복을 입고 공장에 틀어박혀 하루 종일 기름을 묻히며 일에 열중할 뿐 그 나이 또래 청년이면 누구나 좋아하는, 여자와의 데이트 따위에는 관심도 없었다.

선우의 나이가 서른이 넘어가자 아버지의 성화는 닦달로 이어졌다. 선우는 할 수 없이 집안에서 소개해주는 여성과 선을 보았다. 한마디로 영화배우처럼 예쁜 여성이었다. 미국에서 유학을 마친 여성이었는데 처음 만났을 때 그녀는 선우의 손톱에 낀 때를 보고 웃으며 이렇게 말했다.

"여자를 처음 만나러 나올 때 손톱을 깎는 것은 최소한 지켜야 할 예의가 아닐까요."

선우는 부끄러워하며 대답했다.

"하루 종일 기계만 만져서 그렇습니다."

언젠가부터 그는 사람보다 기계와 어울리기를 좋아했다. 기계는 말이 없지만 늘 사람보다 정직했고, 그리고 애정을 기울이면 기울인 만큼 정확했다. 막강한 권력을 가진 정치가의 집안과 산업사회에서 단시간에 부를 축적한 재산가의 집안은 서로 필요에 의해서 정략적인 혼인을 해야 할 처지에 놓여 있었다. 정치는 돈을 필요로 하고 있었고, 또한 아버지는 자신의 재산을 보호하고 사업을 밀어줄 강력한 후원자가 필요했던 것이다.

그렇게 해서 정치가의 딸인 유미와 선우는 약혼을 하고 곧 결혼식을 올리게 되었다. 유미를 만날 때마다 선우는 손톱을 깎았다. 손톱을 깎아도 손톱 사이의 검은 기름때는 남아 있었고, 아무리 목욕을 하고 머리를 감아도 몸에서 나는 기름 냄새를 어쩔 수 없었다. 유미를 만날 때면 선우는 항상 마음속으로 열등의식을 느끼고 있었다. 미국에서 피아노를 전공한 엘리트답게 유미는 지적 욕구가 가득한 여성이었고, 어두운 과거를 지녔으며 제대로 된 학교생활이라고는 해보지 못했던 선우와는 여러모로 대비되었다.

유명한 피아니스트를 꿈꾸었던 유미의 손은 한때 남의 속주머니 속에 들어 있던 지갑을 꺼내는 데 명수여서 '번개'라는 별명을 가졌던 선우의 손과는 비교가 되지 않을 정도로 깨끗하고 아름다웠다. 연주회에서 피아노의 건반을 두드리는 유미의 손은 검은 기름때를 묻힌 그의 더러운 손과는 비교가 되지 않을 정도로, 마치 꽃 위를 날아다니는 흰나비처럼 아름다웠다. 선우는 흰 드레스를 입고 나온 연주회장의 유미를 보고 숨이 막혀서 과연 저 여인이 내 약혼자일까, 나와 평생을 같이할 사람인가 의심해보기도 했다.

그날 밤 연주회가 끝나고 집까지 바래다주었을 때 집 앞 어두운 골목에서 유미가 선우에게 말했다.

"키스해주세요."

선우가 망설이자 유미는 그의 품속으로 뛰어들었다. 선우의 목에 매달린 유미는 이렇게 속삭였다.

"난 선우씨의 손톱에 낀 때는 싫지만 몸에서 나는 기름 냄새는 좋아요."

결혼을 앞두고 선우는 문득 평택에 있는 누나 순녀를 떠올렸다. 지난 십여 년 동안 한 번도 떠올리지 않았던 누나였다. 모습을 떠올리자 선우는 갑자기 누나가 보고 싶어졌다. 그는 곧장 차를 타고 평택으로 달려갔다. 십여 년 만에 찾아간 동네는 많이 변해 있었다. 거리에는 미군을 상대로 한 유흥가들이 새로 밀집해 들어섰고, 그들을 맞는 화려한 네온의 간판들이 울긋불긋 명멸하고 있었다.

그 변화가 끝에 자신이 살던 집 자리가 그대로 남아 있었다. 구멍가게는 예전 그대로였다. 도로보다 낮은 구멍가게는 쉴새없이 오가는 트럭들의 먼지를 뒤집어쓰고 늙은 노파의 허리처럼 가라앉아 있었다. 한때 자신이 부지런히 일하던 구멍가게를 보니 선우는 마음이 착잡했다.

그때였다.

담배라도 사러 왔는지 꼬마 하나가 가게 앞으로 다가가자 가게문이 열리며 한 여인이 나타났다. 어두웠지만 가로등에 비친 여인의 모습을 본 순간 선우는 그녀가 다름아닌 누나 순녀임을 알 수 있었다.

순녀는 예전 그대로의 모습이었다.

소년에게 담배를 주고 거스름돈을 내주는 누나를 본 순간 그는 단숨에 달려가 자신의 모습을 나타내고 싶었다. 그러나 달려나가고 싶은 마음과는 달리 그의 몸은 제자리에서 얼어붙은 듯 꼼짝도 하지 않았다. 순간 그는 자기가 진심으로 사랑하는 사람은 순녀임을 깨달았다. 자신이 진짜로 결혼해야 할 사람은 유미가 아니라 어쩌면 저 순녀일지도 모른다고 그는 생각했다.

그러나 그는 자신의 운명을 거역할 수 없었다. 그는 홀연히 몸을 돌려 도망치듯 돌아왔다. 그로부터 며칠 뒤 그는 유미와 결혼식을 올렸다.

결혼식을 올리기 위해 입장하는 선우의 오른쪽에는 수호천사가 있었고 왼쪽에는 악마가 있었다. 그들은 그렇게 선우와 함께 입장했다.

선우가 태어날 때부터 '반드시 천국으로 이끌 거'라고 맹세한 수호천사와 '반드시 자살하게 만들 거'라고 맹세한 악마는 선우의 일생을 통해 끊임없이 경쟁해온 것처럼 결혼식장에서도 예외가 아니었다. 웨딩 마치에 발맞추어 입장하는 선우의 곁에 서서, 악마는 천사를 쳐다보며 이렇게 말했다.

"난 이 아이가 태어났을 때 말했어. 이 아이에게 권력과 재물과 명예를 주겠다고. 저 모든 권세와 영광은 내가 받은 것이니 누구에게나 내가 주고 싶은 사람에게 줄 수 있다고. 자, 보라구. 이 아이는 이제 큰 부자가 되었어. 그리고 저 아름다운 부인을 보라구. 저 화려한 웨딩드레스와 눈부신 반지를 보라구. 이제부터 이 아이의 영혼은 내 것이야. 두고봐, 최후의 승리가 다가오고 있어. 네가 아무리 이 아이를 수호하는 천사라 할지라도 이 아이의 운명은 결코 바꿔놓지 못할 거야."

결혼 후 선우는 행복했다. 화려한 성격의 유미는 사람들과 어울리기를 좋아해서 자주 화려한 파티를 열었다. 산업사회의 급속한 팽창과 함께 사업은 번창일로였고 선우는 최고의 기업가가 되었다. 그러나 여전히 선우는 사람들과 어울리기보다는 작업복을 입고 공장에 틀어박혀 기계와 어울리는 것을 더 좋아했다. 유미는 결혼하자마자 아이를 가졌고 곧 아들을 낳았다. 건강하고 예쁜 아들이었다. 선우는 아들의 이름을 영석이라고 지었다. 자신을 꼭 빼닮은 아들을 바라보는 기쁨은 이 세상의 그 무엇과도 바꿀 수 없는 행복이었다.

그 무렵이었다.

어느 날 업무 때문에 차를 타고 가던 선우는 사거리의 신호등에 걸려 잠시 멈춰 있었다. 그때였다. 인파 속에서 한 사람이 쏜살같이 뛰쳐나오다 선우가 타고 있던 차에 부딪혀 쓰러졌다. 거의 동시에 그 사람을 쫓는 고함 소리와 함께 몇 사람이 달려오는 게 보였다. 그러자 차에 부딪힌 사람은 빠르게 몸을 일으키다가 한순간 뒷좌석에 앉은 선우 쪽에 눈길이 멎었다. 두 사람의 눈이 마주친 순간 선우는 소스라치게 놀랐다. 그것은 오랫동안 잊고 있었던 '딱부리'의 눈동자였다. 딱부리의 눈빛도 비록 찰나였지만 경악하고 있었다. 딱부리는 뒤쫓아오고 있는 사람들을 피해 순식간에 사라졌지만 그 경악하는 눈빛만은 선우의 가슴속에 오랫동안 남아 있었다.

불과 십여 년 전만 해도 자신은 전과 5범의 소매치기가 아니었던가. 쫓기고 있는 것으로 보아 딱부리는 아직도 소매치기 세계에서 손을 씻지 못한 모양이었다. 마지막으로 교도소를 나섰을 때 다시는 감옥에 들어가지 말라고 두부를 내밀던 딱부리, 아니 그보다도 가출하여 처음으로 서울에 올라온 어린 그를 유혹하여 소매치기 세계로 끌어들인 사람이 바로 딱부리가 아니었던가.

뭔가 불길한 예감은 곧 현실로 다가왔다. 그로부터 며칠 뒤 공장을 나서서 집으로 향하고 있던 승용차 앞으로 사람 하나가 뛰어들었다. 한눈에 보아도 일부러 보상금을 노리며 뛰어든 고의적인 교통사고였다. 운전사를 뒤따라 나가보니 사내는 아스팔트 위에 쓰러져 있었다. 입가에는 피가 흘러내리고 있었다. 그런데 갑자기 죽은 듯 쓰러져 있던 사내가 선우에게 속삭이며 말했다.

"이보게, 나야 딱부리. 긴가민가했더니 번개가 분명하네. 어떻게 된 거야, 번개. 한탕 크게 한 거야?"

그 길로 딱부리는 병원에 입원했다. 다음날 밤 선우는 혼자서 딱부리를 찾아갔다. 침대 위에 누워 있던 딱부리가 기다리고 있었다는 듯 싱글싱글 웃으며 말했다.

"이렇게 혼자서 오실 줄 알고 있었지. 번개, 도대체 어떻게 된 거야. 뒷조사를 했더니 이름도 바뀌셨구, 엄청난 부자가 되셨더군. 예쁜 아내에 아들 녀석까지 있으시더군. 번개, 이 불쌍한 딱부리를 그동안 잊지는 않으셨겠지."

선우는 주머니에서 돈이 들어 있는 봉투를 내밀며 말했다.

"다시는 내 앞에 나타나지 마. 만약 한 번만 더 나타난다면 그땐,"

선우는 이를 악물면서 말했다.

"죽여버리겠어."

그러자 딱부리는 느물거리며 말을 받았다.

"여부가 있겠는가. 절대로 나타나지는 않을 걸세. 그 대신 그 손목에 찬 시계도 내게 마지막으로 선물하지 않겠는가."

선우는 자신의 손목에 찬 시계를 보았다. 아내로부터 받은 예물 시계였다. 그러나 그는 두말없이 시계를 풀어주고 병실을 빠져나왔다. 그날 밤 그는 아내에게 변명하듯 말했다.

"미안해. 오늘 우연히 거리에 나갔다가 예물 시계를 소매치기당했어."

그러자 유미는 웃으면서 말했다.

"다른 시계를 사드릴게요. 걱정하지 마세요."

그로부터 일 년 뒤쯤 선우를 찾아온 사람이 있었다. 형사였다. 며칠 전 소매치기가 한 명 잡혔는데 장물 중에 고급시계가 있어서 그 출처를 추궁했더니 훔친 게 아니라 한선우 사장이 주었다고 했다는 것이다. 경찰서에 가서 확인을 부탁한다는 나름대로의 정중한 요청이었다. 경찰서 취조실에서 선우는 딱부리와 마주 앉았다. 그는 포승줄로 묶여 있었다.

"잘 왔어, 번개. 저 시계를 내가 훔쳤다는 거야. 그래서 그게 아니라 네가 주었다고 여러 차례 설명했는데도 내 말을 통 안 믿는 거야. 그렇지 번개, 이 시계는 선물로 내게 준 거지?"

선우는 묵묵히 앉아 있었다.

"이 녀석의 말이 사실입니까?"

형사는 날카로운 눈으로 선우를 바라보았다.

"솔직히 대답해, 번개. 네 말 한마디에 죽느냐 사느냐 내 인생이 달려 있어."

"모릅니다."

선우는 대답했다.

"저 시계는 일 년 전 제가 잃어버린 것입니다."

그러자 형사는 딱부리를 끌고 유치장으로 사라졌다. 사라지기 전 딱부리는 경찰서가 떠나가도록 소리를 질러댔다.

"야, 이 새끼야. 번개 새끼야. 네놈이 전과 5범이라는 것을 모르는 사람이 없어. 두고봐, 이 새끼야. 너를 죽여버릴 테니까."

며칠 뒤 딱부리는 유치장에서 목을 매 자살했다. 죽기 전 유서를 남겼는데 그 유서의 내용이 곧바로 신문에 활자화되었다.

J전자의 제2인자인 한선우가 한때 박순택으로 불렸던 소매치기, 그것도 전과 5범인 안창따기 명수 '번개' 였다는 기사가 대서특필되었다. 아내가 물었다.

"이 모든 게 사실이에요?"

그는 아무런 말도 할 수 없었다.

"솔직하게 대답해주세요, 여보."

그는 아내와 아내의 품에 안겨 있는 아들을 보았다. 아들은 요즘 들어 '아빠 아빠' 소리를 제대로 하고 있었다.

"미안하지만,"

그는 간신히 입을 열었다. 아들의 맑은 눈을 본 순간 더이상 거짓말을 해서는 안 된다고 생각했기 때문이었다.

"사실이오. 하지만 그건 모두 과거의 일이오."

아내는 큰 소리로 울기 시작했다. 아들이 아빠 아빠 하고 그의 품에 안기려고 하자 아내는 아이를 그의 품에서 떼어놓으며 소리쳤다.

"안 돼요. 그 더러운 손으로 아이를 만지게 할 수는 없어요. 당신은 더이상 이 아이의 아빠가 아니에요."

행복했던 결혼생활은 끝이 났다. 그뿐 아니라 번창하던 사업도 쇠퇴하기 시작했다. 낮에는 사업가로 행세하다가, 밤이면 남의 호주머니를 터는 이중인격자로 매도당했다. 그가 만든 전자제품은 더이상 팔리지 않았다. 유미는 이혼을 요구했다. 막강한 권력을 가진 유미의 아버지 역시 자신의 정치적 생명이 위험했으므로 딸에게 이혼을 독촉했다.

"당신은 더러운 사람이에요. 난 더러운 당신과 함께 살 수 없어요."

결국 두 사람은 이혼을 했다. 그는 아내의 요구를 모두 들어주었다. 그 대신 한 가지만은 결코 양보하지 않았다. 아들을 자신의 손으로 키운다는 조건이었다. 유미도 새 출발을 하는 데 아이가 걸림돌이 된다고 생각했는지 끝까지 고집을 부리지는 않았다. 그는 그가 가진 거의 모든 재산을 아내에게 위자료로 주었다.

그는 다시 무일푼의 빈털터리로 돌아갔다. 그의 아버지는 여전히 몇 개의 사업체를 가지고 있었으나 사람들의 손가락질을 받는 아들에게 일을 맡기는 것은 무리라고 생각했다.

이혼을 한 후 아내는 다시 미국으로 피아노 유학을 떠났으며, 그로부터 일 년 뒤 재혼했다는 기사를 신문에서 보았다. 사진 속의 아내는 새로운 남자와 팔짱을 끼고 환한 미소를 띠고 있었다.

그후부터 선우는 사람들 사이에서 사라졌다. 그는 더이상 촉망받는 기업가 한선우도 아니었고, 전과 5범의 소매치기 박순택도 아니었다. 그를 기억하는 사람은 아무도 없었다. 심지어 그의 아버지조차 그의 행방을 알지 못했다. 그는 어느 날 아들 영석이를 데리고 갑자기 사라져버렸다.

선우는 지방의 소도시로 내려가 그곳에 정착했다. 그는 고장난 가전제품을 고쳐주고 간단한 전기설비를 해주는 전파상을 열었다. 열심히 일했지만 간신히 입에 풀칠할 정도밖에는 되지 못했다. 그러나 그는 행복했다.

그의 곁에 아들 영석이가 있다는 사실 하나만으로도 그는 행복했다. 그는 이 세상이 그를 알아보지 못하고 잊어버린 채 그저 가만 내버려두면 좋겠다고 생각했다. 그는 어린 시절부터 줄곧 빛과 어둠, 희망과 절망, 기쁨과 슬픔, 행복과 불행과 같은 극단적인 삶 속에서 살아왔으므로 사랑하는 아들과 함께 밝은 빛도 어둠도 아닌 제3의 공간에서 그 누구의 눈에도 띄지 않게 편안하게 살고 싶었다. 그것만이 자신이 바랄 수 있는 최선의 행복일 거라고 굳게 믿고 있었다.

그의 즐거움은 하루 일을 마치고 홀로 마시는 술이었다. 가게 문을 잠그고 중고 텔레비전의 지지거리는 화면을 바라보면서 홀로 술을 마셨다. 그럴 때마다 아들은 곁에서 그가 만들어준 온갖 장난감을 갖고 놀았다. 실제로 움직이는 자동차를 비롯하여 로봇, 비행기 등 아들이 원하는 장난감이라면 그는 무엇이든 만들어줄 수 있었다.

어느덧 아들 영석이 초등학교에 들어갈 나이가 되었다. 그 무렵 어느 날이었다. 영석이 갑자기 심한 고열에 휩싸이기 시작했다. 인근 동네병원에 데려갔더니 마침 유행하는 독감이라며 주사를 놔주었다. 그러나 열은 쉽게 내리지 않았다. 얼마 후 열은 내렸지만 영석은 급속도로 쇠약해지기 시작했다. 피부는 창백해지고 조금이라도 걸으면 어지러워 쓰러질 정도로 빈혈증세를 보였다. 몸을 움직일 때마다 아프다고 비명을 질렀다. 놀라서 병원으로 데려가자 의사는 심한 감기 뒤끝에 보일 수 있는 일시적인 후유증일 뿐이라고 했다.

그러나 영석의 병은 심상치 않았다. 걸핏하면 코에서 피를 흘리고, 한번 흘리기 시작하면 쉽게 그치지 않았다. 그는 무서웠다. 다시 병원으로 갔을 때 의사는 아이의 변화된 안구를 살펴보더니 한시라도 빨리 종합병원으로 데려가라고 말했다.

종합병원에서는 영석의 척추에서 골수를 뽑았다. 검사가 끝난 후 의사가 말했다.

"선생님 아들은 백혈병에 걸렸습니다. 급성 백혈병입니다. 상태가 아주 위독합니다."

그는 영석을 병원에 입원시켰다. 그러나 간신히 입원만 시켰을 뿐 치료비에 쓸 돈이 전혀 없었다. 그는 자신이 어떤 행동을 취해야 할지 곰곰이 생각해보았다. 문득 까마득히 잊고 있던 아버지를 떠올렸다. 아버지를 만나서 사정을 하면 도움을 받을 수 있을 것 같았다. 그는 기차를 타고 서울로 올라갔다. 서울을 떠난 뒤 오 년만의 일이었다. 아버지가 경영하고 있는 회사를 찾아갔다. 입구를 지키고 있던 수위가 엘리베이터를 타려는 그를 막아 세웠다.

"어딜 가십니까?"

그는 이 건물의 주인인 아버지를 만나러 간다고 말을 하려다 말고 문득 맞은편 거울에 비친 자신의 모습을 보았다. 거울에는 초라하고 남루한 한 사내의 모습이 떠오르고 있었다. 그 모습을 본 순간 그는 아무런 말도 할 수 없었다. 그는 쫓기듯 빌딩을 나와 광장 앞 가로수 밑에 주저앉았다.

아버지가 나올 때까지 차라리 이곳에서 기다리자고 그는 생각했다. 딱 한 번만이다. 딱 한 번만 아버지에게 도움을 청하자. 그는 저녁이 오고 어둠이 내릴 때까지 기다렸다.

그러던 어느 순간 그의 얼굴에서 미소가 떠올랐다. 그는 앉은자리에서 벌떡 일어나 미련 없이 그곳을 떠났다. 그리고 지하도를 내려가 화장실에서 얼굴을 씻었다. 주머니에서 빗을 꺼내 머리를 단정히 빗었다. 세면대에는 누가 쓰다 버린 면도기가 놓여 있었다. 그는 그 면도기로 수염을 말끔히 깎았다. 거울에 비친 그의 모습은 한결 말쑥하게 보였다. 그는 가판대에서 신문을 한 장 사서 네 겹으로 접었다. 신문을 산 것은 읽기 위해서가 아니었다. 다른 사람들의 시선을 가리기 위해서였다.

딱 한 번, 이번 한 번뿐이다. 그는 결심했다.

그는 달려오는 지하철을 탔다. 마침 퇴근시간이었으므로 지하철 안은 인파로 흘러넘치고 있었다. 그는 날카로운 눈으로 승객들을 살펴보았다. 이십여 년 만이었지만 그의 눈빛은 녹슬지 않았다. 한때 그는 사람의 겉모습만 보아도 그 사람의 속주머니 내용물을 환히 꿰뚫어볼 수 있었다. 퇴근하는 직장 여성의 핸드백을 터는 일은 소용없는 일이었다. 오직 단 한 번의 기술로 아들의 치료비를 충당할 수 있는 거액의 돈을 확보해야 했다. 그는 사냥감을 물색하기 위해서 지하철 안을 맴돌았다. 마침내 그는 한 사람을 발견했다. 괜찮은 기업체의 중견간부인 듯한 중년 사내였다. 다행인 것은 사내가 약간 술에 취해 있다는 사실이었다. 사내는 손잡이에 매달려서 반쯤 졸고 있었다. 그는 사내의 등뒤로 바짝 달라붙었다. 접은 신문지로 주위의 시선을 가린 후 팔꿈치로 사내의 몸을 더듬어 지갑이 들어 있는 속주머니의 위치를 가늠했다. 날카로운 면도칼이 있었더라면 십상이겠지만 그는 어쩔 수 없이 사내의 벌어진 코트 속으로 맨 손가락을 찔러넣었다. 무딘 손끝은 예전의 그 날카롭던 손이 아니었다. 그는 땀을 흘리면서 사내의 속주머니로 손을 찔러넣고 다른 한 손으론 사내의 신경을 분산시키기 위해 거칠게 몸을 압박했다. 사내가 성가신 눈빛으로 반대편을 노려볼 때 그는 번개처럼 사내의 속주머니 단추를 풀고 지갑을 꺼냈다. 하마터면 놓칠 뻔했지만 그는 지갑을 자신의 속주머니에 넣은 후 다음 정거장에서 내렸다.

온몸에 땀이 흘러 젖은 걸레와도 같았다. 그는 휘청이면서 공중화장실로 걸어갔다. 화장실의 문을 잠그고 헐떡이며 훔친 지갑을 꺼냈다. 지갑 속에 꽂혀 있는 카드는 그대로 쓰레기통에 버렸다. 카드는 아무런 소용이 없는 물건이었다. 주민등록증이나 운전면허증 같은 신분증도 쓰레기통에 버렸다. 지갑의 지퍼를 열었다. 두툼한 돈 봉투가 들어 있었다. 마침 월급날이라도 되었는지 봉투 속에는 돈이 가득 들어 있었다. 다행인 것은 수표는 몇 장 되지 않고 대부분 현금이라는 점이었다. 그는 지갑을 통째로 쓰레기통에 버리고 곧바로 화장실을 나왔다. 그 길로 기차를 타고 병원으로 내려왔다. 영석은 어느새 머리를 완전히 깎은 채 아버지를 기다리다 잠들어 있었다. 그는 잠든 아이를 바라보며 맹세하듯 중얼거렸다.

"나는 반드시 너를 살려내고 말 테다. 만약 필요하다면 사람의 배를 면도칼로 가르고 간을 훔쳐서라도 너를 살려낼 테다."

그러나 영석의 병은 날로 걷잡을 수 없이 되어갔다. 더구나 급성인 탓에 병은 급속도로 진행되었다. 거의 모든 곳에서 출혈을 보이더니 혼수상태에 빠져들었다. 수혈을 하면 잠시 정신이 들긴 했지만 그때뿐이었다. 이미 안구의 변화와 출혈로 앞을 거의 보지 못하는 영석은 정신이 들 때마다 그의 얼굴을 두 손으로 붙잡고 손가락으로 더듬으면서 이렇게 말하곤 했다.

"아빠 나는요, 아빠를 사랑해요."

"나도 너를 사랑하고 있단다."

"울지 마세요, 아빠."

아들은 쉬엄쉬엄 말했다.

"잠이 들면 아픈 게 덜하니까 아주 깊이 잠들면 아주 안 아프게 될 거예요. 그러니 아빠, 내가 죽더라도요 그냥 깊이 잠들었다고만 생각하세요."

며칠 뒤 실제로 아들 영석은 깊이 잠들었다. 이제 겨우 일곱 살의 어린 나이였다.

죽은 아이를 부둥켜안고 있는 그의 등뒤에서 수호천사는 함께 울고 있었다. 울고 있는 천사를 향해 악마는 침을 뱉으며 이렇게 말했다.

"이런 게 인생이란 말이냐. 이런 게 네가 말하는 달콤한 인생이란 말이냐. 이건 비극이라기보다는 차라리 유치한 희극이다. 울지 마라, 이 무능한 수호천사야. 도대체 너는 이 인간의 무엇을 지켜주었단 말이냐. 자 이제 때가 왔다. 자, 함께 가자. 인생이란 이처럼 비참한 것이다. 나와 함께 절망의 어둠과 죽음의 안식처로 떠날 때가 되었다."

밤이 늦은 시각.

늦고 병든 노숙자 한 사람이 지하도 계단을 내려가고 있었다. 한 손에 작은 짐 가방을 들고 있었고, 다른 한 손에는 반쯤 마시다 남은 술병이 있었다. 머리는 헝클어져 있었으며, 옷은 더럽고 남루했다. 오랫동안 감지 않은 머리는 흰 백발이었고, 약간 다리를 절고 있었다.

밖은 몹시 춥고 칼바람까지 부는 한겨울이었지만 그래도 지하도 안은 온기가 있어 따뜻한 편이었다. 그는 구석진 자리를 잡고 벽에 기대어 앉았다. 그리고 버릇처럼 가방 속에서 작은 그릇 하나를 꺼내 앞자리에 놓았다. 그는 천천히 남은 술을 들이켜기 시작했다.

지나가던 행인 몇이 작은 그릇 속에 동전을 던져넣었다. 동전과 그릇이 부딪쳐서 짤랑 하고 소리를 낼 때마다 그는 술병에서 입을 뗀 후 중얼거리며 말했다.

"고…… 고맙습니다."

술병이 비자 그는 그릇 속의 돈을 헤아려보았다. 그러나 아직 한 병 더 술을 사서 마시기에는 형편없이 부족한 돈이었으므로 한참을 더 기다려야 했다. 마침 어느 아낙네가 지나가다 말고 물끄러미 그의 모습을 보았다.

"가엾어라."

아낙네는 지갑에서 지폐를 한 장 꺼내 그의 그릇 속에 던져넣었다.

"고맙습니다."

그는 인사를 하고 그릇 속의 돈을 모아 손바닥에 움켜쥔 후 빠르게 일어서서 지하도 계단을 뛰어올라갔다. 밤거리에는 싸락눈이 내리고 있었고, 골목에서 골목으로 찬바람이 불어오고 있었다. 슈퍼마켓으로 들어가자 가게 주인이 낯을 찌푸리며 말했다.

"들어오지 말라니까."

가게 주인이 백원짜리 동전을 던져주며 말했다. 그러나 그는 비틀거리며 들어가 소주 한 병을 집어 계산대 위에 놓았다. 그리고 움켜쥐었던 손바닥을 펴서 돈을 떨어뜨렸다. 술 한 병을 사고도 동전 몇 개가 남았다. 계산을 치르고 가게를 나와 다시 지하도 계단을 내려갔다. 밤 늦은 시간이었으므로 오가는 사람들의 행렬도 한결 줄어들고 있었고, 지하상가의 불빛도 하나둘씩 꺼져가고 있었다.

그는 기둥벽 쪽에 자리를 잡고 옆구리에 끼고 다니던 포장종이를 펼쳐놓았다. 그리고 기둥벽에 몸을 기대고 비스듬히 누웠다.

그때였다. 누군가 그의 두 다리를 거칠게 걷어찼다. 건장한 차림의 젊은 노숙자였다.

"이 영감탱이야. 여긴 내 자리야. 딴 데 가서 찾아보시지."

그는 말없이 일어나 포장종이를 걷어들고 다른 자리를 찾아갔다. 한구석에 자리를 깔고 나서 그는 다시 술을 마시기 시작했다.

새삼스럽게 비참하다는 생각이 들었다. 그는 술을 마시면서 자신이 누구인가를 생각해보았다.

나는 누구인가. 나는 누구인가.

한때 그는 박순택이란 이름으로 불린 적이 있었다. 그러나 박순택도 그가 아니었다. 또한 한때 한선우란 이름으로 불린 적도 있었다. 그러나 한선우도 그는 아니었다. 한때 소매치기를 한 적도 있었고, 한때 아름다운 여인과 결혼하고 아이를 낳은 적도 있었다. 그러나 그 모든 기억들은 그와는 전혀 상관없는 허깨비 그림자들이었다. 그것들은 모두 불빛을 비춰 미닫이문 위에 그림자놀이를 하는 것에 지나지 않았다. 손가락을 이리저리 움직여 개의 형상을 만들고, 여우의 형상을 만들고, 늑대의 형상을 만들면 미닫이문 위에 개와 토끼, 여우의 그림자가 떠오른다. 미닫이문 위에 떠오르는 개는 개가 아니다. 그것은 다만 그림자에 불과하다. 마찬가지로 그가 살아온 인생은 하나의 그림자놀이에 불과했다. 알 수 없는 손이 이리저리 움직여 만들어내는 인생의 그림자 춤이었던 것이다.

그는 술을 마시면서 계속 생각했다.

나는 왜 이곳에 있는 걸까. 왜 이곳에 앉아 있는 걸까.

아들 영석이 죽었을 때 그는 고향으로 내려갔었다. 그는 엄청나게 달라진 번화가 한 모퉁이에서 예전 그대로의 구멍가게 하나를 발견할 수 있었다. 그러나 가게 안으로 들어갔을 때 그곳에는 누나 대신 한 중년의 사내가 있었다. 사내는 씹어 뱉듯이 말했다.

"그 여자는 미쳤어. 제정신이 아니야."

실제로 누나는 제정신이 아니었다. 수용소로 찾아갔지만 그조차 누구인지 알아보지 못했다. 마음속으로 의지하고 있던 유일한 가족이자 고향이었던 누나의 비극이 모두 불행한 결혼 때문이라고 생각한 그는 그 길로 가게를 찾아가 사내를 향해 칼을 휘둘렀다. 그리고 나서 그는 체포되었고 오랫동안 감옥에 갇혀 있었다. 그는 감옥에서 늙고 병들었으며 거의 식물인간처럼 되었다. 그는 자신의 이름은 물론 자신이 누구인지조차 까맣게 잊어버렸다. 아니, 기억하고 싶지 않았는지도 몰랐다.

"행복했던 때를 생각해보십시오."

이따금 찾아오던 교회의 목사가 그에게 말했다. 그러나 그는 자신이 행복했던 때를 떠올릴 수가 없었다. 아주 어렸을 때 엄마와 함께 화차로 숨어들어가 레일 바닥으로 해탄을 떨어뜨리면 엄마가 치마 한가득 그것을 받아들고 집으로 돌아와 온몸에 숯검정을 묻힌 채로 호롱불빛에 그림자놀이를 하던 기억만 아득히 떠오를 뿐이었다.

엄마는 여우를 만들고 여우처럼 울었다.

엄마는 개를 만들고 개처럼 짖었다.

그러나 무엇보다 아름다웠던 것은 엄마가 만든 나비였다. 엄마가 만든 그림자 나비는 어디든 날아다녔다. 그의 머리 위에도 앉고 어깨 위에도 앉았다. 그러나 그뿐이었다. 엄마의 발이 레일에 끼어 꼼짝도 못 하고 그 몸 위로 화차가 서서히 밀고들어와 갈가리 찢는 모습을 두 눈 뜨고 본 이후부터 그의 인생은 언제나 충격적이고 처참했다. 겨우 몇 덩어리에 불과한 석탄 때문에 엄마가 비참하게 죽어갔듯이 그의 아내는 그를 버렸으며, 그의 아이는 죽었고, 그의 누나는 미쳐버렸다.

이것이 인생이란 말인가.

그는 계속 술을 마시면서 악마의 속삭임을 들었다.

자, 이렇듯 인생이란 그림자놀이와 같이 허망한 것이다. 더이상 살아서 무엇을 하겠느냐. 이 세상 어디에 쉴 곳이 더 남아 있겠는가. 이 세상은 끝없는 절망과 어둠뿐이다. 자 이제 무엇을 더 망설이고 있느냐.

그는 단숨에 술을 벌컥벌컥 들이켰다. 한꺼번에 적지 않은 술을 들이켜서인지 몽롱한 느낌이었다.

자, 일어나라.

악마가 말했다.

용기를 내어 일어나라. 고통은 잠깐이고, 안식은 영원하다.

손바닥에는 동전 몇 개가 남아 있었다. 그는 매표소로 가서 일구간의 지하철표를 샀다.

지하철표를 사고 역구내를 걸어가는 그의 등뒤에는 악마와 천사가 나란히 서 있었다.

"봐라."

악마는 천사를 향해 말했다.

"아직도 이 아이를 천국으로 이끌 수 있다고 생각하느냐. 자, 이 아이를 지금 이 순간 그 잘난 천국으로 이끌어보시지. 이 아이는 지금 불타는 지옥으로 제 스스로 걸어가고 있다. 내 말이 맞았지. 이 아이를 자살하게 만들겠다는 내 약속이 맞았지. 마침내 내가 내기에서 이기게 된 거야."

그러자 천사는 고개를 흔들면서 말했다.

"아직 끝난 게 아니야. 난 아직도 이 아이의 수호천사야. 난 이 아이를 반드시 천국으로 이끌고야 말겠어."

"천국이라고."

갑자기 악마가 킬킬 웃으며 말했다.

"웃기는 소리 하지 마. 이제 두고봐. 이 아이는 이 세상을 저주하면서 스스로 달려오는 열차에 몸을 던져 죽어버리고 말 테니. 이제 곧 알게 될걸. 이 잘난 체하는 천사나으리. 승리는 내 것이라는 걸 똑똑히 깨닫게 될 테니까."

인생 마지막 순간에 어디로 가는지 모르는 일구간 지하철표를 사들고 그는 죽음으로 가는 개찰구로 천천히 걸어갔다. 그것만이 그가 선택할 수 있는 마지막 행동이었다. 그래서 그는 더이상 망설이지 않았고 머뭇거리지도 않았다.

그는 구멍 속에 표를 밀어넣었다. 개찰구가 열리자 그는 비틀거리면서 다시 지하철 정류장을 향해 계단을 내려가기 시작했다.

그는 마지막 남은 술을 단숨에 들이켰고, 빈 술병을 쓰레기통에 집어던졌다. 늦은 시각이었지만 정류장에는 지하철을 기다리는 사람들이 많았다.

그는 이미 마음의 결심을 굳혔으므로 거추장스럽게 들고다니던 짐 가방을 의자 위에 내려놓았다. 이제는 정말 빈손이었다. 그는 사람들을 헤치고 전동차가 도착하는 앞자리로 갔다. 그는 전동차가 어떻게 들어와서 어떻게 멎는지, 몇 분 간격으로 차가 들어오는지 잘 알고 있었다. 또한 단 한 번에 성공하기 위해서는 차가 속력을 줄이기 직전에 지하철 레일을 향해 몸을 던져야 한다는 것도 잘 알고 있었다. 그렇게 되면 아무리 급브레이크를 밟는다 하더라도 전동차는 속력을 줄이지 못하고 레일 위에 떨어진 그를 그대로 짓밟고 지나가 마침내 그의 몸을 갈가리 찢어버리게 될 것이다.

모든 준비는 끝났다.

그는 심호흡을 하면서 주위를 둘러보았다. 결심을 굳히자 오히려 마음이 담담해졌다. 인생 마지막 순간에 바라보는 모든 풍경은 의외로 명료하고 아름다웠다.

이윽고 다음 열차가 역 구내로 들어오는 것을 알리는 신호음이 뚜뚜- 뚜뚜- 하면서 울리기 시작했다. 거의 동시에 붉은 신호등이 깜박깜박 명멸했다. 천장에 걸린 마이크에서 승무원의 목소리가 흘러나왔다.

"다음 열차가 도착하고 있습니다. 승객 여러분은 안전선 안쪽에서 기다리셨다가 차례차례 승차하여주십시오."

열을 지어 기다리고 있던 승객들은 본능적으로 몸을 세우고 깜깜한 터널 속에서부터 열차 앞머리의 불빛이 조금씩 밝아져오는 것을 지켜보고 있었다.

그는 바짝 레일 쪽으로 다가섰다. 이번이 처음이자 마지막 기회였다. 더이상 미룰 수는 없다고 다시 한번 마음을 다잡았다. 터널 안쪽으로부터 빠르게 미끄러져 들어오는 열차의 속력 때문에 차가운 바람이 순식간에 그의 얼굴로 불어왔다. 이윽고 터널을 통해 진동하는 레일의 기계음 소리가 심장의 박동 소리처럼 가깝게 다가서고 있었다.

그는 물에 뛰어들기 직전의 수영선수처럼 천천히 몸을 굽혔다.

그때였다.

날카로운 비명 소리가 역 구내를 흔들었다.

"어머나, 내 애기."

사람들은 비명 소리가 흘러나온 쪽을 쳐다보았다. 한 여인이 울부짖으며 절규하고 있었다. 거의 동시에 지하철 바닥의 레일 위에서 어린아이의 울음소리도 함께 들려오고 있었다. 엄마의 품에 있던 어린 아이가 자칫 한순간에 레일 바닥으로 굴러떨어진 모양이었다.

"살려주세요."

여인은 계속 울부짖었으나 사람들은 꼼짝도 할 수 없었다. 터널에서부터 이미 다음 열차의 불빛이 눈부시게 쏟아져들어오고 있었던 것이다. 그것은 불가능한 일이었다. 열차가 들어오고 있는 그 짧은 순간에 바닥으로 뛰어내려 아이를 구해내는 것은 불가능한 일이었다. 그 누구도 손을 쓸 수가 없었다. 모두들 이 처참한 비극의 현장을 그대로 똑바로 눈뜨고 지켜볼 수밖에 없는 상황이었다.

그때 그의 머릿속으로 갑자기 밝은 불빛 속에 드러난 과거의 한 장면이 떠올랐다. 허우적거리는 엄마의 모습이었다. 열차는 속력을 줄이고 있었지만 레일에 발이 낀 엄마는 그 열차를 피하지 못하고 허둥대고 있었다.

엄마.

그는 소리질렀다.

"도망치세요, 엄마."

그 순간 그는 레일 위로 뛰어들었다. 그는 현실에서 과거로 뛰어들었다. 그는 허둥거리는 엄마를 부둥켜안았다. 그의 두 손은 기적적으로 아이를 받쳐올렸다. 그리고 순식간에 아이를 사람들 쪽으로 집어던졌다. 사람들 입에서 탄성이 터져나온 것과 동시에 급브레이크를 밟은 열차의 바퀴가 레일과 부딪쳐 불꽃을 일으키며 사내의 몸을 강타했다. 사내의 몸은 열차의 바퀴와 레일 사이에 끼어 한참을 그대로 전진했다. 붉은 피가 분수처럼 쏟아져나왔다. 열차는 마침내 멈춰 섰지만 사내의 몸은 전혀 움직이지 않았다.

역무원 하나가 빠르게 뛰어내려 사내의 몸을 확인했다.

그 동안 레일에 떨어졌던 아이는 엄마의 품으로 무사히 돌아갔다. 이제 사람들의 관심은 사내 쪽으로 쏠렸다.

"어떻게 됐습니까?"

누군가 한 사람이 용기를 내어 물었다.

"죽었습니다."

역무원이 침통한 소리로 대답했다.

바로 이 순간 천사와 악마도 사람들 틈에서 죽은 사내의 모습을 쳐다보고 있었다.

"이 비겁한 천사야."

화가 난 악마가 투덜대며 말했다.

"이번 승부는 정정당당하지 않아. 네가 자살하려는 그 녀석보다 한 발 앞서, 엄마와 아기로 변신하여 살려달라고 울부짖은 것은 분명한 반칙이야."

"하지만."

승리감에 젖은 수호천사는 웃으며 말했다.

"그 아이가 동정심을 갖지 않았더라면 나는 날개를 잃었을 거야. 그 아이가 나를 살려주지 않았더라면 나는 영원히 날 수 없었을 거야. 어쨌든 나는 이겼어. 약속했던 대로 나는 이 아이를 영원한 천국으로 이끌게 되었어. 자, 보라고."

수호천사는 쓰러져 죽어 있는 사내의 모습을 가리켰다. 사내의 육신 위로 맑고 투명한 영혼이 떠오르고 있었다. 그를 낳았던 어머니와 그를 길렀던 어머니, 두 영혼이 사내의 영혼을 양 옆에서 부축하며 떠받들고 있었다.

"바보 같은 녀석."

악마는 허탈한 목소리로 말했다.

"이번에는 분명히 내가 이길 수 있었는데 마지막 한순간에 그만 그 한줌의 동정심 때문에 이렇게 지고 말았어. 아쉽지만 할 수 없지. 어쨌든 잘 가게, 친구."

악마는 손을 흔들어 보이고는 다른쪽 계단으로 천천히 올라가며 말했다.

"언젠가 또다시 만나게 되겠지. 그땐 우리 또다시 멋진 승부를 해 보세나. 그땐 반드시 내가 이기고 말 테니까."

3

"다음 정차할 곳은 Y역입니다. 내리실 문은 왼쪽입니다."

지하철 안내방송이 짧은 상념에 빠져 있는 그를 일깨웠다. 그는 벌떡 자리에서 일어났다.

어두운 터널을 지나 낯익은 역의 풍경이 천천히 속력을 줄이며 멎어서는 차창 밖으로 판에 박은 그림처럼 다가오고 있었다. 어제도 그러했듯이, 어제의 어제도 그러했듯이.

그는 사람 사이를 뚫고 간신히 지하철에서 내렸다. 그가 내리자 열차는 곧 출발했다. 순간 그는 신문기사를 떠올렸다. '어젯밤 열한시경 신원을 알 수 없는 노숙자 한 사람이 레일에 떨어진 어린아이를 구하고 자신은 달려오는 열차에 치여 현장에서 즉사했다.' 바로 이 역이었다. 열차 앞쪽이었으니 지금 그가 서 있는 부근일 것이다. 그는 잠시 고개를 돌려 방금 열차가 빠져나간 역 구내의 레일 바닥을 쳐다보았다. 그러나 그 어느 곳에서도 간밤에 있었던 처참한 비극의 흔적은 찾아볼 수 없었다.

자세히 살펴보기에는 시간이 너무 없었으므로 그는 계단을 향해 걷기 시작했다.

　아직도 손에 들려 있는 신문을 어떻게 할까 하는데 마침 쓰레기통이 눈에 띄었다. 그는 신문을 쓰레기통에 함부로 구겨넣었다. 그리고 휘파람을 불며 빠르게 Y역 구내를 빠져나갔다.

이 얼굴 때문인가.

아랑은 물끄러미 물위에 떠오른 자신의 얼굴을 바라보면서 생각했다.

이 모든 불행이 이 얼굴 때문인가. 남편 도미가 하루아침에 눈동자를 뽑히고 소경이 되어버린 것도

몽유도원도

이 얼굴 때문인가. 이처럼 멀리멀리 도망쳐서 낯설고 외딴 섬에서 풀뿌리를 캐어 먹으면서

하루하루 목숨을 부지해가는 기구한 운명도 따지고 보면

이 얼굴 때문이 아닌가.

서력(西曆) 469년 10월.

백제의 21대 왕이었던 개로왕 14년, 이때 『삼국사기』에는 다음과 같은 기록이 나오고 있다.

'시월 초하루 계유(癸酉)에 일식(日蝕)이 있었다.'

무릇 역사 속에서 일식이 있었다는 것은 상서롭지 못한 일이 있었음을 암시하는 기록으로 실제로 이무렵 도대체 어떤 일이 있었음일까.

열일곱 살의 어린 나이로 왕위에 오른 개로왕의 원래 이름은 여경(餘慶)으로 그는 우리나라 역사상 가장 황음(荒淫)에 빠졌던 왕의 한 사람이었다.

대왕위에 오른 지 삼 년이 지났을 무렵 여경은 한낮에 잠을 자다가 짧은 꿈을 꾸었다.

잠깐 용상 위에서 짧은 낮잠에 빠졌던 그는 꿈속에서 절세의 미인을 만나게 되었다.

"저는 억겁을 통해서 당신을 사랑해온 여인입니다. 당신을 만나기 위해서 하늘의 허락을 얻어 잠시 지상에 내려왔습니다."

꿈속에서 이 여인과 평생을 통한 사랑을 나누었던 여경은 낮잠에서 깨어나서도 그 여인의 모습을 잊을 수가 없었다.

여경은 즉시 화공(畵工)을 불러 꿈속에서 보았던 그 여인의 모습을 똑같이 그리도록 한 후 이 그림을 전국에 보내어 그 여인의 모습과 닮은 사람이 있으면 왕궁으로 불러들이도록 했다.

그러나 수많은 여인들이 불려와 여경에게 보여졌으나 꿈속에서 보았던 그 전생(前生)의 여인이 아니었다. 여경은 불려온 여인들과 관계하곤 하였는데 남편이 있는 부인이라 하여도 개의치 아니하였다.

이러한 무도(無道)는 드디어 하늘을 움직여 하늘에 뜬 해마저 사라지게 하는 변고를 일으키게 하는데, 개로왕이 얼마나 황음에 빠져 있었던가는 『삼국사기』의 인물열전에 그 내용이 상세히 기록되어 있을 정도였다.

『삼국사기』 48권에는 도미(都彌)라는 인물이 나오는데 그 인물에 대해서 『삼국사기』는 다음과 같이 간략하게 설명하고 있다.

'도미는 백제인이었다. 비록 벽촌에 사는 소민(小民)이었지만 자못 의리를 알며 그의 아내는 눈부시게 아름답고도 절행(節行)이 있어 당시 백제왕국의 사람들로부터 칭찬을 받고 있었다.'

도미는 백제의 왕도인 한성 부근에 사는 평민이었다. 그는 농사를 짓는 한편 농사기간이 지나면 사냥을 하여서 생업을 삼고 있었던 상민이었다. 그러나 비록 한성 부근의 벽촌에 사는 소민이었지만 도미는 평범한 사람은 아니었다. 그는 마한 사람으로 이들의 선조는 원래부터 왕도 부근의 한강가에서 부락을 이루면서 살고 있던 토착세력이었던 것이다. 그러니까 마한 사람들은 한강변에 먼저 세력을 이루면서 살고 있었던 원주민들이었다. 이들은 비록 수백여 년 전 백제의 태왕인 온조에 의해 멸망해 복속되었지만, 왕궁에 귀속되어 살면서 벼슬에 오르는 사람들은 극소수였고 대부분 그대로 강변의 벽촌에서 부락을 이루면서 소민으로 살고 있었다. 이들은 농사를 짓는 한편 주로 사냥에 종사하고 있었다. 마한 사람들은 비록 멸망되었다고는 하지만 아직도 큰 부락을 이루면서 살고 있었는데 도미가 살고 있던 부락의 이름은 '백제(伯濟)'라 하였다. 도미는 그 부락의 우두머리인 '읍차(邑借)'였다. 규모가 큰 부족의 우두머리는 '신지(臣智)'라 하였고 규모가 작은 부족의 우두머리는 '읍차'라 하였다고 『삼국지』의 동이전은 기록하고 있는데 도미는 바로 작은 부족의 우두머리인 '읍차'였던 것이다.

그에게는 예쁜 아내가 있었다.

『삼국사기』에도 표현되어 있듯이 '눈부시게 아름답고 절행이 있어 당시 백제왕국 거의 모든 사람들로부터 칭찬을 받고 있었던' 경성지색(傾城之色)이었던 것이다.

그 여인의 이름은 아랑(娥浪)이라 하였다.

도미의 아내 아랑도 비록 농사를 짓는 소민이긴 하였지만 지금은 멸망해버린 마한의 부족국가 중에서도 가장 큰 세력집단이었던 월지국(月支國)의 지배자인 신지의 후예였던 것이다.

때로는 목지국(目支國)이라고도 불렸던 이 부족국가는 마한의 잔존세력 중 가장 끝까지 남아서 백제의 세력에 저항했던 최후의 마한국이었다.

전성기 때 마한은 오십오 개 이상의 소국(小國)으로 이루어져 있었는데 그 마지막 주세력이었던 월지국이 멸망한 것은 비교적 근세인 근초고왕 때의 일이었던 것이다.

오늘날의 직산과 평택 근처, 혹은 공주, 전라북도 익산 등지에 있었다고 추정되는 월지국의 위치는 자세히 밝혀낼 수 없지만 도미의 부인이었던 아랑은 바로 그 월지국의 우두머리인 신지의 후예였던 것이다.

그러므로 『삼국사기』에서는 도미와 그의 아내인 아랑을 벽촌에 사는 소민으로 표현하고는 있지만 실은 나름대로 한 촌락의 우두머리 급의 선민들이었던 것이다.

꿈속에서 보았던 왕비의 얼굴을 화공을 시켜 그려서 전 왕국으로 내려보내 널리 미인을 구하던 대왕 여경은 어느 날 채홍사(採紅使)로부터 귀가 번쩍 뜨이는 말을 듣게 된다.

원래 채홍사란 말은 조선시대 연산군 때 예쁜 미녀와 좋은 말을 구하기 위해서 만든 채홍준사(採紅駿使)란 말에서 유래되긴 하였지만 용모가 아름다운 여인들을 징발해오는 일은 원래 중국에서부터 있었던 일로 이를 채홍순찰사(採紅巡察使)로 부르고 있었던 것이다.

왕도 한성에서 가까운 벽촌으로 체찰사(體察使)로 나갔던 관리가 돌아와서 대왕 여경에게 다음과 같이 말했다.

"대왕마마, 신이 마침내 화상과 똑같은 미인을 발견해내었나이다."

그렇지 않아도 대왕 여경은 심신이 불편하던 참이었다. 그는 왕국 내에서 뽑혀 올라온 여인들을 직접 친견하곤 하였지만 단 한 사람의 여인도 닮은 여인을 발견해내지 못했던 것이다. 여경의 마음속에는 오직 한 사람 꿈속에서 만났던 왕비에 대한 연정뿐이었다. 그러므로 천하의 미인이라 할지라도 여경의 마음을 사로잡을 리가 없을 것임을 신하들은 잘 알고 있었다. 그 어떤 미인도, 그 어떤 경국지색도 여경의 눈에는 다만 하나의 인물에 불과할 따름이었다.

뽑혀온 여인을 여경은 침전으로 끌고들어가 하룻밤의 정분을 나누곤 하였다. 그 여인들은 오직 여경에게 하룻밤의 대상일 뿐 그 이상은 못 되었다.

바닷물을 마시면 마실수록 갈증이 날 뿐, 여경의 마음은 그 대용물을 탐하면 탐할수록 더욱더 목말라하였다.

도미의 부인 '아랑'이야말로 이러한 여경의 마음을 사로잡은 단 하나의 여인이었다고 『삼국사기』는 기록하고 있다.

모든 문무백관도 대왕 여경이 빨리 계실(繼室)을 맞아들일 것을 원하고 있었다. 그래야만 나라가 안정되고 온 조정이 편안해질 것이기 때문이었다.

이러한 때 체찰사로 나갔던 관리가 마침내 화상과 똑같은 얼굴을 발견했다는 보고를 하는 것은 낭보가 아닐 수 없었다.

"그대가 과연 왕비의 화상과 똑같은 여인을 보았더란 말이냐."

여경은 다짐하듯 물어 말했다.

"그렇사옵니다. 마마."

체찰사가 자신 있게 말했다.

"이미 그 여인에 관한 소문은 온 왕국 내에서 자자하였나이다."

체찰사의 이름은 향실(向實)이라 하였다. 그는 원래 비천한 자였는데 그가 뽑아올리는 여인이 비교적 여경의 마음에 들었기 때문에 체찰사의 일을 계속 맡겨두고 있었다.

"그 여인이 사는 곳이 어디라 하더냐."

대왕이 묻자 향실이 대답했다.

"한성에서 가까운 강변에 있는 백제(伯濟)라는 곳이나이다."

"백제라 하면 토인(土人)들이 사는 곳이 아니냐."

당시 기마민족으로서 정복 왕조를 이룬 백제의 귀족들은 먼저 살고 있던 원주민인 토착민들을 토인이라 부르며 은근히 멸시하고 있었다.

"그렇사옵니다. 마마."

"그러하면 마족(馬族)이 아니더냐."

백제인들은 마한인들을 마족이라고 부르면서 이를 경원시하였는데 마한인들은 성내에도 출입하지 못하는 천민들이었던 것이다.

"그, 그렇사옵나이다, 마마."

그러자 여경은 소리쳐 말했다.

"네 이놈, 마족 중에서 어떻게 미색이 나올 수 있단 말이냐. 마족 놈들이야 그야말로 소나 돼지와 같은 축생들이 아니겠느냐. 네놈이 공연히 입을 열어 나를 놀리려 함이냐."

대왕이 노하자 향실은 황급히 몸을 굽혀 떨며 말했다.

"그, 그럴 리가 있겠습니까, 마마. 그 여인에 관한 소문은 널리 왕국에 두루 번져 있고 미려한 그 여인의 자태는 성안에 회자되고 있나이다. 그리하여 성안의 간부들은 술을 마시면 '강가에 가인이 있어, 절세(絶世)로 오직 한 사람뿐이네' 이러한 노래마저 부르고 있다고 하나이다."

향실은 여경 앞에서 노래를 부르고 있었다. 물론 여경도 그 노래의 의미를 알고 있었다. 그 노래는 『한서(漢書)』「이부인전(李夫人傳)」에 나오는 노래로 어느 날 한무제는 가수 중 이연년이란 자에게 노래를 부르도록 하였다. 이연년은 음악적 재능이 풍부하고 노래도 잘 부르며 춤도 잘 춰서 무제의 총애를 한 몸에 받고 있었다. 그는 황제 앞에서 춤을 추면서 노래를 하였는데 그 노래는 다음과 같다.

> 북방에 한 가인(佳人)이 있어
> 절세로 오직 한 사람뿐
> 한 번 생각(一顧)에 성을 기울게 하고(傾城)
> 두 번 생각(再顧)에 나라를 기울게 했다(傾國)
> 어찌 경성, 경국을 모르리오마는
> 절세의 가인은 두 번 다시 얻기 어려우리.

이 노래를 들은 한무제는 한숨을 쉬면서 이렇게 말했다 한다.

"아아, 세상에 그런 여인이 정말 있을까."

이때 무제의 누이인 평양공주(平陽公主)가 귀띔을 해주었다고 한다.

"연년에게 바로 그런 동생이 있습니다."

무제는 즉시 연년의 누이동생을 불러들였는데 과연 절세의 가인이었다. 무제는 곧 그녀에게 사로잡혀 온 나라가 기울어질 만큼 사랑에 빠지게 되었는데, 경국지색(傾國之色)이란 성어는 바로 그로부터 유래된 말. 향실도 노래를 잘 부르고 춤도 잘 추는 재인(才人)이었으므로 멋들어지게 노래를 한 곡조 불러내리고 나서 간사하게 웃으면서 말을 이었다.

"마마, 한 번 생각에 온 성이 기울어지고, 두 번 생각에 온 나라가 기울어지나이다. 온 성이 기울어지고 온 나라가 기울어진다 하여도 어찌 절세의 가인이야 두 번 얻을 수 있겠나이까."

뻔뻔하고 은밀한 향실의 농제였다. 그럼에도 불구하고 대왕 여경은 화를 내지 않고 웃으면서 말했다.

"그 노래야 네놈이 일부러 지어 부른 노래가 아니냐. 네놈이 일부러 나를 놀리려 함이냐."

"아, 아닙니다, 마마."

향실은 웃음을 거두고 진지한 얼굴이 되어 정색을 하고 말했다.

"북리란 강변에 사는 아랑이 절세가인이라는 사실은 온 성안이 다 알고 온 나라가 다 알고 있는 분명한 사실이나이다. 그 사실을 모르고 있는 사람은 오직 대왕마마뿐이나이다."

아랑.

도미의 부인 아랑.

재인 향실이 무심코 부른 노래의 가사처럼 결국에는 왕성인 한성을 기울어 망하게 하고 나라인 백제를 흔들어 망하게 한 여인 아랑,

그리하여 마침내 개로왕 자신도 죽음에 이르게 한 절세가인 아랑.

향실의 입에서 아랑의 이름이 나오자 대왕 여경은 귀가 번쩍 트인 듯 물어 말했다.

"그녀의 이름이 아랑이더냐."

"그러하옵니다, 마마. 그 여인의 이름이 아랑이라 하더이다."

"그런데, 무슨 일로 왕궁까지 데려오지 못하였더란 말이냐."

여경은 궁금해하던 질문을 마침내 토해내었다.

그러자 향실이 머리를 조아리면서 답했다.

"그러하온데 마마, 약간의 문제가 있사옵나이다."

"문제라니. 성밖에 살고 있는 마족 중의 여인 하나를 뽑아 궁 안으로 데려오는 데 무슨 문제가 있더란 말이냐."

여경의 말은 사실이었다. 마한인들은 천민 중의 천민으로서 성안으로도 출입하지 못하였으며 심지어는 노역에도 종사하지 못하고 있었다. 필요에 의해 노예로 불러다가 공물로 바치기도 하였으며 심지어는 사고 파는 매매를 하기도 하였던 것이다. 개나 돼지와 같은 짐승들로 취급하고 있는 마족 중에서 여인 하나를 왕명에 의해서 차출해오는 것에 무슨 문제가 있는 것인지 여경은 도저히 이해할 수 없었던 것이다.

"문제가 있는 것이, 아랑이란 여인은 이미 정혼을 한 부인이라는 사실이나이다, 마마."

이미 황음에 빠져 무도한 경지에 이른 여경에게는 향실의 말이 달리 문제가 될 것이 없음이었다.

"개나 돼지들이 서로 짝을 지어 흘레를 붙어 새끼를 낳는다 해서 암놈을 부인으로 부르고 수놈을 서방이라고 부른단 말이냐."

"무, 물론입니다, 마마. 그럴 리는 없습니다."

"마족 놈들은 사람이 아니다. 그놈들은 말이나 개와 같은 짐승들이다."

"하오나 마마."

향실이 간사한 목소리로 짐짓 꾸며서 덧붙여 말했다.

"아랑에게는 비록 소민이지만 의리를 알며 그들 토족들의 우두머리인 읍차로 존경을 받고 있는 도미란 남편이 있사옵니다, 마마."

아무리 일국의 대왕이라고는 하지만 엄연히 지아비가 있는 남의 부인을 함부로 넘볼 수는 없는 일이었으므로 여경은 이를 포기하려 하였다. 그러나 향실은 대왕의 마음을 사로잡을 절호의 기회를 놓쳐서는 안 된다고 생각하고 있었다.

"하오나 다른 방법이 없는 것은 아닙니다, 대왕마마."

이때 향실이 여경의 마음을 다음과 같은 감언으로 사로잡았다고 『삼국사기』는 기록하고 있다.

'무릇 모든 부인의 덕은 정결(貞潔)이 제일이지만 만일 어둡고, 사람이 없는 곳에서 좋은 말로 유혹하면 마음을 움직이지 않을 사람은 드물 것이다.'

그리고 나서 향실은 솔깃해진 대왕 여경의 마음을 한 가지 계교를 내어 유혹하였다. 일단 그 소문난 아랑이라는 여인을 한번 직접 보고 나서 마음에 들지 아니하면 그 여인을 버리고 마음에 들면 그런 연후에 다음 방법을 도모해도 늦지 않으리라고 유혹한 후, 우선 그 도미라는 읍차가 살고 있는 부락으로 사냥 나가서 그 여인을 한번 만나보라는 것이 향실의 권유였다. 여경은 향실의 말을 그대로 받아 들였다.

다음날 향실은 먼저 도미를 찾아가 다음과 같이 말했다.

"내일 대왕마마께서 직접 사냥을 나오십니다."

주로 농사를 짓지만 농한기에는 사냥을 생업으로 삼고 있던 도미로서는 대왕이 어째서 자신이 살고 있는 마을로 사냥을 나오게 되는지 이를 이해할 수 없었다. 더욱이 여경은 다른 왕족들과는 달리 사냥을 즐기지 아니하였다. 선왕이었던 비유는 사냥을 좋아해서 주로 왕도인 한산 근처에서 사냥을 즐겼다고 『삼국사기』는 기록하고 있는데 여경은 사냥보다는 바둑이나 여흥을 더 좋아하고 있었던 것이다. 그러나 어쩔 수 없는 일이었다. 대왕이 사냥을 나오면 마을사람들은 잔솔밭에 숨어 있는 꿩이나 새를 날리는 털이꾼 노릇을 할 수밖에 없었다.

이튿날 과연 체찰사가 먼저 들러 말하였던 대로 대왕 여경은 사람들을 이끌고 사냥을 나왔다. 사냥이라고는 하지만 창으로 짐승을 찔러 죽이는 창사냥이나 덫을 놓아 맹수를 잡는 덫사냥이 아니고 말을 타고 달리다가 털이꾼들이 작대기를 두들겨 새를 날리면 날아오르는 새를 화살을 쏘아 맞히는 활사냥이 고작이었다.

여경의 활 솜씨는 형편이 없었다. 여경의 궁술은 초보 수준에 불과하였으며 말을 타고 달리는 솜씨도 부족하였다.

도미는 털이꾼들이 나무를 두들겨 새나 꿩을 날리면 여경의 바로 옆을 지키고 있다가 새가 날아가는 방향을 손가락으로 가리켜주는 매꾼 노릇을 하고 있었다.

그런데 이러한 사냥중에 뜻밖의 사건이 벌어지게 되었다.

사냥중에 대왕 여경이 말에서 떨어진 것이다. 여경은 그 즉시 정신을 잃고 혼절하였으며 따라서 여경의 몸은 부족 중에서도 가장 우두머리인 도미의 집으로 옮겨질 수밖에 없었다.

그러나 이 모든 것은 이미 대왕 여경과 향실과 그리고 시의(侍醫) 세 사람이 미리 짜고 꾸민 연극이었다. 대왕 여경이 자연스럽게 도미의 집에 들어서 그의 아내인 아랑의 모습을 볼 수 있는 길은 이러한 방법밖에 없었기 때문이었다.

대왕 여경이 도미의 집으로 옮겨지자 향실은 일부러 혼비백산한 몸짓을 꾸몄으며 시의를 보며 당황하고 다급한 목소리로 물어 말했다.

"대왕마마의 정신을 일깨울 방법이 없단 말이냐."

그러자 시의가 몸을 떨면서 말했다.

"마마께서는 살(煞)을 맞으셨습니다."

시의의 말을 듣는 순간, 향실은 소스라쳐 놀라는 척하였다. 시의의 말이 사실이라면 이는 보통 일이 아니었던 것이다. 살신(煞神)으로부터 살을 맞았다면 우선 액을 물리쳐야 하는 것인데, 오직 맹인 무당을 불러서 『옥추경(玉樞經)』을 읽어야만 그 살을 물리칠 수 있기 때문이었다. 『옥추경』이라 하면, 소경이 읽는 도가(道家)의 경문 중의 하나인데, 경각을 다투는 위급한 상황에서 어디서 맹인 무당을 불러오고, 어디서 경문을 구해올 수 있단 말인가.

"하오나, 나으리."

시의가 향실을 쳐다보면서 말했다.

"구급처방이 없는 것은 아닙니다."

"그게 무엇이냐."

"마마께서는 살을 맞으셨으니 다른 사람의 기를 받아들이면 일단 횡액을 면할 수 있나이다."

"다른 사람의 기라니, 그게 도대체 무슨 소리냐."

그러자 시의가 대답했다.

"대왕마마께서 몸이 식어가시는 것은 급살을 맞으셨기 때문이온데 일단 몸을 데워서 체온을 보온하여야만 그 액을 물리칠 수 있나이다. 그래야만 대왕마마께오서 생기를 찾고 정신을 차릴 수 있을 것이나이다."

"대왕마마의 몸을 데울 수 있는 방법이라면 무엇이냐."

향실은 짐짓 떨리는 목소리를 가장하여 물어 말했다.

"내 묻지 않느냐. 대왕마마의 몸을 데울 수 있는 방법이 무엇이냐고 묻지 않았더냐."

재차 향실이 꾸짖어 묻자 시의가 허리 굽혀 대답하여 말했다.

"사람의 피뿐이나이다."

사람의 피.

대왕 여경의 급살을 풀고 식어가는 여경의 몸을 데울 수 있는 단하나의 구급 처방법. 사람의 피.

"사람의 피라니."

향실이 받아 말했다.

"사람의 피라면 무엇을 말함이냐."

"예로부터."

시의가 대답했다.

"사람의 목숨이 경각에 달려 있게 되면 단지(斷指)라 하여 손가락을 잘라서 그 피를 먹이곤 하였나이다. 그러하면 죽어가던 노인도 일단 한숨을 돌려서 살아나곤 하였나이다. 남편이 죽어갈 때 아내는 그 손가락을 잘라서 피를 먹여 살리고, 아버지가 죽어가면 딸이 손가락을 베어 그 피를 먹여 살려서 이를 효부 효녀라 하였나이다. 물론 나으리, 피를 먹이는 이 방법은 마마의 몸을 완전히 회복시키지는 못하오나 일단 정신을 들게 하여 무사히 환궁하실 수는 있을 것이나이다."

임시 처방으로 대왕 여경을 환궁시킬 수 있다는 시의의 말에 향실은 정신이 번쩍 든 체했다. 향실은 허리에 차고 있던 단도를 빼어들고 말했다.

"내 손가락을 자를 것이다."

그러자 시의가 황급히 손을 들어 말리면서 말했다.

"나으리, 손가락을 자르지 마십시오."

"무슨 소리냐. 조금 전에 네가 대왕마마를 깨울 수 있는 단 하나의 방법으로 손가락을 잘라 그 피를 마시게 하는 수밖에 없다고 분명히 이르지 않았느냐."

"그렇사옵니다, 나으리. 하오나."

시의가 머리를 흔들며 말했다.

"나으리의 피는 아무런 소용이 없나이다."

"아무런 소용이 없다니."

향실이 물어 말하자 시의가 대답하였다.

"무릇 모든 자연에도 음양의 조화가 있나이다. 온갖 천지만물이 음과 양의 두 기운으로 서로 나누어지면서 조화를 이루고 있거늘 하물며 사람은 일러 무엇하겠나이까. 나으리, 대왕마마께오서는 양이시니 반드시 음의 피를 받아 마셔야만 회생하실 수 있으시겠나이다."

"대왕마마께오서 양이라면 음은 무엇이냐."

향실의 질문에 시의는 대답하였다.

"여인이나이다, 나으리. 대왕마마께오서는 젊은 여인의 더운 피가 필요하나이다."

젊은 여인의 더운 피. 시의의 입으로부터 흘러나온 단 하나의 구급 처방.

그러나 어디에서 대왕 여경의 급살을 풀어줄 수 있는 젊은 여인을 구할 수 있단 말인가. 도대체 어디에서 대왕마마를 위해 손가락을 자를 수 있는 여인을 구할 수 있단 말인가.

그 즉시 향실은 도미를 불러들였다고 전하여진다.

이 모든 일은 일사천리로 진행되었다. 미리 사냥을 떠나오기 전에 대왕 여경과 향실, 그리고 시의 세 사람이 미리 짜두었던 비밀의 약속이었으므로 추호의 망설임도 없이 곧바로 진행되었던 것이다. 향실은 도미를 불러들여서 대왕마마를 구해내는 단 하나의 방법은 젊은 여인의 더운 피를 마시게 하는 것뿐이라고 설명한 후 도미의 아내인 아랑의 손가락 하나를 잘라서 그 피를 종지에 담아달라고 말했다. 비록 부드러운 권유의 말이었으나 실은 추상과 같은 어명이었다. 거역할 시에는 그 즉시 참형에 처해질 왕명이었으므로 도미는 그대로 물러나와 아내인 아랑을 만나서 자초지종을 말했다. 이에 아랑은 다음과 같이 대답했다고 전하여진다.

"서방님께오서는 너무 심려치 마시옵소서. 예로부터 군신지의(君臣之義)라 하여 신하된 사람은 군주된 임금을 하늘처럼 섬기는 일이 의로운 일이라 말하였나이다."

"하지만."

도미는 차마 말을 잇지 못했다. 하지만 그들에게 대왕 여경은 원수의 무리들이 아닌가. 그들을 짓밟고, 그들의 영토를 빼앗고, 그들을 개나 돼지처럼 노예화한 철천지원수가 아닐 것인가. 아랑은 도미가 일단 말을 꺼내었으나, 차마 잇지 못하는 말의 내용을 모두 짐작할 수 있었다.

"하오나."

아랑도 차마 더이상 말을 잇지 못했다. 하지만 손가락을 자르라는 왕명을 거역할 시에는 그 즉시 처형되고 말 것임을 나타내 보이는 무언의 표현이었던 것이다. 어쨌든 아랑은 날카로운 단도로 새끼손가락을 잘라내었다. 매듭을 끊어내자 붉은 선혈이 솟구쳐 흘러내렸다. 종지에 그 피를 받으면서 아랑은 불길한 예감에 몸을 떨었다.

어쩌면…… 대왕의 다음번 요구는 새끼손가락에서 흘러나오는 한 종지의 생혈이 아닐지 모른다. 내 몸의 모든 피를 요구하게 될지도 모른다.

그날 대왕 여경은 새끼손가락을 단지한 아랑의 생혈을 마신 후 피살(避煞)하여 정신을 차리는 것으로 연극을 끝냈다.

정신이 돌아온 후 왕궁으로 돌아올 때까지 여경은 도미의 집에서 장시간 머무르며 안정을 취하고 있었는데 그 동안 여경은 아랑의 간호를 받았다.

여경은 비로소 아랑의 모습을 볼 수 있었는데 아랑의 모습을 본 순간 여경은 아랑의 뛰어난 미모에 현혹당했으며 바로 꿈속에서 보았던 그 여인에 틀림없다고 생각하였다. 온 성내의 뭇사내들이 노래를 지어서 부를 만큼의 뛰어난 미모라는 향실의 표현이 결코 과찬이 아님을 여경은 직접 자신의 두 눈으로 확인한 것이었다.

환궁하여 돌아온 여경은 좀처럼 그 아랑의 자태를 잊지 못했다. 그러나 하늘을 나는 새도 떨어뜨릴 수 있는 대왕이라 할지라도 지아비가 있는 남의 부인을 함부로 빼앗을 수는 없음이었다. 아무리 도미와 아랑이 개나 돼지와 같은 짐승으로 멸시하는 마족의 무리라 하여도 정절을 생명으로 여기는 남의 부인을 함부로 빼앗아 올 수는 없음이었다.

이러한 여경의 마음을 날카롭게 꿰뚫어본 사람이 바로 향실이었다. 그는 여경에게 다음과 같은 감언이설로 유혹하였다고 『삼국사기』는 기록하고 있다.

"무릇 모든 부인의 덕은 정절이 제일이지만 만일 어둡고 사람이 없는 곳에서 좋은 말로 유혹하면 마음을 움직이지 않을 사람은 없는 법입니다."

이에 여경은 다음과 같이 물어 말했다.

"네가 말하는 좋은 말(巧言)이란 무슨 말을 이름이냐."

그러자 향실이 간사하게 웃으면서 답하였다.

"무릇 여인으로 패물과 장신구를 좋아하지 않는 사람은 드물 것입니다. 아름다운 의복과 보석으로 된 노리개를 싫어하는 여인은 없을 것이나이다."

"하지만."

여경은 꾸짖어 말하였다.

"방금 네 입으로 말하지 않았느냐. 그 부인을 어둡고 남편이 없는 곳에서 좋은 말로 유혹하여야 한다고 말하였는데 두 눈 뜨고 살아 있는 남편을 어떻게 없이할 수 있단 말이냐."

이에 향실이 미리 계교를 준비하여두었던 듯 소리를 낮춰 귓속말로 간하였다. 향실의 말을 들은 여경의 입가에 회심의 미소가 떠오르기 시작하였다.

다음날 도미는 사냥을 하다가 어명으로 왕궁으로 불려갔다. 도미는 자신이 어째서 왕궁으로 불려들어가는가 그 이유를 알지 못했다. 그러나 곧 그 연유를 알게 되었는데 이는 사냥을 하다가 멧돼지를 만난 위급한 상황에서 말에서 떨어진 대왕의 목숨을 구한 공신으로 상급을 주기 위함이었다. 도미는 마족의 천민이었으므로 벼슬을 내리기보다는 녹봉(祿俸)을 내리기 위함이었다. 사철의 첫 달인 음력 정월, 사월, 칠월, 시월 등 사맹삭(四孟朔)에 곡식과 옷감을 내리는 녹을 내리기 위함이었다.

도미로서는 어쨌든 영광이었다.

봉록을 내리고 나서 여경은 도미에게 물어 말했다.

"그대가 바둑을 둘 줄 안다고 하던데 그게 사실이냐."

마한인들은 한결같이 바둑을 잘 두었다. 일찍이 여경의 기대조(棋待詔)였던 홀우(屹于)도 마한인으로 지방의 말단 관리였지만 워낙 바둑을 잘 둔다는 이유 하나만으로 대왕 여경 곁에서 가까이 있는 근신이 될 수 있었던 것이다. 이에 도미는 말했다.

"잘은 못 두지만 행마법 정도는 알고 있나이다."

『삼국사기』에서는 '바둑'을 '장기〔博〕'라고 기록하고 있지만 이는 오기일 것이다. 왜냐하면 개로왕은 장기의 고수가 아니라 바둑의 명수로 이미 『삼국사기』에 여러 번 기록되어 있었으므로 바둑이라 함이 옳기 때문이다. 그러나 그 말은 어디까지나 겸손의 말일 뿐 도미의 바둑 솜씨는 이미 널리 소문이 나 있을 정도였던 것이다. 사전에 이 모든 정보를 향실로부터 전해듣고 있었던 여경으로서는 듣던 중 반가운 소리였을 것이다.

"그러하면 바둑이나 한번 두어보세나."

여경의 바둑 솜씨가 왕국 제일이라 함은 이미 앞에서도 소개한 바가 있다. 도미의 바둑 역시 상당한 고수였지만 대왕 여경의 솜씨에 비하면 상대가 되지 않을 정도였다.

그럼에도 불구하고 첫판을 도미가 이기고 여경이 졌다고 전해지고 있다. 첫판을 진 대왕 여경은 다음과 같이 말했다.

"나는 지금까지 바둑을 두어서 남에게 한 번도 져본 적이 없는 사람이다. 그대가 바둑으로 나를 이긴 첫번째 사람이다. 그러므로 다시 한 판 더 둘 것이다. 그러나 이번에는 그냥 두는 것은 아니다. 그야말로 목숨을 걸고 한 판을 더 둘 것이다."

이에 도미가 몸을 떨며 말했다.

"대왕마마, 소인은 바둑을 둘 수 없나이다."

그러자 여경은 다음과 같이 말했다.

"이 바둑판 앞에서는 대왕도 없고 마족인도 없다. 있는 것이란 그대와 나뿐이다."

생명을 걸고 둔 바둑이었다고 『삼국사기』는 기록하고 있으니 아마도 바둑판 옆에는 날카로운 도자(刀子) 하나가 놓여졌을 것이다. 말하자면 이기는 자는 진 자의 생명을 빼앗아도 좋다는 맹약이었는데 진 자는 무엇이든 이긴 자의 요구를 들어주어야 한다는 조건이었을 것이다.

도미는 덫에 걸린 셈이었다.

바둑에 져도 죽고 이겨도 죽고 바둑을 두지 않아도 죽을 판이었다.

이렇게 된 이상 어쩔 수 없음이었다.

여경과 도미는 목숨이 걸린 운명의 바둑 대국을 한판 벌였는데 마침내 도미는 참패하고 말았다. 바둑을 이기자 여경이 단도를 집어들고 말했다.

"그대는 내기에서 졌고 나는 이겼다. 그러므로 그대의 목숨을 이 단도로 찔러 빼앗는다 하여도 나는 무도한 일을 하는 것은 아니다. 하지만 그대가 나를 위경(危境)에서 구해내었으니 그대의 목숨을 빼앗을 생각은 없다. 그 대신 한 가지 조건이 있다. 그대를 죽이지 않고 살려주는 대신 한 가지 조건이 있다."

"……"

도미는 묵묵히 침묵하며 말을 하지 않았다.

"진 자는 이긴 자가 무엇이든 요구하여도 이를 들어준다고 이미 약속하였으므로 너를 죽여 생명을 빼앗는 대신 다른 요구를 하겠다."

"그게 무엇이나이까, 대왕마마."

도미가 눈을 들어 여경을 쳐다보며 묻자 여경은 다음과 같이 대답했다. 이 기록이 『삼국사기』에 나와 있다.

"내가 오래 전부터 그대 부인의 아름다움에 대한 소문을 들어왔었다."

그러고 나서 여경은 다시 말했다.

"사냥을 나가서 그대의 부인을 보았는데 소문대로 아름다웠다. 네 목숨을 빼앗는 대신 네 부인을 나에게 다오. 나는 네 부인을 왕궁에 데려다가 궁인(宮人)으로 삼을 생각이다."

순간 도미는 모든 계략을 알게 되었다. 어째서 대왕이 자신의 부락으로 사냥을 나왔는가 알게 되었으며, 또한 어째서 자신을 왕궁으로 불러들여 녹봉을 내리고 바둑을 두게 하였는지 알게 되었으며, 또한 어째서 첫판을 일부러 져주었다가 목숨이 걸린 바둑을 두도록 유도

한 후 이를 이겼는가 그 이유를 단숨에 깨닫게 되었다.

바둑에서 진 도미에게 목숨 대신 아내인 아랑을 달라는 대왕 여경의 요구에 대해서 도미는 다음과 같이 대답하였다고 『삼국사기』는 기록하고 있다.

"사람의 정은 헤아릴 수 없습니다, 마마. 그러나 신의 아내 같은 사람이라면 죽더라도 마음을 고쳐먹지는 않을 것입니다."

참으로 자신 있는 대답이 아닐 수 없었다. 하늘을 나는 새도 떨어뜨릴 수 있는 대왕의 권세도 아내의 정절을 꺾을 수 없으며, 설혹 죽음의 위협이 있다 해도 아내의 정절을 꺾고 아내의 마음을 바꿀 수 없다는 도미의 확신에 찬 대답에 대왕 여경은 비웃음을 띤 얼굴로 다음과 같이 말했다.

"네가 그토록 자신이 있단 말이냐."

여경은 불과 같은 질투의 감정을 느꼈다. 왕국 제일의 미인인 아랑을 빼앗아 궁인으로 만들려는 소유욕보다도 단순하게 확신을 갖고 있는 도미에 대해서 여경은 반감을 느꼈음이었다.

"예로부터 천하의 열녀라 하더라도 지아비가 죽으면 상복을 벗기도 전에 외간 남자를 맞아들이고 죽은 남편의 무덤에서 떼가 마르기도 전에 새 남자를 맞아들이는 것이 상정(常情)이라 하였다. 그대가 아내의 정절을 굳게 믿고 있다고는 하지만 만약 그대가 없는 그 어두운 곳에서 좋은 말로 꾀면 마음이 흔들리지 않는 여인은 없을 것이다. 그대의 부인도 마찬가지일 것이다."

여경의 조롱에 도미가 똑바로 얼굴을 들고 정색하여 말했다.

"하늘과 땅이 서로 바뀌고 욱리하의 강물이 말라서 강바닥의 돌들이 하늘로 올라가 하늘의 별들이 되는 개벽(開闢)이 일어난다 하여도 신의 아내는 조금도 마음이 변치 않을 것입니다."

"좋다. 만약 그대의 아내가 마음이 변하여 내게 몸을 허락한다면 그대의 두 눈을 빼어 장님을 만들 것이요, 그대의 말처럼 굳게 아내로서의 정절을 지킨다면 그때에는 크게 상을 내리고 너를 살려줄 것이다."

다음날, 대왕 여경은 근신인 향실을 먼저 도미의 집으로 보내어 아내인 아랑을 만나도록 했다. 물론 도미는 궁 안에 가둬 인질로 삼은 채.

여경의 근신 향실은 종자를 데리고 말 위에 가득 의복과 보물을 싣고 먼저 도미의 아내인 아랑을 만나러 떠났다. 그는 아랑을 만나서 다음과 같이 말하였다고 『삼국사기』는 기록하고 있다.

"그대의 남편 도미와 대왕께서는 내기 바둑을 두어서 그대의 남편이 졌다. 그러므로 대왕께서는 그대를 들여와 궁인으로 삼으려 하신다. 오늘밤부터 그대는 도미의 소유가 아니라 대왕의 소유이다."

향실은 아름다운 의복과 온갖 찬란한 금은보화를 말에서 내려 아랑의 집에 부려놓았다. 향실은 그처럼 호화로운 물건을 본 순간 아랑의 얼굴에 떠오르는 미묘한 마음의 기미를 날카롭게 감지해내었다. 그러고 나서 향실은 다음과 같이 말했다.

"오늘밤에 대왕마마께오서는 친히 그대를 만나러 오신다. 대왕마마께오서는 오래 전부터 그대의 아름다움에 대해 소문을 듣고 계셨다."

이에 아랑은 다음과 같이 대답했다.

"국왕에게는 망령된 말이 없습니다. 그러니 제가 감히 순종치 않겠습니까."

국왕의 말에 순종하겠다는 아랑의 말을 들은 순간 향실은 일찍이 자신이 예언하였던 대로 아랑이 마음을 고쳐먹었음을 확신했다. 아름다운 의복과 값진 보화를 본 순간 아랑의 얼굴에 떠오르는 마음의 설렘을 이미 감지하고 있던 터였으므로 향실은 두말하지 않고 다만 이렇게 말하였을 뿐이었다.

"오늘밤 그대가 몸과 마음을 허락하여 대왕마마의 마음을 사로잡을 수만 있다면 그대는 당장 궁 안으로 불려들어가 궁인이 될 것이다. 궁인이 될 뿐만 아니라 왕비의 위치에 올라 왕국의 국모가 될 수 있을 것이다."

오늘밤 안으로 대왕 여경이 말을 타고 집으로 오도록 되어 있으니 미리 몸단장하고 준비하고 있으라고 당부한 다음 향실이 떠나버리자 그 즉시 아랑은 강가로 나아가 머리를 풀고 울었다.

기가 막히고 원통한 일이었다.

혼절한 대왕을 살리기 위해서 새끼손가락을 끊어 생혈을 종지에 담을 때부터 느꼈던 불길한 예감이 그대로 적중되어 현실로 나타난 것이었다.

대왕의 청을 거절한다면 대왕은 남편 도미를 죽일 것이다. 그렇다고 대왕의 청을 받아들여 그의 몸을 받아들인다면 정절을 더럽혀 살아도 이미 죽은 육신이 되어버릴 것이다.

어이 할거나.

이 일을 어찌 할거나.

아랑은 맑은 강물에 비친 자신의 얼굴을 바라보면서 울었다. 물이 맑아 투명한 거울과 같은 강물 위에 아랑의 얼굴이 그대로 떠서 비쳐 보이고 있었다. 그 얼굴을 들여다보면서 아랑은 한숨을 쉬면서 울었다.

이리하여도 남편은 죽고 저리하여도 남편은 죽는다. 남편을 살리기 위해서 내가 몸을 더럽혀도 결국에는 마음을 더럽혀 두 사람은 함께 죽는 셈인 것이다.

어이 할거나.

이 일을 어찌 할거나.

강변에는 갈대들이 웃자라 있었다. 사람의 키를 넘길 만큼 무성히 자란 갈대들은 숲을 이루고 있었는데 그 갈대의 숲을 스치는 바람 소리가 마치 피리 소리처럼 들려오고 있었다. 피리는 원래 '필률'이라고 불리는 악기였는데 대나무를 깎아 만든 세(細)피리를 도미는 직접 만들어 불곤 하였다. 대나무에 구멍을 일곱 개 뚫어 세로로 하여서 피리를 불 때면 남편 도미는 이 세상 사람처럼 보이지 않았다. 해질 무렵 남편은 피리를 불고 자신은 피리 소리를 들으면서 함께 다정한 시간을 보내었던 강가에 나와서 아랑은 피를 토하면서 통곡하고 있었다.

어이 할거나.

이 일을 어찌 할거나.

우리나라 역사상 가장 아름다운 여인으로 손꼽히고 있는 도미의 부인 아랑은 물위에 비친 자신의 모습이 이 순간 소름이 끼칠 정도로 저주스러웠을 것이다.

강변에 앉아서 통곡을 하던 아랑은 한 가지 계략을 생각해내었다. 아랑에게는 시중을 드는 비자(婢子)가 하나 있었는데 그 여인은 아랑이 도미에게 시집올 때부터 딸려온 시녀였다. 나이는 어렸지만 이미 숙성한 여인으로서의 자태를 고루 갖추고 있었다. 몸매도 어여쁘고 용모 또한 뛰어난 가인이었다.

아랑은 남의 눈을 피해 그 비자를 데려다가 다음과 같이 말했다.

"오늘 하룻밤만 네가 내 대신 대왕마마를 모셔다오."

만약 하룻밤만 비자로 하여금 대신 아랑 노릇을 하도록 하여 수청들어 모실 수만 있다면 아랑은 몸을 더럽히지 않고서도 남편 도미의 생명을 구할 수 있음이 아닐 것인가.

아랑은 시녀인 비자를 설득하여 허락을 받은 다음 그녀를 몸단장시키기 시작했다. 날이 어두워 밤이 되면 대왕이 직접 남의 눈을 피해 집으로 행차한다 하였으므로 아랑은 서둘렀다.

비록 지아비가 있는 부인이긴 하였지만 외간 남자와 초야(初夜)였으므로 혼례를 치르듯 첫날밤에 어울리는 성장을 해야 했던 것이다.

특히 첫날밤의 성장은 고계운환(高髻雲環)이라 하여 머리를 쌍고리로 틀어올리고 많은 비녀와 머리꽂이를 꽂는 머리장식으로 되어 있었다. 비록 마한인으로 천민이긴 하였지만 아랑은 부족장의 딸이었으므로 계급적인 권세와 위풍을 돋우기 위해서 금, 은, 옥으로 만든 귀고리에 대왕이 선물로 보내온 팔찌, 반지까지 끼었다.

그리고 마지막으로는 향낭(香囊)을 속치마에 매달아놓았다. 향낭이라 하면 말총으로 짠 주머니 속에 궁노루의 향을 말려서 만든 향료인 사향(麝香)을 넣은 향주머니로 보통 가장 은밀한 속치마의 깃 사이에 매달아놓곤 하였다.

사향 냄새를 맡으면 합환(合歡)하는 사람을 흥분시킨다 하여서 일종의 최음제(催淫劑) 역할까지 하고 있었던 것이다.

그날 밤 대왕 여경은 근신인 향실과 종자 두 사람만 데리고 은밀히 아랑의 집으로 행차했다. 비자에게 자신의 역할을 대신하게 하고 아랑은 시종 노릇을 하면서 여경을 맞아들였는데 집 안은 미리 내등 몇 개만 켜두었을 뿐 일부러 바깥의 불들을 꺼두어 어둡게 하였다.

대왕 여경은 등롱(燈籠)이 켜진 사랑채로 들어가서 미리 기다렸는데 이윽고 밤이 깊어 자시가 되자 여인이 문을 열고 들어오고 있었다.

아랑의 계교를 상상조차 못 했던 여경은 등롱마저 끈 어둠 속에서 여인의 옷을 벗기기 시작했다. 비록 불은 꺼버렸지만 창문을 통해 스며들어오는 달빛이 투명하였으므로 여인의 벗은 몸이 선명하게 떠오르고 있었다.

합환은 쌍고리로 틀어올린 머리에서 비녀와 머리꽂이를 뽑아내어

머리를 풀어내리는 것으로부터 시작되는데 말린 창포잎을 우려낸 물에 머리를 감았으므로 창포의 향기가 풀어내린 삼단 같은 머리에서 은은히 풍겨나오고 있었다.

그 냄새를 맡자, 여경은 승리감에 도취된 기분이었다. 승리감은 곧 정복욕으로 이어져서 여경은 타오르는 정욕으로 터질 것만 같았다.

머리칼을 풀어내리고 옷을 벗기자 곧 알몸이 드러났는데, 향낭에서 풍겨나오는 궁노루의 방향으로 여경은 정신이 혼미할 지경이었다.

도미는 자신의 아내가 죽더라도 마음을 고쳐먹지 않을 것이라고 굳게 아내의 정절을 믿고 있었다. 그러나 보다시피 그의 아내는 이처럼 어둠 속에서 옷을 벗고 알몸으로 누워 있지 않은가. 자신이 보내온 온갖 금은으로 된 노리개를 몸에 달고, 자신이 보내온 아름다운 의복들을 갖추어 입고서 이렇듯 내 몸을 받아들이고 있지 않은가.

여경은 덫에 걸린 사슴처럼 파들파들 떨고 있는 여인을 잡아채듯 가슴에 품어안으면서 잔인하게 소리내어 말했다.

"네 남편 도미는 네가 죽더라도 마음을 바꿔먹지는 않을 것이라고 자신 있게 내게 말했다."

여경은 할딱거리는 여인의 젖가슴을 손으로 움켜쥐면서 끈질기게 물어 말했다. 여인의 벌거벗은 몸은 마치 비늘이 돋친 물고기처럼 매끈거리고 있었다. 그리하여 잡으려고 손에 힘을 주면 줄수록 요동을 치면서 손가락 사이를 빠져나가고 있었다. 여경으로서는 처음 느끼는 육체의 감촉이었다.

"하지만 너는 보다시피 내 앞에서 마음을 고쳐먹고 있음이 아닐 것이냐."

승리감에 도취된 여경은 음란하게 웃으면서 말했다.

"네가 남편을 버린 것이 참으로 옳은 일이라는 것을 내가 알도록 하여주마."

여경이 삼단같이 풀어내려진 여인의 머리카락을 두 손으로 움켜쥐면서 말했다. 여인은 가늘게 신음 소리만 내었을 뿐, 대왕의 그 어떤 말에도, 그 어떤 질문에도 말소리를 내어 대답하지 않았다. 여인은 미리 방에 들기 전에 마님인 아랑으로부터 신신당부를 받았던 것이다. 대왕이 무어라고 물어도, 어떤 질문을 하더라도 절대로 말소리를 입 밖으로 내어 대답해서는 안 된다. 그저 시키면 시키는 대로 하고, 물으면 고개를 끄덕이거나 몸짓을 하는 것으로써 대답을 대신해야만 한다. 만약 소리를 내어 대답한다면 그때는 모든 일이 발각나서 너와 나는 다 함께 참형되어 죽게 될 것이다.

대왕 여경도 여인의 침묵을 별스럽게 생각지는 않고 있었다. 다만 수치심과 부끄러움 때문에 입을 다물고 침묵을 지키고 있을 것이라고 좋게 생각하고 있었던 것이다.

그 어떤 애무에도 여인은 말소리 하나 내지 않았다. 그 어떤 자세에도 여인은 숨소리 하나 흐트러뜨리지 않았다. 그저 파들파들 몸을 떨고만 있을 뿐이었다. 요동치는 여인의 몸은 불덩이처럼 뜨거웠다.

초야의 첫날밤은 꿈처럼 흘러가고 먼 곳에서 새벽닭이 울기 시작하자 문 밖을 지키고 있던 향실이 다가와 문안인사 하면서 기척을 했다.

"안녕히 주무셨습니까, 마마."

향실의 문안인사는 새벽닭이 울었으니 곧 먼동이 트고 날이 밝아 올 것이므로 그 전에 일어나서 집을 빠져나가야 한다는 암시와 같은 것이었다. 일국의 대왕이긴 하였지만 이러한 잠행(潛行)은 떳떳치 못한 일이었으므로 남의 눈을 피해야 할 이유가 있었기 때문이었다.

"알겠다."

못내 아쉬운 듯 여경은 대답하고 나서 하룻밤을 함께 보낸 여인을 돌아보면서 말했다.

"네 남편은 곧 살려보낼 것이다. 그 대신 너로부터 내가 물건 하나를 가져갈 것이다."

대왕 여경은 벗은 몸을 가리고 있는 여인의 몸에서 속치마를 벗겨
내었다. 그 속치마의 깃에는 궁노루의 향료를 담은 향주머니가 매달
려 있었다. 여경은 손으로 그 향낭을 잡아채어 뜯어내었다.

"이 향낭은 내가 가져갈 것이다."

먼 곳에서 여전히 닭이 홰를 치면서 울고 있었다. 어쩔 수 없이 일
어나며 대왕 여경은 작별인사를 했다.

"잘 있거라. 다시는 만나지 못할 것이다."

대왕 일행은 말을 타고 야음을 틈타서 왕궁으로 돌아가버리고 그들
을 무사히 떠나보낸 아랑은 방으로 뛰어들어가보았다. 시종은 흐트러
진 몸매로 벌거벗고 앉아서 울고 있었다. 모르는 남자에게 생명과 같
은 처녀를 바쳤다는 허망함으로 슬픔이 북받쳐올랐을 것이었다.

"수고했다."

아랑은 비자를 끌어안고 말했다.

"울지 마라. 네가 나를 구해주었다. 네가 아니었더라면 나는 죽을
뻔했다. 고맙다. 그래 뭐라 하더냐."

"마님."

비자는 울면서 말했다.

"서방님은 곧 살아서 돌아올 것이라고 말하였나이다."

"잘했다. 그리고 또?"

"그 대신 물건 하나를 뜯어서 가져가셨나이다."

"물건이라니?"

아랑은 불길한 예감으로 곧 낯빛을 흐리면서 물어 말했다.

"무슨 물건을 가져갔단 말이냐."

아랑의 질문에 시녀는 대답했다.

"향주머니를 뜯어서 그것을 가져가셨나이다."

향주머니는 여인들이 가장 깊은 속곳에 매어달고 있는 일종의 미약(媚藥)이었다. 왕족들이나 귀족들은 딸을 시집보낼 때는 으레 주머니 속에 넣어주곤 했다. 사향의 냄새는 오랫동안 지속되어서 평생동안 그 여인의 냄새처럼 인식되게 마련인데 진할 때는 오히려 고약한 인분 냄새처럼 풍기지만 주머니의 끝을 꼭 여며 매어두면 은은하게 풍길 듯 말 듯하여서 가장 향기로운 방향이 되어버리는 것이었다.

뿐 아니라 사향은 갑자기 빈사상태에 빠진 사람에게 사용되는 비상약이기도 하였으므로 위급할 시에는 남편을 회생시키는 회소약(回蘇藥)으로까지 쓰이던 귀중한 물건이었던 것이다.

그러므로 향낭은 여인의 정조와 같은 것이었다. 어떤 사내가 여인의 향낭을 가지고 있다면 이미 사내는 그 여인의 정절을 가진 것과 같았다.

"대왕마마께서 향낭을 가져가셨단 말이냐."

"그렇습니다, 마님."

무슨 일일까. 어째서 대왕마마는 향낭을 뜯어가지고 간 것일까.

아랑은 못내 불길한 예감을 떨쳐버릴 수 없었다. 아니나 다를까, 아랑의 불길한 예감은 그대로 적중하여 향낭 하나가 곧 엄청난 비극을 초래하게 되는 것이었다.

아랑의 집에서 하룻밤을 머물고 돌아온 여경은 그 즉시 도미를 불러들일 것을 명했다. 죽음조차도 아내의 마음을 바꾸지 못할 것이라고 굳게 믿고 있는 도미의 자존심을 무참히 꺾고 말았다는 승리감으로 대왕 여경은 근신들이 도미를 끌고 오자 묶인 포승을 풀어주라고 한 다음 의기양양한 목소리로 말했다.

"그대는 바둑을 두어서 내게 졌다. 다음으로 그대와 나는 그대 처의 정절을 두고 다시 내기를 하였다. 그대는 죽음이라 할지라도 아내의 마음은 변치 않을 것이라고 확언하였으며 나는 그대의 아내가 아무리 정절이 있다고는 하지만 부귀와 영화를 마다하지 않을 것이며 값진 의복과 금은보화를 보면 마음을 움직일 것이라고 말했다. 그리하여 만약 그대의 아내가 마음을 변치 않으면 그대에게 큰 상을 내리되 만약에 그대의 아내가 마음을 바꾸어 내게 몸을 허락할 시에는 그대의 두 눈을 뽑아버릴 것이라고 맹약하였다."

여경은 모깃소리만한 목소리로 말을 이었다.

"지난밤 나는 그대의 집에서 하룻밤 운우(雲雨)를 즐기고 왔다. 나는 구름이 되었고 그대의 아내는 밤새도록 비가 되었다. 그러므로 또 한 번의 내기에서 그대가 내게 지고 말았음이다. 이제는 약속대로 그대의 두 눈을 빼어 장님으로 만들어버릴 것이다."

『삼국사기』에는 눈동자, 즉 모자(眸子)를 빼어버렸다고 기록하고 있다. 대왕의 말을 들은 도미는 고개를 꼿꼿이 쳐들고 대왕을 노려보았다. 그는 이미 생사에 초연해 있었다. 굳이 비겁하게 굴신(屈身)하여 목숨을 부지하기보다는 차라리 명예롭게 죽을 것을 이미 마음속으로 각오하고 있었던 것이다. 살아도 이미 죽은 목숨이었으므로 도미로서는 두 번 죽음이 두렵지가 않음이었다.

"대왕마마께오서 신의 아내와 하룻밤 운우지정을 나누었다고는 하지만 내 눈으로 직접 보지 않은 이상 어떻게 그것을 믿을 수 있단 말입니까. 신의 아내는 그러할 리가 없습니다."

그러자 여경은 껄껄 웃으면서 말했다.

"네놈이 미쳐도 단단히 미쳤구나. 내 말하지 않았더냐. 남편이 죽자마자 아직 무덤의 떼가 마르기도 전에 상중의 소복으로 외간 남자를 맞아들이는 것이 계집이라고 하지 않았더냐."

여경은 손에 들고 있던 향주머니를 도미 앞으로 내던지면서 말했다.

"봐라. 이래도 믿지 못한단 말이냐. 이 향낭이야말로 그대도 모른다고 하지는 않을 것이다."

도미는 묵묵히 여경이 내던진 향낭을 내려다보았다. 갑자기 그의 얼굴이 창백하게 질리기 시작했다. 창백하게 질리는 도미의 낯빛을 보고 여경은 호탕하게 웃으면서 말했다.

"그 향낭이야말로 가장 깊은 속곳에 달려 있던 아내의 향주머니가 아닐 것이냐. 또한 그 향냄새야말로 그대가 지금까지 맡아왔던 아내의 몸냄새가 아닐 것이냐. 내가 그 향주머니를 갖고 있음은 그대의 아내가 내 앞에서 실오라기 하나 걸치지 않은 알몸이 되었음을 뜻함이 아닐 것이냐."

그때였다.

창백하게 질린 얼굴로 묵묵히 향주머니를 내려다보고 있던 도미가 이번에는 고개를 쳐들고 갑자기 껄껄 소리내어 웃기 시작했다.

느닷없는 도미의 웃음소리에 여경은 혹시 실성이라도 하였는가, 도미를 노려보았다. 한바탕 웃고 나서 도미가 여경에게 소리쳐 말했다.

"이제 보니 미친 것은 신이 아니라 대왕마마 그대요."

한바탕 웃음 끝에 터져나온 도미의 말 한마디는 이미 죽음을 각오한 대갈일성이었다. 이를 지켜보던 향실이 나서서 황망히 꾸짖어 말했다.

"네 이놈, 어느 안전이라고 감히 불경스런 말을 하고 있단 말이냐."

그러자 도미는 다시 향실을 노려보면서 말했다.

"정신이 나간 미친 사람에게 미쳤다 하는 것이 어찌하여 불경스런 말이라고 나를 꾸짖고 있단 말인가. 대왕마마 그대는 속으셨소. 헛허허 헛허허."

이미 죽음을 각오한 도미는 허공을 쳐다보면서 크게 웃기 시작했다.

"대왕마마께오서 지난밤 가슴에 품으셨던 여인은 신의 아내가 아닌 다른 여인이오. 다른 여인을 대왕마마께서는 신의 아내로 잘못 알고 합환하였소."

"네놈이."

여경이 깔깔 웃으면서 말을 받았다.

"그런 말을 할 만하다. 기가 막히고 원통하여서 그런 말도 할 만하다."

"천만에요, 대왕마마."

도미는 향주머니를 가리키면서 말했다.

"이 향주머니는 분명히 신의 아내의 것이오만, 안에 들어 있는 향료는 분명히 사향이 아닌 다른 향료임에 분명하오. 신의 아내가 자신의 향주머니 속에 다른 향료를 집어넣고 대신 다른 여인으로 하여금 이를 몸에 차게 한 후 대왕의 방으로 스며들게 한 것임에 틀림이 없소. 만약 이 향주머니에 아내의 몸에서 맡을 수 있던 사향 냄새가 그대로 풍기고 있었다면 나는 대왕마마께오서 신의 아내의 정절을 빼앗았음을 인정하였을 것이오. 하오나 대왕마마, 이 향주머니는 아내의 향주머니이긴 하지만 속의 내용물은 전혀 다른 향료인 것이오. 그러므로 이것은 신의 아내가 차고 있던 향주머니라고 할 수 없소이다."

이미 죽음을 각오한 도미는 거칠 것이 없었다. 그는 껄껄껄 소리를 내어 세 번을 크게 웃었다.

"대왕마마는 속으셨소. 천지신명이라도 아내의 정절을 유린할 수는 없으며 음부(陰府)에서 온 저승사자라 할지라도 신의 아내의 마음을 바꿀 수는 없을 것이오. 헛허 헛허허."

자신 있는 도미의 장담이었다.

즉시 여경은 어의를 불러들이도록 하였다. 어의가 들어오자 여경은 향주머니를 주어 그 안에 들어 있는 내용물이 과연 무엇인가를 물어보았다. 어의는 주머니를 여민 끈을 풀고 그 안에 들어 있는 향료를 자세히 검사하기 시작했다. 사향은 원래 피낭(皮囊)으로 이루어져 있는데 잘라서 건조시키면 자갈색의 분말로 굳게 되어 있었다. 때

158

로는 당문자(當文字)라 하여 분말이 아닌 알갱이들도 섞여 있게 마련이었다.

어의가 그 안의 내용물을 검사하는 동안 여경은 마음이 조마조마했다. 도미의 말이 사실이라면 여경은 도미의 아내인 아랑을 품고 하룻밤을 보낸 것이 아니라 속아서 다른 여인과 하룻밤을 보낸 것이었다. 그제야 여경은 도미의 집으로 들어설 때부터 모든 외등은 꺼져 있었고, 방 안에 있는 등불도 희미하여 사람의 얼굴을 알아볼 수 없을 만큼 어둡고 캄캄하였음을 기억해내었다. 뿐 아니라 그 어떤 질문에도 그 어떤 애무나 그 어떤 자세에도 말소리 하나 내지 않던 여인의 침묵도 이유를 미뤄 짐작할 수 있음이었다.

여경은 분기(憤氣)가 탱천(撑天)하였다.

"어찌 되었느냐."

여경은 어의를 재촉하며 말했다. 그러자 어의는 황공한 모습으로 몸을 떨면서 말했다.

"아뢰옵기 황공하오나, 대왕마마 이 향주머니 속에 들어 있는 향료는 궁노루의 향낭에서 나온 사향이 아닌 것이 분명하나이다."

"그러면 무엇이란 말이냐."

여경은 물어 말하였다.

"이 향료는 수놈 사향노루의 배꼽에서 나온 사향이 아니라 고양이의 몸에서 나온 향료이나이다. 모양과 냄새가 마치 사향노루에서 나온 분비물과 같게 보이지만 실은 다른 물건이나이다. 이는 쥐나 도마뱀 등을 먹고사는 고양이의 회음부에 취액(臭液)을 분비하는 샘이 있는데 그 취선(臭腺)에서 나오는 분비물을 모아 건조시켜 만든 분말가루이나이다. 다만 냄새만 있을 뿐 그 향료에는 약효가 전혀 없는, 고양이의 몸에서 나오는 분비물에 불과할 따름이나이다, 대왕마마."

전후 사정을 알 수 없는 어의는 두려움에 몸을 떨면서 조목조목 설명하며 말했다.

자세한 어의의 설명을 듣고 나자 여경은 모든 사실을 확연히 깨닫게 되었다.

속았다.

여경은 이를 갈면서 생각했다.

그 하찮은 마족 계집년에게 멋지게 속아 당하고 말았다.

순간 무릎 꿇고 앉아 있던 도미가 다시 허공을 쳐다보면서 소리내어 웃으며 말했다.

"대왕마마께서는 내기에서 지고 마셨소. 대왕마마는 신에게 분명히 약속하시었소. 신의 아내가 마음을 바꿔서 몸을 허락한다면 내 눈을 뽑아 소경을 만들 것이며 만약에 신의 아내가 마음을 바꾸지 않을 시에는 후한 상을 내려서 나를 살려 돌려보내시리라 말씀하시었소. 헛허허, 헛허허."

크게 웃으면서 도미가 말했다.

"보다시피 신의 아내는 마음을 바꾸지 않았으며 대왕은 내기에서 지셨소. 그러하니 약속대로 나를 풀어주시오."

당당하게 요구하는 도미의 말에 여경은 소리쳐 대답했다.

"이놈아, 아직 내기가 끝난 것은 아니다."

여경의 얼굴은 분노로 뒤틀리고 있었다. 수염이 눈에 띌 정도로 떨리고 있었으며 얼굴은 대춧빛으로 붉게 상기되어 있었다.

"이놈아, 향주머니 속에 들어 있는 향료가 사향이면 어떻고, 고양이의 분비물이면 어쩌하단 말이냐. 그것이 네 아내의 정조와 도대체 어떤 연관이 있더란 말이냐. 향주머니가 네 계집의 음부라도 된단 말이냐."

여경의 말은 비록 억지이긴 하였지만 나름대로 의미 있는 말이기도 했다.

"좋다."

여경이 이를 악물고 말했다.

"향주머니가 아닌 무엇을 가져오면 네가 믿을 것이냐. 네 계집의 젖가슴을 칼로 도려오면 이를 믿을 것이냐. 아니면 네 계집의 음부를 베어내어 그것을 가져오면 네가 믿을 것이냐."

"대왕마마."

도미의 입에서 피와 같은 목소리가 터져흘렀다.

"대왕마마께오서 신의 아내의 목을 베어온다고 하더라도 그것은 아내의 마음을 가져온 것은 아니오니 신은 그를 믿지 못하겠나이다. 신은 알고 있나이다, 대왕마마. 일월성신이 하늘에서 떨어져 아리수 강바닥의 돌이 되고 강바닥의 돌이 하늘로 올라가 별들이 된다 할지라도 그 무엇도 아내의 마음을 바꾸지 못할 것이나이다."

이미 죽음을 각오한 도미의 대답은 참으로 무서운 믿음이 아닐 수 없었다.

믿음이 굳지 않으면 큰 사랑이 없으며 죽음을 뛰어넘는 정절이 없이는 사랑은 이루어지지 못하는 법이다. 세월이 흘러가서 말대(末代)의 세월이 온다고 하여도 이 진리는 결코 변하지 않을 것이다.

실제로 도미와 그의 아내 아랑이 죽은 지 천년의 세월이 흘러가버린 1797년 조선조의 정조 21년, 정조대왕은 왕명으로 이병모(李秉模) 등에게 『오륜행실도』를 편찬토록 한다.

이 책은 「삼강행실도」와 「오륜행실도」로 나뉘어 있는데 제3권인 열녀(烈女)편에는 도미와 아랑 부부의 무서운 사랑 이야기가 '미처해도(彌妻偕逃)'라는 제목으로 실려 있다. 이 책에는 우리나라 사람으로는 효자가 네 명, 충신이 여섯 명, 열녀 다섯 명만이 실려 있는데 그중의 으뜸으로 이들 부부의 사랑 이야기가 실려 있음인 것이다.

도미의 대답에 여경은 크게 노하였다고 『삼국사기』는 기록하고 있다.

"좋다. 아직 내기가 끝난 것은 아니다."

여경은 이를 악물고 다짐했다.

"만약 그대의 아내가 마음을 변치 않는다면 그대를 살려 보내겠지만 만약 그대의 아내가 마음을 바꾸어 나와 상관한다면 그때는 그대를 목매어 죽일 것이다."

그 다음날.

대왕의 근신인 향실은 종자를 데리고 아름다운 의복과 값진 보화를 가득 말 위에 싣고 나서 다시 도미의 집으로 찾아갔다. 이들을 아랑이 맞아들였는데 향실은 아랑에게 다음과 같이 말했다.

"대왕마마께오서 그대를 한번 만난 뒤부터 그대를 잊지 못하신다. 한 번만 더 대왕마마께오서 그대의 침소에 들기를 원하신다."

이에 아랑은 얼굴의 표정을 바꾸지 않고서 침착하게 다음과 같이 대답하였다고 『삼국사기』는 기록하고 있다.

"국왕에게는 망령된 말이 있을 수 없습니다. 그러하니 제가 어찌 순종하지 않을 수 있겠습니까."

밤이 깊어 어둠이 내리면 대왕이 또다시 집으로 행차할 것이니 이를 맞을 준비를 하고 있으라는 말을 남기고서 향실이 떠나버리자 그 길로 아랑은 석양빛이 물드는 강변에 나아가 머리를 풀어헤치고서 목놓아 울기 시작하였다.

어이할까.

아아, 이를 어찌할 것인가.

그날 밤. 어둠이 내리고 밤이 깊자, 먼젓번처럼 여경은 근신 향실과 위군병 서너 명을 데리고 도미의 집으로 행차하였다. 대왕께서 온다는 전갈을 미리 받아두고 있었으므로 바깥의 불은 꺼져 있었고 방

안의 불도 등롱 하나만 켜두었을 뿐이었다.

여경은 침전에 들어가 아랑을 기다리기로 하였는데 그는 옷소매 속에 미리 날카로운 단도를 한 쌍 준비해두고 있었다.

만약에 여인이 들어와 합환할 무렵 장등을 켜서 불을 밝힌 후 도미가 말하였던 대로 벌거벗고 있는 여인이 도미의 아내인 아랑이 아님이 밝혀졌을 때는 그 즉시 여인의 가슴을 찔러 참형에 처해 죽여버릴 것을 결심하고 있었기 때문이었다.

여경의 마음은 긴장감에 휩싸이고 있었다. 여경이 침전에 든 지 반각(半刻)이 지났을 무렵 방문이 열리고 성장을 한 여인이 들어왔다. 미리 합환주라 하여 따로 봐둔 술상에서 연거푸 술을 마신 탓으로 여경은 취기가 돌아 있었다. 여경은 들어온 여인에게 술잔을 건네어 마시도록 하였는데 여인은 술잔을 받으면서도 결코 얼굴을 들지 아니하였다. 여경은 날카롭게 술잔을 받는 여인의 손가락을 살펴보았다. 일전에 여경은 사냥을 나왔다가 말에서 떨어져 기함하였는데 도미의 아내인 아랑이 단지하여 흘린 생혈을 마시고 소생하였으므로 마땅히 술을 마시는 여인이 아랑임에 틀림이 없다면 새끼손가락의 매듭이 잘려져 있을 것이 분명하기 때문이었다.

그러나 있었다.

떨리는 손으로 잔을 받아들어 술을 마시는 여인의 새끼손가락은 그대로 온전하였다.

순간 여경은 그대로 옷소매 속에 감춰두었던 비수를 꺼내들어 여인을 그 자리에서 찔러 죽이고 싶었지만 끓어오르는 분노를 억지로 자제하면서 여경은 부드럽게 입을 열어 말했다.

"그대와 헤어지고 나서 한시도 그대를 잊어본 적이 없었다."

여경은 짐짓 욕정에 불타는 목소리로 여인을 끌어당겨 품안에 안으면서 등롱의 불을 꺼버렸다. 여전히 여인은 벙어리처럼 대왕 여경의 그 어떤 질문에도, 그 어떤 말에도 일체의 반응을 보이지 않으면서 묵묵하게 있을 뿐이었다.

'두고보자, 네 이년.'

여경은 이를 갈면서 쌍고리로 틀어올린 여인의 머리에서 비녀를 뽑아내렸다.

머리꽂이를 벗기고 비녀를 뽑아내리자 틀어올린 머리카락이 삼단처럼 풀어내려졌다. 여인은 겉옷으로 맞섶으로 된 두루마기를 입고 있었다. 화려한 빛깔의 무늬로 수놓아진 허리띠의 끈을 끌러 겉옷을 벗겨내린 후, 여경은 익숙하게 여인의 저고리 고름을 풀어내리기 시작했다. 여전히 두려움과 부끄러움으로 여인의 몸이 딱딱하게 굳어 있었지만 일단 한 번이라도 몸을 섞은 사람에 대한 설렘으로 여인의 몸에서는 단감이 익어가는 듯한 육향(肉香)이 피어오르고 있었다. 여인의 몸에서 흐르는 미묘한 육체의 감각을 감지해낸 여경은 더욱 더 잔인한 방법으로 여인의 치마를 벗겨내리고 여인의 몸을 알몸으로 만들어버렸다. 비록 하늘과 같은 대왕이며 자신은 비천하고도 천박한 비녀인 계집종이었지만 성은(聖恩)을 입어 하룻밤을 함께 보내어 자신의 처녀를 바친 첫 남자이기도 하였으므로 여인의 몸은 애끓는 감정으로 불타오르고 있었다. 이러한 여인의 감정을 낱낱이 헤아리고 있던 여경은 비늘 돋친 물고기처럼 파닥이는 여인을 가슴으로 품으면서 다음과 같이 말했다.

"처음에는 네 남편을 살려주고 다시는 너를 찾지 않으려고 하였다. 그러나 도저히 그럴 수는 없다. 너를 궁 안으로 데려다가 궁인으로 만들 것이다. 그러기 위해서는 네 남편을 죽일 수밖에 없다."

순간 여인의 몸이 충격으로 움찔거리는 것을 여경은 느꼈다. 애써 그 충격을 무시하듯 여경은 말을 이어내려갔다.

"너도 이렇게 된 이상 네 남편보다는 나와 함께 궁 안에서 호의호

식하면서 호화롭게 사는 것이 훨씬 좋을 것이 아니겠느냐.”

여경은 여인의 젖가슴을 어루만지면서 물어 말했다.

“어찌하면 좋겠느냐. 나와 함께 살기 위해 네 남편을 죽일 것이냐. 아니면 이미 더럽혀진 몸으로 네 남편과 다시 아무런 일도 없었던 것처럼 살 것이냐.”

여인은 아무런 대답 없이 할딱거리면서 가쁜 숨만 몰아쉬고 있을 뿐이었다.

“어찌하여 대답이 없단 말이냐.”

갑자기 여경이 몸을 일으키며 큰 소리로 말했다.

“네가 내 말을 무시함이냐, 아니면 그대가 말 못 하는 아자(啞者)라도 되었다는 말이냐.”

아자라면 벙어리를 가리키는 옛말. 추상과 같은 대왕의 고함 소리에도 여인은 몸을 떨고 있을 뿐 아무런 대답 소리도 내지 못하였다.

그러자 여경은 다시 큰 소리로 말했다.

“방 안의 불을 밝히도록 하여라.”

여인이 등롱의 불을 밝히자 여경은 호통을 치면서 말했다.

“네가 누구냐.”

여인은 밝힌 불빛으로부터 몸을 돌려 얼굴을 가릴 뿐 아무런 대답도 하지 않고 있었다.

“네가 누구냐고 묻지 않았느냐.”

여경은 당장에 이부자리를 걷어차면서 일어나 삼단과 같은 여인의 머리카락을 한 손으로 움켜쥐었다. 당연히 비명이라도 질렀을 여인은 그러나 아무런 신음 소리도 내지 않았다. 여경은 머리칼을 움켜쥐고 여인의 얼굴을 등롱 가까이 끌어 가져갔다. 등불에 델 만큼 가까이 얼굴을 가져가 긴 머리카락을 헤치자 여인의 얼굴이 적나라하게 드러나 보였다.

과연 아니었다.

여인의 얼굴은 생각했던 대로 도미의 아내인 아랑의 얼굴이 아니었다.

"네가 누구냐."

여경이 씹어뱉듯이 말했다. 여인의 얼굴에서는 눈물이 굴러떨어지고 있었다. 그러나 흐느낌 소리는 입 밖으로 새어나오지 않고 있었다.

"내 묻는 말을 듣지 못하였느냐. 네가 도대체 누구냐고 내 묻고 있지 않느냐."

여경은 옷소매 속에서 감춰두었던 단도를 꺼내어 그것을 여인의 얼굴에 가까이 들이대고 말했다.

"대답하지 않으면 단숨에 너를 죽일 것이다."

여인은 공포에 질려 있었지만 여전히 입을 굳게 다물고 있었다. 순간 간신히 자제하고 있던 여경은 한꺼번에 분노가 폭발하면서 고함쳐 말했다.

"일어나라. 일어서서 네 몸을 불빛에 비춰보아라."

그러자 여인은 몸을 떨면서 일어서서 불 가까이 섰다. 실오라기 하나 걸치지 않은 여인의 알몸이 그대로 드러나 보였다. 아름다운 몸매였지만 그 타오르는 듯한 젖가슴과, 그 가슴 위에 내리꽂힌 꽃열매와 같은 처녀의 유두는 여경의 가슴속에 속았다는 분노를 더욱 강렬하게 자극했다.

순간 여경은 살의를 느꼈다.

그는 비명을 지르면서 단도를 들어 여인의 가슴을 내리찍었다. 여인은 나무토막처럼 무너졌으며 금침 위로 붉은 피가 솟구쳐 튀었다.

단칼에 비자를 찔러 죽인 여경은 그대로 문을 박차고 뛰어나와 소리쳐 말했다.

"여봐라. 게 누구 없느냐."

무장을 한 위병들과 근신인 향실이 황급히 달려왔는데 그들은 방 안에서 일어난 살벌한 풍경을 보고 혼비백산했다. 여경은 즉시 아랑을 끌고 오라고 하였는데 아랑은 미리 이러한 결과가 일어날 것을 예견하고 있었던 듯 선선히 끌려왔다.

　아랑이 끌려오자 여경은 분노와 비웃음이 뒤범벅된 얼굴로 꾸짖어 말했다.

　"네가 감히 대왕인 나를 속일 수 있단 말이냐. 네가 감히 대왕인 나를 한 번도 아니고 두 번씩이나 속일 수 있다고 믿었단 말이냐."

　"대왕마마."

　아랑이 당황한 기색 없이 침착한 목소리로 입을 열어 말했다.

　"일찍이 후한(後漢)의 광무제(光武帝)께서는 누님인 호양 공주(湖陽公主)가 과부가 되었을 때 누님에게 마땅한 사람이 있으면 혼인시킬 생각으로 누님의 의향을 물어보았습니다. 이에 호양 공주는 다음과 같이 대답하였습니다. '송홍(宋弘) 같은 사람이라면 남편으로 우러러보고 살아갈 수 있겠습니다. 하지만 그가 아니라면 시집갈 생각이 없습니다.' 공주는 송홍이 아니면 시집을 가지 않겠다는 뜻을 밝힌 것입니다. 송홍은 중후하고 정직하기로 널리 알려진 사람으로 광무제가 즉위한 이듬해에 대사공(大司空)이란 대신의 지위에 오른 사람이었습니다. 공주의 마음속을 알게 된 광무제는 다음과 같이 약속했습니다. '누님의 마음을 잘 알았습니다. 그럼 제가 한번 힘을 써보겠습니다.' 마침 송홍이 공무로 편전에 들어오자 공주를 병풍 뒤에 숨겨두고 송홍과 자신의 대화를 엿듣게 하였습니다. 이런저런 얘기를 하다가 광무제는 송홍에게 '속담에 이르기를 지위가 높아지면 친구를 바꾸고 집이 부유해지면 아내를 바꾼다고 하는데, 그럴 수 있는 것인지요' 라고 넌지시 말을 건네었습니다."

　비록 대왕의 앞이었으나 아랑은 조목조목 사리가 분명하게 말하고 있었다.

　"광무제의 말을 들은 송홍은 '신은 가난하고 천했을 때의 친구는 잊어서는 안 되고, 지게미와 쌀겨를 함께 먹으며 고생을 함께한 아내는 집에서 내보내지 않는다고 들었습니다' 라고 대답했습니다."

　아랑은 말을 이어내려갔다.

　"이 말을 들은 광무제는 송홍이 물러가자 병풍 뒤에 숨어서 이 모든 얘기를 엿듣고 있던 누님에게 '저 사람을 마음에 두지 마십시오. 일이 틀린 것 같습니다' 라고 말했습니다."

　말을 끝마친 아랑은 얼굴을 들어 여경을 우러르면서 말을 이어갔다.

　"대왕마마, 도미는 제 남편이며 저 또한 도미의 아내이나이다. 저희들은 지게미와 쌀겨를 먹으면서 고생을 함께 나눈 하늘이 맺어준 부부입니다. 그러므로 대왕마마께서 제게 남편을 버리고 마음을 바꾸어 두 사람의 지아비를 섬기라 이르시니 어찌 제가 이를 받아들일 수 있겠나이까."

　아랑의 말은 당당하고 거침이 없었다. 대왕 여경도 아랑이 말하고자 하는 요지가 무엇인가를 잘 알고 있었다. 아랑의 말은 『후한서(後漢書)』의 송홍전에 나오는 고사였던 것이다. 그러나 쉽게 물러설 여경이 아니었다. 여경은 껄껄 소리내어 웃으면서 다시 말했다.

　"그대가 아무리 교묘한 말로 변설을 한다고는 하지만 군주를 속인 대죄는 벗어날 수 없을 것이다. 일찍이 한비자(韓非子)는 세난편(說難篇)에서 용을 들어 군주의 노여움을 설파하고 있다. 용은 순한 짐승이다. 길들이면 타고 다닐 수도 있을 정도이다. 그러나 그 턱 밑에는 지름이 한 자쯤 되는 거꾸로 붙은 비늘이 하나 있다. 만약 이것에 손을 대는 자가 있으면 용은 반드시 그 사람을 찔러 죽이고 만다. 임금인 군주에게도 바로 그 거꾸로 붙은 비늘이 있는 것이다."

여경이 말하는 거꾸로 붙은 비늘, 이를 한비자는 역린(逆鱗)이라고 부르고 있었던 것이다.

"그대는 용의 턱 밑에 거꾸로 붙은 비늘 즉 역린에 손을 대어 군주의 비위를 거슬렀다. 이는 그 어떤 말로도 용서받을 수 없는 대죄를 저지른 것이다."

용은 불가사의한 힘을 지니고 있는 상상의 동물로 알려져 있다. 봉황, 기린, 거북과 함께 네 가지의 신령한 동물로 일컬어지고 있는데 그중 용은 비늘이 있는 동물의 수장으로 알려져 있으며 능히 구름을 일으키며 비를 부를 수 있는 힘을 지니고 있는데 흔히 군주로 비유되고 있는 동물이었던 것이다. 그 용의 턱에 있는 거꾸로 붙은 비늘을 건드렸으니 반드시 그 사람을 찔러 죽여야만 용, 즉 군주의 노여움이 풀릴 수 있음을 여경은 비유하고 있었던 것이다.

아랑의 말을 되받아치고 나서 여경은 다음과 같이 말했다.

"그대가 나를 한 번만 속였다면 나는 그대의 남편인 도미의 눈동자를 빼어 소경을 만들었을 것이다. 그러나 그대가 나를 한 번이 아니라 두 번이나 속였으니 그대의 남편인 도미의 눈동자를 빼어 소경을 만드는 한편, 그를 참형시켜 죽여버릴 것이다."

"어찌하여 대왕마마."

피를 토하는 목소리로 아랑이 말했다.

"제 목을 베지 아니하고 남편의 목을 베려 하십니까. 제 눈을 뽑아 소경을 만들고 제 목을 베어 참하지 않으시나이까. 대왕마마를 속인 것은 남편이 아니라 소저가 아니나이까."

"물론."

껄껄 웃으면서 여경이 말했다.

"속인 것은 그대의 남편인 도미가 아니다. 그대였음이 분명하다. 그러나 처음부터 그대의 정절을 두고 내기를 건 사람은 그대가 아닌 남편 도미가 아니겠느냐. 그러므로 그대의 몸에는 손 하나 까딱하지 않을 것이다. 대신 그대가 나를 두 번이나 속였으니 도미의 두 눈을 빼어 소경으로 만들고 그 길로 참수하여 죽일 것이다."

의기양양한 목소리로 대왕 여경이 말했다. 그의 얼굴은 잔인한 복수심으로 불타고 있었다. 그는 아랑의 정절을 탐하는 욕심보다는 두 사람의 금슬에 대한 질투심으로 고통에 신음하고 괴로워하는 두 사람의 모습을 보면서 즐기는 것 같은 잔혹한 가학 취미에 빠져들어 있음이었다. 이미 자신의 죽음을 각오하고 있었으나, 그것이 자신에 대한 형벌이 아니라 남편 도미에 대한 형벌이 되었으므로 애써 평정을 유지하던 아랑의 얼굴에는 형언할 수 없는 슬픔이 깃들이고 있었다. 아랑은 몸부림치면서 입을 열어 말했다.

"대왕마마, 만약에 소저가 마음을 바꾸어 대왕마마께 몸을 허락한다 하여도 남편의 목을 베시겠습니까."

그러자 여경은 냉정하게 대답했다.

"만약 그대가 마음을 바꾸어 내게 몸을 허락하여 서로 상관하게 된다면 그때는 도미의 목은 베지 아니하고 목숨은 살려줄 수 있을 것이다. 그러나 이미 서로 내기를 하여 약속을 하였으니 목숨은 살려주는 대신 눈동자를 빼어 소경을 만들어버림은 면치 못할 것이다."

실로 무서운 군주의 노여움이 아닐 수 없었다. 자신이 죽고 사는 문제가 아니라 남편의 생사가 자신의 선택에 걸린 셈이었으므로 아랑은 몸부림치면서 괴로워했다. 비록 군주의 말대로 두 눈동자를 빼어 소경이 되는 것은 이미 면치 못하게 되었다 하더라도 자신이 마음을 바꿈으로써 남편의 생명만은 살릴 수 있게 된다는 막다른 벼랑 끝이었으므로 아랑은 고민 끝에 마침내 대답했다. 이 대답이 『삼국사기』에 다음과 같이 기록되어 있다.

"결국 지금 제가 남편을 잃어버리게 되었으니 단독일신(單獨一身)

으로 혼자서 살아갈 수는 없게 되었습니다. 더구나 미천한 몸으로 대왕을 모시게 되었으니 감히 어찌 어김이 있겠습니까. 그러나 지금은 월경으로 온몸이 더러우니 다른 날 깨끗이 목욕하고 대왕을 모시겠나이다."

이 말을 들은 대왕 여경은 이미 두 번이나 속았지만 이번에도 아랑을 믿고 허락하였다고 『삼국사기』는 전하고 있다. 그도 그럴 것이 여인들의 생리현상인 월경, 즉 달거리는 부정한 것으로 이 기간중에 교접을 하면 재앙을 얻어 화를 입게 된다는 속설이 전해내려오고 있었기 때문이었다. 일단 대왕의 마음을 사로잡고 나서 아랑은 다음과 같이 말했다.

"이미 마음을 바꾸어 대왕께 마음을 바치게 되었으니 어찌 이부종사(二夫從事)하리오까마는 아직까지는 소저의 남편이니 묻겠습니다, 대왕마마. 남편 도미의 두 눈동자를 빼어 소경을 만드신 후에는 그를 어찌하시렵니까."

"내가 알 바가 아니다."

여경은 차갑게 대답했다.

"그대가 내게 마음을 허락하였으므로 약속한 대로 목숨은 살려주겠거니와 그 다음은 내가 알 바가 아니다. 지팡이를 하나 쥐어주어 궁 밖으로 쫓아내버릴 것이다. 운이 좋으면 좋은 사람 만나서 밥술을 얻어먹으면서 연명해나갈지도 모르지만 그대로 승냥이나 늑대에게 살점을 뜯겨 잡혀 먹히게 될지도 모르는 일이지. 저자를 돌아다니면서 동냥질을 하며 먹고 살지도 모르는 일이고, 잘하면 앞 못 보는 복자(卜者)로서 점쟁이가 될지도 모르는 일이 아닌가."

기가 막힌 대왕의 말을 들은 아랑은 다음과 같이 말했다.

"대왕마마, 우리 마족인들은 사람이 죽으면 작은 배에 실어서 물 위에 띄워보내는 풍습이 있습니다. 남편 도미가 비록 목숨을 잃어 죽은 시체는 아니라 할지라도 앞 못 보는 소경이 되어 이미 죽어 있는 목숨과 다름없으니 그를 배에 실어 띄워보내는 것이 어떨까 하고 생각하나이다."

마한인들은 백제인들과는 달리 사람이 죽으면 시체를 지상에 노출시켜 자연히 소멸시키는 풍장(風葬)을 장례 방법으로 널리 사용하고 있었다. 물론 부족장들이나 토장들은 백제인들처럼 죽으면 땅속에 파묻혀 매장되었지만 일반 토인들은 죽으면 시체를 나무 위나 바위 위에 늘어놓아 새들이 살점을 뜯어먹고 비와 바람에 부패되어 흙으로 돌아가게 하는 토속적인 풍장을 사용하거나 아니면 시체를 작은 배 위에 실어서 강물에 띄워보내면 물 속에 가라앉거나 물 흘러가는 대로 따라가다가 어느 깊은 계곡의 기슭에 닿아서 그곳에서 풍화 작용으로 자연 소멸되어버리는 수장(水葬) 방법을 사용하고 있었던 것이다.

아랑의 말을 들은 여경은 그것이야말로 가장 좋은 방법이라고 생각했다. 비록 비천한 마족인이라 하더라도 엄연히 살아 있는 남의 부인을 가로채서 자신의 여인으로 삼으려는 마당에 그의 남편을 앞 못 보는 소경으로 만들어 저잣거리를 함부로 헤매고 다니게 하기보다는 배에 실어 강물에 띄워서 먼 곳으로 떠나보내면 그것이야말로 약속대로 도미를 자신의 손으로 직접 죽이지 않으면서도 죽음과 다름없는 망각의 세계 저편으로 떠나보내는 일석이조의 방법이 아닐 것인가.

대왕이 쾌히 이를 승낙하자 아랑은 마지막으로 다음과 같이 말했다고 전해지고 있다.

"그러하시오면 대왕마마, 배에 실려 떠나는 남편 도미를 제 눈으로 한 번만이라도 볼 수 있도록 이를 허락하여주십시오, 마마. 가까이 다가가 말을 하거나 작별의 인사는 나누지 아니하더라도 먼발치에서 다만 배에 실려 떠나는 남편의 모습을 바라만 보도록 이를 허락하여주십시오. 이로써 남편 도미를 제 마음에서 완전히 떠나보내겠나이다. 남편을 배에 실어 죽은 사람으로 떠나보내버리면 제 마음에는 그 어디에도 남편의 그림자는 남아 있지 않고 깨끗이 사라져버리지 않겠나이까."

아랑의 마지막 호소는 여경의 마음을 움직였다. 남편 도미의 모습을 한 번 더 아랑으로 하여금 비록 먼발치에서나마 바라보도록 허락하는 것이 마음에 찔리긴 하였지만 그러한 모습을 보게 함으로써 마음속에 앙금처럼 남아 있는 사내의 그림자를 완전히 지우고 새사람으로서 자신을 맞아들이겠다는 아랑의 제안을 마다할 이유가 없음이었다. 그보다도 울며 호소하는 아랑의 모습이야말로 아름다웠다. 아랑이 『삼국사기』에서 전하는 최고의 아름다운 여인으로 기록에도 남아 있을 정도이니 그 아름다움이야 일러 무엇하겠는가. 『삼국사기』에는 도미의 부인 아랑이, 『삼국유사』에는 수로 부인이 대표적인 미인으로 기록되어 있다. 재미있는 것은 두 사람 다 이미 결혼한 남의 부인이라는 점으로 수로 부인의 아름다움은 바닷속의 용들도 욕심을 낼 만하여 그녀를 바닷속으로 끌고 들어갈 정도라고 『삼국유사』는 다음과 같이 수로 부인을 표현하고 있다.

'수로 부인의 용모는 너무나 아름다워 세상에서 뛰어난 깊은 산이나 큰 물을 지날 때마다 여러 차례 신물(神物)들에게 붙들리곤 하였다.'

이 지상에 감히 볼 수 없는 아름다움은 그대로 하나의 재앙이 되어버린다. 왜냐하면 그 아름다움은 인간의 몫이 아니라 신들의 몫이 되어 그들이 서로 질투하므로.

일찍이 중국 송나라의 대시인이었던 소동파(蘇東坡)는 어느 날 항주와 양주의 지방장관으로 나갔다가 우연히 절간에서 기막힌 미인을 발견한다. 이미 나이가 서른 살이 넘어 있었지만 몸에서 비늘이 떨어질 만큼 아름다운 그 여인은 삭발을 한 여승. 소동파는 그 여승의 아리따웠을 소녀 시절을 상상하면서 「가인박명(佳人薄命)」이란 칠언율시를 짓는다.

두 뺨엔 굳은 젖, 머리털엔 옻을 발랐는데 눈빛은 발로 들어와 구슬처럼 또렷하구나.
원래 흰 깁으로 선녀의 옷을 만들고 붉은 연지로 타고난 바탕을 더럽히지 못한다.
오나라 말소리는 귀엽고 부드러워 아직 어린데 한없는 인간사의 근심은 전혀 알지 못한다.
예로부터 미인은 대부분 박명이라지만 문을 닫고 봄이 다하면 버들꽃도 지고 말겠다.

雙頰凝酥髮抹漆 眼光入簾珠的皪
故將白練作仙衣 不許紅膏汙天質
吳音嬌軟帶兒癡 無限間愁總未知
自古佳人多命薄 閉門春盡楊花落

『삼국사기』에 기록될 만큼 아름다운 천년 전의 여인 아랑. 이 절세의 미인의 눈에서 흘러내리는 눈물이야말로 아름다움을 더한 향기가 아닐 것인가. 잔인무도한 여경이라 할지라도 아랑의 눈물에는 속수무책이었을 것이다.
대왕 여경은 아랑과의 약속을 굳게 지켜서 이를 실행에 옮겼다고 전해지고 있다.
『삼국사기』에는 다만 다음과 같이 간략하게 기록하고 있을 뿐이다.

'후에 대왕이 속은 것을 알고 크게 노하여 도미를 죄로 얽어 두 눈동자를 빼고 사람을 시켜 끌어내어 작은 배에 싣고 물 위에 띄워 보내었다.'

눈동자를 빼어 소경을 만들었다 함은 끝이 날카로운 바늘과 같은 물건으로 눈동자인 모자만을 찔러 홍채를 쏟아지게 함으로써 눈이 멀게 하는 것인데, 예로부터 죄인들에게 벌을 줄 때에 항용 사용되는 방법 중의 하나였던 것이다.

눈동자를 뽑힌 도미는 그대로 사람들에게 끌려서 아리수의 강변으로 나아갔다. 이미 도미의 부인 아랑은 갈대숲에 숨어서 이제나 저제나 군사들에게 이끌려 남편이 오기만을 기다리고 있었다. 아랑은 흰 상복을 입고 있었으며, 머리카락을 풀어내리고 있었다.

해질 무렵의 석양이었다.

마침내 약속대로 도미는 군사들에게 이끌려 강변에 나타났는데, 이를 갈대숲에 숨어서 지켜보고 있는 아랑은 너무나 기막히고 슬퍼서 그대로 까무러칠 것만 같았다. 남편 도미는 살아 있는 사람이 아니라 이미 죽어 있는 사람의 형상이었다. 머리카락과 수염이 자라서 온 얼굴을 덮고 있었고, 눈동자가 뽑히어 앞이 보이지 않았으므로 양옆에서 사람들이 부축하고 있었지만 두 손을 허우적거리고 있었다.

"서방님."

입 밖으로 터져나오려는 통곡을 자제하느라 아랑은 입술을 굳게 깨물고 있었다.

도미를 실을 배는 미리 준비되어 있었다. 문자 그대로 일엽편주(一葉片舟)였다. 사람을 태우는 배가 아니라, 오직 죽은 사람만을 실어서 강물에 띄워 떠나보내는 수장용(水葬用) 배였으므로 사람의 크기만한 목관(木棺)에 불과했던 것이다. 온몸을 결박하여 꽁꽁 묶은 다음, 그들은 도미를 배 위에 앉혔다.

그러고 나서 군사들은 도미를 실은 배를 강 속 깊숙이 끌고 들어가 그대로 강물에 실려서 떠내려가도록 하였다. 해질 무렵의 강물은 마음이 급해서 뜀박질하여 달려가듯 빠르게 흘러가고 있었다.

당장이라도 물 속에 뛰어들고 싶었지만, 병사들이 지키고 있었으므로 아랑은 갈대숲에 숨어서 터져나오려는 흐느낌을 손을 물어뜯으면서 간신히 참아내리고 있을 뿐이었다.

이윽고 도미를 실은 배가 빠른 물살에 실려서 흘러가기 시작하자 군사들은 떼지어 사라지기 시작했다. 그들이 사라져버리자 아랑은 남편 도미의 모습을 좀더 잘 보기 위해서 갈대숲을 나와서 강변을 따라 달려갔다.

해질 무렵의 석양이었으므로 하늘도, 땅도, 강물도 모두 핏빛으로 타오르고 있었다.

"서방님."

아랑은 강물을 따라 흘러가는 배를 쫓아 미친 듯이 강변을 달려내려가면서 소리를 질렀다. 그러나 강바람은 세어서 아랑의 목소리를 싹둑싹둑 잘라내었다. 강물 한복판을 따라 흘러내려가는 조각배 위에서 도미는 온몸이 꽁꽁 묶인 채로 아내 아랑이 외쳐 부르는 고함소리를 듣는지 못 듣는지, 아는지 모르는지, 이미 두 눈이 뽑혀서 앞을 못 보는 소경이 된 채 아무것도 알지도 보지도 못하고 죽은 사람처럼 물 흘러가는 대로 따라가고 있을 뿐이었다.

"서방님."

갈대숲이 아랑의 맨발을 찌르고, 베어 피가 흘러내려도 아랑은 그대로 배를 쫓아 달려나갔다. 흰 상복이 갈가리 찢겨나가도 아랑은 피를 토하듯 고함을 지르면서 배를 쫓아 달려나갔다. 아랑의 외마디 소리에 숲속에 잠들어 있던 물새떼들이 놀라서 일제히 자리를 박차고 일어나 핏빛으로 물든 하늘 위로 솟구쳐올랐다.

강물은 좁은 계곡으로 빠져들고 있었다. 계곡에서는 강이 좁아져 천탄을 이루어 자연 물살이 더욱 빨라지기 시작했다. 배가 여울목으로 접어들게 되자 아랑은 더이상 배를 쫓아 강변을 달려나갈 수 없었다. 험준한 바위와 절벽이 강변을 가로막고 있었기 때문이었다.

아랑은 그대로 물 속으로 뛰어들었다. 가슴이 잠기도록 물 속에 뛰어들면서 아랑은 목이 터져라고 떠나 사라지는 남편 도미를 향해 외쳐 불렀다.

"서방님. 서방니임."

와랑와랑 흘러내리는 물결 소리가 아랑의 절규를 지워버리고 남편 도미를 실은 배는 협곡의 여울물을 따라 쏜살같이 흘러내리고 있을 뿐이었다.

이제는 어쩔 수 없음이었다.

불러도 외쳐도 소리가 닿을 수 없는 먼 곳, 살아서는 서로 만날 수 없는 머나먼 곳. 죽어야만 만날 수 있는 사바(娑婆)를 뛰어넘은 정토(淨土)의 세계. 이승을 뛰어넘어 저승으로 가는 그 생사의 경계선을 향해서 조각배는 아득하게 멀어져가고 있을 뿐이었다.

절벽으로 뛰어올라가 아랑은 가물가물 멀어져가는 조각배가 안 보일 때까지 이를 지켜보았다고 전해지고 있다.

마침내 도미를 실은 배가 시야에서 멀어져 보이지 않게 되자 아랑은 그 자리에서 한바탕 곡을 하여 울고 마음을 정리했다.

"이제는 어쩌는 수가 없다."

아랑은 무서운 결심을 했다.

'남편 도미를 마음속에서 떠나보낸 이상 이제는 어쩔 수가 없다. 어쩔 수 없이 대왕을 받아들여 그의 부인이 되는 수밖에 없을 것이다.'

그로부터 며칠 후.

대왕 여경의 근신인 향실이 한낮에 아랑을 찾아와 다음과 같이 말했다.

　　"대왕마마께서는 모든 약속을 지키셨다. 그대의 남편 도미의 눈동자를 빼어 소경을 만드는 대신 그대의 청원을 받아들여 목숨만은 살려주셨다. 살려주셨을 뿐 아니라 그대가 원했던 대로 작은 배에 실어서 강을 따라 흘러가도록 이를 허락하셨다. 이제는 그대가 대왕마마와의 약속을 지킬 차례가 되었다."

　　"여부가 있겠습니까."

　　아랑은 선선히 대답했다.

　　"그 동안 월경은 끝나서 온몸은 깨끗하여졌는가?"

　　"그렇습니다."

　　아랑의 대답에 향실은 흡족한 미소를 띠면서 다시 말했다.

　　"오늘밤 대왕마마께서 그대의 집에 머무르신 다음 함께 입궁하여 그대를 궁인으로 삼으려 하신다."

　　『삼국사기』에는 향실이 다음과 같이 말하였다고 기록되어 있다.

　　"지금부터 그대의 몸은 대왕마마의 소유이다."

　　이에 아랑은 다음과 같이 대답했다.

　　"여부가 있겠습니까. 오늘부터 소저의 몸은 대왕마마의 소유입니다."

　　그날 저녁.

　　땅거미가 내리기를 기다려 아랑은 강가로 나아갔다. 대왕마마가 오기 전에 강물 속으로 들어가 머리를 풀어 감고 온몸을 깨끗이 씻어 목욕을 해둘 필요가 있었기 때문이었다. 아랑이 강가로 나아가 옷을 벗고 물 속에 뛰어들어 몸을 씻을 무렵에 갑자기 보름달이 수면 위로 떠올라 강물이 월광으로 찬란하게 부서지고 있었으며 온 누리는 월색(月色)으로 충만하였다고 한다.

178

강물 속으로 뛰어들어 온몸을 씻던 아랑은 기가 막혀 수면 위로 떠오른 보름달을 보면서 통곡하여 울기 시작했다. 아무런 죄도 없는 사랑하는 남편을 생이별하여 멀쩡하게 소경을 만들어 떠나보내고 자신은 이제 새로운 사람을 맞이하여 개가를 하려 한다.

그리하여 오늘이 바로 그 첫날밤.

정절을 지키기 위해서 갖은 수를 쓰고 온갖 수단을 동원했지만 마침내 역부족하여 오늘밤 대왕마마를 맞아들이기 위해서 이처럼 목욕을 하고 있다. 기구한 자신의 팔자가 가엾고 불쌍해서 아랑은 보름달을 보면서 울고 달빛이 부서지고 있는 강물을 두 손으로 떠올려 온몸에 부어 씻어내리면서도 울곤 하였다.

그러나 이제는 어쩔 수 없음이었다.

이제는 대왕마마를 받아들여 그의 아내가 되어 궁인이 될 수밖에 없음이었다.

그때였다.

가슴이 잠기도록 강물 속에 깊이 들어가 몸을 씻고 있던 아랑은 달빛이 찬란한 강물 위로 무엇인가 알 수 없는 물건 하나가 떠올라 다가오고 있음을 발견하였다. 처음에 아랑은 그 그림자가 사람의 인기척처럼 느껴져서 본능적으로 벗은 몸을 가리면서 소스라쳐 놀랐었다.

"누구냐."

아랑은 날카로운 목소리로 소리를 질렀다. 그러나 아랑의 비명 소리에도 그 그림자로부터는 아무런 대답이 없었다. 갈대숲 사이로 그 검은 그림자는 마치 먹구름을 벗어난 달처럼 조용히 스며들고 있을 뿐이었다. 아랑은 순간 정신을 가다듬고 홀연히 나타나 다가오고 있는 그림자를 물끄러미 바라보았다.

다행히도 검은 그림자는 사람의 모습은 아니었고 또한 물위를 떠다니는 짐승의 모습도 아니었다. 그러나 그 검은 그림자는 강물 위에 떠서 물결을 따라 흘러가며 조용히 아랑의 몸을 향해 밀고 들어오고 있었다. 마치 아랑을 찾아서, 아랑을 향해 손을 흔들어 무언의 표시를 하듯이.

갈대숲에 몸을 숨기고 조심스럽게 그 검은 그림자를 살펴보던 아랑은 용기를 내어 그 그림자를 향해 앞으로 나아가보았다.

그러자 그 그림자는 기다렸다는 듯 아랑을 향해 다가오고 있었다. 푸른 달빛 아래 물결을 타고 흘러들어오는 그 그림자의 모습이 아주 가까이 다가왔을 때 아랑은 비로소 그 검은 그림자가 무엇인가를 알아볼 수 있었다.

그것은 배였다.

한 척의 배가 다가오고 있었던 것이다.

자신을 향해 다가오고 있는 배를 발견한 순간 아랑은 소스라쳐 놀랐다. 며칠 전 비록 먼발치에서 숨어 지켜보았지만 이 작은 배는 분명히 남편 도미를 태우고 강물을 따라 흘러내려간 바로 그 배임에 틀림이 없어 보였다.

그렇다면.

아랑은 그럴 리가 없다고 생각하면서도 성급히 배의 그림자를 향해 달려나갔다.

남편 도미가 배 위에 그대로 밧줄에 꽁꽁 묶인 채 앉아 있는 것은 아닐까.

"서방님."

행여나 하여 아랑은 소리를 지르면서 배의 곁으로 다가가보았다. 그러나 배 위는 텅 비어 있었다. 그 대신 도미가 끌려갈 때 온몸을 결박했던 노끈들이 배 위에 풀린 채 널려 있을 뿐이었다. 그 노끈들을 보자 아랑은 이 배가 남편 도미를 싣고 강물을 따라 머나먼 곳으로 흘러내려갔던 바로 그 배임에 틀림없다고 확신할 수 있었다. 바로 그

배라면 틀림없이 남편 도미는 강물을 타고 흘러내려가다 여울을 만나서 강물 속에 빠져 목숨이 붙어 있는 채로 수장되었을 것이다. 아니다. 아랑은 머리를 흔들면서 소리를 내어 부정하였다.

그이는 아직 죽었을 리가 없다.

온몸을 묶었던 포승들이 이렇게 풀어져서 배 위에 흩어져 있는 것은 남편 도미가 배 위에서 포승을 풀었음을 암시하고 있는 것이 아닐까. 그렇다면 그이는 아직 죽지 아니하고 살아 있다.

하지만.

아랑은 한숨을 쉬며 생각했다.

설혹 그이가 노끈을 풀고 배에서 벗어나 뭍에 올라 살아 있다 하여도 하루아침에 두 눈이 뽑힌 소경이 되어서 어떻게 목숨을 부지할 수 있단 말인가.

그보다도 일단 강물을 따라 하구로, 바다로 흘러내려갔던 그 배가 어떻게 강물을 거슬러올라와서 자신의 곁으로 다가올 수 있단 말인가.

생각이 거기에까지 미치자 아랑은 그 배가 자신을 찾아온 것이라는 사실을 깨달을 수 있었다.

이 배는 나를 찾아 강물을 거슬러올라왔다. 보이지 않는 곳에서 자신을 부르고 있는 강한 힘에 이끌려서 이 배는 나를 태우기 위해서 이곳까지 흘러온 것이다.

이때의 모습을 『삼국사기』는 다음과 같이 묘사하고 있다.

'부인은 그만 도망하여 강 어귀에 이르렀지만 건너갈 수 없어 하늘을 부르면서 통곡하고 있던 중 홀연히 한 척의 배가 물결을 따라 흘러오는 것을 보았다.'

그 배가 남편 도미가 타고 있던 배로 밝혀지자 아랑은 자신도 그 배 위에 올라타기로 결심했다.

더이상 망설일 필요가 없었다.

도미는 단 한 사람의 남편이었다. 살아도 남편을 따라 살고 죽어도 남편을 따라 죽어야 하는 지어미로서 무엇을 더이상 망설일 필요가 있을 것인가.

아랑이 황급히 옷을 입고 배 위에 오르자 그 배는 마치 기다렸다는 듯 갈대숲을 벗어나 강물을 따라 흘러내려가기 시작했다고 『삼국사기』는 기록하고 있다.

보름달이 휘영청 떠올라 사위는 대낮처럼 밝았으며 강물 위도 달빛의 은린(銀鱗)으로 찬란하게 부서지고 있었다.

죽는다. 아랑은 배를 타고 흘러가면서 소리를 내어 결심했다.

나도 남편을 따라 죽을 것이다. 남편이 타고 흘러가다가 수장되어 죽은 바로 그 배를 타고 나도 강물에 빠져 죽어 물고기의 밥이 될 것이다. 어차피 생에 대한 애착도 없고, 삶에 대한 미련도 더이상 있지 않다.

배는 강물을 타고 하구로 하구로 흘러가고 있었다. 좁은 계곡을 만나자 강물은 더욱 빨라져서 미친 여울이 되었다. 물결은 이제라도 당장 작은 배를 뒤엎어버릴 듯 거칠게 흘러가고 있었지만 아랑은 배 위에 올라앉아 흐르는 물에 몸을 맡기고서 천천히 생과 사, 나고 죽고 또다시 나고 죽는 윤회의 세계를 떠나 피안의 세계 저편으로 떠내려가고 있었다.

천탄과 여울, 폭포와 격랑을 따라 흘러내려오는 동안 아랑은 그대로 정신을 잃었다. 잠시 죽은 듯한 혼절 속에서 깨어나 아랑이 다시 정신이 들었을 때는 달마저 기울어가는 새벽녘이었다. 급경사를 이루면서 쏟아져내리는 폭포 위에서 이제는 죽었다고 생각하며 까마득 정신을 잃어버린 후에 되살아난 아랑은 여기가 어디인가 잠시 주위를 살펴보았다.

자신은 아직도 배 위에 타고 있었다. 그 무시무시하던 격랑의 강물은 어느새 가라앉고 호수의 물결처럼 잔잔하였다.

강물을 따라 흘러가던 배는 더이상 움직이지 않고 강물 위에 떠 있는 모래톱 위에 닿아 있었다. 배는 사주(砂洲)에 얹힌 채 움직이질 않았다. 마치 도착해야 할 목적지에 다다른 것처럼.

아랑은 배를 내려 그 모래톱 위로 올라섰다. 『삼국사기』에서는 이 섬을 천성도(泉城島)라 부르고 있다.

『삼국사기』에서 기록한 천성도의 위치가 오늘날의 어디인가는 알려진 바가 없다. 아랑이 그 섬에 다다랐을 때는 한밤중이었는데, 아랑은 섬에 오른 순간 무슨 소리가 들려오는 것을 느꼈다.

아랑은 숨을 죽이고 귀를 기울였는데, 정적을 뚫고 어디선가 피리 소리가 들려오고 있었다. 그 피리 소리를 듣는 순간, 아랑은 심장이 멎는 것 같은 충격을 느꼈다.

그 피리 소리는 분명 남편이 부는 피리 소리였던 것이다. 피리는 원래 필률(篳篥)이라고 불렸는데, 서역(西域)에서부터 전래된 악기였다. 남편 도미는 피리를 즐겨 불고 특히 대나무를 깎아서 스스로 구멍을 뚫어 만드는 세피리를 곧잘 불곤 했다.

행여 잘못 들은 것이 아닌가 하여 아랑은 다시 숨을 죽이고 피리 소리에 귀를 기울였는데, 틀림없이 귀에 익은 남편의 피리 소리였다.

"살아 있다."

순간, 아랑은 소리를 내어 중얼거렸다.

"그이가 죽지 않고 살아 있다."

아랑은 그 피리 소리를 따라서 갈대숲을 헤치고 앞으로 달려나갔다. 모래톱의 사구(砂丘)를 뛰어오르자, 갈대를 꺾어 만든 초막 하나가 달빛 아래 드러나 보였다. 그 초막 옆 빈터에서 웬 사람 하나가 앉아서 피리를 불고 있었다.

이것이 꿈인가, 생시인가. 아랑은 믿어지지 않아서 감았던 눈을 뜨고 재삼재사 확인하여보았지만, 달빛 아래 정좌하고 앉아서 피리를 불고 있는 사람은 분명히 남편 도미의 모습이었던 것이다.

『삼국사기』는 이때의 모습을 간단하게 다음과 같이 기록하고 있을 뿐이다.

'배를 타고 천성도에 이르러 다시 남편을 만났는데, 그는 아직 죽지 아니하고 살아 있었다.'

두 사람은 모래톱에서 풀뿌리를 함께 캐어 먹으면서 연명해나갔다고 『삼국사기』는 기록하고 있다. 갈대를 꺾어 초막을 짓고 이엉을 엮어 지붕을 얹어 비와 바람을 피하고, 배가 고프고 주리면 풀뿌리를 캐어 먹고, 눈먼 소경인 남편을 도와 그의 손과 발이 되어주면서 아랑은 강가로 나가 물고기를 잡아 함께 나눠 먹으며 한철을 보냈다고 전해지고 있다.

어느 날 아랑은 아침에 물가로 나가 자신의 모습을 보았다. 마침 불어오는 바람도 없어 강물은 호수처럼 맑아 구리거울을 들여다보는 느낌이었다. 맑은 강물 위에는 자신의 모습이 거꾸로 비쳐 보이고 있었다. 문득 강물 위에 떠오른 자신의 얼굴을 발견한 순간 아랑은 소스라쳐 놀랐다. 강물 위에 선명히 떠오른 자신의 얼굴은 자신이 보아도 넋을 잃을 만큼 황홀하게 아름다운 얼굴이었기 때문이다.

이 얼굴 때문인가.

아랑은 물끄러미 물위에 떠오른 자신의 얼굴을 바라보면서 생각했다.

이 모든 불행이 이 얼굴 때문인가. 남편 도미가 하루아침에 눈동자를 뽑히고 소경이 되어버린 것도 이 얼굴 때문인가. 이처럼 멀리멀리 도망쳐서 낯설고 외딴 섬에서 풀뿌리를 캐어 먹으면서 하루하루 목숨을 부지해가는 기구한 운명도 따지고 보면 이 얼굴 때문이 아닌가.

지금껏 한 번도 객관적으로 생각지 못해보았던 자신의 얼굴을 아

184

랑은 마치 그것이 남의 얼굴인 것처럼 들여다보았다.

아랑은 자신의 아름다운 얼굴을 증오하고 저주하기 시작했다.

내가 남편 도미를 사랑하는 것은 그가 눈동자를 뽑히고 앞 못 보는 소경이 되어서도 변치 않고 여전한 것이니 내가 하루아침에 추악한 모습을 가진 추녀가 되어버린다 하여도 남편 도미는 여전히 나를 사랑할 것이다. 남편 이외의 사람들이 나를 아름답다고 보는 것은 남편을 향한 내 사랑과는 전혀 상관없는 일이다. 그것은 오히려 남편을 향한 사랑에는 재앙이 될 뿐이다.

그날부터 아랑은 갈대를 베어내 그 잎으로 얼굴을 긁어내기 시작했다고 전해지고 있다. 갈대의 잎은 날카로워 마치 날이 선 칼날과도 같았다. 그래서 갈대잎으로 얼굴을 긁어내리면 얼굴은 만신창이로 찢어져 피가 흘러내렸다. 며칠을 그대로 두면 그 상처가 가라앉아 딱지가 내리고 상처가 아물어들곤 하였는데 그러면 다시 아랑은 갈대잎으로 자신의 고운 얼굴을 찢어 상처를 내었다. 상처 낸 자국에 일부러 갈대숲에 괴어 있는 곤죽같이 된 진흙인 흑감탕을 떠올려 상처에 문질러 덧나도록 했다. 그렇게 되면 상처는 성이 나서 화농이 되고 금세 곪고 부어오르곤 했다. 그러다가 가라앉으면 다시 상처를 내어 피를 흘리곤 하였는데 이러기를 가을이 올 때까지 계속하였다.

가을이 지나 겨울이 오면 강물이 얼어 아무래도 모래톱에서 한겨울을 지낼 수 없게 되어버릴 것이 분명했으므로 겨울이 오기 전에 다시 배를 타고 이 섬을 떠나야 했기 때문이었다.

깊은 가을, 만추가 올 때까지 아랑은 계속 갈대를 베어 그 날카로운 날로 얼굴을 찢고 상처를 내었다가 덧나게 하기를 되풀이했다.

어느덧 봄이 지나고 여름이 지나고, 가을이 되어 모래톱으로 날아온 철새들이 따뜻한 곳을 찾아 날아가버리고 그 대신 찬 북쪽에서부터 겨울새들이 하나씩 둘씩 날아와 보금자리를 만들 무렵 아랑은 강물 위에 살얼음이 끼는 것을 보자 다시 남편과 둘이 배를 타고 먼 곳으로 떠날 때가 되었다고 생각했다. 이 섬에서 겨울을 보낼 수는 도저히 없었기 때문이었다.

그런 생각이 들자 아랑은 이른 새벽 강가로 나갔다. 강상에는 자욱이 안개가 끼어 있었다. 봄이 지나고 여름이 지나고 가을이 지날 때까지 아랑은 한 번도 물 위에 비친 자신의 모습을 바라본 적이 없었다. 그러나 이제는 이 섬을 떠날 때가 되었으니 자신의 얼굴이 그새 어떻게 변했는지 확인해볼 때가 되었다고 아랑은 생각했다.

남편과 둘이서 배를 타고 대처로 나가 새 생활을 하려는 마당에, 아름답던 자신의 모습, 그 어디에 나서도 단박 남의 눈에 띄는 빼어난 미모는 재앙을 불러올 것임을 아랑은 잘 알고 있었기 때문이었다.

안개가 긴 강가로 나가 아랑은 갈대숲을 헤치고 고여 있는 물위에 가만히 자신의 얼굴을 비춰보았다. 숲속에 고여 있는 물은 마치 동경(銅鏡)의 겉면과도 같았다.

그 물위에 한 얼굴이 비쳐 떠 있었다.

태어나서 한 번도 본 적이 없는 더럽고 지저분한 추악한 얼굴 하나가 고인 물 위에 비쳐 보이고 있었다. 그 얼굴은 도저히 이 세상의 얼굴이라고는 말할 수 없는 기괴한 모습이었다. 지난봄에 고기를 잡기 위해서 강가로 나왔다가 우연히 물위에 비쳐보았던 자신의 모습과는 하늘과 땅만큼의 차이가 있었다.

이것이 내 얼굴이란 말인가.

아랑 자신도 놀라서 맥없이 주저앉아 물위에 떠 있는 자신의 얼굴을 새삼스레 다시 들여다보았다고 전해지고 있다.

그 아름답던 얼굴은 흔적도 없이 사라지고 물위에는 귀신의 얼굴 하나가 떠올라 있을 뿐이었다.

곱던 살결은 거칠어져 마치 창병(瘡病)에 걸린 듯하였으며 부드럽고 윤기 있던 머리카락은 말라비틀어진 고엽처럼 시들어 있었다. 빛나던 눈동자는 풀어져 정기를 잃었으며 그새 수십 년이 흘러가 백발의 노파가 되어버린 듯 머리카락은 희게 변하였고 얼굴에는 잔나비와 같은 주름이 가득했다.

철저하게 변해버린 자신의 얼굴을 보자 그것이 원하던 바이긴 했지만 아랑은 긴 한숨과 더불어 숨죽여 울기 시작했다.

그러나 그것이 인생이었다.

저 들판의 꽃들도 다투어 피어나 만발하지만 때가 되면 시들어 죽어버린다. 저 안개 낀 강물 위를 나는 새들도 가을이 되면 둥우리를 틀어 새끼를 까지만 세월이 흘러 때가 되면 제각기 가야 할 곳으로 날아가버린다. 이제 갓 피어난 아름다운 청춘도 때가 되면 호호백발의 노파가 되어버린다. 아름다움은 영원할 수 없으며 젊음은 한때 흘러가는 구름과 같다.

아랑은 추악하게 변해버린 자신의 얼굴을 보자 이제 마침내 안심하고 남편과 더불어 섬을 떠날 때가 되었다고 생각했다. 아랑은 나무를 베어 그것으로 남편을 위한 지팡이를 만들고 그들이 타고 온 작은 배에 몸을 실어 한철을 보냈던 천성도를 떠났다.

그들이 갈 곳은 아무 데도 없었다.

아무리 얼굴을 상처 내어 추악한 귀신의 얼굴로 만들었다고는 하지만 앞을 못 보는 남편과 둘이서 남의 눈을 피해 살아갈 수는 없는 일이었다. 백제의 왕국 안에서는 도망치려야 도망칠 곳이 없었으며 임금의 손길을 피하려야 피할 수 없었다.

하루아침에 아랑을 잃어버린 대왕 여경은 대로하여 곧 군사를 풀어 왕국 안을 이 잡듯 샅샅이 뒤졌을 것이다.

아랑이 선택한 곳은 백제가 아닌 고구려의 땅.

그무렵 많은 사람들은 왕국에서 대죄를 짓거나 도망쳐 목숨을 구할 양이면 신라보다는 고구려를 택하여 망명을 하곤 했다. 당시 고구려는 백제와 원수지간이었으므로 백제에서 죄를 지은 사람은 고구려를, 또한 고구려에서 죄를 지은 사람은 백제를 망명지로 택하곤 했기 때문이었다.

그러므로 아랑이 남편과 둘이서 도망칠 곳은 단 한 곳밖에 없었다.

그곳은 고구려.

살얼음이 낀 강물 위를 아랑은 남편과 둘이서 배를 타고 정처없이 떠나기 시작했다. 두 사람의 이러한 모습을 『삼국사기』는 다음과 같이 간략하게 표현하고 있다.

'두 사람은 풀뿌리를 캐어 먹으면서 함께 지내었다. 마침내 때가 되었을 때 두 사람은 함께 배를 타고 그 섬을 떠났다.'

강을 지나 바다를 건너 두 사람이 이르른 곳은 고구려의 땅이었다. 『삼국사기』에는 이 땅 이름을 '추산(萩山)'이라고 부르고 있는데 그곳이 지금의 어디인지는 알려진 바가 없다. 다만 '고구려 사람들이 이 맹인 부부를 불쌍히 여기어 음식과 옷을 주었다'고만 기록하고 있을 뿐이다.

고구려 사람들은 앞 못 보는 소경을 부축하여 다니면서 밥을 구걸하는 그 여인이 이웃나라 백제에서 대왕이 탐심을 품을 만큼 경국지색이었음을 전혀 알아보지 못했다. 사람들은 다만 그 추악하게 생긴 여인을, 앞 못 보는 맹인을 남편으로 둔 가엾은 걸인이라고 생각하고 있을 뿐이었다.

그러면서도 그들 백제에서 건너온 유민이 고구려 사람들의 관심을 끈 것은 맹인 남편이 기막히게 피리를 분다는 점이었다. 구걸하며 다닐 때는 남편은 항상 손에 피리를 들고 다녔다. 고구려에도 피리가 없었던 것은 아니나 대부분 대피리, 복숭아나무로 만든 도피(桃皮) 피리와 같은 큰 피리들이었는데 이 맹인은 대나무를 깎아서 직접 만든 세피리를 불고 있었던 것이다.

그 피리 소리가 듣는 사람의 간장을 엘 만큼 슬픈 것이어서 사람들은 그 피리 소리를 들으면 절로 눈물을 흘리곤 하였다고 전해지고 있었다. 그래서 고구려 사람들은 필시 두 걸인 부부가 백제에서 큰 사연을 지닌 사람들이었을 것이라고 짐작하게 되었으며 간혹 어떤 사람들은 피리를 부는 남편을 앞세우고 동냥을 하는 여인에게 그 연유를 묻곤 하였다.

당시 고구려의 여인들은 건괵(巾幗)이라는 머리쓰개를 쓰고 다녔다. 오늘날에도 고구려 여인들의 머리쓰개 모습들은 고구려의 고분벽화에서 그 흔적을 발견할 수 있으며 '구당서'의 고구려 조에는 다음과 같은 기록이 나오고 있다.

'고구려의 부인들은 머리에 건괵을 쓰고 있다.'

아랑도 고구려 여인들처럼 건괵이라고 불리는 머릿수건을 쓰고 있었는데 이마는 물론 얼굴이 안 보일 만큼 깊숙이 쓰고 다니고 있었다.

사람들이 뭐라고 물어도 일체 시선이 마주치는 법이 없었으며 입을 열어 대답하는 일도 없었다. 그래서 사람들은 걸인의 아내는 말 못하는 벙어리인 줄만 알고 있었다.

그 맹인의 아내가 말 못하는 벙어리가 아니라는 것이 밝혀진 것은 우연한 기회였다. 마을에 잔치가 있어 남은 음식을 얻어간 여인은 함께 술도 몇 잔 얻어갔는데 그 맹인 부부는 술을 함께 나눠 마시고는 흥이 났는지 남편은 피리를 불고 아내는 갑자기 춤을 추기 시작했던 것이다. 춤뿐 아니라 노래까지 불렀는데 이 소문은 곧 온 마을로 번져나가서 구경거리가 되었다. 사람들은 걸인 여인의 춤추는 모습을 보고는 모두 놀랐다. 아름답게 춤을 추는 여인의 모습은 그들이 평소에 보아 익히 알고 있던 추악하고 못생긴 거지가 아니었으며 마치 하늘에서 하강하여 내려온 선녀와도 같았다. 뿐만 아니라 흥에 겨워 부르는 여인의 노랫소리는 옥을 굴리는 듯하였다.

이를 신기하게 여긴 사람들은 그래서 간혹 동냥을 하러 온 그들 부부에게 귀한 술을 조금씩 나눠주곤 했다. 그렇게 얻은 귀한 술을 조금씩 모아두었다가 이들 부부는 함께 술을 마시고 흥이 오르면 곧잘 피리를 불고 춤을 추곤 했다.

사람들은 점점 그들을 불쌍하게 여기기보다는 이 세상에서 가장 행복한 부부일지도 모른다고 생각하게 되었다. 그들은 가지려고 욕심을 내지 않았으며 있으면 먹고 없으면 굶었다. 추우면 동네사람들이 주는 헌 옷을 껴입고 다녔으며 때로는 죽은 사람들이 입다버린 옷도 얻어 입고 다녔다. 두 사람은 단 한시도 떨어져 다니는 법이 없었다. 아내는 남편의 눈이었으며 두 사람은 한 몸의 동체(同體)였다. 그들의 얼굴에서는 한시도 미소가 사라지는 법이 없었다. 한 끼의 밥을 얻으면 너무나 행복한 얼굴로 감사를 하곤 하여서 오히려 주는 사람이 미안할 정도였다.

그래서 사람들은 하루에 한 번씩 피리를 부는 소경 남편을 부축하고 걸인의 아내가 나타나면 이를 반가워했고 그 피리 소리가 하루라도 들리지 아니하면 혹시 무슨 일이나 생긴 것이 아닌지 이를 몹시 궁금해하곤 했다.

그러던 어느 날이었다.

마을사람들은 그 피리 소리를 너무나 오랫동안 듣지 못했음을 약속이나 한 듯 다 함께 느끼게 되었다.

마을사람들은 동시에 이를 이상하게 생각하게 되었다. 그래서 사람들은 한꺼번에 그 맹인 부부가 살고 있는 바닷가로 달려가보았는데 초막에는 맹인 남편이 누워 있었으며 부인이 곁에서 간호를 하고 있었다. 벌써 여러 날을 누워 있었고 골수에까지 병이 들어 회복할 수 없을 만큼 임종이 가까워 있는 것처럼 보였다. 마을사람들이 다투어 먹을 것과 마실 것을 가져다주었으나 남편의 생명은 회생할 가망이 없어 보였다.

마을사람들은 생각다 못하여 술을 가져다가 두 사람에게 주었다. 그러자 죽어가는 맹인은 생명이 다하기 전에 마지막 술을 마셨으며 그의 아내도 함께 권커니 잣거니 하면서 합주(合酒)를 했다.

술기운이 죽어가는 맹인에게서 마지막 힘을 불러일으켰는지 그는 뉘었던 몸을 일으켜서 피리를 불기 시작했다. 죽어가는 남편이 피리를 불자 기다렸다는 듯이 여인은 일어서서 춤을 추기 시작했다. 비록 몸에는 죽은 시체에서 벗겨낸 분소의를 입고 있었지만 춤을 추는 여인의 모습은 성의를 걸친 선녀와도 같아 보였다.

춤을 추면서 여인은 그들의 귀에 익은 노래를 부르기 시작했다.

아르랑 아르랑 아라리요.
아르랑 얼시고 아라리야.
아르랑 타령을 정 잘 하면
술이나 생기어도 석 잔이라.
아르랑 아르랑 아라리요.
아르랑 얼시고 아리리야.
세월아 봄철아 가지를 마라.
장안의 호걸이 다 늙는다.
아르랑 아르랑 아라리요.
아르랑 얼시고 아라리야.
달이 보느냐 님 계신 데
명기(明氣)를 빌려라 나도 보게.

그 노래는 마을사람들이 익히 들어왔던 노래였다. 훗날 이 노래는 아랑의 이름을 따라 〈아랑가(阿郞歌)〉라고 불리게 되었으며 천년의 세월을 두고 사람들의 입에서 입으로 전해내려와서 오늘날까지 전해오는 하나의 민요가 되었음이다. 혼신의 힘을 다해 부는 소경의 피리 소리와 춤을 추면서 노래하는 소경의 아내 아랑의 목소리가 너무나 슬프고 애처로워서 마을사람들은 모두들 눈물을 흘렸다고 전해지고 있다.

> 아르랑 아르랑 아라리요.
> 아르랑 얼시고 아라리야.
> 명년 삼월 춘절(春節)이 되면
> 너는 또다시 피려니와.
> 아르랑 아르랑 아라리요.
> 아르랑 얼시고 아라리야.
> 우리네 인생은 한번 지면
> 움이나 날까 싹이나 날까.

다음날 마을사람들이 다시 바닷가로 가보았을 때는 그 움막에는 아무도 없었다. 누워 있던 소경도 없었으며 돌보던 아내의 모습도 보이지 않았다. 사람들은 모두들 기이하게 생각했다. 그래서 그들은 잠시 어디론가 출타했을 거라고 생각하고 기다리기로 했다. 그러나 몇 날 며칠을 기다려도 그들은 돌아오지 않았다.

며칠 뒤 고기잡이에서 돌아온 어부들이 마을사람들에게 이상한 소식을 전했다. 바다 한가운데에서 그 맹인 부부를 보았다는 것이었다. 바다 위에 안개가 자욱이 끼어 있었으므로 그만 고기잡이는 글렀다 하고 일찍이 돌아오려는데 안개 속에서 낯익은 피리 소리가 들려오기 시작했다는 것이다.

바다 위에서 무슨 피리 소리인가 하고 어부들은 처음에는 이를 믿지 아니하였는데 점점 그 피리 소리가 가까워오고 그 피리 소리가 그들이 행방을 몰라 궁금해하던 맹인 부부의 피리 소리였으므로 안개 속을 바라보고 있노라니 작은 배 하나에 몸을 실은 맹인과 그의 아내 아랑이 다가오고 있더라는 것이었다. 어부들은 너무나 놀라서 이 믿기지 않는 풍경에 넋이 나가 물끄러미 바라만 보고 있었는데 이 배는 그들이 타고 있는 고깃배를 스치면서 지나가고 있었다는 것이다. 그런데 놀라운 것은 그들의 모습이었다.

배 위에 타고 있는 그 부부의 모습은 예전에 그들이 보아오던 걸인 부부의 모습이 아니었다. 맹인은 화모(花帽)를 쓰고 있었으며 눈부시게 화려한 복장에 늠름한 풍채를 하고 있었다. 더욱더 놀라운 것은 그 남편이 더이상 소경이 아니라 두 눈을 활짝 뜨고 있음이었다. 얼굴은 해와 같이 빛나고 온몸은 눈부시게 보였다.

뿐만 아니라 소경의 아내 아랑은 그의 남편 곁에 바짝 다가앉아 있었는데 그들이 평소에 보아온 분소의를 입은 병들고 늙은 노파의 모습이 아니었다. 그들은 그처럼 아름다운 여인의 모습을 일찍이 본 적은 물론 들어본 적도 없었다. 아랑은 남편의 곁에 앉아 남편이 부는 피리 소리에 맞추어서 그들이 이미 들어 알고 있는 노래를 부르고 있었다.

아르랑 아르랑 아라리요.
아르랑 얼시고 아라리야.
우리네 인생은 한번 지면
움이나 날까 싹이나 날까.

어부들은 안개 속을 뚫고 부부를 태운 배가 마치 부딪치기나 할 듯이 바짝 고깃배를 스치고 지나갔으므로 놀랍게 변화된 두 부부의 모습을 똑똑히 볼 수 있었다.

너무나 가까워서 그들은 손만 닿으면 그들의 몸을 만질 수 있을 것만 같았다. 그럼에도 불구하고 그들은 감히 그들의 곁을 스쳐 지나가는 두 부부를 불러세우거나 제지할 수 없을 것 같은 느낌을 받고 있었다.

그들의 모습은 이미 생사를 뛰어넘은 비현실적인 세계의 모습이었다. 젊은 어부 하나가 용기를 내어 소리쳐 물어보았다고 전해진다.

"어디 가세요-."

분명히 소리쳐 부르는 젊은 어부의 목소리를 들었을 터인데도 그들 부부는 이를 못 들었는지 함께 피리를 불고 노래를 부르면서 스쳐 지나 멀어져가고만 있을 뿐이었다. 두 사람을 태운 배는 곧 안개 속으로 가물가물 사라지고 말았다.

그 이후 두 사람의 모습을 보았다는 사람은 아무도 없다. 『삼국사기』에는 다만 두 사람의 최후를 다음과 같이 표현하고 있을 뿐이다.

'……두 사람은 구차스럽게 살면서 객지에서 일생을 마쳤다.'

무도 황음에 빠져 벽촌의 소민 도미의 아내 아랑을 탐하려 했던 대왕 여경.

그는 그후 어떻게 되었는가.

인간은 자신이 뿌린 만큼 그대로 거두게 되는 법. 이 세상에 있는 모든 만물은 이 진리를 벗어날 수 없다. 죄의 씨앗을 뿌리면 죄의 열매를 거두고 선의 씨앗을 뿌리면 복밭(福田)의 열매를 뿌린 만큼 거두게 되는 법. 인과응보의 이 진리를 세인들은 다만 하나의 상징으로만 받아들일 뿐이다.

남의 눈동자를 빼앗아 소경을 만들었으면 그 자신도 언젠가는 남에게 눈동자를 빼앗겨 소경이 되어버릴 것이다.

남의 아내를 탐하였으면 그도 언젠가는 자신의 아내를 빼앗길 것이다.

인륜을 거역한 대왕 여경의 비참한 운명을 암시하듯 개로왕 14년, 대왕 여경이 도미의 두 눈동자를 빼앗아 소경으로 만든 바로 그해에 백제의 왕도 한산에서는 낮 동안 갑자기 해가 빛을 잃고 온 세상이 어둠으로 휩싸이는 변고가 있었다. 이 어둠은 오랫동안 계속되었다. 이른바 일식이 있었다.

『삼국사기』에는 다만 이렇게 기록되어 있을 뿐이다.

'개로왕(蓋鹵王) 14년 시월 초하루 계유에 일식이 있었다.'

그로부터 칠 년 뒤.

대왕 여경은 고구려 군사의 공격을 받고 비참한 최후를 맞게 된다.

이때의 기록은 『삼국사기』에 다음과 같이 간략하게 나와 있을 뿐이다.

'대왕 여경은 아차산성 밑으로 압송되어 그곳에서 살해되었다.'

낮잠의 짧은 꿈속에서 만났던 몽유(夢遊)의 여인, 그 꿈속에서 만났던 천상의 여인을 현실세계 속에서 찾으려 했던 대왕 여경. 그러다가 비참한 최후를 맞게 되는 비극의 주인공 개로왕, 그를 한갓 어리석은 사람이라고 비웃을 수 있을 것인가.

어차피 우리들의 인생이란 한갓 꿈속에서 본 도원경(桃源境)을 현실에서 찾기 위해 헤매는 몽유병(夢遊病)의 꿈놀이가 아닐 것인가.

난 가겠어. 난 결심했어. 우리가 왜 이곳에 앉아 있지.

이곳은 남의 땅이야. 왜 우리가 이곳에 있지. 왜 우리가 이곳에 있는지 난 그 이유를 모르겠어.

난 아무것도 얻을 수 없고 구할 수도 없어.

깊고 푸른 밤

우린 지금까지 사천 마일을 줄곧 달려왔어. 그런데도 아직 멀었다고. 어떻게 된 거야.

우린 달릴 만큼 달려왔어. 그런데 우린 엉뚱한 길을 달려온 거야.

그 지도는 엉터리야.

우린 엉뚱한 길을 지금까지 달려온 거야.

1

그는 약속대로 오전 여덟시에 눈을 떴다. 눈을 뜨고 뻣뻣한 팔을 굽혀 손목시계를 보았다. 정각 아침 여덟시였다. 누가 깨워준 것도 아닐 텐데 그처럼 곤한 잠 속에서도 시간의 흐름을 예민하게 감지하고 있는 동물적인 본능이 그를 정확한 시간에 자명종 소리를 내어 깨워준 셈이었다.

낯선 방이었다.

그는 자기가 지금 어디서 잠들어 있는가를 아직 잠이 완전히 달아나지 않은 혼미한 의식 속에서 헤아려보았다. 그는 눈이 몹시 나쁜 사람이 안경도 없이 사물을 바라보는 것 같은 느낌을 받았다. 보이는 것은 모두 흐릿했고 머리는 죽음과 같은 잠에도 불구하고 먼지가 갈피마다 긴 듯 복잡하고 어지러웠다.

집 안은 조용했고, 닫힌 커튼 사이로 눈부신 아침햇살이 비비고 쏟아져 들어오고 있었다. 한 삼십 분 더 잠을 잘 수 있는 시간적 여유는 있었다.

준호와 그는 여덟시쯤 일어나 세수를 하고 늦어도 정각 아홉시에는 출발하기로 약속을 해두었던 것이다.

샌프란시스코에서 로스앤젤레스까지 줄곧 5번 도로로 달린다면 여섯 시간이면 닿을 수 있을 것이다. 101번 도로로 내려간다고 해도 일곱 시간에서 여덟 시간이면 충분할 것이다. 그러나 그들은 해안선을 따라 꼬불꼬불한 1번 도로로 내려가기로 합의를 봐두었으므로 1번 도로를 따라 로스앤젤레스까지 가는 길은 시간을 짐작할 수 없는 거리였다. 쉬지 않고 달린다고 해도 열 시간은 넘게 걸릴 것이다. 아니다. 열 시간이라는 것도 막연한 추측일 따름이다.

1번 도로의 대부분은 바닷가의 가파른 해안선을 따라 형성된 이차선의 관광도로에다 한여름의 우기에는 길가 벼랑에서 굴러떨어지는 낙석과 흙더미로 길이 종종 폐쇄되기도 한다. 그러므로 어쩌면 시간이 훨씬 더 걸릴지도 모른다. 최소한 아홉시쯤에는 출발을 해야만 오늘밤 안으로 로스앤젤레스에 도착할 수 있을 것이다.

그들은 일 주일 전 로스앤젤레스를 떠났다. 그들은 15번 도로를 따라 베이커에서 127번 도로로 갈라져 데스밸리, 죽음의 계곡을 거쳐 129번 도로를 따라 내려오다가 오랜차에서 395번 도로를 만났으며 그 길을 따라서 내려오다가 프리맨에서 178번 도로를 따라 베이커즈필드에 도착했다.

베이커즈필드는 찰스 디킨스의 소설에 나오는 남주인공 이름 같은 도시였다. 베이커즈필드에서 그들은 99번 도로를 타고 북상했다.

그들은 프레즈노에서 99번 도로를 버리고 41번 도로로 접어들었다. 41번 도로는 요세미티의 국립공원으로 들어가는 간선도로였다.

요세미티를 거쳐 그들은 120번 도로로 빠져나와 맨데카에서 일차로 90번 도로를 다시 만났다가 5번 도로를 만났으며, 205번 도로를 거쳐 마침내 그들은 580번 도로로 해서 샌프란시스코에 들어선 길이었다.

그들은 지도 한 장만을 들고 로스앤젤레스를 떠났었다. 그들은 수없이 갈라지고 방사선으로 펼쳐진 거미의 줄과 같은 도로들을 따라 숨가쁘게 캘리포니아의 구석구석을 헤매며 온 것이었다.

그들은 사막과 눈(雪)의 계곡을 거쳐 바다를 향해 한꺼번에 달려왔다. 이제는 바다를 볼 계획이었다. 바다를 보기 위해서는 아무래도 해안선을 끼고 달리는 1번 도로가 최고의 지름길이라는 사실은 지도만을 보아도 알 수 있었다.

이제 일 주일 동안 내내 쉬지 않고 강행군을 벌여온 그들로서는 어지간히 지치고 피로했으므로 빨리 로스앤젤레스로 돌아가고 싶은 욕망뿐이었다. 그리고 돈도 거의 바닥나 있었다. 가는 도중에 휘발유를 한 번쯤 가득 채워야만 불안하지 않을 것이며, 식사는 간이매점에서 싸구려 햄버거로 때운다 해도 모텔비는 아슬아슬하게 남을까 말까 하는 금액이 주머니에 들어 있을 뿐이었다. 그래서 내처 이날 안으로 로스앤젤레스로 돌아가야만 했다. 그러기 위해서는 최소한 아홉시에는 출발을 강행해야 했다.

그는 무거운 몸을 일으켰다.

잠시 그가 지나온 여정을 머릿속으로 더듬는 동안 잠 기운은 서서히 가시고 있었으며, 그래서 그는 비로소 안경을 찾아 쓴 것 같은 명료한 의식을 되찾았다.

어젯밤 두시까지 술을 마셨으므로 그는 겨우 여섯 시간 정도 눈을 붙인 셈이었다. 그러나 그는 비교적 일찍 잠이 든 셈이었고, 남은 사람들은 그가 잠이 든 뒤에도 더 많은 술을 마시고 더 많은 이야기를 나누고 더 많은 술에 취했을 것이 분명했으므로 아마도 날이 밝을 무렵에야 지쳐서 쓰러진 채 잠이 들었을 것이었다.

그는 깊은 잠 속에서도 간간이 매캐한 담배연기를 맡으며 귀를 찢는 듯한 음악 소리와 두런거리는 사람들의 목소리들을 듣고 있었다. 그는 간밤에 엉망으로 취해 잠이 들었었다. 몸을 저미는 피로에 한꺼번에 너무나 많은 위스키를 마신 모양이었다. 몹시 취해서 누군가와 심한 말다툼을 했던 것도 어렴풋이 떠올랐다.

그를 떠밀어 부축해서 잠을 재우고 난 뒤에도 모처럼의 파티는 새벽까지 계속되었을 것이 분명했다. 그는 머릿속이 쏟아져내릴 듯한 통증을 느꼈다. 그는 더듬거리며 일어섰다.

방문을 열고 나서자 채광이 좋은 거실로 은가루 같은 오전의 햇살이 한가득 흘러넘치고 있는 것이 보였다.

거실은 난장판이었다. 탁자 위에는 마시다 남은 위스키 병과, 술잔, 엎질러진 술, 피우다 함부로 비벼 끈 담배꽁초, 레코드판, 누군가 밟았는지 부서진 레코드판의 잔해들, 기타, 먹다 남은 빵 부스러기들, 씹다 버린 치즈 조각, 그리고 마리화나를 가득 담은 담배함이 놓여 있었고, 그것을 피우기 위한 파이프와 기구들이 내팽개쳐져 놓여 있었다. 온 거실에 술 냄새와 담배 냄새 그리고 밤새워 피웠던 마리화나의 독한 풀 냄새가 뒤범벅이 되어 구역질나는 냄새로 가득 차 있었다.

대여섯 명의 사람들이 거실 바닥에 뒤엉켜 잠들어 있었다. 유리창을 통해 들어온 햇살의 무차별한 공격에도 그들은 곯아떨어져 있었다. 그들은 서로서로의 다리와 팔을 베고 잠들어 있었다. 안색이 몹시 나쁜 그들의 얼굴은 마치 물 속에 가라앉은 익사해 죽은 시체를 끌어올린 형상을 하고 잠들어 있었다. 머리칼이 긴 여자는 커다란 곰인형을 부둥켜안고 있었다. 그는 준호가 어디 있는가 둘러보았다.

준호는 소파 위에서 담요를 뒤집어쓰고 잠들어 있었다. 머리맡에 빵 부스러기가 부서져 있는 것으로 보아 아마도 무엇인가 먹다가 잠이 들어버린 것이 분명했으며 그것으로 그는 준호가 간밤에 마리화나를 몹시 피웠다는 사실을 알 수 있었다. 그는 마리화나를 피우면 자꾸 무엇이든 먹으려 했다. 그는 준호가 마리화나를 피운 후 한 파운드의 빵과 샌드위치 세 개를 꾸역꾸역 먹는 것을 본 적이 있었다.

그는 준호의 머리를 흔들었다. 그는 쉽사리 눈을 뜨지 않았다. 그는 조금 심하게 준호를 흔들었다. 준호는 간신히 눈을 떴다.

"일어나."

그는 낮은 소리로 말했다.

"아홉시가 되었어."

"제발."

그는 돌아누우며 말했다.

"조금만 더 잡시다, 형. 어제 다섯시에야 잠이 들었어."

"일어나 이 쌔끼야."

그는 준호의 머리칼을 움켜쥐었다. 그의 머리칼엔 여자용 헤어핀이 꽂혀 있었다. 아마도 어떤 여자가 그의 머리칼을 정성들여 빗어준 후 자신의 헤어핀을 꽂아준 모양이었다. 헤어핀은 나비 모양으로 제법 아름다웠다.

"아아. 제발. 제발."

준호는 두 손으로 빌면서 중얼거렸다.

"한 시간만. 한 시간 후에 떠나도 늦진 않아."

"일어나야 해. 당장 떠나야 해."

"우라질. 부지런을 떨고 있네. 여긴 한국이 아니야. 여긴 미국이야 형. 좋아 씨팔. 내 안경 어디 갔지. 내 안경 좀 찾아봐, 형."

그는 준호의 안경을 찾기 위해서 난장판이 된 거실을 훑어보았다.

준호는 눈이 몹시 나빠 안경을 쓰지 않으면 한치 앞을 구별하지 못한다. 준호의 안경은 그의 눈이었다. 그는 운전을 전혀 하지 못했고 오직 준호만이 운전을 할 줄 알았으므로 어제까지의 여행도 준호 혼자서 계속해왔던 것이다. 안경이 없다면 그는 운전을 할 수 없게 된다.

그는 불타버린 잿더미 속에서 살림도구를 챙기는 사람처럼 엉겨붙어 잠들어버린 사람들을 헤치고 다녔다. 누군가 그의 발에 밟혔다. 잠결에 둔한 비명 소리를 지르며 한 사내가 그를 올려다보았다.

"미안합니다."

그는 웃으며 말했다. 전혀 낯선 얼굴이었다. 그는 어젯밤 아홉시쯤 이곳에 도착했었다. 샌프란시스코에 도착한 것은 오전이었지만 둘이서 시내를 돌아다니다가 저녁 무렵에야 이곳으로 찾아온 것이었다. 준호가 알고 있는 유일한 사람의 집이었다. 하지만 주소만 알고 있을 뿐 전화번호도 알고 있지 않았다. 주머니에 돈이 없었으므로 노상에서 잠을 잘 수는 없는 노릇이었다. 그들이 무어라 하든, 싫어하든 좋아하든 준호가 알고 있는 주소에 적힌 집을 찾아 하룻밤 신세를 지지 않으면 안 될 만한 상황에 놓여 있었다. 대충 눈치로 보아 그들이 찾아가는 사람도 준호와 절친한 사람으로 보이지 않았고 그저 오가다가 주소만 적어준 겨우 안면만 있는 사람처럼 보였다. 그러나 어떤 사이라도 상관없었다. 하룻밤만 신세지면 그것으로 충분했다. 쫓아내지만 않는다면 차고 속에서라도 하룻밤 자고 떠나면 그만이었다.

주소 하나만을 갖고 집을 찾는 것은 구름 잡는 식이었다. 산호세에 있는 사내의 집을 찾은 것은 아홉시가 지날 무렵이었다. 집을 찾는 데만 세 시간이 넘어 걸린 셈이었다. 마침 집 안에서 토요일을 맞아 파티가 벌어지고 있었는지 대여섯 명의 사람들이 모여 있다가 그들을 맞아주었다. 준호가 한때 노래를 부르던 제법 유명한 가수라는 사실을 그들은 모두 알고 있어 보였다. 그래서 그들은 기대했던 것보다는 훨씬 환대를 받을 수 있었다. 파티를 위해 아이들을 친척집에 미리 맡겨두었다는 집주인은 그들에게 웃으며 말했다.

"잘됐습니다. 우리도 모처럼 파티를 벌일 참이었는데 실컷 노세요."

그들은 이미 전주가 있었는지 다들 눈이 풀어져 있었다. 그들은 악수를 나누었고, 서로 통성명을 하고 웃음을 나누었다. 그러나 그는 그들의 이름을 하나도 기억하지 못하고 있었다. 밤 두시까지 그들은 떠들고 웃고 그리고 춤을 추었다. 취한 여인 중의 하나가 풀장에 들어가 옷을 입은 채로 수영을 했다. 그는 취한 김에 그 여인을 따라 팬티만 입고 물 속에 뛰어들었던 기억이 어렴풋이 떠올랐다. 그것은 이상한 일이었다.

아홉시부터 밤 두시까지 무려 다섯 시간을 그들과 끊임없이 이야기를 나누고, 무엇을 마시고 먹고 춤을 추고 나중에는 몹시 다투기도 했지만 잠들어 있는 그들의 얼굴은 전혀 낯이 설었다. 그들은 누군인지, 이름이 무엇인지, 왜 그가 그들과 싸웠는지, 옷을 입은 채 풀장에 뛰어든 여인은 누구인지, 준호의 안경을 찾으며 거실을 샅샅이 돌아다니는 그의 마음은 두터운 암벽과도 같이 단절되어 있었다.

그는 간밤에 그토록 지리한 여행 끝에 마침내 이 집 앞에 다다랐을 때 초인종을 누르자 불빛 아래에서 나타나는 얼굴들을 보며 이상한 충격을 받았던 기억을 떠올렸다. 그들은 모두 가면을 쓴 사람처럼 보였다. 몸은 지치고 피로해서 쓰러질 것만 같았다. 그들은 이제 마악 임종을 한 뒤 영혼이 육신을 빠져나가 거칠고 황량한 어두운 벌판을 이리저리 배회하다 우연히 만난 아직 이승에서 방황하는 죽은 자들의 혼령들처럼 보였다.

이제 다시는 잠든 그들과 이야기를 나눌 수 없는 것이며 또다시 그들을 만나지도 못할 것이다.

그는 여행을 떠나고 나서부터 아름다운 풍경이나 거대한 사막, 선인장, 눈 덮인 요세미티 공원의 절경을 볼 때면 언제나 그런 감상적인 비애를 느끼곤 했다.

다시는 만나지 못할 것이다.

시속 칠십 마일의 빠른 속도로 스쳐 지나가는 차창에 잠시 머물다 스러지는 저 풍경은 또다시 만나지 못할 것이다. 한 번의 만남이 영원한 과거로 소멸되고 말 것이다. 저 끝간 데를 모르는 벌판. 초록의 융단 위에 구름에 가리어진 빛의 그늘이 대지 위에 이따금 그림자놀이를 하고 있었다. 어린 날 우린 흐린 저녁불 아래에서 두 손으로 벽에 그림자를 만들어보곤 했었지. 여우, 토끼, 개의 그림자를 손가락을 구부려 벽에 만들어보곤 했었지.

짓궂은 구름은 이따금씩 하늘의 햇빛을 가려 지상에 그림자를 드리우곤 했다. 어떤 때는 여우비를 뿌리고 어떤 때는 얽힌 대지의 머리칼을 빗질하듯 슬며시 쓰다듬고는 사라지곤 했다. 그러한 것. 잠시 보이는 구름의 장난으로 여우비를 내리고 심심풀이 장난으로 서늘한 그림자를 드리우는 찰나적인 어둠도 그것으로 그만이었다. 다시는 만날 수 없을 것이다.

저 구름도, 햇빛도, 먼 벌판에 민머리로 빛나는 구름도, 가끔 거웃처럼 웃자라 있는 몇 그루의 나무도 다시는 만나지 못할 것이다.

그가 지나온 5번 도로도, 101번 도로도, 죽음의 계곡도, 사막도, 베이커즈필드도 다시는 만나지 못할 것이다. 잠들어 있는 사람들의 얼굴들. 이름을 기억할 수 없는 사람들. 그들의 목소리, 그들의 웃음소리는 영원히 기억되지 않을 것이며, 그들은 이제 이 한 번만의 해후로 영원히 잊혀질 것이다.

그는 준호의 안경을 스피커 옆에서 찾아냈다. 안경은 밟혀서 테가 몹시 구부러져 있었지만 다행히도 안경알은 건재했다. 그는 안경을 들고 소파로 다가갔다. 안경을 찾느라고 시간을 지체하는 동안 준호는 다시 깊은 잠에 빠져 있었다. 그는 준호의 머리를 거칠게 흔들었다. 신음 소리를 내며 준호는 눈을 떴다. 그는 안경을 준호의 얼굴 위에 씌워주었다.

"일어나. 벌써 아홉시 반이야."

"아아."

준호는 하품을 하며 몸을 일으켜세웠다.

"유난히 부지런을 떠는군. 젠장. 형은 그래도 일찍 잠이 들었잖아. 난 다섯시가 넘어서 눈을 붙였단 말이야."

"떠나자, 떠나면 잠이 안 올 거야. 여기서 시간을 지체할 순 없어."

"씨팔."

그는 웃었다.

"외박을 하고 집으로 돌아가려는 사람 같애. 여긴 미국이야, 형. 로스앤젤레스로 돌아가봤댔자 반겨줄 사람은 없어. 로스앤젤레스가 서울인 줄 아슈. 젠장할. 아이구 머리 아파. 머리가 아파 죽겠어. 커피나 한잔 마셨으면 좋을 텐데."

순간 준호의 코에서 붉은 핏물이 맥없이 굴러떨어졌다. 그것은 코피였다.

"얼씨구 코피까지 나는군."

준호는 휴지를 찢어 동그랗게 만든 후 코를 틀어막고서 일어섰다.

"내 양말이 어디 있을 텐데."

그는 더듬거리며 소파 밑을 뒤졌다. 그는 한 짝의 양말을 소파 밑에서 찾아내었고 다른 한 짝의 양말을 곤히 잠든 여인의 머리 쪽에서 찾아내었다. 준호는 끙끙거리며 양말을 신다 말고 물끄러미 여인의 얼굴을 들여다보았다.

"형. 이애의 이름이 뭐였지?"

"몰라. 간밤에 난 엉망으로 취했었어."

"맞아."

준호는 낄낄거리며 웃었다.

"형은 미친 사람 같았어. 이 친구들이 깨어나면 형을 떼지어 죽일 지도 몰라. 형은 간밤에 너무 심했어. 풀장에도 뛰어들어갔었다고. 저 레코드판을 깬 사람이 누군 줄 알우. 형이야."

그는 유쾌하게 웃었다.

"형은 어젯밤 저 유리창도 부쉈다구. 풀장 옆에 있는 돌멩이를 집 어던져 유리창을 깼어. 내버려두었으면 온 집안을 부쉈을 거야. 웃 겼어. 형은 미친 사람 같았어. 나중엔 온 집안에 불을 지른다고 설쳐 댔었다고."

그는 부끄러웠다.

"그러니까 서두르자. 이 친구들이 깨기 전에."

"이 친구들은 얼굴에 오줌을 싸도 깨어나진 않을 거야. 밤새 춤을 추고 마리화나를 빨고, 술까지 처먹었으니까. 지독한 친구들이야."

어느 정도 코피가 멎었는지 준호는 틀어막았던 휴지 조각을 빼서 재떨이에 버렸다.

"갑시다. 젠장."

그는 한데 뭉쳐 잠든 사람들을 밟으며 거실을 가로질렀다. 준호는 냉장고를 열어 주스통과 우유, 그리고 빵 조각을 비닐봉지 속에 가득 넣었다.

"커피를 마시면 정신이 날 텐데. 아, 아. 커피를 좀 먹었으면."

준호는 거실 한 가장자리에 코를 처박고 잠든 사내를 흔들어 깨웠다.

"이봐, 친구. 이봐, 친구."

사내는 짜증난 얼굴로 무어라고 중얼거리며 눈을 떴다.

"우린 떠나겠어. 친구 고마웠어. 친구. 가만있자. 이 친구의 이름 이 뭐였더라. 형, 이 집 주인 이름이 뭐였지."

"생각나지 않아."

"가만있어봐. 어디 주소를 적어둔 종이가 있을 텐데."

준호는 주머니를 뒤졌다. 그러나 메모지는 어디론가 달아나버린 모양이었다.

"어이 친구."

할 수 없다는 듯 간신히 눈을 떴다. 다시 눈을 감은 사내의 얼굴을 가볍게 두드리며 준호는 소리질렀다.

"우린 가겠어. 고마웠어. 친구. 로스앤젤레스에 오면 연락하게."

"잘 가."

꿈에 잠긴 목소리로 그는 중얼거렸다.

"하룻밤 신세졌어요. 우린 갑니다."

그는 부드러운 목소리로 인사말을 했다.

"안녕히 가세요. 안녕……."

"갑시다, 형."

먹을 것이 든 비닐봉지를 들고 준호는 어느 정도 원기를 회복했는지 기분좋게 소리질렀다. 그들은 문을 열고 밖으로 나섰다. 무지막지한 햇빛의 광채가 수천 개의 플래시를 일제히 터뜨리듯 그들의 얼굴을 공격했다. 밤길을 달려왔으므로 집 앞의 돌연한 햇빛과 진초록의 나무와 장미와 숲 들은 일제히 아우성을 치며 덤벼들었다. 새떼들이 잔디밭 위에 앉아서 귀가 따갑도록 지저귀고 있었다. 집 앞 정원에 세워둔 준호의 검은 차가 없었다면 그들은 돌연히 다가온 이 정원 풍경을 어떻게 받아들여야 할지 어리둥절한 기분이었을 것이다. 준호의 차는 해안에 정박한 낡은 폐선처럼 보였다. 수천 마일을 쉬지 않고 달려왔으므로, 비와 눈과 먼지와 흙탕물에 뒤범벅이 되어 더럽고 불결해 보였다. 차창은 먼지로 반투명의 잿빛 유리처럼 더러웠으나 브러시가 만든 부채꼴의 반원만큼은 깨끗했다. 그 낡은 중고차로 일 주일 동안 수천 마일을 쉴새없이 달려왔다는 사실이 믿어지지 않을 정도였다. 멕시코 녀석에게 이천 달러를 주고 샀다는 볼품없는 구형의 차는 그러나 의외로 견고하고 조그만 고통쯤에는 신음 소리 하나 내지 않는 충직한 노예와도 같았다. 그 먼길을 달려오는 동안 딱한 번 죽음의 계곡 그 가파른 언덕길에서 왈칵 오바이트한 것을 빼놓고는 내내 건강하고 명랑했다.

그들은 차의 문을 열고 좌석에 앉았다. 차 안은 난장판이었다. 여기저기 눌러 끈 담배와 먹다 흘린 빵조각들. 낡은 옷. 펜트하우스에서 잘라낸 여인들의 벌거벗은 사진들. 요세미티 공원에서 산 자동차 체인. 일 주일 만에 벌써 낡아 너덜거리는, 캘리포니아의 도로망을 상세히 알려주고 있는 지도책. 그러나 막상 앉자 이상한 행복감과 안도감이 충만하기 시작했다.

남은 것은 이 집을 떠나는 일뿐이었다.

"잠깐."

운전대를 잡았던 준호가 깜빡 잊었다는 듯 운전대에서 손을 떼며 그를 보았다.

"큰일날 뻔했군. 잠깐만 기다려요, 형."

그는 차의 문을 열고 정원을 되돌아 집 안으로 사라졌다. 그는 시트 바닥에 굴러떨어져 있는 담뱃갑에서 담배를 한 대 꺼내 피워물었다. 입 안이 깔깔해서 담배 맛이 나질 않았다. 그는 시트 바닥에서 간밤에 그들이 유일하게 구원의 메시지처럼 들고 물어물어 찾아왔던 주소가 적힌 메모지를 발견했다. 그는 메모지를 꺼내보았다.

'정준혁.'

그곳엔 그들이 하룻밤 묵었던 집의 주인 이름이 적혀 있었다. 알 것 같기도 모를 것 같기도 한 이름이었다. 다시는 만날 수 없는 사람의 이름이었다. 이곳을 떠난다면 이 지상에 이러한 집이 있었다는 것은 영원히 망각 속에 묻혀버리게 될 것이다. 이곳을 떠난다면 분명히 하룻밤 머물렀던 저 집 안에서의 기억은 흔적도 남아 있지 않게 될 것이다. 요세미티의 방갈로에서 하룻밤 자고 일어났을 때 아침에 문을 열고 나서자 문득 막아섰던 엄청난 전나무의 꼿꼿한 나뭇등걸처럼 아아, 눈 덮인 나무숲 너머로 햇살을 받고 빛나던 산봉우리들. 얼어붙은 폭포가 산봉우리에 손바닥에 그어진 손금처럼 흘러내리고 있었다. 푸르다 못해 창백하게 질린 벽공의 겨울 하늘을 등뒤로 하고 눈 덮인 산봉우리들은 상아(象牙)의 탑처럼 백골로 우뚝 서 있었다. 그곳을 떠나와 이곳에 있듯이 이곳을 떠난다면 그 기억들은 뒤범벅된 머리의 갈피 속에 끼어들어 더러는 금방 잊히고 더러는 생선의 가시처럼 틀어박혀 어쩌다 기억이 나곤 하겠지. 그들이 이 집을 떠난다 해도 이 집은 이 집대로 존재할 것이다. 그들이 눈 덮인 계곡을 떠나왔다 해도 그 전나무는 늘 그 자리에 존재하듯이 그들이 180번 도로를 떠나왔다 해도 늘 그 자리에 그 도로는 놓여 있을 것이다. 프레즈노는 언제나 그 자리에 존재할 것이며 샌프란시스코는 그곳에 있을 것이다. 마치 우리가 두터운 책을 읽어내릴 때 눈으로 훑어내리면 내용은 머릿속에 전이되어 기억되나 페이지는 가차없이 흩어져나가버리듯. 책을 거꾸로 읽는 사람은 없듯이 우리는 일단 스쳐 지나온 길을 고스란히 거꾸로 되돌아갈 수는 없는 것이다.

준호가 집에서 나왔다.

그는 파이프와 마리화나를 가득 담은 담배쌈지를 들고 있었다. 그럼 그렇지, 그가 그것을 그냥 놓고 나올 리는 없었다.

"하마터면 큰일날 뻔했어, 형."

준호는 만족하게 웃으며 운전대에 앉았다.

"이건 아주 좋은 거야. 아주 비싼 거야. 이 정도면 육십 달러가 넘을 거야."

그는 그것을 소중하게 다루며 차 앞 캐비닛을 열고 그 속에 집어넣었다.

"이걸 저번처럼 버리면 그땐 형이고 뭐고 골통을 부숴버리겠어. 알겠수?"

"알겠다."

준호는 주머니에서 자동차 키를 꺼내들고 구멍 속에 집어넣고 비틀어보았다. 차는 부드럽게 작동했다.

"멋있어. 형. 이 자식은 정말 멋진 놈이야."

준호는 기분이 좋은 듯 운전대를 쾅쾅 때렸다. 제풀에 클랙슨이 두어 번 크게 울렸다. 잔디밭에 떼지어 앉았던 새들이 놀라서 일제히 박수를 치며 일어섰다.

"갑시다. 자. 출발이야. 잘 있거라. 이 우라질 놈의 집. 잘 있거라 덜떨어진 암놈 수놈들아."

차는 일단 후진을 한 후 방향을 잡았다. 그리고 달려나가기 시작했다. 그는 고개를 젖혀서 그가 하루 묵었던 집을 돌아보았다. 회백색의 양옥집은 초록의 숲속에서 잠시 반짝이며 빛났다가 스러졌다. 뭔가 강렬한 인상을 머릿속에 접목시켜두지 않으면 안 된다고 그는 생각했다. 그것은 여행을 떠나고 나서 줄곧 머릿속을 지배해온 일관된 흐름이었다. 마치 책을 읽다 인상적인 구절이 나오면 귀찮더라도 붉은 색연필로 언더라인을 그어서 표시해놓듯이. 그래야만 책을 다 읽은 후 책장을 펄럭펄럭이며 대충 훑어보아도 인상적인 장면을 떠올릴 수 있을 것이다. 이 여행이 끝난 후 집으로 돌아가 먼 후일에라도 머릿속에 각인시켜둔 풍경과 많은 기억을 떠올리려면 뭐든 집중력을 가지고 봐두어야 할 것이다. 방향을 잃은 사람이 밤하늘에 빛나는 별과, 나뭇등걸의 나이테를 보고 방향을 잡듯이.

그러나 그가 하루 머물렀던 집은 기억 속에 새겨놓기 전에 벌써 맹렬한 속도로 달려나가는 차의 전진으로 아득히 멀어져갔다. 이제는 잊어버릴 의무만이 남아 있는 셈이었다. 그래서 그는 잊기로 했다.

2

날씨는 기가 막히게 좋았다. 미국에서도 가장 좋은 캘리포니아의 날씨였다. 비록 겨울이긴 했지만 햇볕은 귤과 오렌지와 그 풍성한 캘리포니아의 채소를 익히는 부드러운 입김을 가지고 있었다. 햇볕은 작은 미립자로 형성된 분말 같았다. 습기가 깃들여 있지 않은 햇볕이었으므로 쥐면 바삭 부서져버릴 것처럼 햇볕은 건조해 있었다. 햇볕은 그늘 속에서도 빛나고 있었으며 야자수의 열매 위에서도 빛나고 있었다. 그늘은 햇볕이 눈부신 만큼 짙었지만 금박의 햇볕 가루가 생선 비늘처럼 모여 있었다.

산호세를 지나 1번 도로로 접어들기 위해서는 우선 101번 도로를 거치지 않으면 안 되었다. '살리나스'라는 도시에서 갈라져야만 해안으로 나갈 수 있었다.

운전은 준호의 차지였고, 지도를 읽고 판독하는 것은 그의 몫이었다. 지난 일 주일 내내 그들은 그렇게 여행을 해왔다. 길이 갈라지는 두어 마일 전방이면 도로표지판이 우뚝 서서 방향을 가리키고 있었다. 어쩌다 잠깐 한눈을 팔면 갈라지는 교차점을 놓치게 되는데 그렇게 되면 방향감각을 잃어버리게 된다. 무시무시한 속도로 달려가는 고속도로에서 일단 잃어버린 방향을 되찾아가는 것은 최초의 단추를 잘못 채운 외투를 벗고 다시 입을 때처럼 짜증스러운 일이었다.

고속도로에서는 모든 것이 맹렬한 속도로 굴러가고 있었다. 차가 굴러가고 있는 것이 아니라 도로 자체가 무서운 속도로 움직이고 있는 착각에 빠져들게 된다. 그들은 운전대를 잡고 가만히 앉아 있는 느낌을 받는다. 도로는 미친 듯이 질주하고 도로 양 옆에 키 큰 농구 선수들처럼 서 있는 야자수 나무들은 휙휙 스쳐 지나간다. 모든 차들은 일정한 골문을 향해 볼을 쥐고 달려가는 선수들처럼 대시하고 있으며 야자수 나무들은 그 공을 방해하는 상대편 선수들처럼 막아서고 있는 것처럼 보인다. 거대한 에스컬레이터 속에 갇혀 있는 환상을 불러일으킨다. 그런 맹렬한 속도감에서 잠시 한눈을 팔면 간선도로를 알리는 도로표지판을 잃어버리게 되는데 일단 방향을 잃어버리면 자동기계 속에서 스스로 조립되고, 절단되고 포장되는 상품처럼 조잡한 불합격품이 되고 마는 것이다.

도로는 거대한 이동 벨트이며 그 위를 굴러가는 차들은 빠르게 조립되는 상품들처럼 보인다. 운전을 하는 준호나 쉴새없이 방향을 잡고 주위를 환기시키는 그나 무시무시한 메커니즘을 이기는 길은 살인과도 같은 전쟁에서 쓰러지지 않는 것이었다. 지도는 그들의 유일한 나침반이었다.

"어떻게 된 거야. 나올 때가 되었어. 형."

산호세를 출발해 101번 도로를 따라 미친 듯이 달려오던 준호는 삼십 분쯤 지나자 숨가쁜 소리를 질렀다.

"잘 봐. 씨팔. 한눈 팔지 마. 살리나스야."

"알고 있어. 줄곧 지켜보고 있다니까."

그는 충혈된 눈으로 소리질러 말을 받았다.

모건 힐. 길로이. 프런데일에서 156번 간선도로가 갈려나간다. 차는 방금 프런데일을 지났다. 프런데일을 지나면 산타리타다. 산타리타를 지나야만 살리나스다. 산타리타를 지나야만 1번 도로로 빠져나가는 간선도로 표지판이 고속도로에 서 있을 것이다.

"살리나스, 살리나스."

그는 잊어버리지 않기 위해서 중얼거린다. 살리나스는 무엇을 뜻하는가. 그것은 샌프란시스코와 로스앤젤레스로 가는 도로 위에 위치한 작은 도시에 지나지 않는다. 미국의 도시는 어느 도시건 같다. 크고 작은 차이만 있을 뿐 같은 빌딩과 같은 고속도로와 같은 슈퍼마켓, 동일한 이름의 햄버거집, 거대한 체인 스토어. 같은 얼굴, 같은 말, 같은 문화를 갖고 있다. 도시는 으레 검둥이들의 세계이며 도시의 다운타운은 무질서한 낙서와 더러운 휴지 조각들로 가득 차 있다.

그러나 그는 늘 배반당하면서도 다가올 '살리나스'란 도시는 뭔가 다를 것 같은 희망을 갖고 있다.

"살리나스, 살리나스."

그는 간이역을 알리는 역원의 목소리처럼 장난스레 중얼거렸다.

"다음 역은 살리나스입니다. 살리나스에 내리실 분은 미리미리 준비해주십시오."

살리나스. Salinas. 에스. 에이. 엘. 아이. 엔. 에이. 에스. 살리나스.

그곳엔 무엇이 있는가. 공룡이 있을까. 아직 발견되지 않은 유인원의 두개골이 햄버거집 계단에 묻혀 있을지도 모른다. 금광을 캐기 위해 서부로 달려들어오던 백인을 죽이던 독 묻은 화살촉이 마당에 묻혀 있을지도 모른다. 살리나스, 살리나스. 어디서 많이 듣던 이름이다. 존 스타인벡의 소설, 『에덴의 동쪽』의 무대가 살리나스였지, 아마. 그 자식은 살리나스를 에덴 동산으로 비유했어.

그는 수천 마일을 여행해오면서 때가 되면 미국 어느 도시에서나 볼 수 있는 동일한 간이 음식점에 들어가서 식사를 하곤 했다. 똑같은 구조와, 똑같은 가격, 똑같은 양, 똑같은 메뉴의 간이 음식점 의자에 앉아 핫도그를 먹고, 아이스크림을 먹을 때면 음식점 한구석에 비치해둔 전자오락 기계 앞에서 그 도시 젊은이들이 열중해서 우주에서 쳐들어온 외계인을 죽이는 모습을 보곤 했다.

그는 식사하는 동안만 그 도시에 머물러 있을 것이다. 그러나 그들은 이곳에서 태어났으며, 그곳에서 자라고 때가 되면 사타구니에 털이 돋아날 것이며, 연애를 할 것이며, 그리고 결혼을 하고 늙어갈 것이다. 태어난 곳에서 죽을 것이다. 때로는 태어난 고향을 떠나겠지. 운이 나쁜 녀석은 이미 한국전쟁에서, 월남 정글 속에서 죽었을지도 모른다. 그들의 전 인생이 그에게는 삼십 분에 불과했다.

그가 빵을 먹고 아이스크림을 먹는 동안 그들은 전 인생을 그곳에서 살고 있는 것이다. 그가 이제 식사를 끝내고 그 낯선 음식점과 낯선 도시를 떠난다면 그들은 죽음을 맞이하게 될 것이다.

살리나스.

그곳엔 무엇이 있을까. 그 똑같은 음식점 구석에서 애꿎은 외계인을 죽이는 젊은이들이 태어나서, 자라고, 사랑하고, 애를 낳고, 죽어가는 우스꽝스런 곡예를 변함없이 펼치고 있겠지.

"뭐 하고 있어, 살리나스야. 뭘 하는 거야."

그는 옆 좌석에서 벼락같이 소리지르는 준호의 외침 소리에 정신이 번쩍 들었다.

"형은 좀 이상해. 넋이 나간 사람 같아. 미친 거야. 씨팔. 어떻게 된 거야. 깜빡 졸았어?"

차선을 바꾸기 위해서 회전등을 켜고 쉴새없이 차의 뒤쪽을 바라보며 준호는 신경질적으로 소리질렀다.

1번 도로를 알리는 마지막 표지판이 고가교 위에 붙어 있었다. 도로표지판은 으레 서너 개의 간선진입로 전부터 씌어 있게 마련이었다. 도로표지판은 앞으로 있을 세 개의 간선도로망을 안내해주고 있는데 차례가 되면 맨 밑부분에 씌어진 도로 이름이 윗부분으로 올라가게 된다. 그것은 그 도로가 임박했다는 사실을 가르쳐주는 신호이기도 했다.

차는 아슬아슬하게 1번 도로로 빠져들었다. 겨우 안심했다는 듯 준호가 그를 보며 말했다.

"배가 고프슈? 그럼 빵을 먹어. 어떻게 된 거야, 길 안내조차 제대로 할 줄 모르니."

그는 대답하지 않았다. 배도 고프지 않았다.

차는 '살리나스 도시' 옆을 스쳐 지나가고 있었다. 그곳엔 유인원의 두개골도 인디언의 화살촉도 남아 있지 않았다. 고속도로 양 옆으로 똑같은 야자수와 집들과 거리가 스쳐 지나가고 있을 뿐이었다.

이젠 곧장 1번 도로를 따라 내려가면 되었으므로 어느 정도 심리적 안정감을 느꼈는지 준호가 라디오의 음악을 틀었다. 그는 음악을 몹시 크게 듣는 버릇을 갖고 있었다. 차 속에서 음악을 듣기 위해서 실내 앰프까지 설치해둔 그는 있는 대로 볼륨을 높이는 나쁜 버릇을 갖고 있었다. 그것은 음악을 감상하는 것이라기보다는 음악의 비 속에 갇혀 있는 기분이었다. 차 문은 굳게 닫혀 있으므로 작은 밀실과도 같다. 달리는 작은 밀실 속에서 스테레오의 음향이 귀를 찢을 듯이 들려온다는 것은 차라리 고통이었다. 그러나 그는 될 수 있는 대로 내색을 하지 않기로 마음을 굳게 먹었다.

준호는 그의 고등학교 이 년 후배였다. 그의 동생과 같은 나이 또래고 또한 절친한 친구였으므로 보통 이상의 친밀감을 갖고 있었다. 그가 로스앤젤레스에서 준호 그를 만난 것은 전혀 우연이었다.

그는 여행을 떠나온 길이었고, 준호 역시 여행을 떠나온 길이었지만 목적하는 바는 달랐다. 준호는 여행을 떠나온 김에 아예 미국에서 눌러살려고 작정을 하고 있었다. 준호는 한때 제법 이름이 알려진 가수였고, 그의 노래 가사를 그가 몇 개 써준 것도 있었다. 그러나 그는 인기 절정에서 소위 대마초를 피운 죄로 지난 사 년간 무대를 빼앗긴 불운한 과거를 가지고 있었다. 노래를 부르지 못하는 동안 그는 이것

저것 사업에 손을 대어 제법 돈도 모았지만 결국 끝내는 빈털터리가 되고 말았다.

그는 CM송도 작곡하고 양복점도 하고 나중에는 제주도에서 감귤 농장을 경영하기도 했었지만 그의 방랑벽이 그를 빈털터리로 만들어버렸다. 결국 대마초 가수들을 구제한다는 발표가 난 후에도 그는 노래를 부르지 않았다. 그는 자신이 노래를 부르기엔 너무 늙었으며 좋지 않은 목소리를 갖고 있다는 것을 알고 있었다. 그는 두 아이와 아내가 있는 가장이었는데 우연히 미국을 여행할 수 있는 기회를 갖게 되었으며 이 기회를 이용해서 일단 해외로 빠져나왔지만 이미 돌아갈 시간은 초과되어 있었다. 그는 내친 김에 미국에 눌러앉겠다고 말했다.

그가 준호에게 왜 돌아가지 않느냐고 묻자 그는 대답했다.

"무서운 나라야. 난 악몽에서 깨어난 것 같아. 씨팔 난 미국에서 살 거야."

그는 지난 사 년간 어쩔 수 없이 낭인생활을 할 수밖에 없었던 쓰라린 과거가 준호를 그렇게 만들었다고 애써 생각하려 했다. 그는 알고 있었다. 준호를 위시해서 많은 젊은 가수들이 마약중독자로 몰려 두들겨맞았으며, 정신병원에 수용되기도 했으며, 끝내는 사회의 도덕적 패륜아로 지탄받고 격리되었던 쓰라린 과거를. 그들을 만약 단순한 범법자로 다루었다면 길어야 일 년, 집행유예 정도로 끝났을 것이다. 그러나 그들은 사회적 여론으로 두들겨맞았으며, 그리고 언제까지라고 정해지지 않은 이상한 압력으로 재갈을 물리고, 격리되었던 것이다. 그것이 우연히 해외로 나온 여행에서 그를 밀입국자 신세로 전락시키게 한 동기가 되었을 것이다.

그는 빈털터리였다. 여행을 할 때 갖고 나온 돈은 바닥이 났으며 더구나 그 돈에서 나머지 부분을 모두 중고차 한 대 사는 데 써버린 것이었다. 차가 없으면 로스앤젤레스에서는 꼼짝도 할 수 없다는 사실을 불과 이 개월 동안 머물면서 뼈저리게 느낀 모양이었다. 그는 뉴욕과 시카고를 거쳐 로스앤젤레스로 숨어들어온 길이었다. 준호는 방 하나를 빌려주는 다운타운의 싸구려 하숙방에서 지내고 있었다. 한 달에 백 달러만 내면 방을 빌려주는 유령과 같은 집이었다. 빅토리아 풍의 거대한 저택은 한때는 꽤 화려한 고급 저택이었겠지만 할렘 가에 위치하고 있었으므로 더럽고 퇴락한 멋대가리 없이 크기만 한 집이었다.

준호는 그 방에서 아무런 대책 없이 지내고 있었다. 여행기간은 이미 만료되었으며 일차로 연장한 여권기간도 며칠 있으면 끝날 판이었다. 처음엔 그를 반겨주던 친구들도 하루이틀이 지나자 그를 경원하게 되었으며 그가 돌아가지 않고 어떻게 해서든 이곳에서 뿌리를 내리고 살려고 한다는 계획을 안 순간부터 그를 만류하고 그를 비웃고 마침내는 상대할 수 없는 인물로 백안시하고 있었다. 준호는 자기가 여권기간을 더이상 연장할 수 없다는 사실을 잘 알고 있었다. 한국 영사관 측이 납득할 만한 다른 이유를 발견할 수 없었기 때문이었다.

그는 이미 한국을 떠난 지 반 년이 넘어가고 있었으며 상대적으로 미국생활에는 익숙해져가고 있었지만 어디까지나 여행자도 아니고 그렇다고 정식으로 이민해온 사람도 아닌 어정쩡한 이방인이 되어가고 있었다. 그는 단돈 이십 달러면 놓을 수 있는 전화를 가설하고 밤이나 낮이나 받는 사람이 부담하는 국제전화만 걸어대었다. 며칠 동안 준호의 싸구려 하숙방 침대에서 함께 자본 일이 있는 그로서는 밤이건 낮이건 때도 없이 국제전화를 거는 준호의 고함 소리를 꿈결 속에서 듣곤 했다.

"나야 나, 뭘 하니. 여긴 미국이야. 여긴 로스앤젤레스야. 거긴 어떠냐. 눈이 오니, 눈이 많이 온다고. 거리가 막혔겠구나. 여기야 눈이 올 리가 없지. 여긴 언제나 여름이니까 말야. 뭐 재미있는 일 없니. 너 목소리가 왜 그래, 감기 걸렸구나. 여편네하고 잘 땐 이불 덮고 자라고 이 새끼야. 하루에 몇 탕 뛰니. 몸조심해. 우라질 새끼야. 가끔 내 마누라 좀 만나니? 가끔 불러내서 밥이라도 사줘라. 그렇다고 데리고 자란 소리는 아냐."

준호의 수첩에는 그가 알고 있는 모든 친구, 모든 사람, 방송국, 회사, 한때 알고 지내던 여자친구들의 전화번호가 깨알같이 적혀 있었다. 그는 하룻밤에도 몇 차례씩 받는 사람 부담으로 국제전화를 걸곤 했다. 그는 그런 전화가 되풀이될수록 상대편이 싫어하리라는 것을 모르는 어리석은 녀석이었다. 처음에 한두 번은 의례적으로 전화를 받아주지만 그 통화료가 엄청나다는 것을 안 뒤부터는 그의 전화를 기피하게 될 것이라는 사실을 모르는 듯 무턱대고 전화를 걸곤 했다.

그는 잘 알고 있었다. 준호가 마침내는 아무에게도 전화를 걸 수 없게 될 것이며 그 누구와도 통화를 할 수 없게 될 것이라는 사실을. 준호는 나머지 돈 중에서 상당 부분을 마리화나를 사는 데 써버리고 있었다. 지난 사 년간 바로 그 마(麻)의 풀잎으로 쓰라린 경험을 맛보았는데도 불구하고 준호는 피와 같은 돈을 아낌없이 마리화나를 사는 데 써버렸으며 밤이건 낮이건 그 독에 취해 있었다. 그는 한 개의 빵을 먹기보다도 마리화나를 피웠으며 마리화나는 그의 모든 것이었다. 마리화나는 그의 빵이었으며, 술이었으며, 물이었으며, 그의 피였다. 그는 아침에 눈을 뜨자마자 그것을 피웠으며, 차를 타고 가면서도 그것을 피웠다.

그가 그것을 다시 피운다는 사실은 로스앤젤레스 한국 사람들에게 파다하게 소문이 번져 있었다. 그래서 사람들은 그를 구제할 수 없는 녀석, 도덕심이라고는 찾아볼 수 없는 놈, 염치없는 새끼로 취급하고 있었다. 마리화나를 사기 위해서 친구들에게 돈을 구걸하는 놈이라고 준호를 인간 쓰레기 취급을 하고 있었다. 그런 의미에서 로스앤젤레스에서 생활한 지 석 달 만에 그는 철저한 거렁뱅이가 되어가고 있었다. 아무도 그를 찾아오지 않았으며 그 역시 그 누구도 찾아가지 않았다.

그는 서서히 죽기를 작정하고 날마다 마시고 먹는 술과 밥 속에 일정한 미량의 독을 넣어두는 자살자와도 같았다.

그가 우연히 준호를 만났을 때 준호는 그에게 말했다.

"잘됐어, 형. 나하고 함께 이곳에서 눌러삽시다."

그에게는 아무런 대책도 없었다. 뭘 어쩌자는 것인지, 그에게는 아무런 대책도 없었다. 뭘 어쩌자는 것인지, 이렇게 살다보면 남아 있는 그의 가족들은 어떻게 할 것인지, 구체적인 대안이나 계획도 없이 그는 마리화나에 젖어 풀린 눈으로 킬킬 웃으며 이렇게 말했다.

"씨팔, 아이들은 고아원 보내고 아내는 돈 많은 홀애비한테 시집이나 가라지 뭐. 언젠가는 만나게 되겠지요. 씨팔."

준호와 여행을 떠난 후부터 그는 될 수 있는 대로 신경을 가라앉히려고 마음 굳히고 있었다. 아무리 절친한 사이라도 여행을 하다보면 서로의 단점만 극명하게 드러나 보이게 마련이었다. 그래서 하찮은 일에도 언성을 높이고 으르렁거리고, 증오하고, 폭력을 휘두르게 되는 법이었다.

이미 요세미티의 공원 입구에서 그들은 대판 싸웠다. 요세미티가 고산지대이고 겨울철이기 때문에 눈이 덮여 있으리라는 것쯤은 상식적인 일이었다. 그런데도 두 사람은 자동차 체인을 준비하지 않았었다. 진입로 입구에 선 교통안전 순시원이 체인을 감지 않은 그들을 통과시켜주지 않는 것은 당연한 일이었다. 별수 없이 체인을 사기 위해서 오십 달러라는 거액을 예기치 않게 쓸 수밖에 없었다. 준호도 그도 자동차의 바퀴에 체인을 달아본 적은 없었다.

체인을 파는 주유소의 늙은 주인이 수수료를 주면 체인을 달아준다고 했는데 그 값은 삼십 달러였다. 삼십 달러를 주고 체인을 다는 것은 미친 짓이었다. 그들은 눈이 쌓인 주유소 뒤뜰에서 체인을 감기 위해서 악전고투를 했다. 눈발이 시야를 가릴 정도로 몰아치고 있었다.

그는 차바퀴에 체인의 끝부분을 가지런히 얽어매어 들고 있었고 차는 한 바퀴 구를 정도만 전진시키도록 약속했다. 그러나 그것은 뜻대로 되지 않았다. 하마터면 거친 차의 반동으로 체인을 든 그의 손이 차바퀴 속으로 말려들어갈 뻔했다.

"주의해. 하마터면 손이 으스러질 뻔했어."

그는 구르는 차의 바퀴에서 손을 급히 빼려다가 차체의 날카로운 금속 부분에 긁혀서 피가 나오는 손을 들여다보며 으르렁거렸다. 손은 얼어붙은 눈에 얼음처럼 굳어 있었다.

"그걸 놓으면 어떻게 해."

운전대에 앉은 준호도 지지 않고 맞받아 소리질렀다.

"체인이 겨우 감아지는 판인데 그걸 놓치면 어떡하냐고, 씨팔."

"손이 부러질 뻔했어, 이 쌔끼야. 손이 바퀴에 들어가 으스러질 뻔했다고."

그는 피가 흐르는 손을 준호에게 내밀었다. 순간 준호는 그의 손을 뿌리치며 소리질렀다.

"겁 좀 내지 마라, 무서워 좀 하지 마. 손이 부러지진 않으니까."

그는 그때 아직 남아 있는 자동차의 체인을 보았다. 그는 거친 동작으로 자동차의 체인을 집어들었다. 그는 감당할 수 없는 살의를 느꼈다.

"차에서 내려 이 새끼야."

준호가 무어라고 중얼거리며 달래듯 웃었다.

"체인이 필요한 건 자동차 바퀴지 내 얼굴이 아니야."

그는 준호의 머리칼을 움켜쥐고 자동차의 시트에 함부로 쥐어박았다. 준호는 의외로 얌전하게 그의 폭력을 감수하고 있었다. 갑자기 준호의 양순한 비폭력이 그를 부끄럽게 만들었다. 필요 이상으로 신경질을 부린 자신에 대해서 그는 침이라도 뱉고 싶은 모멸감을 느꼈다. 그러나 새삼스레 준호에게 사과를 하고 싶은 마음은 들지 않았다. 어쨌든 두 사람은 하나의 공동 운명체라는 사실이 가라앉은 분노 뒤끝에 참담하게 스며들고 있었다.

준호의 골통을 자동차 체인으로 부숴버린다면 어떻게 할 것인가. 어떻게 해서 저 눈 덮인 산을 넘을 수 있을 것인가. 애초부터 끓어오르는 분노와 적의는 준호의 탓이 아니었다. 그것은 그의 마음에 가득히 있는 일관된 흐름이었다.

지난가을 김포비행장을 떠날 때부터 그의 마음속에는 절박한 분노와 자포자기적 울분이 용암처럼 끓어오르고 있었다. 그는 그런 의미에서 여행을 떠난 것은 아니었다. 그는 도망쳐온 셈이었다. 그는 디즈니랜드에서도, 유니버설 스튜디오에서도, 할리우드에서도, 한국인 식당에서도, 할리우드의 싸구려 창녀 아파트에서도, 그녀의 금발 음모 위에 입을 맞추면서도 내내 가슴속에서 분노의 붉은 혀가 쉴 새 없이 낼름거리는 것을 느끼고 있었다.

자동차의 체인이 그를 화나게 한 것은 아니었다. 준호의 버릇없는 말대꾸가 그를 분노케 한 것은 아니었다. 그는 모든 것, 보고, 듣고 말하고 느끼는 그 모든 것에 분노하고 있었다. 그는 김포공항을 떠나면서부터 줄곧 분노하고 있었다. 그를 전송하기 위해 따라나온 아내의 눈과 두 아이의 고사리 같은 손에도 분노하고 있었으며 짐을 체크하는 세관원의 손끝에도 분노하고 있었다. 그즈음 결혼한 뒤 처음으로 부부싸움 끝에 아내를 때렸다. 아내는 그에게 울면서 말했다. 당신은 변했어요. 당신은 이상해졌어요. 한 회분씩 쓰는 신문 소설에도 분노하고 있었으며 그가 쓰는 모든 소설에도 분노하고 있었다. 활자화된 문장을 보면서도 분노하고 있었으며 그는 신문을 보면서도 분노하고 있었다. 분노를 참을 만한 절제는 나사가 풀려 그의 용솟음치는 분노의 힘을 감당치 못하고 있었다. 그는 그의 작품이 영화화된 극장 앞에 쭈그리고 앉아서 늘 상한 짐승처럼 이를 악물고 있었다.

그는 자신의 분노에 겁을 집어먹기 시작했다. 그는 자신이 피로해진 탓이라고 생각했다. 신경쇠약이 재발된 모양이라고 그는 스스로 심리분석을 해보기도 했다. 지난 십여 년 동안 한시도 제대로 쉬지 못하고 혹사한 탓으로 신경이 팽팽한 바이올린의 현처럼 끊어져버린 모양이라고 자위해보기도 했다. 그러나 참을 수 없는 분노는 더이상 긴장과 자제로써도 눌러 진정시킬 수가 없었다. 분노는 그의 입을 뛰쳐나오고, 그의 손끝은 불수의(不隨意) 근육처럼 움직였다. 술좌석에서 그는 술만 마시면 마주 앉은 사람들과 싸웠고 어떤 때는 병을 깨고 술상을 뒤집어엎어버리기도 했다. 그가 여행을 떠나온 것은 그런 모든 분노의 일상생활에서 도망쳐온 것이었다.

밤늦게 로스앤젤레스의 공항에 내려서 긴 복도를 걸어가며 그는 자신이 도망쳐왔다기보다는 망명해온 것이 아닌가 하는 느낌을 받았다. 그렇다. 그건 여행도 아니었고 까닭없이 치미는 분노의 일상에서부터 탈출해온 것도 아니었고, 망명의 길을 떠나온 것이었다. 그는 정치가가 아니었으므로 정치적인 망명을 해온 것은 아니었다. 그는 음악가가 아니었으므로 예술의 자유를 획득하기 위해서 망명해온 것은 아니었다. 그는 그렇게 비유하는 것이 감히 허용된다면 그저 하나의 평범한 지식인에 불과할 따름이었다. 그는 언젠가 소련에서부터 음악의 자유를 얻기 위해 서방으로 망명했던 유명한 피아니스트 아슈케나지와 인터뷰를 한 적이 있었다. 그에게 왜 조국 소련을 버렸느냐고 묻자 그는 이렇게 말했었다. 난 피아노 앞에 내가 원할 때 언제라도 앉을 수 있는 자유를 얻기 위해서 망명을 했습니다. 마찬가지로 내가 원하지 않을 때 언제라도 휴식을 취할 수 있는 자유를 얻기 위해서도 망명을 했습니다.

그러면 나는 무엇인가, 무엇을 위해서 망명을 한 것일까. 보다 큰 자유를 위해서 망명을 떠나온 것일까, 분노로부터의 망명인가, 숨막히는 일상으로부터의 망명인가.

"어젯밤 일이 생각나우?"

여전히 귀를 찢을 듯한 요란한 음악의 홍수 속에 갇혀 반은 음악감상에 반은 운전에 몰입한 꿈꾸는 듯한 미소를 띠며 준호가 그를 돌아보았다.

길은 팔차선의 고속도로로부터 사차선의 간선도로로 한결 좁아져 있었다. 아직 본격적인 해안도로가 시작되지는 않고 있었다. 바다는 아직 어느 곳에서도 보이지 않았다. 차는 유명한 피서지인 몬테레이 해안을 향해 치닫고 있었다.

"형은 어젯밤 미친 사람 같았어."

"그 음악 좀 낮춰라."

그는 될 수 있는 대로 감정을 나타내지 않는 낮은 목소리로 말을 뱉었다. 준호는 볼륨을 죽였다.

"지금쯤 그 새끼들은 모두 잠에서 깨어났을 거야. 어쩌면 형을 찾아나섰을지도 몰라. 왜냐하면 형은 어젯밤 완전히 미쳤으니까."

"난 기억나지 않아. 아무것도 기억할 수 없어."

"형은 어젯밤 위스키를 반 병이나 나발 불었어. 첨엔 잘나갔지. 인사도 하고, 악수도 하고 춤을 추었어. 그때까진 좋았어. 그런데 갑자기 발광하기 시작했어. 그 쌔끼들이 형과 말다툼을 하기 시작했어. 그들이 형에게 말했어. 우리는 미국 시민이다, 한국은 더이상 우리들의 조국이 아니다. 그러자 형은 갑자기 날뛰기 시작했어. 어떻게 된 거야. 형은 애국잔가. 정말 웃겼어. 난 형이 그토록 애국자인지 몰랐어. 형은 소리를 버럭 질렀어. 함부로 말하지 마 이 쌔끼들아, 너희들은 그런 말을 할 자격이 없는 놈들이야, 하고 말이야. 정말이지 큰 실수였어. 형은 뭐야. 민족주의잔가. 형은 레코드판을 부수고 유리창을 깼어. 우리가 말리지 않았다면 모든 유리창을 다 깼을 거야. 생각나?"

"생각나지 않아."

그는 침통한 목소리로 대답했다. 그것은 거짓말이었다. 자욱한 아침 안개 속에 드문드문 드러난 나무의 등걸처럼 어렴풋이 간밤의 기억이 연결되지 않고 고립된 섬처럼 떠오르고 있었다.

"난 그렇게 화를 내는 모습은 본 적이 없었어. 형은 깡패 같았어. 미친 사람 같았어."

드디어 폭발했다.

그는 팔짱을 끼고 묵묵히 생각했다. 기어코 잠재되어 있던 분노가 방아쇠를 당긴 총알처럼 뛰쳐나갔다. 극심한 피로 끝에 마신 술기운이 그의 억눌린 분노의 용수철을 잡아당긴 모양이었다.

"그들은 형과 골치 아픈 정치 얘기를 하자는 것은 아니었어. 그들은 그저 즐기기 위해서 정치 얘기를 꺼낸 것뿐이었어. 그건 즐거운 일이니까 말야. 그들은 모이기만 하면 궁정동 파티 때 여배우 누구누구가 앉아 있었다는 화제를 꺼내고 그걸 즐기기 위해서 되풀이하는 것뿐이야. 고의적인 것은 아니었어. 그런데 형이 지나치게 오버액션한 거야. 그들은, 그들은 고마운 놈들이야. 그들은 우리를 재워줬어. 술도 주고 빵도 주었어. 그리고 우린 그 집에서 주스와 빵과 우유와 마리화나를 훔쳐나왔어. 나도 그놈들이 뭘 하는 놈들인지 몰라. 엘에이 한국 음식점에서 만난 것뿐이야. 샌프란시스코에 오면 한번 들

226

러달라고 주소를 적어주더군. 그뿐이야. 그런데 형이 그들의 파티를 망쳤어. 아, 바다야. 저것 봐, 바다야. 태평양이야."

준호는 갑자기 탄성을 올리며 클랙슨을 울렸다. 그는 차창 밖을 목을 빼어 바라보았다. 몬테레이 관광지대로 넘어가는 언덕 위로 바다가 보였다.

해안선을 따라 수많은 요트와 배들이 부두에 매여 있는 것이 보였다. 바람을 타고 바다 냄새가 비릿하게 풍겨왔다. 인근 도시에서 차를 타고 온 주민들이 바닷가 부두에 차를 세우고 해바라기를 하고 있는 것이 보였다. 아직 본격적인 바다는 시작되지 않고 있었다. 갈매기들이 종이연처럼 바람에 쓸려 날리며 부두가에 세워진 요트의 돛과 보트의 마스트 위로 솟구치고 있었다. 제방에서 나이 든 할아버지 하나가 갈매기들에게 먹이를 주고 있었다. 수많은 갈매기들이 노인의 주위로 새카맣게 모여들고 있었다.

갈매기들은 인간에게 익숙해 있는 것처럼 보였다. 노인의 머리 위에도, 어깨 위에도, 손바닥 위에도 갈매기들은 서슴지 않고 앉아서 그가 나눠주는 먹이를 날카로운 부리로 쪼아대고 있었다. 도시로 흘러들어온 바닷물은 파도도 없이 잔잔해서 거대한 호수처럼 보였다. 정오의 햇살이 프라이팬 위에서 끓는 기름처럼 부서지고 있었다.

"몬테레이야. 세계에서 돈 많은 놈들이 모여 산다는 유명한 별장지대야."

길 양 옆으로 울창한 수풀이 전개되었다. 숲속에는 고급 주택이 고성(古城)처럼 솟아 있었다. 바다에서 불어오는 바람을 막기 위한 방풍림이 병풍처럼 둘러서 있는 숲 사이로 파란 잔디가 보였다. 잔디밭에는 수많은 사람들이 떼지어 몰려 있었다. 그것은 골프장처럼 보였고 마침 대회라도 벌이고 있는 것일까, 많은 사람들이 한 사람의 뒤를 쫓아 느릿느릿 걷고 있었다.

"영화 속에 나오는 바닷가의 풍경은 모두 이곳에서 찍는다고. 저 집들 좀 봐. 도대체 저 집엔 어떤 놈들이 살고 있을까. 어떤 새끼들이 저런 엄청난 집에서 살고 있을까. 몬테레이 일대를 좀 보겠어, 여긴 유명한 관광지대라고."

준호는 흥분한 사람처럼 쉴새없이 떠들고 있었다. 그러나 그는 아무런 흥미도 느끼질 않고 있었다.

로스앤젤레스에서 단지 고급 주택이 밀집해 있다는 이유 하나 때문에 비버리힐스를 샅샅이 누비며 소위 집구경을 한 적도 있었다. 비버리힐스는 소문대로 엄청나게 좋은 저택들이 열대지방의 울창한 숲속에 펼쳐져 있었다. 그것은 집이라기보다는 하나의 성들이었다.

"난 저런 집에서 살 거야. 형, 백인 관리인을 두고 영화 〈바람과 함께 사라지다〉에 나오는 뚱뚱한 흑인 같은 하인을 두고 저런 집에서 살 거야. 형. 놀라지 마. 저 집들 중에는 우리나라 사람도 살고 있어. 난 소문을 들었어. 우리나라에서 몇백만 달러 재산 해외 도피시켜 가지고 나온 전직 고관들이 저 안에서 숨어살고 있다고 그러는 거야. 그 사람들은 개인 경호원까지 두고 있다는 거야. 웃기는 놈들이야. 우리들 세금으로 재산 만들어 해외로 도망쳐나온 놈들이야. 형, 내 재산을 팔아 모두 해외로 가져온다면 얼마나 될까. 아파트가 하나 있어. 그걸 팔면 십만 달러는 되겠지. 제주도에 있는 감귤농장 팔면 글쎄 오만쯤 받을 수 있을까. 십만 달러는 받을까. 가지고 있는 가구, 텔레비전, 냉장고, 전축, 모든 것을 팔면 오만 달러는 챙길 수 있을까? 그럼 이십오만 달러가 되는 셈이로군. 이만하면 어때. 형. 나도 부자야. 미국에서 캐시로 이십오만 달러를 가진 놈이 누가 있으려고."

그는 준호가 허세를 부리고 있다는 것을 잘 알고 있었다. 그는 준호가 겨우 작은 아파트 한 채만을 갖고 있다는 사실을 알고 있었다.

제주도의 감귤농장은 이미 경영 실패로 남에게 넘어간 지 오래라고 자기 입으로 이야기하지 않았던가. 준호는 모래성을 쌓는 어린아이처럼 멋대로 상상하고 멋대로 꿈을 부풀리는 유치한 게임을 즐기고 있는 것뿐이었다.

그는 비버리힐스의 엄청난 저택에서도 디즈니랜드의 정교한 인형에서도, 유령의 집에서도, 죽음의 계곡의 그 황량한 벌판 속에서도 라스베이거스의 불야성 같은 밤의 야경 속에서도, 요세미티의 눈 덮인 설경 속에서도, 아무런 충격도 감동도 받지 않았었다.

그는 철저한 불감증 환자였다. 그것은 '크다'는 느낌 이외에 아무것도 아니었다. 그는 호기심 때문에 여행을 떠나온 것은 아니었다.

비버리힐스를 보기 위해서, 할리우드에서 〈목구멍 깊숙이〉라는 섹스영화를 보기 위해서, 디즈니랜드의 병정인형을 보기 위해서 여행을 떠나온 것은 아니었다. 그는 아무것도 보지 않기 위해서 여행을 떠나온 것뿐이었다. 그는 장님과 다름없었다.

미국으로의 여행은 그가 스스로 선택한 유배지로의 여행이었다. 미국의 풍요한 문명과 엄청난 자연 풍경은 그에게 아무런 무서움도 열등의식도 불러일으키지 못했다. 그는 아주 작은 하나의 섬에서부터 배를 타고 대륙의 뭍으로 귀양 온 죄인에 불과했다. 대륙에서 본다면 그가 태어나고 자라고, 사랑하고, 교미를 하고, 결혼을 하고, 아이를 낳고, 늙어 죽어갈 그의 섬은 조그만 촌락에 지나지 않았다.

나뭇가지 위에 열린 나무 열매 하나 때문에 이웃과 싸우고, 동네를 가로지르는 냇물 하나 때문에 전쟁을 일으킨 가엾고도 어리석은 원주민들의 섬이었다. 그가 자신은 지식인이라고 말할 수 있었던 것은 기껏해야 닭은 다리가 두 개이며, 개는 다리가 네 개라는 사실을 구별할 줄 안다는 이유 때문이었다. 그는 하나에서부터 열까지 셀 수 있는 사람이었으므로 지식인이었다. 그는 태양이 동쪽에서 떠서 서쪽으로 진다는 것쯤은 물론 알고 있었다. 그는 그가 아는 모든 것을 원주민들에게 가르쳐주는 것만이 지식인의 역할이라고 믿고 있었다.

그래서 그는 아직 다섯까지의 숫자밖에 모르는 원주민들에게 여섯과, 일곱과, 여덟을 알려주었으며 그가 알고 있는 모든 지식은 어느 날 명령에 의해서 불법으로 인정되었다.

미국의 풍요가 내게 무엇이란 말인가. 미국의 자유가 내게 무엇이란 말인가. 미국의 병정인형과 아름다운 정원이, 웅장한 저택과 핫도그와 아이스크림이, 사막과 설원이 내게 무엇이란 말인가. 그의 가슴속에는 터질 듯한 분노 이상의 아무런 감정도 존재하지 않고 있었다.

준호의 말대로 그 역시 가지고 있는 집과 그가 소유하고 있는 가구와 지금껏 고생해서 번 그 모든 것을 팔아버린다면 겨우 이 거대한 미국의 거리 한모퉁이에 자그마한 빵가게 정도는 낼 수 있을 것이다.

"형."

갑자기 준호가 소리를 질렀다.

"바다야. 형, 바다야."

바다가 활짝 젖혀진 커튼 뒤에 나타나는 무대 위의 풍경처럼 돌연 그들의 앞을 가로막았다. 그것은 예기치 않았던 풍경의 전개였다.

바다는 푸르다 못해 검었으며 거친 파도가 벼랑을 할퀴고 있었다.

시야는 막힌 데 없이 투명했다. 이미 도로는 이차선으로 좁아졌으며 길 아래로 칼로 벤 것 같은 벼랑이 끊임없이 이어지고 있었다.

태양은 이글이글 불타고 있었으며 바다의 수평선은 좀더 하늘로 밀착되려는 욕망으로 팽팽히 긴장되고 있었다. 벼랑 아래는 분노에 뒤틀린 바윗덩어리들과 붉은 황토가 입을 벌리고 아우성치고 있었고 거센 파도가 산기슭을 질타하고 있었다.

우와와— 우와와— 거센 바닷바람이 열린 차창 틈으로 쏟아져들어오고 있었으며 하늘로는 바람에 쓸려가는 갈매기들이 목쉰 소리로 울며 날아가고 있었다. 그들이 가야 할 도로는 바다로 흘러내린 벼랑과 깎아지른 듯 붉은 단애(斷崖)의 산기슭 사이로 도망치고 있었다. 바닷가로 흘러내린 벼랑에는 쓸모없는 풀더미들이 웅크리고 웃자라고 있었다.

준호는 바다가 잘 보이는 지점에 차를 세웠다. 그는 차의 캐비닛을 열어 파이프와 마리화나를 꺼냈다. 그는 부스러기 하나도 흘리지 않으려고 주의하며 마리화나를 손끝으로 딱딱하게 짓이겨서 파이프 속에 집어넣었다. 파이프 속엔 얇은 섬유망이 그물처럼 떠받치고 있었다.

그는 준호의 버릇을 잘 알고 있었다. 무엇이건, 아름다운 풍경을 보면 준호는 버릇처럼 파이프를 꺼내들곤 했다.

그것을 피우면 아름다운 풍경이 더욱 광채를 띠고 강조되어 빛나오는 것일까. 아니면 대자연의 경관 속에서 느껴오는 밑도끝도없는 고독감과 절망감을 달래기 위해서 환각이 필요하게 되는 것일까. 잠을 자기 위해 침대 위에 누우면 으레 준호는 마리화나를 볼이 메도록 빨곤 했다.

그것을 피우면 모든 풍경이 그가 원하는 대로 변질되는 것일까. 무엇이 그를 쓰라린 지난 사 년간의 고통 뒤끝에도 그것을 피우게 하는가. 그것은 아무도 간섭하지 않는 미국의 자유 때문인가. 그 자유를 만끽하고 싶다는 욕망 때문인가.

준호는 불을 붙이고 서둘러 연기를 들이마셨다. 목젖이 튀기도록 기침을 했다. 그러나 아까운 연기는 흘러나오지 않았다. 연기가 이미 그의 폐부 속에서 모조리 연소되었기 때문이었다.

쓴 풀잎 냄새가 차 안을 가득히 메웠다. 한꺼번에 많은 양을 들이 마시는 심호흡으로 짓이겨진 풀잎은 벌겋게 달아오르고 그 연기를 들이마시는 바람 소리가 풀무 소리처럼 건조하게 들려왔다. 그는 한 가득 연기를 들이마시고 될 수 있는 대로 오래 참기 위해서 숨을 끊었다.

그의 눈이 튀어나올 듯이 충혈되고 그의 목이 뱀의 그것처럼 부풀어올랐다. 더이상 견딜 수 없을 만큼 참았다가 그는 발작적으로 기침을 하기 시작했다.

"저것 봐."

그의 눈이 서서히 풀려가고 있었다. 그의 눈은 이 지상의 아무것도 보지 않고 있었다. 준호는 가까운 곳과 먼 곳을 동시에 응시하는 듯한 초점없는 눈으로 그를 돌아보았다.

그의 눈은 꿈에 잠겨 있는 것 같았다. 황홀한 미소가 그의 얼굴에 번져나갔다.

"저것 봐, 형. 하늘 좀 봐. 얼마나 아름다워. 무지개 같아. 저 파도 좀 봐. 저 파도 좀 봐."

그는 넋 나간 목소리로 킬킬거리며 웃었다. 그가 이유없이 웃는다는 것은 그가 서서히 황홀경에 빠져들어가고 있다는 사실을 말하는 신호였다.

"한 모금 빨아봐, 형."

준호는 그에게 파이프를 내밀었다. 그는 머리를 흔들었다.

"괜찮아. 무서워하지 마. 한 번만 빨아봐. 형의 얼굴이 예뻐졌어."

킬킬 그는 계속 웃었다.

"아아, 저 갈매기 좀 봐. 저 갈매기 좀 봐. 종이학 같아."

남아 있는 풀잎의 연기를 그대로 낭비하는 것이 아까운 듯 그는 볼이 메도록 연기를 들이마셨다. 풀은 완전히 타버려 검은 재밖에 남지 않았다. 그는 파이프를 털어 재를 버렸다.

"형, 왜 우리가 이곳에 있을까. 우린 왜 이곳에 있지. 그건 참 이상한 일이야."

준호는 비닐봉지를 뒤져 식빵을 게걸스럽게 먹기 시작했다. 준호가 너무 행복하게 보였으므로 그는 말없이 준호의 옆얼굴을 들여다보고 있었다. 그는 꿈을 꾸고 있는 몽유병 환자처럼 보였다. 그래서 그의 꿈을 소리를 내거나 흔들어 깨우는 것으로 방해해서는 안 될 것 같은 느낌을 받았다.

내버려둬.

그는 자신에게 준엄하게 명령했다.

그의 꿈을 깨워서는 안 돼. 그를 방해하지 마.

준호는 식빵을 먹다 말고 기운이 빠진 듯 눈을 감았다. 입가에 씹다 흘린 빵 부스러기가 묻어 있었다. 목이 마른 듯 그는 벌컥벌컥 주스를 들이마셨다.

"여기가 어디지. 여기가 어디일까, 형. 우리는 지금 어디에 앉아 있지."

그는 꿈을 꾸듯 몽롱한 목소리로 중얼거렸다. 갈매기 서너 마리가 지친 날개를 쉬기 위해서 차창 밖 차체 위에 맥없이 주저앉았다. 준호의 얼굴은 창백하게 질려 있었다. 한꺼번에 너무 많은 연기를 들이마신 모양이었다. 얼굴은 밀랍처럼 희었지만 눈가만은 붉게 상기되어 있었다.

그는 준호가 어느 정도 정신을 차릴 때까지는 길을 떠날 수 없다는 느낌을 받았다. 그는 준호 이상으로 깊은 꿈속에 잠겨 있었다. 요세미티의 눈길을 달리면서 준호는 온통 흰 설경의 눈부신 아름다운 풍경을 보자 버릇처럼 파이프를 꺼내들었다. 그것은 남아 있는 단 한 줌의 마리화나였다. 그가 운전중에도 한 모금씩 마리화나를 빨고 있다는 것은 잘 알고 있었지만 얼어붙은 눈길을 운전하면서 마리화나를 빤다는 것은 미친 짓이었다.

"불안해하지 마, 형."

운전중에 그것을 피울 때면 그는 준호에게 노골적으로 못마땅한 표정을 짓곤 했다. 그런 낌새를 눈치채고 그를 안심시키기 위해서 준호는 짐짓 밝게 웃어 보이곤 했다.

"한 모금만 빨면 오히려 운전이 잘 돼. 걱정하지 않아도 돼."

그의 말대로 지난 일 주일 동안 내내 준호는 조금씩 꿈에 젖어 있었다. 그러나 그의 운전 솜씨는 나무랄 데가 없었다. 그의 말대로 미량의 마리화나는 오히려 긴장을 풀어주고 피로를 없애주는 윤활유 역할을 하는 모양이었다. 그러나 얼어붙은 급커브의 요세미티 절벽 길 위에서 그것을 피운다는 것은 아무래도 무리였다. 그것은 자살행위였다. 그가 겨우 세 모금 정도 남아 있는 파이프 속의 마리화나를 강제로 빼앗아 차창 밖으로 털어버렸을 때 준호는 그에게 핏대를 올리며 덤벼들었다.

"아끼던 마지막 한 모금의 마리화나였어. 왜 그걸 버린 거야. 멕시칸 놈들에게 육십 달러 주고 산 마지막 물건이야. 미친 것은 내가 아니야. 미친 것은 형이야."

"난 죽고 싶지 않아. 이 쌔끼야, 난 죽기 위해서 여행을 떠나온 게 아니야."

그는 냉정하게 대답했었다.

"난 그걸 피우지 않으면 아무것도 보이지 않아. 씨팔. 더이상 아름다운 경치는 눈에 들어오지 않을 거야."

"그렇다면 넌 이걸 네 마음대로 피우기 위해서 미국에 불법체류자로 남겠다는 것이냐?"

"이건 마약이 아니야. 이건 술보다도 해독이 적어."

할 수 없이 체념한 준호는 그러나 요세미티를 거쳐 샌프란시스코로 오는 동안 내내 우울하고 말이 없었다. 그는 지독한 우울증에 빠진 환자처럼 보였다. 그때 그는 준호에게 소리내어 말은 하지 않았지만 그에게 내내 미안한 마음을 느끼고 있었다. 준호의 말대로 그것은 술보다 더 해독이 적은 단순한 풀잎 같은 것인지도 모른다. 한 번도 그것을 피워본 적이 없는 그로서는 그것은 단지 조그만 환상을 불러일으키는 풀잎 같은 것으로 우울하거나, 절실하게 고독할 때, 심리적인 위안을 만족시켜주는 약의 효능을 지닌 순한 약초와 같은 것일지도 모른다. 그것은 그의 공포를 달래주는 유일한 풀잎이었다. 왜 그것을 빼앗았을까. 무엇엔가 조금이라도 마취되어 있지 않으면 견뎌낼 수 없는 저 엄청난 고독 속에서 그가 가질 수 있는 심리적 위안을 내가 무슨 자격으로 빼앗을 수 있을 것인가.

눈을 감고 있던 준호가 비틀거리며 일어섰다. 그는 벼랑 끝에 서서 구역질을 하기 시작했다. 그리고 방금 전에 먹은 주스와 빵을 토해내기 시작했다.

"이런 일이 없었어. 너무 심하게 빨았나봐."

그는 창백하게 질린 얼굴을 들고 준호를 돌아보았다.

그의 눈가엔 눈물이 맺혀 있었다.

"갑시다. 형, 미안해."

3

그들은 카멜 해안과, 울창한 해안가의 산림지대인 빅서를 지나 루치아와 고르다를 지났다. 도로는 줄곧 바닷가의 해안을 끼고 뻗어나가 있었다. 이차선이었지만 오가는 차는 거의 없었으므로 일방통행이나 다름없었다. 가도가도 끝없는 바다뿐이었다. 간혹 길 왼편으로 구릉지대가 지나고 목초지대가 펼쳐지기도 했다. 바닷가 벼랑 위에 아슬아슬하게 세워진 별장들이 새 둥우리처럼 숨어 있는 것을 볼 수 있었다.

차는 수천 마일을 쉴새없이 달려왔으므로 장거리 경주를 달려온 운동선수처럼 지치고 헐떡이고 있었지만 아직 원기는 왕성했다. 오랫동안 빠른 속도로 달려나가다보면 차체와 인간이 한 덩어리가 된 것 같은 느낌을 받을 때가 있었다. 비록 경사진 벼랑을 따라 구불구불 펼쳐진 1번 도로를 달려간다고는 해도 어느 순간부터 두 사람의 의식은 아무것도 생각나지 않는 가수(假睡)상태로 들어가게 된다. 운전대를 잡은 손은 무의식적으로 커브를 따라 때로는 완만하게 때로는 급하게 회전을 하고 있었지만 눈은 차창 너머로의 먼 불확실한 길목에 머물러 있으며 머리는 백지처럼 단순해지게 마련이다. 그것은 일종의 무아지경 속의 반사동작일 뿐이었다.

자연 두 사람의 입에서는 말이 없어진다. 스위치를 눌러 음악을 듣는 일도 귀찮아진다.

납과 같은 무거운 침묵이 두 사람을 짓누르기 시작했다. 차츰 주위의 풍경도, 바다도, 기울어져가는 태양도, 핏빛 황혼도, 눈에 들어오지 않는다. 시간 개념과 공간 개념이 마비되기 시작한다.

차는 오직 한 곳의 목표만을 향해 달려가도록 양 눈 옆을 안대로 가린 경주용 말처럼 오직 끊임없이 펼쳐진 하나의 선, 도로망을 따라서 질주하고 있다.

캠브리아와 모로베이를 지나기 시작한다. 때로는 우연히 추월해서 달려가는 스포츠카 한 대를 따라 속도경쟁을 벌여보기도 한다. 그러나 중고차가 성능이 좋다고는 하지만 오직 속도를 내기 위해 만들어진 스포츠카를 따라잡을 수 없는 것이다. 어느 정도 따라붙던 차는 다시 적막한 도로 위에 홀로 달리는 장거리 주자처럼 낙오되게 마련이다. 마주 달려오는 차도 오후가 되자 거의 보이지 않는다. 뒤따라 오는 차도 보이지 않는다. 이따금씩 벼랑 위에 서 있는 별장들을 발견하기는 하지만 인기척이 느껴지지는 않는다.

바닷가도 쓰레기 하치장처럼 버려져 있을 뿐이다. 도시에 인접한 바닷가에서 만날 수 있는 파도를 타는 젊은이들도 보이지 않고 바다는 변방지대의 기슭을 핥고만 있을 뿐이다.

움직이는 것은 갈매기와 정직한 태양뿐이다. 태양빛은 시간에 따라 때로는 눈부시게 때로는 황홀하게 때로는 지치고 병든 얼굴로 시시각각 변하고 있다. 어떤 때는 긴 띠와 같은 구름이 태양을 가리기도 한다. 그럴 때면 태양은 어디론가 유괴당해가는 사람처럼 보인다. 구름의 검은 띠가 태양을 납치해가며 어디로 끌려가는가 상상할 수 없게 태양의 눈을 가리고 입에 재갈을 물리고 있다. 바람은 불기도 하고, 거짓말처럼 잔잔하게 가라앉기도 한다.

삐죽삐죽 돋아난 곶(岬)들이 함부로 찢은 은박지처럼 구겨져서 바닷속에 침몰하고 있다. 원래는 바다와 육지가 한 덩어리였던 것을 분노한 신이 두 조각으로 찢어낸 것 같은 거친 경계선은 벼랑과 절벽으로 나뉘어 있었다.

어디에 있는가 구태여 지도를 볼 필요는 없다. 로스앤젤레스까지 아직 멀었다. 쉴새없이 달리고 있지만 워낙 경사가 심한 도로이므로 한껏 속력을 낼 수는 없다. 이 밤 안으로 로스앤젤레스에 도착할 수 있을 것 같지는 않다. 그러나 밤을 새워서라도 달려야 할 것이다. 도로변의 모텔에서 하룻밤을 자고 달릴 만큼 여유가 있지 않다. 오늘밤에 도착하지 못한다면 내일 아침에라도 도착할 수 있을 것이다.

가야 할 목적이 있다는 것은 어쨌든 고마운 일이다. 로스앤젤레스에 돌아간다 해도 그들을 반겨줄 사람은 없다. 그들이 떠날 때 아무도 전송해주지 않았듯 그들이 도착한다 해도 아무도 그들을 반겨주지 않을 것이다.

　요세미티 절벽 위에서 굴러떨어져 죽는다 해도 그들의 시체는 봄이 되어서야 발견될 것이다. 아무도 그들의 신원을 확인하지 못할 것이다. 어쩌면 그들이 가졌던 여권 조각을 발견하게 될지도 모른다. 그들은 죽음의 계곡에서도 요세미티에서도 99번 도로 위에서도 죽을 수가 있었다. 그러나 그들은 죽지 않았다. 99번 도로 위에서 달려오는 차와 부딪쳐 산산조각으로 죽어간다 해도 아무도 그들이 누구인지, 어딜 가는 길이었는지, 왜 그 도로 위를 달려가고 있었는지 모를 것이다. 그것은 그들이 돌아가고 있는 로스앤젤레스에서도 마찬가지다. 그들이 침대 위에서 죽는다 해도 그들의 시체는 한 달 뒤에나 발견될 것이다. 더이상 견딜 수 없는 악취에 옆 방에서 얼굴을 알 수 없는 멕시코인이 문을 부수고 들어오기 전에는. 그러나 죽음을 생각할 이유는 없다. 분노를 끓어오르는 용암처럼 가슴 깊이 간직하고 있다고 하지만 아직 죽음을 생각할 나이는 아니다. 그는 죽기 위해서 여행을 떠나온 것은 아니었다. 그는 다만 분노했으므로 여행을 떠나왔다. 무엇 때문일까. 그의 분노는 무엇 때문일까. 무엇이 그를 분노케 했는가. 무엇이 준호를 두렵게 하며 무엇이 준호에게 끊었던 마리화나를 피우게 했는가. 무엇이 그에게 가족을 버리고 불법체류자로 남게 한 것일까.

　차는 점점 속력이 빨라진다. 모로베이에서 잠시 바다를 버리고 1번 도로는 101번 도로와 만난다. 101번 도로는 성난 짐승과 같은 차량들로 만원을 이루고 있다. 차들은 탈곡기에서 떨어져내리는 낟알처럼 구르고 있다. 휘이잉 소리가 난다. 차는 그 흐름에 섞여든다. 그들이 탄 차를 앞질러서 옆으로 따라붙으며 달려가는 각양각색의 차 속에 앉은 사람들은 묵묵히 입을 다물고 있다. 속력을 빨리할 때마다 고속도로의 표면과 바퀴 부분이 맞닿아 입을 맞추는 소리가 난다. 차체의 미세한 진동이 피부에 느껴진다. 아직 날이 저물지 않았지만 어떤 차들은 불을 밝히고 있다. 차들은 아프리카의 초원지대를 달리는 동물들처럼 아스팔트의 정글 속을 돌진하고 있다. 누군가가 추적해 오는 것 같은 놀라움 속에 한 마리가 내닫기 시작하자 온 야생동물이 내처 뛰어달리듯, 기린과 무소와 하마와 타조와 온갖 동물들이 도망치듯, 차들은 미친 듯이 달려나간다. 달려나가는 속도감 이외에는 아무것도 존재하지 않는다.

차가 101번 도로를 버리고 다시 1번 도로로 접어들자 이상한 고독감이 스며든다. 마침 해가 지기 시작한다. 한낮을 지배했던 태양의 제왕은 왕좌에서 물러나기 시작한다. 빛을 모반하는 저녁노을이 혁명을 일으켜 피와 같은 붉은 노을을 깃발처럼 드리운다. 파도가 한결 높아진다. 헤드라이트 불빛이 점점 뚜렷해진다. 태양은 마침내 임종을 맞았지만 그의 후광을 온 누리에 떨치고 있다. 하늘은 저문 태양의 마지막 각혈로 붉게 물들어 있다. 어둠이 새앙쥐처럼 빛의 문턱을 갉아내리고 있는 것이 보인다. 초조(初潮)와 같은 피의 여광을 갉아내리는 어둠의 구멍으로 수술대 위에 올라선 마취 환자의 잃어가는 의식처럼 점점 사라져간다. 그것은 처절한 아름다움으로 승화된다. 태양은 완전히 사라졌지만 황금의 빛과 노을은 한데 섞여서 거대한 불꽃놀이를 하고 있는 것처럼 보인다. 바다의 군대들이 몰락해가는 하늘의 왕국을 향해 집중적으로 포화를 쏘아올리고 있다. 터진 포탄의 불꽃이 하늘의 어둠 속에 점화되어 폭발하고 있다. 빛의 파편이 깨어져 흩어진다.

차는 필사적으로 달려나간다. 헤드라이트가 빛의 기둥이 되어 심해어(深海漁)의 눈처럼 밝아온다. 차선에 박힌 붉은 형광표시등이 반딧불처럼 떠오른다. 빛은 완전히 사라지고 사방은 칠흑같은 어둠뿐이다. 달은 보이지 않는다. 그런데도 밤하늘엔 무수한 별들이 붙박혀 있는 것이 보인다. 시야는 온통 차단되었다. 바다는 더이상 보이지 않는다. 바다는 보다 검은빛으로 음흉한 짐승처럼 웅크리고 있다. 벼랑도 보이지 않는다. 이따금씩 벼랑에 선 집들에서 내비친 불빛들만이 깜박일 뿐이다. 머리가 맑아진다. 의식이 물처럼 투명해진다. 차는 어둠의 두터운 벽을 뚫는 나사못처럼 달려나간다. 나가도 나가도 어둠의 벽은 끝을 보이지 않는다. 헤드라이트가 눈먼 곤충의 더듬이처럼 재빨리 달려나가는 차의 한치 앞을 더듬어 감지한다.

준호는 말없이 운전대를 잡고 있다. 그는 벌써 오후 내내 말 한마디를 않고 있다. 그 역시 한마디의 말도 하지 않았다. 그들은 함께 있을 뿐 절대의 고독 속에 앉아 있다. 차는 제 스스로 자전하는 지구처럼 굴러간다. 어둠 속에 헤드라이트 불빛을 받은 도로표지판이 이따금씩 척후병처럼 떠오른다. 그것은 무한대의 우주 속을 스쳐가다 마주치는 이름 모를 운석처럼 보인다.

도로표지판이 '글로버 시티'를 가리키고 재빨리 물러간다. 차의 계기가 칠십 마일을 가리키고 있다. 바늘은 칠십 마일을 오버하기도 하고 못 미치는 분기점에서 경련을 하기도 한다. 오일 게이지는 거의 바닥나 있다. 로스앤젤레스까지 가려면 한 번쯤 기름을 풀로 채워야 할 것이다. 한밤중에 이 적막한 도로에서 기름이 떨어진다면 속수무책이 될 것이다. 그런데도 입을 열어 말하기조차 귀찮아진다. 기름이 떨어지기 전에 조그마한 동네가 나타나겠지, 저 정도의 기름이라면 앞으로 사십 마일은 더 달릴 수 있을 것이다. 기름이 떨어지면 탱크에 오줌을 쌀 것이다. 그러면 오줌에 떠오르는 기름으로 십 마일은 더 달릴 수 있을 것이다.

차는 한 곳에 정지되어 있는 것처럼 보인다. 흘러가는 것은 도로다. 그들은 탄광의 마지막 막장에 들어선 탄부 같은 느낌을 받는다. 어쩌다 저 먼 도로 끝에서부터 떨리며 달려오는 차의 헤드라이트가 보인다. 이쪽을 향해 달려오는 불빛은 조금씩 더 분명해진다. 그러다가 어느 틈에 얼굴을 맞대고 스쳐 지나간다. 스쳐 사라지는 차는 그들이 달려온 길을 되돌아가고 있을 것이다. 건전지 불빛을 밝혀들고 들판을 헤매는 어린아이처럼 핸들을 잡은 손이 저리고 아픈지 이따금 준호는 운전대에서 손을 떼고 손을 흔든다. 바다는 보이지 않지만 바위에 부딪치고 으깨지는 파도의 포말은 환각 조명을 받은 무희의 스타킹처럼 번득인다. 파도는 입맛을 쩝쩝 다시고 있다. 길 가운데 그어진 도로의 경계선이 미친 듯이 차 앞으로 달라붙고 있다. 그것은 날이 선 작두의 칼날처럼 보인다. 차는 맨발로 서서 그 시퍼런 칼날 위를 춤추며 달려가고 있다. 맹렬한 속도감으로 차는 사정 직전의 동물처럼 몸을 떨고 있다. 이따금 급커브의 도로를 따라 차가 회전할 때마다 바퀴가 무디어진 칼날을 숫돌에 갈 때처럼 불꽃을 튀기며 비명을 지른다. 어둠은 달려가는 속도만큼 뒷걸음질치고 있다. 차의 속도 계기가 팔십 마일을 가리키고 있다. 이건 위험한 속도다. 그는 그러나 입을 열어 주의하라고 말하고 싶지는 않다. 내버려두기로 한다.

벼랑길을 따라 커브를 도는 순간 차의 속력은 줄어든다. 격렬한 고통으로 차는 울부짖는다. 오후 내내 굶었지만 아무것도 먹고 싶지 않다. 배가 고픈 듯도 싶지만 참을 만하다. 말라빠진 식빵을 씹는 것은 모래를 씹는 느낌일 것이다. 지도를 펼쳐보아 지금 그들이 어디에 위치하고 있는가 알아보고 싶은 생각조차 일지 않는다. 지도를 보기 위해서는 실내등을 켜야 한다. 실내등을 켠다면 그들은 서로의 얼굴을 마주 보게 될 것이다. 흐린 불빛 아래에서 서로의 어두운 모습을 마주 본다는 것은 우울한 일이다. 내버려두기로 한다. 이대로 1번 도로를 따라가면 도착할 것이다. 그것뿐이다. 긴 여정의 반은 분명히 넘어왔을 것이다. 어쩌면 더 많이 왔을지도 모른다. 아주 짧은 시간 안에 로스앤젤레스에 도착할지도 모른다. 아니다. 그것은 어디까지나 그렇게 되기를 바라는 희망일 뿐이다. 그들은 영원히 그곳에 도착하지 못할지도 모른다. 그들은 이 세상에 존재하지 않는 어떤 환상의 도시를 찾아 맹목적으로 질주하고 있는지도 모른다. 로스앤젤레스는 이 세상에 존재하지도 않는 가공의 지명이다. 가공의 도시를 향해서 수천 마일을 달려오고 있는 것이다. 그러나 어쨌든 상관없는 일이다. 1번 도로 끝에 무엇이 있는가 미리 점쳐볼 필요는 없다. 달려가는 속도감만 느껴진다면 살아 있다는 느낌을 확인할 수 있으므로. 달려가는 차창 앞 불빛 속에 황급히 뛰어 어둠 속으로 숨는 동물의 모습이 흘깃 보인다. 집을 잃은 개일까 아니면 무리에서 떨어져나와 길을 잃어버린 늑대일까.

이따금 벼랑에서 굴러떨어진 흙더미들이 도로 가장자리에 산재되어 있는 것이 보인다. 그러나 사람의 모습은 어느 곳에서도 보이지 않는다. 울창한 숲에서 부러져내린 나뭇가지들이 도로 위에, 살은 뜯기고 남은 몇 점의 뼈처럼 떨어져 있는 것도 보인다. 이상하게도 하늘은 투명하게 맑았지만 달빛은 찾아볼 수 없다. 하늘엔 무수한 별들이 크리스마스트리의 색전구처럼 일제히 빛나고 있다. 그중에는 이제야 막 수억 광년의 우주공간을 거쳐 갓 도착한 새로 형성된 별들도 있었으며 숨이 끊어져 막 죽어가는 별들도 있었다. 제 무게를 못 이겨 하늘에 굵은 획을 그리며 추락하는 별똥별도 보인다.

그때였다.

잠자코 침묵을 지키던 준호가 캐비닛을 열어 녹음 테이프를 꺼냈다. 그는 그것을 카트리지 속에 집어넣고 스위치를 눌렀다. 그는 그것이 무엇인지 잘 알고 있었다. 그것은 준호의 아내가 보내준 녹음 테이프였다. 여행중에 그들은 그 녹음 테이프를 수십 번도 넘게 들었다. 그래서 삼십 분짜리 카세트의 녹음 내용을 처음부터 끝까지 외울 수 있을 정도였다.

테이프가 천천히 돌아가고 스피커에서 준호의 아내 목소리가 흘러나오기 시작했다.

— 오랜만이야. 전번에 당신의 편지를 받았어요. 당신이 편지에 부탁했던 대로 아이들 목소리를 녹음해서 보내려고 준비하고 있어…… (잠시 침묵) 요즈음 어떻게 지내시는지요…… 나는 아이들 돌보는 것으로 하루해를 보내요. 편지에 씌어 있는 대로 몸은 건강하다니 안심은 되지만 어떻게 먹고, 어떻게 자고, 옷은 어떻게 갈아입는지 그게 제일 염려스러워…… 당신의 게으른 성격을 잘 알고 있는 나로서는 옷도 되는 대로 입고 다녀 냄새를 풀풀 풍기고 세수도 일주일 이상 하지 않고 이빨도 닦지 않고 다녀서 거지 꼬락서니가 될 것 같아서 늘 마음에 걸려. 발은 적어도 이틀에 한 번은 닦아요. 머리도 이틀에 한 번은 감고요. 그리고 제발 콧수염은 기르지 마…… (잠시 침묵) 무슨 말을 해야 할지 모르겠어. 평소에 우리가 얼굴을 맞대고는 정다운 이야기를 나눠본 적이 없는데 녹음기로 당신 본 듯하고 이야기를 하려니 쑥스럽고 어색하기만 해요…… (잠시 침묵) 당신에 관한 신문기사가 주간지 같은 데 나오고 있어. 당신이 미국에서 주저앉았다고 그러는 거야. 좀 빈정대고 있는 투의 기사가 나오더니 지금은 오히려 잠잠해요…… (잠시 침묵) 준겸이가 요즈음 아빠를 찾고 있어요. 하루에도 수십 번씩 아빠가 어디 갔느냐고 찾고 있어…… (잠시 침묵) 그럴 때면 나는 아빠가 미국에 갔다고 이야기해 줘. 준겸이는 로봇 타고 우주인 만나러 간 걸로 알고 있어. 그애는 미국이 만화영화에 나오는 안드로메다라는 별인 줄로만 알고 있어. 지구를 공격하는 외계인을 물리치기 위해서 마징가 제트라는 로봇을 타고 우주로 떠났다고 믿고 있어…… 은경이는 새학기에 이학년이 되니까 준겸이보다 아빠를 덜 찾고 있지. 하지만 철이 들어서 입 밖

으로 말하지 않을 뿐이지. 며칠 전에 학교에 제출하는 일기장을 본 적이 있었어. 그 일기장엔 아빠 이야기뿐이었지…… (잠시 침묵) 아빠가 왜 돌아오지 않는지 그게 이상하다고 썼어요. 하느님 아빠를 돌아오게 해주세요라고 썼었어요…… (전화벨 소리) 잠깐 기다려, 전화 왔나봐. 조금 있다 다시 녹음할게…… (잠시 침묵) 다시 이야기를 계속하겠어. 아까 내가 어디까지 이야기했었지…… (잠시 침묵) 준겸아 준겸아 이리 와봐, 이리 와서 아빠에게 말해봐…… (잠시 침묵) ……아빠가 어디 있는데, 아빠가 없잖아. 아빠는 녹음기 속에 들어 있어 바보야. 거짓말 마. 누나. 아빠가 어떻게 저렇게 조그마한 녹음기 속에 들어갈 수 있단 말야. 누나는 거짓말쟁이야…… (먼 곳에서) ……아빠한테 이야기해봐라…… (가까운 곳에서) ……아빠야, 나 준겸이야. 아빠 어디 있어? 마징가 제트를 타고 나쁜 외계인을 쳐부수고 있는 거야? 언제 올 거야? 나도 아빠하고 같이 로봇을 타고 싶어. 나도 이담에 크면 우주 비행사가 될 거야? 그래서 초록별 지구를 공격하는 나쁜 우주인을 쳐부술 거야…… 아빠 심심해…… 엄마는 가끔 울어…… (녹음 스위치 꺼지는 소리) …… (잠시 침묵) …… (먼 곳에서) ……준겸아 노래 한 곡 불러봐라. 싫어. 아이 착하지 노래 한번 불러봐, 아빠 앞에서. 아빠가 어디 있는데. 아빠가 있어야 노래를 부르지…… 우리 준겸이 착하지…… 자 일어서서…… 노래를 불러봐요…… (잠시 침묵) …… (느닷없이 힘차게) ……우우우 따다다 우우우 따다다 번개보다 날쌔게 날아가는 우리의 용감한 정의의 용사 우리가 아니면 누가 지키랴 우우우 따다다 우우우 따다다 올 테면 와라 겁내지 말고 쳐부숴야지 정의의 용사 마징가 마징가 제트 우우우 따다다 우우우 따다다…… (박수 소리) …… (먼 곳에서) ……잘 불렀어요. 그럼 은경이가 한 곡 불러야지. 은경이는 요즘 앞니가 모두 빠졌대요. 앞니 빠진 새앙쥐 우물 곁에 가지 마라…… (잠시 침묵) ……아빠…… (잠시 침묵) ……아빠…… (다시 침묵) …… (노랫소리) ……아빠하고 나하고 만든 꽃밭에 채송화도 봉숭아도 한창입니다. 아빠가 매어놓은 새끼줄 따라 나팔꽃도 어울리게 피었습니다…… (박수 소리) ……자 이번에는 둘이서 합창을 해봐라. 똑바로 서야지. 아빠한테 인사를 하고…… (잠시 침묵) ……나의 살던 고향은 꽃피는 산골 복숭아꽃 살구꽃 아기진달래 울긋불긋 꽃대궐 차리인 동네 그 속에서 놀던 때가 그립습니다…… (박수 소리) …… (잠시 침묵) ……따로 할말은 없는 것 같아요. 여긴 무지무지하게 추워요. 몇십 년 만의 추위라고 야단들이야. 아파트 내에서는 난방이 되어 있지만 따로 석유난로를 피워야만 견딜 만해요…… 어쩌자는 것인지…… (긴 침묵) ……당신이 어쩌자는 것인지 모르겠어…… 아무런 대책도 없이 무엇을 어떻게 하자는 것인지 이해가…….

순간 준호는 스위치를 눌러 카세트를 꺼버렸다. 차 안은 침묵으로 무겁게 가라앉았다. 그는 그러나 그 녹음 테이프를 수십 번 들어왔으므로 더 이어지는 준호 아내의 녹음 내용을 거의 외우고 있었다.

생명력이 결여된 단조로운 목소리가 끊겨버린 후부터 어둠을 뚫고 달려가는 차의 엔진 소리가 해소병에 걸린 환자의 헐떡이는 가래 소리처럼 상대적으로 크게 높아졌다. 단 한 번도 쉬지 않고 달려온 차는 이제 더이상 버틸 힘도 없이 비명을 지르고 있었다. 차체는 관절이 부서지는 소리를 내며 몹시 심하게 요동을 치고 있었다. 쇳덩어리들이 끊임없이 가열되는 열로 불덩어리처럼 뜨거워지고 좀체로 불평하지 않던 과묵한 차는 부서질 듯 흔들리고 있었다.

과열된 온도를 알리는 계기에 붉은 불이 켜져 있었다. 위험을 알리는 비상신호였다. 더이상 견디어나갈 수 없는 극한점에 이른 차는 비등하는 물처럼 끓어오르고 있었다.

그런데도 준호는 차의 속력을 줄이지 않았다. 차의 엔진을 끄고 오랜 휴식시간을 줘서 과열된 열기를 식히지 않으면 안 될 만큼 절박한 상황에 맞닿고 있음에도 불구하고 준호는 속력을 줄이지 않았다. 오히려 차의 속력은 더 빨라지기 시작했다.

속력을 알리는 계기의 바늘이 칠십오 마일을 초과하고 있었다. 바늘은 팔십 마일을 향해 육박해들어가고 있었다.

차가 고통을 호소하며 몸을 떨었다. 바늘은 팔십 마일에서 팔십오 마일로 치닫고 있었다. 차체는 수전증에 걸린 알코올 중독자의 손처럼 와들와들 떨고 있었고, 좁은 도로를 비상하기 시작했다. 도로경계선의 일정한 선을 따라 달려가는 차는 맹렬한 속도감으로 추락해버릴 것처럼 휘청거렸다. 차는 날기 위해서 활주로를 굴러가는 비행기처럼 달려나갔다.

위험하다는 본능적인 직감이 그의 머릿속을 파고들었다. 그러나 그는 입을 열지 않았다.

내버려둬. 내버려둬.

그는 자신에게 준엄하게 명령했다.

그가 하고 싶은 대로 내버려둬.

갑자기 차 안에서 뭔가 타고 있는 듯한 기분 나쁜 냄새가 난 듯싶더니 차창 앞 차체에서 연기가 뭉게뭉게 솟아오르기 시작했다. 연막탄을 뿌린 듯 시야가 흐려졌다.

차가 돌연 도로를 벗어나 경치를 구경하기 위해서 벼랑 위에 둔 공터의 난간을 향해 미끄러져 들어갔다. 견고한 쇠난간과 차의 앞부분이 날카로운 파열음을 내며 부딪쳤다. 차는 가까스로 멈춰 섰다. 조금만 더 가속도의 충격으로 전진했다면 차는 쇠난간을 부수고 벼랑 아래로 굴러떨어졌을 것이다. 헤드라이트 한쪽이 쇠난간과의 충돌로 산산조각으로 깨어지며 꺼졌다.

그들은 넋 나간 사람들처럼 좌석에 앉아 꼼짝도 하지 않았다. 굳게 닫힌 차체에서는 끊임없이 연기가 솟아오르고 있었다. 과열된 엔진이 타오르고 있는 모양이었다. 빨리 보닛을 열어 엔진을 식히고 순환 펌프 속에 찬물을 부어주지 않으면 엔진은 완전히 연소되어 타버릴 것이다.

그런데도 준호는 운전대를 잡고 꼼짝도 하지 않았다. 그는 준호의 옆얼굴을 쳐다보았다. 그는 거짓말처럼 울고 있었다. 쇠난간과의 충돌로 한쪽 눈을 실명당한 헤드라이트의 흐린 불빛은 간신히 차의 내부를 밝히고 있었는데 그의 얼굴에서는 눈물이 굴러떨어지고 있었다.

"난 가겠어."

젖은 목소리로 준호는 중얼거렸다.

"난 돌아가겠어. 로스앤젤레스에 도착하는 즉시 비행기 좌석을 예약하겠어. 다행히 떠나올 때 왕복 티켓을 사두었기 때문에 문제는 없어. 형, 난 돌아가겠어. 난 결심했어."

준호는 볼을 타고 흘러내리는 눈물을 손등으로 연신 씻어내리고 있었다.

"우리가 왜 이곳에 앉아 있지. 이곳은 남의 땅이야. 왜 우리가 이곳에 있지. 왜 우리가 이곳에 있는지 난 그 이유를 모르겠어. 난 아무것도 얻을 수 없고 구할 수도 없어."

그는 묵묵히 흐느끼는 준호의 말을 듣고 있었다. 준호는 자기 얼굴에서 흘러내리는 눈물을 몹시 창피하게 여기는 사람처럼 난폭하게 눈물을 닦아내며 짐짓 볼멘 소리로 물었다.

"로스앤젤레스는 아직도 멀었어? 씨팔, 도대체 얼마나 남은 거야."

"아직도 멀었어. 내일 새벽에야 도착할 수 있을 거야."

"우린 지금까지 사천 마일을 줄곧 달려왔어. 그런데도 아직 멀었다고. 어떻게 된 거야. 우린 달릴 만큼 달려왔어. 우린 일번 도로를 달렸어야 했어. 그런데 우린 엉뚱한 길을 달려온 것 같아. 형은 미쳤어. 형은 지도 하나 제대로 볼 줄 모르는 미친놈이야. 형은 정신이 나갔어. 저걸 봐."

준호는 헤드라이트를 껐다 다시 켰다. 난간 옆에는 도로표지판이 서 있었다. 일단 껐다가 켜진 불빛 속에 그들이 지금껏 달려온 도로의 명칭을 가리키는 고유 번호가 씌어 있었다.

246 West.

"저걸 봐. 어떻게 된 거야. 우린 지금까지 이백사십육번 도로를 달려온 거야. 일번 도로는 어떻게 된 거야. 일번 도로는 어디로 사라진 거야. 우리는 일번 사우스 쪽으로 가야만 한다고. 그래야만 로스앤젤레스에 갈 수가 있는 거야. 제발 지도 좀 봐. 가만히 있지만 말고."

준호는 실내등을 켰다. 그는 미친 듯이 지도를 펼쳐 들었다.

"우리가 있는 곳이 어디쯤이야. 말해봐. 일번 도로는 보이지도 않아. 어떻게 된 거야. 우린 알래스카 쪽으로 가고 있었을까. 아아 우라질."

준호는 난감한 듯 운전대를 후려쳤다. 짧은 클랙슨 소리가 났다. 지금껏 조용히 앉아 있던 그가 갑자기 킬킬거리며 웃기 시작했다. 그의 입에서 거품과 같은 웃음이 흘러나왔다.

"그 지도는 엉터리야. 우린 속았어. 우린 엉뚱한 길을 지금까지 달려온 거야."

"그럴 리가 없어. 지금 농담하는 거야? 우린 분명히 로스앤젤레스 쪽으로 달려가고 있었다고. 왔던 길을 되돌아나가면 일번 도로와 다시 만날 수 있을 거야. 우린 간선도로로 잘못 빠져들어온 것뿐이야."

"로스앤젤레스에는 영원히 도착할 수 없을걸."

그는 여전히 킬킬거리며 말을 이었다.

"난 알고 있어. 처음부터 일번 도로는 로스앤젤레스로 가는 도로
는 아니었어. 로스앤젤레스는 이번 도로로 삼번 도로로 달려간다 해
도 영원히 도착할 수 없을 거야. 왜냐하면 로스앤젤레스란 도시는 이
세상에 존재하지도 않으니까. 그건 지도 위에만 씌어 있는 가공의 도
시 이름일 뿐이야. 되돌아가봐. 넌 일번 도로를 영원히 만날 수 없을
테니까."

"난 가겠어. 돌아가겠어."

준호는 시동을 걸기 시작했다. 그러나 차는 꼼짝도 하지 않았다.
차는 이미 싸늘하게 식어 있었지만 기능이 마비되어 있었다. 열심히
스위치를 내려도 차는 미세한 반응조차 않았다. 준호는 액셀러레이
터를 밟고, 점화 스위치를 넣었다. 그는 이미 숨을 거둔 익사체의 입
에 인공호흡을 계속하는 어리석은 인명구조원에 지나지 않았다.

"엔진이 타버렸어. 아니면 기름이 떨어졌든지. 우린 꼼짝도 할 수
없어. 차는 망가졌어. 날이 샐 때까지 기다리지 않으면 안 돼."

"마치 이렇게 되기를 바란 사람처럼 말을 하는군. 난 갈 수 있어.
이 차를 움직일 수 있어. 난 이 차를 누구보다 잘 알고 있어. 헤드라
이트가 켜지는 것은 엔진이 완전히 타버리지 않았다는 증거야. 차는
멀쩡해. 차는 다만 지쳐버린 것뿐이야."

준호는 결사적으로 운전대를 부여잡았다. 그의 얼굴은 눈물과 땀
으로 뒤범벅되어 있었다.

"이곳에서 꼼짝하지 못하면 우린 죽을 거야. 새벽이 오면 기온이
내려갈 거야. 시동이 걸리지 않으면 히터도 나오지 않아. 우린 얼어
죽을 거야. 여긴 벌판이야. 수십 킬로미터 이내에 인가가 없을지도
몰라. 온갖 야생동물들이 우릴 보고 덤벼들지도 몰라. 대답해봐. 내
말을 듣고 있는 거야? 뭐라고 말 좀 해봐."

그는 대답 대신 캐비닛을 열어 한줌의 마리화나와 파이프를 꺼내

어 밀었다. 준호는 불가사의한 표정으로 그를 보았다.

"무서워하지 마. 이걸 피워. 그러면 행복해질 거야. 잠이 올 거야. 꿈도 꿀 수 있겠지. 우린 절대로 죽지 않아. 봐라, 저 꿈틀거리는 검은 것이 무엇인지 아니. 그건 바다야. 태평양이야. 저 바다는 네가 돌아가려는 나라의 기슭과 맞닿아 있지. 우린 틀림없이 돌아가게 돼. 길을 찾을 수 있을 거야. 날이 밝으면 우린 돌아갈 수 있게 돼. 로스앤젤레스는 멀지 않아. 그곳에서 비행기를 타고 당장에라도 저 바다를 건너갈 수 있을 거야."

"형."

준호는 긴장된 목소리로 그를 불렀다.

"도대체 뭘 하는 거야."

"네가 원치 않으면 내가 피우겠어."

그는 준호가 늘 하던 짓을 봐둔 대로 마리화나의 풀잎을 손끝으로 이겨서 조그만 덩어리를 만들어 파이프의 얇은 섬유망 위에 띄워올렸다.

"양이 너무 많아. 제발 유치한 짓 좀 하지 마. 이건 독한 거야. 형같이 처음 피우는 사람에겐 이건 너무 독해."

그는 성냥을 꺼내 풀잎에 불을 붙이고 깊게 빨아들였다. 마른 풀잎이 빨아들이는 호흡으로 한순간 빨갛게 달아올랐다. 그는 입 안에 가득한 연기를 가슴 깊이 들이마셨다. 가슴이 터질 것처럼 방망이질해 댔다. 발작적인 기침이 나올 것 같았지만 그는 물 속에서 코를 막고 숨을 오래 참기 내기하듯 숨을 끊고 가슴속에 들이마신 연기가 폐부 깊숙이 스며들기를 기다렸다. 눈알이 튀어나올 듯이 팽창되었다. 더 이상 참는 것은 무리였다. 그는 밭은기침을 했다.

다시 연기를 빨아들이며 그는 머리를 부여잡았다. 머리 부분까지 연기가 스며든 것 같은 느낌이었다. 오래 저장하기 위해서 연기로 소독하는 훈제의 고깃덩어리처럼 그의 머리는 독한 풀잎의 연기로 그을리고 있었다.

순간 몸을 가눌 수 없을 만큼 극심한 현기증이 일었다. 그는 헐떡이며 차창에 머리를 대고 몸을 바로잡았다. 눈이 극도로 예민해져서 야생동물의 그것처럼 밝아졌다. 가슴이 쪼개질 것 같은 압박감이 다가왔다. 누군가 목을 조르고 있는 듯한 질식감이 그를 몸부림치게 했다. 숨을 들이마셨지만 호흡기도가 파열된 듯 들이마시는 공기의 저항이 느껴지질 않았다. 그의 몸 속에서 뭐가 가볍게 빠져나와 떠오르는 것 같은 느낌이 들었다. 그의 온몸에서 완전히 힘이 빠져나갔다.

"형, 괜찮아? 정말 괜찮겠어?"

아득히 먼 곳에서 아련한 목소리가 들려왔다. 그는 그 목소리가 날아온 방향을 보았다. 그곳에는 어리둥절한 표정 하나가 돌연변이를 일으킨 채소처럼 기괴한 모습으로 뒤틀리고 있었다.

"괜찮아."

그는 자신있게 대답했다. 그는 자신이 말을 하지 않고 그의 입을 빌려 누군가 대신 말해주는 것 같은 착각을 느꼈다. 그는 천천히 일어섰다. 그리고 비틀거리며 차의 문을 열고 밖으로 나갔다.

"어딜 가는 거야, 형."

"바람 좀 쐬겠어."

"안 돼. 위험해. 나가지 마. 돌아와. 안 돼. 제발. 도대체 뭘 하는 거야."

그는 난간을 붙들고 벼랑 아래를 노려보았다. 그곳에는 미친 말갈기와 같은 바람이 몰아치고 있었다. 지축을 흔드는 파도 소리가 후퇴를 모르는 군대의 발걸음처럼 진군해들어오고 있었다. 어디선가 큰 북을 두드리는 듯한 타격음이 둥둥 울리고 있었다.

벼랑은 가파르지 않았다. 그것은 제법 급하게 바다 쪽으로 뿌리내린 작은 곳에 불과했다. 벼랑을 따라 샛길이 뻗어내리고 있었다. 그는 그 샛길로 굴러내렸다.

그는 헛발을 디뎌 넘어졌으나 곧 일어났다. 그는 구르고 뛰고 달리고 넘어지면서 샛길을 내려갔다. 균형을 잃은 그의 발길은 바닷가의 돌더미 위에 와서 멎었다. 무수한 돌들이 해변을 가득 메우고 있었다.

달빛은 없었지만 다행히도 하늘의 무성한 별들이 합심해서 걷어준 빛의 동냥으로 그의 눈은 밝았고 원하는 것은 무엇이든 볼 수 있었다.

성난 파도의 포말이 비가 되어 그의 몸을 적시고 있었다. 그는 무릎을 꿇고 돌 위에 주저앉았다. 그는 즐겁고 유쾌하고 그리고 슬펐다.

그는 거센 파도에 의해서 바다를 건너 밀려온 죽은 시체처럼 바위 위에 쓰러져 누웠다. 그를 낯선 땅으로 유배시켜온 파도들은 서둘러 물러가고 갓 도착한 빈손의 파도들만 그를 사로잡기 위해서 그물을 던지고 있었다. 그제야 줄곧 그의 마음속에 끓어오르던 분노의 불길이 서서히 꺼져가는 것을 보았다. 파도에 의해서 밀려온 낯선 뭍으로의 망명이 그의 분노를 잠재운 것은 아니었다. 그는 그가 살아온 모든 인생, 그가 보고 듣고 느꼈던 모든 삶들, 그가 소유하고 잃어버리고 허비했던 명예와 허영, 그가 옳다고 믿었던 정의와 법(法), 때로는 성공하고 때로는 배반당했던 그의 욕망, 끊임없이 추구하던 쾌락과 성욕, 그가 한때 가졌고 버렸던 숱한 여인들, 그 모든 것들로부터 무참하게 얻어맞고 마침내 처절하게 패배당한 것 같은 느낌을 받았다. 처절하게 패배당했다는 사실을 깨달았을 때 그의 분노는 참따랗게 재를 보이며 소멸되었다.

이제는 원한도, 증오도, 적의도, 미움도, 아무것도 가질 이유가 없었다. 그는 딱딱한 바위의 표면 위에 입을 맞추며 그를 굴복시킨 모든 승리자들에게 용서를 빌었다. 그리고 이젠 정말 돌아가야 한다고 다짐했다. 그는 너무 지쳐 있었으므로 그 누구에게든 위로받고 싶었다.

그는 쩔뚝거리며 먼길을 뛰었다. 그리고 어느 순간 허공으로 솟구쳤다.

그의 몸은 하늘 위로 빨려들어갔다. 나는 그가 솟아오른 포플러 끝을 우러러보았다.

그는 보이지 않았다. 나는 오랫동안 그가 다시 지상에 내려오기를 기다렸다.

이상한 사람들

그는 영영 내려오지 않았다. 아주 오랜 후에 무언가 툭 하고 떨어졌다.

나는 그것을 주워보았다.

그것은 낡은 신발 한 짝이었다.

포플러

그는 이상한 사람이었다.

그는 한때 높이뛰기 선수였다. 전성기 때 그는 2미터 30센티를 무난히 뛰어넘곤 했었다. 그가 살던 마을에선 그를 당할 사람이 아무도 없었다.

그의 최고 기록은 2미터 40센티였다. 제아무리 키 큰 사람이라도 그는 뛰어넘을 수 있을 정도였다. 아무리 높은 담도 그는 옷깃 하나 스치지 않고 사뿐히 뛰어넘곤 했었다.

그는 보기 드문 훌륭한 사람이었다.

한때는 모든 사람들이 그가 곧 세계 신기록을 수립하리라 믿고 있었다.

그는 전문적인 운동선수는 아니었다. 그는 대장간에서 낫과 도끼,

그런 것을 만드는 대장장이였었다.

사람들은 그가 높이 뛰는 모습을 보기 좋아했다.

우리들은 그에게 높이 뛰어보라고 부탁을 하곤 했었다. 그가 운동 선수는 아니었으므로 우리들은 그가 뛰어넘었다가 떨어졌을 때 다치지 않게 하기 위해서 모래밭을 준비하거나, 몸을 스치기만 해도 흔들려 떨어지는 장대 같은 것을 준비하지는 않았다.

우리는 그저 키 큰 싸리 울타리를 뛰어넘어보라거나, 우리들 중에서 제일 큰 아이들이 두어 명 목마를 타고 선 머리 위로 뛰어넘어보라고 유혹해보았을 뿐이었다.

그는 자주 우리들의 요구에 응하지는 않았지만 그렇다고 자신의 재능을 뽐내거나 우쭐해 보이지 않았기 때문에 우리들의 유혹에 번번이 져서 웃통을 벗고 넘으려 하는 대상 저 앞쪽에 웅크리고 서 있다가 돌연 미친 듯이 달려서 휙 바람을 가르며 우리들 친구들이 목마를 타고 선 장애물을 날카롭게 뛰어넘곤 했었다. 그는 한 번도 실패하지 않았다. 그는 위대한 사람이었다.

우리들은 그를 위대한 사람이라고 생각하고 있었기 때문에 마침내 그가 운동장에 선 국기 게양대까지 뛰어넘을 수 있으리라는 것을 믿어 의심치 않았다.

나는 그가 마침내는 거대한 산을 단숨에 뛰어넘을 수 있을 것이라고 믿고 있었다. 하늘에 뜬 구름도 단숨에 뛰어넘고 저 하늘에 빛나는 별들을 한줌 뜯어다가 우리 앞에 떨어뜨려놓을 거라고 생각했으며 그가 하려고만 들면 저녁때 먼산에 핏빛으로 물들어가는 저녁 노을조차도 뛰어넘거나, 비 온 뒤 서편 하늘에 색동 저고리로 찬연하게 빛나오는 무지개를 단숨에 뛰어넘을 수 있을 거라고 나는 생각하고 있었다.

"무지개를 뛰어넘을 수 있을까요, 아저씨."

내가 물었을 때 그는 대답했다.

"암, 뛰어넘을 수 있고말고."

그는 자신에게 대답했었다.

"다만 무지개를 향해 달려갈 수 있는 먼 거리의 지평선이 내 앞에 환히 펼쳐질 수만 있다면……."

그러나 그는 2미터 40센티 이상 뛰어넘지 못했다. 그것이 그가 뛰어넘은 최고의 높이였다. 그것은 우리 학교 운동장에서 가장 높은 높이의 철봉대였다. 우리들 중 아무도 그것을 붙들고 턱걸이를 할 수 없는 가장 높은 철봉대였다.

그러나 그는 위대했던 사람이었지만 행복했던 사람은 아니었다. 그는 세 명의 아이를 갖고 있었는데 어느 해 여름 물가에 놀러 갔다가 한 아이가 물에 빠졌고 또 한 아이는 그 아이를 구하러 들어갔으며, 마침내 가장 큰 아이가 물에 빠진 두 동생을 구하러 들어갔다가 한꺼번에 세 명이 몽땅 죽어버렸다. 그의 아내는 그것을 알고 미쳐버렸는데, 미쳐버린 뒤 어디론가 사라져버렸다. 한 달에 한 번씩 찾아오는 방물장수가 그의 아내를 보았다고 소식을 전해주었다. 한번은 바닷가에서 보았다고 했으며 언젠가는 강가에서 보았는데 온몸에 비늘이 돋혀 있더라고 했지만 우리는 아무도 그 말을 믿지 않았다.

세 아이와 아내를 잃고 나서 그는 조금 이상한 사람이 되어버리고 말았다. 그는 여전히 말굽과 낫과 망치를 만들고 있었지만 그가 만든 낫으론 풀을 베지 못했으며, 그가 만든 망치론 못 하나 박을 수 없을 정도로 엉터리였다. 그는 높이뛰기도 하지 않았다. 사람들은 그가 우리들도 뛰어넘을 수 있는 개울물도 건너지 못한다고 비웃었다.

그는 종일 대장간에서 풀무질을 하고 있었지만 아무것도 만들지 못했다. 그는 말굽조차도 만들지 못했다.

동네 사람들이 모두 그를 미친 사람이라고 비웃었지만 우리들은 여전히 그 사람을 우러러 떠받들고 있었다. 나는 여전히 그가 하려고만 들면 국기 게양대를 뛰어넘거나, 마침내는 무지개의 그 아름다운 빛깔들을 조금도 손상치 않고 뛰어넘을 수 있을 것이라고 믿고 있었다. 우리들은 그에게 제일 높은 철봉대를 또다시 뛰어넘어줄 것을 기회가 있을 때마다 부탁하곤 했었다. 그럴 때면 그는 머리를 흔들며 대답했다.

"난 이제 더이상 높이 뛰어넘을 수 없단다. 아가야, 내 다리는 녹이 슬었단 말이다."

그러나 우리들은 그의 말을 믿지는 않았다. 그는 우리들의 희망이었다.

"할 수 있어요, 아저씨. 아저씨는 뛰어넘을 수 있어요, 아저씨는 위대한 사람이니까요."

그는 우리들의 기대를 저버리지 않기 위해서 높이뛰기를 했다.

그는 운동장을 미친 듯이 뛰어서 허공으로 솟구쳐올랐다. 그러나 그의 높이뛰기는 철봉대의 높이에 어림도 없이 못 미쳤다. 그는 철봉대의 쇠난간에 다리가 걸려서 비명을 지르며 쓰러졌다. 그의 다리는 부러졌다.

그의 다리는 영영 회복되지 않았다. 그는 절뚝이며 걸어다녔다. 그는 30센티의 높이도 뛰어오르지 못했다. 그는 개구리보다도 더 못 뛰었다. 그는 개울물에 놓은 징검다리도 뛰어넘지 못했다. 그는 개울물에 늘 빠졌다.

어느 날 그는 마당의 빈터에 포플러 한 그루를 심었다. 나는 그가 포플러를 심는 것을 도와주었다. 나는 왜 그가 갑자기 빈터에 포플러를 심는지 그 이유를 알지 못했다. 그는 빈터에 토마토, 배추, 고추와 호박을 심어 그것을 따먹는 것으로 입에 풀칠을 하고 있었기 때문에 그가 당장 먹을 수 있는 과일나무를 심지 않고 무슨 까닭으로 포플러를 심는지 이해가 가질 않았다.

　내가 왜 포플러를 심느냐고 묻자 그는 대답했다.

　"포플러가 나무 중에서 가장 빨리 크니까 말야."

　"하지만."

　나는 말을 끊었다.

　"포플러엔 열매가 열리지 않아요. 아저씨는 사과나무나 복숭아나무 같은 것을 심는 게 좋아요."

　"아니다, 아가야."

　그는 웃으며 말했다.

　"나는 더이상 배고프지 않단다. 토마토와 감자가 얼마든지 있으니까 말이다."

　"그럼 뭐 때문에 포플러를 심나요?"

　"더 높이 뛰어오르기 위해서지."

　그는 대답했다.

　그리고 그는 쩔뚝거리며 이제 막 심은 포플러의 외가닥 줄기를 뛰어넘었다.

　"나는 이 나무를 뛰어넘을 것이다. 봐라, 난 이 나무를 뛰어넘었지 않니."

　"하지만 아저씨, 이 나무는 나도 넘을 수 있어요."

　나는 자랑스레 어린 포플러를 뛰어넘었다.

　"하지만 이 나무는 매일같이 조금씩 키가 클 것이다. 일 년 뒤엔 네 키만큼 크겠지. 이 년 뒤엔 철봉대만큼, 삼 년 뒤엔 국기 게양대만큼, 사 년 뒤엔 전봇대만큼, 그리고 오 년 뒤면 하늘만큼 자라겠지. 나는 매일 이 나무를 뛰어넘을 것이다. 그렇게 되면 나는 나중엔 하늘만큼 뛰어오를 수 있을 거야."

　그는 매일같이 포플러에 물을 주고 정성껏 그것을 키웠다. 포플러는 그의 말대로 키가 자랐지만 아침마다 피어나는 나팔꽃처럼 움썩 움썩 크지는 않았다. 그것은 더딘 속도로 자랐다. 마치 절대 움직여 보이지 않는 벽시계의 시침처럼.

그는 매일같이 쩔뚝거리며 포플러를 뛰어넘었다. 포플러는 일 년 사이에 내 키만큼 자랐다. 파릇파릇한 잎을 밖으로 내뻗치며, 운동 장의 만세 부르는 아이들의 고사리 손처럼 바람에 흔들리며.

"봐라."

그는 자랑스럽게 말했다.

"나는 포플러를 뛰어넘는다."

그는 내 앞에서 쩔뚝거리며 달려와 포플러를 뛰어넘었다. 우리들 은 어느새 키가 자라 있었고, 어떤 놈들은 밀밭에 숨어 몰래 담배도 피우고 있었기 때문에 더이상 그에게 관심을 기울이지 않았다. 그에 게 관심을 기울이는 것보다 더 많은 재미와 쾌락을 우리들은 조금씩 배워나가고 있었다. 맛도 모르고 마시는 술과 담배와 여자와 쾌락을 향한 호기심으로 우리들의 아랫도리에선 하루가 다르게 검은 음모 가 자라나고 있었다. 나 혼자 그를 찾아갔으며 그는 나 하나만을 위 해서 쩔뚝거리며 뛰어서, 쩔뚝거리며 포플러를 뛰어넘었다.

이 년 뒤 포플러는 내 키를 앞질러 낮은 철봉대 정도로 자랐다.

나는 그때 한 소녀를 사랑하고 있었다. 그녀는 눈부시도록 아름다 웠는데 그녀는 논둑 사이에서 내게 속삭이며 말을 했다.

"난 널 사랑하고 있지 않아, 난 네가 싫어. 난 아무도 좋아하지 않 아, 내가 좋아하는 것은 단 한 사람뿐이야."

그녀는 누렇게 익은 벼 사이에 서 있는 허수아비를 가리켰다.

"난 그와 결혼하겠어, 난 그의 아이를 낳을 거야."

가을의 들판에는 무수한 허수아비들이 서 있었다. 그것들은 낡은 밀짚모자를 쓰고 밀짚의 심장을 가지고 들판에 우뚝 서 있었다. 참새

떼들은 아무도 그를 무서워하지 않았다. 나는 왜 그녀가 허수아비를 사랑한다고 말을 하는지 그 이유를 알지 못했다.

그래서 혼자 벼 사이로 들어가 허수아비처럼 팔을 벌리고 몇 날 며칠을 서 있기도 했었다. 그러던 어느 날 나는 우거진 벼 사이에서 그 소녀가 한 남자와 옷을 벗고 뒹구는 것을 보았다. 소녀는 허수아비의 아이를 배지 않았으며 그 남자의 아이를 배었다. 그녀는 거짓말쟁이였다. 슬픔 끝에 그 사람을 찾아갔을 때 그는 자랑스레 말했다.

"난 저 나무를 뛰어넘겠다. 잘 보렴, 난 해낼 수 있다."

그는 쩔뚝거리며 포플러를 뛰어넘었다.

"두고보렴, 나는 저 나무가 자라는 높이까지 뛰어넘을 것이다. 난 해낼 것이다."

그러나 그는 늙어 있었으며 허리가 굽어 있었다. 그는 노인에 불과했다. 그는 이빨이 빠져 단 두 개의 이빨만 가지고 있을 뿐이었다. 그의 세 아이는 오래 전에 죽었으며 그의 아내는 아직 돌아오지 않았다. 방물장수는 이렇게 말했다.

"그의 아내를 만났었어. 그 여자는 바닷가에서 모래로 떡을 만들어 시장에 나가 팔고 있었지. 나도 하나 먹어보았어. 아주 맛이 있었어. 내가 이렇게 물었지. 당신 남편이 기다리고 있노라고. 그러니까 돌아가지 않겠느냐고. 그러자 그 여인은 대답했어. 기다리라구 말을 전해주세요. 저 많은 모래로 떡을 만들어 모두 팔 때까지."

삼 년 뒤에 포플러는 국기 게양대만큼 자라 있었다. 아주 잘생긴 나무였다. 대지 위에 뿌리를 단단히 박고 젊고 싱싱한 나뭇가지를 마음껏 펼쳐들고 있었다. 잎은 무성해서 넓은 가슴에 돋아난 털처럼 보였다. 그에 비하면 그는 죽어가는 노인이었다. 그는 두 개 남은 이빨 중에 하나를 잃어버리고 있었다. 그는 단 하나의 이빨을 가지고 내게 말했다.

"잘 왔다, 아가야. 내가 저 나무를 뛰어넘을 테니까 지켜보렴."

그는 나를 아가라고 불렀지만 이미 나는 불행하게도 아가는 아니었다. 나는 청년이었다.

그는 쩔뚝거리며 느린 동작으로 달렸다. 그리고는 바람처럼 일어섰다. 그의 몸은 새처럼 비상했다. 그는 가문비나무로 만든 빗자루처럼 공기를 쓸며 가볍게 날았다. 그는 포플러를 뛰어넘었다.

"봤지, 봤지, 나는 뛰어넘었다. 나는 포플러를 뛰어넘었다."

사 년 뒤 포플러는 하늘처럼 높이 자랐다. 어찌나 높이 자랐는지 그 끝이 보이지 않았다. 새들은 밀짚과 삭정이를 부리로 물어다 나뭇가지 위에 집을 지었으며 그곳에 알을 낳았다. 키 낮은 구름들이 포플러 중턱에 걸려 있을 정도였다. 여름이면 온 마을사람들이 나무 밑 그늘에 와서 낮잠들을 잤지만 그늘이 커서 자리다툼할 이유는 없었다.

장난꾸러기 아이가 그 나무 등걸을 타고 구름 위로 올라갔다 내려온 후 이렇게 말했다.

"구름 위에서 할아버지의 할머니를 만났어요. 할머니는 그 나뭇가지 꼭대기에서 둥우리를 만들고 살고 있어요. 세 아이도 있었어요. 정말이에요, 믿지 못하겠다면 한번 올라가보세요."

물론 나는 이미 어린아이가 아니었으므로 그 아이의 말이 사실인가 아닌가 확인해보기 위해서 나무 등걸을 타고 구름 위에 올라갈 만큼 가볍지가 않았다.

그를 만났을 때 그는 아주 늙은 노인이 되어 있었다. 그는 하나 남아 있던 이빨마저도 없어져 있었다.

"네가 왔구나, 아가야."

그는 기뻐서 웃었다.

"넌 어릴 때부터 내게 구름 위를 뛰어넘을 수 있겠느냐고 물었지."

"그래요, 할아버지, 기억하구말구요."

"이제 내가 네게 보여주겠다. 내가 저 나무를 뛰어넘는 것을 보렴."

그는 쩔뚝거리며 먼길을 뛰었다. 그리고 어느 순간 허공으로 솟구쳤다. 그의 몸은 하늘 위로 빨려들어갔다. 나는 그가 솟아오른 포플러 끝을 우러러보았다. 그는 보이지 않았다. 나는 오랫동안 그가 다시 지상에 내려오기를 기다렸다. 그는 영영 내려오지 않았다. 처음에 나는 그 끝간 데를 모르는 포플러가 너무 높아 다시 지상에 내려오는 데는 그만큼 시간이 걸릴지도 모른다고 생각했다. 그래서 해가 저물도록 기다렸는데 그는 내려오지 않았다. 아주 오랜 후에 무언가 툭 하고 떨어졌다. 나는 그것을 주워보았다. 그것은 낡은 신발 한 짝이었다.

나는 최근 그 마을에 가보았다. 아내와 두 아이를 데리고. 마을은 변했지만 포플러는 그대로 서 있었다. 왜 그렇게 느꼈었을까 싶게도 포플러는 아주 작고 왜소해 보였다. 나뭇잎들은 시들어 있었고 나뭇가지들은 부러져 있었다. 그것은 물 속에서 익사한 시체처럼 고통스럽게 뒤틀려 있었다.

이 지상에서 가장 높이 뛰었던 그 이상한 사람의 모습은 언제나 또다시 지상으로 떨어져내려와 우리들 앞에 나타나 보일 것인지.

나는 오늘 내 집 마당에 아주 더디게 자라나는 사과나무 한 그루를 심을 것이다. 그리고 매일 아침 그것을 뛰어넘을 것이다. 그래서 언젠가는 구름을 뛰어넘을 것이며, 마침내는 그가 사라져버린 저 이상한 곳, 또다른 세계에서 그를 만나게 될 것이다.

이제야 나는 알았다. 우리가 사는 이 세계는 실은 우리가 살고 있던 저 먼 곳에서부터 높이뛰기해서 잠시 머물다 가는 허공이며, 우리가 돌아가서 착지하는 곳이야말로 우리의 지친 영혼을 영원히 받아들여주는 지상의 세계인 것을. 그렇다, 우리는 지금 허공에 있다. 우

리는 지금 허공에 있다. 우리는 지금 물구나무서기하고 다니고 있는 것이다.

침묵은 금이다

그는 이상한 사람이었다.

처음부터 이상한 사람은 아니었다. 그는 잘생긴 사람이었으며 또한 잘생긴 부인과 잘생긴 두 아이를 가지고 있던 사람이었다. 그는 겨우 서른다섯 살이었으며, 그 나이에 벌써 유수한 기업체의 부장이 되어 있었다. 그의 승진은 예상되어 있었으며 그는 훌륭한 주택을 가지고 있었다. 은행에도 이천만원쯤 예금을 한 착실한 가장이었다. 그것은 쉬운 일이 아니었다. 월급은 쓰고 남을 만큼 풍족했으며 남는 돈으로는 저축을 할 수 있었다. 그는 좋은 이웃이었으며, 아침마다 골목을 청소하는 부지런한 사내였는데, 자기 집 앞만 쓰는 것이 아니라 온 동네와 온 골목을 샅샅이 빗자루로 쓸고 다녔으므로 동네 주민들은 그를 착하고 좋은 이웃으로 생각하고 있었다.

그러던 그가 어느 날 하루 동안에 이상한 사람이 되어버렸다. 갑자기 그는 입을 다물었다.

"말이 싫어졌어."

그는 아내에게 말했다.

"앞으로 나는 말을 하지 않을 거야. 나는 입을 다물 거야, 나는 입을 열지 않을 거야."

"칫솔질은 어떻게 할 거예요, 입을 다문다면?"

"물론 이는 닦아야지, 하지만 혀는 놀리지 않을 거야."

"하품도 하지 않을 건가요?"

"하품도 하지 않을 수는 없지. 하지만 입을 연다고 해도 말은 하지 않겠어, 말은 간사하고 교활한 거야. 나는 말이 싫어졌어."

"하지만……"

깔깔깔깔 그의 아내가 웃으며 말했다.

"당신은 벌써 스무 마디 이상의 말을 했잖아요, 말을 하지 않겠다고 하구선……"

"이제부터 입을 다물겠어."

그날 이후부터 그는 입을 다물었다.

그 이유는 아무도 모른다. 왜 그가 어느 날 아침부터 입을 다물겠다고 결심했는지. 그는 누구와도 다투지 않았다. 쓸데없는 농담을 해서 구설수에 말려든 적도 없었다. 다만 언제부터인가 그는 말이라는 것은 항상 마음보다 성급해서 저 먼저 달려나가고 일단 앞서 달려나가면 그 고삐를 쥘 수 없는 미친 말〔馬〕에 불과하다는 것을 느끼고 있었다. 어떠한 말〔言〕도 진실이 깃들여 있지 않았다. 말은 악마의 것이었다. 입으로는 미안합니다라고 말하고 있으면서도 마음은 전혀 그렇게 생각하고 있지 않았다. 그것은 거짓이었다. 그는 그렇게 생각하고 있었다.

안녕하세요. 반갑습니다. 미안합니다. 사랑합니다. 나를 믿어주세요. 우리는 보다 잘살 수 있습니다. 수많은 말들이 입 안에서 튀어나가도 그것은 재빠르게 포도를 먹고 그 알맹이는 삼켜버리며 씨와 껍질만 익숙하게 뱉어버리는 행위에 지나지 않았다. 말은 더러운 씨와 껍질이었다. 말은 저주의 타액이었으며, 말은 씹다씹다 툭 뱉어버린 향기 빠진 껌에 불과했다. 그런 말들이 거리에 떠다닌다. 놓친 풍선처럼 둥둥 떠다닌다. 몰래 거리에 버린 연탄재만 쓰레기라 할 것인가. 뱉어버린 말들도 치울 수 없는 쓰레기들이었다.

우연히 길거리에서 만난 옛 친구와 웃음을 나누며 악수를 하고 반갑습니다라고 말은 해도 마음은 그가 가야 할 출근길을 벌써 달려가고 있다. 말은 그러니까, 철 지나도록 벽에 붙어 있는 선거 벽보판처럼 아무런 의미 없는 장식에 지나지 않는다.

그의 아내는 그의 결심을 그냥 장난스럽게 받아들이고 있었다. 그의 아내는 남편의 유약한 성격을 잘 알고 있었다. 그가 벌써 아홉 번의 금연 결심을 일 주일도 못 채워 파기해버리는 유약한 사람이라는 것을 잘 알고 있었다. 그래서 언젠가는 제풀에 답답해서 입을 열고 말을 하게 되리라는 것을 믿어 의심치 않았다.

그러나 그의 침묵은 날이 갈수록 깊어만 가고 있었다. 그는 침묵에 익숙해져버린 사람처럼 보였다. 처음에는 침묵의 무게를 감당하지 못해 무거운 짐을 진 수고스런 사람처럼 위태위태하게 보였다. 그러나 날이 갈수록 그의 침묵은 그의 분위기로 바뀌어가고 그의 입은 두터운 빗장이 걸린 두터운 철문처럼 굳게 닫혀 있었다. 그는 거대한 바위처럼 보였다. 처음에는 저렇게 나가다가도 자기가 먼저 입을 열겠지 하는 마음으로 대수롭게 여기지 않던 아내는 조바심이 일기 시작했다.

"말 좀 하세요."

그의 아내는 식탁에 앉아서 먼저 말을 걸었다. 그러나 그는 묵묵히 밥만 먹었다.

"난 침묵이 싫어요, 말 좀 하세요."

그는 대답 대신 웃었다. 그러나 입을 벌리고 웃진 않았다. 그의 입은 진주를 품기 위해서 굳게 입을 다문 패각(貝殼)처럼 보였다.

그의 침묵이 집안을 바다 밑에 가라앉은 침몰한 배처럼 만들었다. 아이들은 아버지가 벙어리가 되었다고 말했다.

"너희 아버진 벙어리가 아니다."

그의 아내는 완강히 부인했다.

"아버진 좋은 목소리를 가지고 있었다, 너희들도 잘 알지 않느냐? 아버진 누구보다 재미있게 말을 할 줄 아는 분이셨다. 너희들에게 옛날얘기 해주던 것 기억나지 않니?"

"그렇다면 아빤 왜 입을 열지 않는 것일까요, 아빠는 이상한 사람인가요?"

"아빤 거짓말을 하고 싶지 않으시기 때문이다."

"말이 거짓말인가요, 엄마? 아빤 이상해요, 이상한 사람이에요."

아이들을 꾸중해서는 안 된다. 그들은 아버지 곁에서 멀어져갔다. 지난날 휴일이면 아버지의 어깨 위에 무동을 타고 동물원에도 가고 공원으로 산보도 나가고, 잠이 들 때까지 콩쥐팥쥐 얘기를 해주던 다정했던 기억은 사라진 지 오래였다. 어린아이들은 단념이 빠른 편이니까. 그들은 아버지를 이상한 요술에 걸려 말을 하지 못하는 동화 속의 인물로 생각하고 있었다.

집에 돌아오면 그는 자기 방에 틀어박혔다. 그는 온 방에 불을 끄고 커튼을 닫고 깊은 어둠 속에 잠겨 있었다.

"아이들이 당신을 벙어리로 알고 있어요. 아이들이 당신을 무서워하고 있어요. 당신이 제게 말을 하지 않으셔두 좋아요. 하지만 아이들에게는 몇 마디 따스한 말을 해줄 수 있잖아요. 하루에 세 마디만 해주세요. 아이들은 당신을 벙어리로 알고 있어요."

아내는 눈물을 흘리며 말했다.

"우리는 가족이에요, 여보. 우리는 당신에게 모든 것을 요구하고 있어요. 당신은 우리집의 기둥이에요. 나를 위해서 한마디만 말해주세요. 무슨 말이라도 좋아요, 여보. 난 무서워요, 당신이 진정 이상한 사람이 되어가는 것이 아닌가 두려워요. 당신은 바위 같아요. 도대체 왜 그러시는 거예요?"

그는 물끄러미 아내를 들여다보았다. 그는 웃으며 연필과 종이를 꺼내들었다. 그는 종이 위에 다음과 같이 글씨를 썼다.

"울지 말아요."

아내는 울면서 그가 쓴 종이를 들여다보았다.

"이것이 당신의 말인가요?"

그는 잠자코 머리를 끄덕였다.

"고마워요."

아내는 억지로 웃으면서 말했다.

"내 말에 대답해주셔서 고마워요."

그의 침묵은 그의 가족에게만 무섭게 느껴진 것은 아니었다. 그가 나가는 직장에서도 그의 침묵은 말썽이 되었다. 그는 전화를 받아도 대답하지 않았다. 부하 직원들은 그가 미친 사람이 되었다고 수군거렸다. 유능하고 장래가 촉망되던 상사가 어째서 이상한 사람이 되어버렸을까. 그들은 이해할 수 없었다. 그러나 그것에서 끝날 수는 없었다. 그의 직장 상사는 간부사원인 그의 침묵을 용서할 수 없었다.

"자네가 말을 하지 않는다더군."

사장은 그에게 말했다.

"회사에서 소문이 파다해, 자네가 말을 하지 않는다고. 어디 아픈가?"

그는 긴장해서 딱딱한 몸을 추스르며 황급히 몸을 흔들었다.

"어떻게 된 거야, 자네? 정신 있어, 없어?"

사장은 머리를 흔들었다.

그는 송구스럽게 고개를 떨구고 서 있었다.

"말을 하지 않는다면 쓸모없는 인간이야. 자네가 우리 회사를 위해 얼마나 애를 써주었는가 하는 것은 잘 알고 있어. 하지만 말이 없는 사람은 죽은 사람과 다름없어. 말을 하지 않을 생각이라면 당장 나가주게."

그날 밤 그는 캄캄한 방에 혼자 앉아 있었다. 그는 자기가 언제부터 말을 하지 않게 되었는가 생각해보았다. 그는 일 년이 지나도록 한마디의 말도 하지 않은 사실을 깨달았다. 그는 정말 행복했었다. 그는 평생을 벙어리로 지낼 생각은 아니었다. 그는 자신이 진실만을 얘기할 수 있을 때 비로소 입을 열리라 마음을 굳히고 있었다. 그러나 사람들은 끊임없이 그에게 말을 요구하고 있었으며 말이 없이는 살아갈 수 없다는 것을 그는 깨달았다. 그것은 슬픈 일이었다. 그는 말이 없이도 아내와 사랑을 나눌 수 있었으며 말을 않고 있는 때야 비로소 사물의 핵심을 꿰뚫어볼 수 있음을 알게 되었다.

사랑한다고 말한 순간 사랑하는 마음은 빛을 잃으며, 미안합니다라고 말한 순간 교묘한 말의 유희로 진실의 마음은 변색이 되어버린다. 꽃이라고 부른 순간 꽃의 마음은 오로지 형식적인 관계로 멀어져가는 것을 그는 깨닫고 있었다. 말을 끊은 동안 그는 어둠과 얘기할 수 있었으며, 물과 다정한 대화를 나눌 수 있었다. 말은 바람과 얘기하는 통로를 차단하는 차단기 역할을 하고 있다는 것을 그는 깨달았다. 꽃들은 꽃들의 말이 있었으며, 바람은 바람의 말들이 있었다. 새는 새들끼리의 언어가 있었으며 개미는 개미들끼리의 언어들이 있었다.

그는 알고 있었다.

애초에 인간은 그들과 함께 이야기를 나눌 수 있었으며, 그들의 마음을 읽을 수 있었으며, 그들과 함께 생활했으며, 그들 세계의 일원이었음을 침묵 속에서 깨달았다. 단지 인간이 말을 배운 뒤부터 그들과 멀어져갔으며, 때문에 말은 사물과 한마음으로 친화하는 마음을 베는 칼날이었음을 깨닫고 있었다. 말은 이교도들의 주문(呪文)이었다. 말은 알아들을 수 없는 인간의 방언(方言)이었다.

그는 침묵 속에서 사물의 언어를 배웠으며 그는 이제야 겨우 그들의 말을 띄엄띄엄 알아들을 수 있었다. 그런데 그가 입을 열지 않는 다면 해고될 것이라고 사장은 엄중하게 경고했으며, 그렇게 된다면 가족들이 어떻게 살아가야 할 것인지 그는 막막한 절망감을 느꼈다. 그는 그럴 수는 없다고 생각했다. 입을 열어야 한다고 생각했다. 그래서 그는 혼잣말로 중얼거려보기 위해 입을 열었다. 무슨 말을 해야 할까 그는 생각했다. 그의 머릿속으로 한 가지 말이 떠올랐다.

"나는 이제부터 말을 하겠다."

그는 천천히 혀를 굴려보았다.

그때 그는 놀라운 사실을 깨달았다. 그의 혀는 딱딱하게 굳어 꼬부라지지 않았다. 그는 필사적으로 마음먹었던 말을 형상화시키려고 입을 움직였다. 그는 단 한마디의 단어도 발음해낼 수 없었다. 그의 입은 튼튼한 자물쇠로 잠긴 문이었다. 그 자물쇠를 여는 열쇠를 잊어버린 지 오랜 후였다. 그는 무서웠다. 말하는 기능을 완전히 상실했다는 것을 깨달은 순간 그는 방을 뛰쳐나왔다. 그는 잠든 아내를 흔들어 깨웠다. 그의 아내는 꿈에서 눈을 떴으며, 그가 입을 열고 무언가 안타깝게 울부짖는 것을 보았다. 그러나 그건 어디까지나 형상에 불과했다. 그의 입은 쉴새없이 움직이고 있었지만 신음소리조차 흘러나오지 않았다. 그래서 아내는 무언가 크나큰 위험이 그의 남편 곁에서 일어난 것으로 느꼈다.

"웬일이에요. 여보? 무슨 일이 일어났나요?"

그는 필사적으로 입을 움직였다. 그는 가위에 눌린 사람처럼 보였다. 그는 자신의 입을 가리켰다. 아내는 그의 목구멍에 저녁에 먹은 생선 가시가 걸린 것이라고 생각했다. 그래서 그의 입을 벌리고 목구멍 속을 들여다보았다.

"나는 말할 수 없어."

그는 종이 위에 그렇게 썼다.

272

"말하지 않으면 직장에서 쫓겨나게 됐어. 나는 다시 말하기로 결심을 했어. 그런데 말을 할 수가 없어."

아내는 끊임없이 땀을 흘리고 있는 남편을 쳐다보았다. 그녀는 남편이 분명 이상한 사람이라고 생각했다. 지금까지 그녀는 한 번도 남편이 이상한 사람이라고 느껴본 적은 없었다. 많은 사람들이 그녀의 남편을 비난하고 비웃고 있을 때라도 그녀는 남편이 훌륭하며 자상한 남편이라는 것을 확신하고 있었다. 그러나 그런 확신이 일순에 와르르 무너지는 것 같은 느낌을 받았다.

"말해보세요."

아내는 얼빠진 목소리로 타일렀다.

"내 말을 따라해보세요."

잠시 떠올릴 말을 생각했다. 그녀는 주기도문을 생각해내었다.

"하늘에 계신 우리 아버지 이름을 거룩하게 하옵시고…… 자 따라해보세요."

그는 머리를 흔들었다. 그는 종이에 이렇게 썼다.

"안 돼, 불가능한 일이야."

"당신은 할 수 있어요. 당신은 너무 오랜만에 말을 하려고 하기 때문에 말하는 법을 잊어버린 거예요. 서둘진 마세요. 천천히 해보세요, 자, 천천히. 하늘에 계신 우리 아버지……."

"……."

그는 머리를 흔들었다.

"당신은 정말 이상한 사람이군요, 당신은 미쳤어요."

아내는 소리질렀다.

그는 멍청한 얼굴로 아내를 보았다. 그의 눈엔 형언할 수 없는 슬픔이 젖어들고 있었다.

"당신은 귀신에 씌었어요. 당신은 벙어리예요. 난 당신이 싫어졌어요."

그는 우두커니 서 있었다.

이 가엾은 사내는 자기가 마침내 이 세상에서 유일하게 믿었던 아내에게서까지 버림받은 것을 알았다. 아내는 그를 이해해주던 유일한 사람이었다.

내가 무엇을 잘못했을까.

그는 자신에 대해 생각해보았다. 그는 그 이유를 생각해낼 수 없었다. 그가 잘못한 거라면 말을 하지 않았던 것이며 마침내 그 침묵에서 헤어나오기 위해서 아내에게 도움을 청했던 것밖에 없었다. 그는 영원히 입을 다물게 되었다.

당연하게도 그는 회사에서 해고당했으며, 그는 아내에게마저 버림받았다. 그는 더이상 말하려 하지 않았다. 그는 이제 아내를 위해서 썼던 연필과 종이를 더이상 필요로 하지 않았다. 그는 아무에게도 연필로 글씨를 써서 대답해야 할 필요성을 느끼지 않았다. 왜냐하면 그 누구도 그에게 말을 붙이지 않았기 때문이었다.

그의 집은 가난해졌으며, 아내는 그에게 말했다.

"내 눈앞에 나타나지 말아요, 난 당신을 보면 화가 나니까요."

아이들은 세월이 흐를수록 씩씩하고 아름답게 커갔지만 아버지를 상대하려 하지 않았다. 그는 집에서 있으나 마나 한 사람이 되었다. 그를 사람이라고 부를 수 있을까. 아이들은 아버지를 집 안에 있는 가구나 도자기, 병풍, 그런 무생물적인 것으로 생각하고 있었다. 그들은 그들끼리 식사를 했으며, 그는 캄캄한 어둠 속에서 혼자 밥을 먹었다. 그곳에서 자고, 그곳에서 꿈을 꾸었으며, 그곳에서 어둠과 얘기했다. 누가 오면 가족들은 이상한 아버지가 나오기를 원치 않았다. 그래서 손님이 오면 그들은 아버지의 방문을 아예 걸어 잠그기도 했었다. 손님이 가도 아버지의 방문을 여는 것을 깜박 잊곤 해서 그는 그 캄캄한 방 속에 틀어박혀 몇 날 며칠을 아무것도 먹지 않고 누워 있을 때도 있었다.

그의 집은 아주 가난해져서 그의 아내가 일을 해서 먹고살 수밖에 없었다. 아침 일찍 나갔다가 저녁 늦게 들어오면 아내는 벼락같이 이렇게 소리를 지르곤 했다.

"나가버려, 썩 내 눈앞에서 꺼져버려, 이 원수야."

직장과 가족에게서까지 버림받은 그는 마침내 어디론가 사라져버렸다. 가족들은 아주 오랜 후에야 그가 사라져버린 것을 알았다.

"아버지가 사라져버렸어요, 어머니, 없어졌어요."

"잘됐지 뭐냐, 차라리 잘됐지, 참으로 다행스런 일이다."

어머니는 대수롭지 않게 말을 이었다.

"아무것도 하지 않고 밥만 축내는 식충이를 하나 떨궜으니 얼마나 다행이냐?"

"⋯⋯이게 네가 알고 싶은 것의 전부란다, 아가야."

오랜 이야기를 끝내고 나서 그는 내게 말을 했다. 그는 신기료 장수였는데 얘기하는 도중에도 쉴새없이 낡은 구두창을 꿰매고 있었다.

"네가 알고 싶어했던 것을 모두 가르쳐주었다. 내가 어디서 왔으며 뭘 하던 사람인가를 모두 얘기해준 셈이다. 이제야 속이 시원하니?"

"하지만 아저씨."

나는 쭈그리고 앉아서 그를 올려다보았다.

"아저씨는 누구보다 말을 잘하시잖아요, 아저씨는 말을 잘하세요. 저는 아저씨의 말을 모두 알아듣고 있어요, 아저씨는 벙어리가 아니에요."

"물론 아니구말구."

그는 웃었다.

"집을 떠나와 오 년이 지난 후에야 나는 말을 할 수 있게 되었단다. 남이 신다 해진 신발을 꿰매고 나서부터 다시 말하게 되었단다. 하지만 아직도 어떤 사람들은 내 말을 하나도 알아듣지 못하고 있단다. 그들에게 나는 벙어리처럼 보인다. 말은 입으로 하는 것이 아니지, 말은 마음으로 하는 거란다. 너는 이담에 무엇이 되고 싶으냐?"

그는 꿰맨 구두창에 굽을 붙이며 나를 보았다.

"나는 말을 많이 하는 사람이 되겠어요, 아저씨."

"그건 참으로 어려운 일이지. 무엇보다 먼저 네 마음의 문을 열어놓지 않으면 아무도 네가 말하는 것을 듣지 못한단다."

"왜 집으로 돌아가지 않으시나요?"

"아직까지 그들은 내 말을 알아듣지 못할 테니까."

"왜 사람들이 아저씨를 벙어리라고 부르고 있는지 나는 그것을 모르겠어요."

"내가 벙어리가 아니라 그들이 귀머거리기 때문이다. 자, 다 됐다, 가져가려무나. 이 신발은 이제 새 구두가 되었다. 앞으로 십 년은 더 신고 다닐 수 있겠지."

"얼마를 드리면 될까요?"

"아무것도 주지 않아도 된단다. 아가야."

그는 머리를 흔들며 대답했다.

"내가 네 구두를 꿰매준 것은 돈을 받기 위한 것이 아니었다. 난 네 구두를 만질 수 있는 것만으로도 즐겁거든. 나는 낡은 구두만도 못한 사람이지. 잘 가거라, 아가야. 내 이야기를 들어주어서 고맙구나."

요즈음 나는 신기료 장수가 되고 싶다. 그 누구나 신고 다니는 구두창을 들여다보며 그곳에 징을 박고, 실로 꿰매고 구두 굽을 붙이는 그런 작업을 하고 싶다. 내가 고친 구두를 신고 많은 사람들의 발이 좀더 편해졌으면 한다. 나는 구두창을 혀로 핥아 그것을 좀더 깨끗하게 만들고 싶어진다. 나는 인간들의 밑에서 존재하고 싶으며 그들의 때묻고 낡은 구두를 꿰매고 고치는 것만으로 행복해지고 싶다. 아무런 보수도 받지 않으며, 그러할 때 나는 마음의 문을 열게 될 것 같다. 참으로 어려운 일이다. 어렸을 때 만났던 그 사람이 내게 말했듯이 말을 많이 하고 더구나 글을 쓴다는 일은 참으로 어려운 일이다. 무엇보다 그에게서 침묵을 배울 일이며 인간들의 낡은 구두를 내 가슴에 스스럼없이 품을 수 있을 때 나는 비로소 모든 사물과 얘기를 나눌 수 있을 것이다. 나는 신기료 장수가 되고 싶다. 내가 하는 말이 한 가닥 실이 되어 낡은 구두의 밑창을 꿰매고 내가 쓰는 글이 하나의 징이 되어 낡은 구두의 밑바닥에 박혀서 걸을 때마다 말굽 소리를 내기 위해서는 침묵의 신기료 장수가 될 수밖에 없을 것이다.

이 지상에서 가장 큰 집

그는 이상한 사람이었다.
그는 더러운 개천 물이 흐르는 다리 밑에서 태어났다. 그의 아버지는 거지였다. 그의 아버지는 자기의 이름조차 쓸 줄 몰랐다. 그는 자기의 이름을 '노마'라고 불렀다. 그의 아버지는 성도 없었다. 누가 이름을 물으면 그는 대답했다.
"노마."
누가 성을 물으면 그는 대답했다.
"노마."
어디서 누가 그에게 그런 이름을 지어주었을까. 어렸을 때 그는 아버지에게 이름을 지어달라고 떼를 썼었다. 그러자 아버지는 그에게 대답했었다.

"네 이름은 노마다."

"그건 아버지의 이름이 아닌가요?"

"그럼 이제부터 너를 작은 노마라고 부르자."

이리하여 그는 마침내 이름을 얻었다.

그의 이름은 '작은 노마' 였다.

그를 낳은 어머니는 미친 여자였는데 그를 낳자마자 그의 온몸에 묻은 피를 고양이처럼 혀로 핥아주며 말했다.

"이 아이는 이담에 자라면 자기의 아이를 마구간에서 낳게 될 거예요."

그해 여름 홍수가 났다. 한밤중에 그들이 거적을 깔고 있던 다리 밑으로 물이 흘러내렸다. 엉겁결에 다리 위로 올라온 아버지는 엄청 나게 분 개천 물에 자기의 아내가 갓 낳은 아이를 안고 떠내려가는 것을 보았다.

"살려주세요, 살려주세요."

아버지는 목청껏 소리를 질렀다.

사람들이 몰려나와 장대를 던졌다. 어머니는 간신히 장대 끝을 잡고 이렇게 말했다.

"이 아이부터 건져주세요."

사람들이 손을 뻗어 아이를 건네받자 기진해진 미친 어머니는 그만 붙들었던 장대를 놓고 거센 물결에 휩쓸려 사라졌다. 그리하여 '작은 노마' 는 어머니를 잃었다.

그때부터 '작은 노마' 는 자기의 집을 갖는 것이 소원이 되었다. 어떠한 홍수에도 떠내려가지 않을 집, 비와 바람을 가릴 수 있는 집, 그런 집을 갖는 것이 소망이 되었다.

'작은 노마' 는 '큰 노마' 와 둘이서 동냥질을 다녔는데 작은 아이를 데리고 다니는 아버지는 혼자서 비럭질을 할 때보다 많은 음식을 얻을 수 있었다.

아버지는 깡통에 담은 음식 중에서 덜 상한 것, 그것도 맛있어 보이는 것만 아이에게 먹이고 자기는 몹시 상한 것, 생선의 뼈, 그런 것들만 먹어치웠다.

잠은 아무 데서나 잤다.

처마 밑이건, 들판이건, 숲 사이 나무 밑둥치건, 그들이 눕는 곳이 그들의 집이었다. 가을이면 밤이슬이 내리고 머리맡에선 땅강아지가 기어다녔다. 밤에는 별이 무성하게 뜬 하늘이 그들의 이불이었으며, 찬 이슬이 내리는 흙이 그들의 요가 되었다. 베개는 마른 낙엽과 잔가지들을 모아 만들고 아침 햇살이 부챗살을 치게 되면 그들은 다시 길을 떠났다.

집을 갖는 것이 소원이었던 '작은 노마'는 마침내 나무 위에 올라가서 잠이 들곤 했었다. 그곳은 습기가 밴 맨땅보다는 편안하고 아늑하였다.

"그곳은 네가 잘 곳이 못 돼."

아버지는 언제나 그렇게 말했다.

"그곳은 집이 아니다. 그곳은 사람이 자는 곳이 아니다. 그곳은 박쥐나 새, 개똥벌레 같은 벌레들이나 잠드는 곳이다."

그러나 그는 나무 위에서 잠자기를 포기하지 않았다. 그곳은 그가 꿈꿔오던 집의 다락방 같은 느낌을 불러일으키고 있었다.

"이곳은 이층이에요, 아버지."

그는 나무 위에서 소리를 지르곤 했었다.

"아버지는 일층에서 주무시구요."

"잘 자거라."

아버지는 나무 밑에 누워서 이층에서 웅크리고 누운 아들을 보며 다정하게 말했었다.

　나무 위는 그가 어릴 때부터 꿈꿔온 지붕 밑의 다락방이었다. 밤하늘에 뜬 달은 그의 다락방을 비추는 형광 램프였으며 별들은 그의 다락방 벽을 바른 벽지에 새겨진 사방 연속 무늬의 문양(紋樣)이었다. 가지에 무성히 자란 나뭇잎들은 그의 다락방 창문에 펼쳐진 커튼이었으며 험하게 뻗어내린 나무 줄기는 다락방으로 올라가는 계단이었다. 가끔씩 나뭇가지로 기어오르는 뱀과 물구나무서서 잠든 박쥐와 새들은 그가 가지고 노는 장난감들이었다.

　튼튼해 보이는 나뭇가지에 누워 잠을 청하려 하면 무르익은 달빛에 전구처럼 반짝이는 과일들이 보였는데 그럴 때면 그는 하나하나 과일들마다에 이름을 지어주곤 했었다.

　"너는 벽시계. 너는 책상 위의 오뚝이. 너는 자명종, 어김없이 일곱시면 따르릉거린다. 너는 저금통, 너는 자물쇠……."

　그러다 보면 스르르 잠이 들곤 했었는데 다음날 일곱시면 어김없이 자명종 역할을 맡은 과일이 제풀에 떨어져 그의 잠을 깨우곤 했었다.

　겨울은 추웠다.

　풍요했던 그의 다락방은 헐벗고 썰렁해져버렸다. 그는 그래도 그 다락방을 떠나지 않았다. 무성했던 나뭇잎 커튼은 어디론가 사라졌으며 뱀 장난감도, 박쥐 장난감도 찾아오지 않았다. 그는 자명종도, 오뚝이도, 벽시계도, 자물쇠도 가지지 못한 다락방의 주인이었지만 딱딱한 나뭇가지 침대가 있었으므로 언제나 그곳에서 자곤 했었다.

　아버지는 그가 겨울이 돼도 나뭇가지에서 자는 것을 고집하자 생전 처음 자신의 뺨을 때리며 말했다.

　"나는 널 때리지 못하겠다. 난 날 때리겠다."

　아버지는 자기의 뺨을 때리며 자기가 아파서 자기가 울었다. 그래서 그는 다락방에서 내려왔다. 두 사람은 곧잘 굴뚝 밑을 찾아가서 자곤 했는데 그곳은 군불 지피는 온돌처럼 따뜻했다. 그러나 그는 막 잠드는 아버지 곁을 떠나며 울면서 말했다.

"아버지, 난 내 집으로 가겠어요, 난 내 집이 좋아요."

겨울에는 때로 눈이 내렸는데 그것은 흰 솜으로 만든 이불처럼 보였으며 그래서 그는 언제나 좋은 꿈을 꾸고 편안히 잠잘 수 있었다. 아버지는 그가 나무 위에서 잠드는 버릇을 자기 집을 가지고 싶은 어린 욕망 때문이라고 생각하고 있었지만, 실은 또하나의 숨은 소망이 있었기 때문이었다. 나무 위는 하늘과 그만큼 더 가까웠으며, 하늘과 가까워진다는 것은 죽은 어머니와 더 가까워질 수 있다는 염원 때문이었다.

어느 해 겨울 나무 위에서 잠들었던 그가 아침에 일어나 굴뚝 밑으로 돌아와보니 아버지는 누운 자리에서 일어나지 못했다. 사람들은 그가 얼어 죽었다고 말했다. 생전 집이라고는 가져보지 못한 노마는 그래도 운이 좋게 죽어서 자기 키만한 집을 소유할 수 있었다. 그것은 둥근 떼를 입힌 초가집 같은 지붕도 가지고 있는 무덤이었다. 인정 많은 사람들이 그의 집 앞에 문패도 달아주었다.

아버지가 남겨놓고 간 물건은 찌그러진 깡통과 부러진 안경, 찢어진 담요와 남루한 옷, 그 옷 속에 들어 있는 동전 몇 닢, 그리고 어디선가 주운 찢어진 성경 한 페이지였다.

그는 글자 하나도 읽을 줄 모르던 아버지가 왜 그 책 한 장을 가지고 있었는지 이해할 수 없었다. 그 역시 글을 읽을 줄 몰랐으므로 그는 그 떨어진 성경 한 페이지를 들고 지나가는 사람에게 읽어달라고 부탁을 했다. 그 사람이 읽어주었다.

"공중에 나는 새들을 보아라. 그것들은 씨를 뿌리거나 거두거나 곳간에 모아들이지 않아도 하늘에 계신 너희의 아버지께서 먹여주신다. 너희는 새보다 훨씬 귀하지 아니하냐. 너희 가운데 누가 걱정한다고 목숨을 한 시간인들 더 늘일 수가 있겠느냐. 또 너희는 어찌하여 옷 걱정을 하느냐. 들꽃이 어떻게 자라는가 살펴보아라. 그것들은 수고도 하지 않고 길쌈도 하지 않는다. 그러나 온갖 영화를 누린 솔로몬도 이 꽃 한 송이만큼 화려하게 차려입지 못하였다. 너희는 어찌하여 그렇게도 믿음이 약하냐. 오늘 피었다가 내일 아궁이에 던져질 들꽃도 하느님께서 이렇게 입히시거늘 하물며 너희야 얼마나 더 잘 입히시겠느냐. 그러므로 무엇을 먹을까 무엇을 마실까 무엇을 입을까 걱정하지 말라……."

그는 그 말의 뜻을 알지 못했다. 다만 누군지도 모르는 하느님이라는 이상한 힘과, 이상한 동정심을 가진 사람이 하나 있어, 원하면 먹을 것과 마실 것과 입을 것을 주신다는 말의 구절만은 머리에 인상 깊게 남았다.

그 이후부터 그는 다시는 나무 위에서 잠자지 아니하였으며 지상에 자기의 집을 가지기 위해 부단히 노력했다.

도시로 흘러들어온 그는 산비탈 언덕 위에 밤새도록 집을 지었다. 다음날이면 투구를 쓴 사람들이 곡괭이와 망치를 가지고 들어와 그가 하룻밤 사이에 지은 집을 때려부쉈다. 그는 밤마다 숨바꼭질을 하기 시작했다. 그는 저녁이면 다시 집을 지었다. 이번에는 오래 전부터 그곳에 있었던 판잣집처럼 보이게 하기 위해서 판자 위에 콜타르 칠을 해보았다. 다음날 투구를 쓴 사람이 찾아와 그의 집을 때려부쉈다. 그는 울면서 매달렸다.

"이건 내 집입니다, 제발 내 집에 손을 대지 마세요."

그러나 집은 단숨에 부서졌다.

그는 도저히 투구를 쓴 사람들의 눈을 피할 수 없음을 깨달았다.

그는 자기가 돈을 벌어 집을 짓기로 마음먹었다. 그는 아무것도 할 줄 몰랐다. 아는 사람도 없었다. 읽을 줄도 몰랐다. 자기 나이도 몰랐으며 그가 아는 것은 자신의 이름이 '작은 노마'라는 것밖에 없었다. 그는 일해서 돈을 벌고 싶었다. 그러나 아무도 그에게 일자리를 주지 않았다.

그는 지하도 앞 계단에 앉아서 동냥질을 했다. 그는 자기가 남에게 동정을 받기 위해서는 불쌍하게 보여야 한다는 사실을 깨달았다. 그는 멀쩡한 자기보다 다리를 저는 불구자가 더 동정을 받는 것을 보았으며 그래서 그는 불구자가 되고 싶었다. 그러나 멀쩡한 다리를 자기 손으로 자를 만한 용기를 그는 가지고 있지 못했다.

그래서 그는 조용히 앉아 있기만 했었다. 지나가는 사람들이 그에게 동전을 던졌다. 그는 대부분 눈을 감고 앉아 있었는데, 사람들은 그래서 그가 앞을 못 보는 장님인 줄로 착각하고 있었다. 남을 속인다는 것은 나쁜 일인 줄 알고 있었지만, 그는 어쨌든 눈을 감고 하루 종일 앉아 있었다.

지하도를 올라가는 사람들의 발소리, 내려가는 발소리, 옷깃이 바지에 스치는 옷자락 소리, 구두가 계단의 금속 부분에 부딪쳤을 때 들리는 쇳소리, 여인들의 날카로운 구두 굽 소리, 무어라고 떠드는 고함 소리, 술 취해 노래부르는 목소리. 그는 자기 앞을 스쳐 지나가는 사람들이 만드는 소리들을 눈을 감은 상태에서 듣고 있었다. 그들은 가래침을 뱉듯 동전을 던졌다. 그는 동전 소리만 들어도 그 동전의 액수를 알 수 있을 만큼 익숙해졌다.

그는 하루에 한 끼만 먹었으며 그가 동냥질을 해서 모은 돈을 한 푼도 쓰지 않았다. 그는 꼬박 오십 년간을 장님 행세를 했다.

그는 실제로 거의 장님이 되어버린 노인이었으며 완전히 허리가 굽어버렸다. 그는 인생의 모든 정력을 집을 사기 위해서 돈을 모으는 데 바쳐왔으므로 그의 어머니가 원했듯이 자신의 아이를 가지지 못했으며, 그래서 '작은 작은 노마'도 만들어내지 못했다. 그러나 그는 그 희망을 완전히 버린 것은 아니었다.

자신의 집을 갖게 되면 그는 아내를 얻고 아이를 낳으리라고 갈망하고 있었다. 그는 아직 예순일곱 살이었으며 아이는 마땅히 안락한 집과 따스한 방에서 낳아야 한다고 굳게 믿고 있었다.

그러나 그는 너무 늙고 지쳐 있었다. 사람들은 그가 조금 돌아버린 미친 늙은이라고 말들을 했다.

그는 어쨌든 예순일곱 살에 아주 작은 집을 소유할 수 있었다. 나는 그의 집을 가보았다. 나는 그렇게 작은 집을 본 적이 없었다. 그것은 너무 작아서 집의 설계 모형 같아 보였다.

집은 방 하나와 부엌, 그리고 손수건만큼 작은 마당을 갖고 있었다. 방은 그가 누우면 발가락이 문지방 밖으로 나갈 만큼 작았는데, 그래서 그의 집은 집이 아니라 누에고치 같아 보였다. 그래도 그것은 엄연한 집이었다.

그는 마당에 엉겅퀴도 심었고 나팔꽃도 심었다. 아침마다 나팔꽃이 피었으며 나팔꽃은 뚜뚜따따 주먹손으로 기상 나팔을 불곤 했었다. 그는 벽에 자기 아버지가 남겨준 성경 한 페이지를 액자에 담아 걸어놓았다.

키가 아주 작은 노인이었고 또 눈조차 보이지 않았으므로 그 액자를 벽에 붙이기 위해서 못질을 하는 노인을 내가 도와주었는데 그때 그는 웃으며 말했다.

"내 방에 내 손으로 내가 못질을 한다, 아가야. 이 얼마나 즐거우냐."

그는 분명히 액자가 걸릴 만큼 튼튼하게 못을 박았음에도 서너 번 더 못질을 했다.

그는 자기의 방에 자기 손으로 못질을 하는 것이 즐거운 듯 보였다. 그래서 그는 방 안의 벽이란 벽에는 모두 빈틈없이 못질을 하고 돌아다녔다.

　거리에서 주운 은행잎도 그는 벽에 걸었으며 그의 아버지가 물려준 부러진 안경도 벽에 못질을 해서 걸었다.

　그가 죽기 전에 할 일은 이제 그의 어머니가 그토록 간절히 원했던 아이를 갖는 일이었다. 달리 무슨 불행한 일만 벌어지지 않는다면 그는 자기가 꿈꾸었던 대로 그 집에서 행복한 여생을 보낼 수 있을 것이었다. 그러나 그가 꿈꿔왔던 행복은 오래 가지 않았다. 그는 그 집에서 불과 일 주일밖에 살지 못했다.

　어느 날 시청에서 투구를 쓴 사람이 몰려와서 노인에게 이렇게 말을 했다.

　"이 집을 떠나주십시오, 우리는 이 집을 부숴야 합니다."

　"어째서요?"

　노인은 울부짖으며 물었다.

　"이 집이 무허가 건물인가요?"

　"아닙니다, 무허가 건물은 아닙니다만 이 동리가 도시계획 구역에 들었습니다. 도시 미관상 우리는 이 집을 부숴야 합니다. 우리는 이곳에 공원을 지을 것입니다. 물론 그에 해당하는 대가는 지불하겠습니다. 동리 주민들이 모두 우리 의견에 찬동했습니다. 할아버지만 남았습니다. 여기에 사인을 해주십시오."

　"못 해요, 못 합니다."

　노인은 단호하게 머리를 흔들었다. 그는 소리질렀다.

　"이 땅은 내 땅이며, 이 집은 내 집입니다. 내가 이 집을 가지는 데 얼마나 오래 걸렸는지 아시오? 난 당신이 태어나기 전부터 동냥질을 했소."

　"할아버지."

　그들은 웃으며 말했다.

"이건 집이 아닙니다. 이건 새장입니다. 할아버지는 이제 좀더 큰 집으로 이사를 할 수 있습니다."

"안 돼."

그는 대답했다.

"아무도 이 집을 부수지 못한다."

그날 밤 그는 지붕 위에 올라갔다. 지붕 위에 달이 걸려 있었다. 그는 무서웠다. 그가 잠든 새 그의 집을 그들이 망치와 곡괭이로 때려 부술까봐 무서웠다. 그는 문지방을 갉는 쥐들에게도 애원했다.

"가거라, 원한다면 이담에 내가 죽은 뒤 내 뼈를 갉아먹으렴."

쥐들도 그의 말을 알아들었다. 그래서 그의 집엔 다시 얼씬도 하지 않았다.

동리 사람들은 하나씩 둘씩 마을을 떠났다. 투구를 쓴 시청 직원들이 빈집을 때려부쉈다. 빈터에 흙을 고르고 벤치를 놓고 관상수를 심었다. 동물원 우리도 놓았고 공작새를 가두었다. 회전목마도 놓았다. 마침내 모든 집들이 공원이 되었지만 그의 집만은 남아 있었다. 낮이나 밤이나 그는 지붕 위에 앉아서 목쉰 소리로 소리를 질렀다.

"내 집을 부수면 안 된다, 내 집을 부수면 안 돼."

조경 공사가 거의 끝날 무렵 시청의 높은 관리 하나가 공사가 제대로 진척되는가를 시찰하기 위해서 찾아왔다. 그는 만족스레 공원을 둘러보다가 미친 할아버지가 지붕 위에 앉아 소리를 지르는 것을 보았다.

"저건 무엇인가, 짐승인가? 난 이렇게 인간과 흡사한 짐승을 본 적이 없는데."

"아닙니다."

현장 감독이 난처한 얼굴로 대답했다.

"저 사람은 자기 집을 지키고 있습니다. 자기 집에서 아이를 낳기 전엔 어떠한 조건도 받아들일 수 없다고 고집을 부리고 있습니다."

"그는 미쳤다, 저 사람 하나 때문에 공원을 망칠 수는 없다. 그를 체포해."

그날 밤 한떼의 사람들이 그를 잡으러 왔다. 그는 죄수를 호송하는 차에 실려 어디론가 끌려갔다. 그의 집을 부수기까지 그를 가둬둘 필요가 있었지만 경찰관들은 그를 가둘 만한 죄상을 발견해내지 못했다. 그는 뚜렷한 이유도 없이 철창 속에서 일 주일을 보냈다. 일 주일 후 그를 풀어주며 관리들은 그에게 돈을 주었다.

"이곳에 사인을 하세요, 할아버지."

글을 쓸 줄 모르는 '작은 노마'는 내미는 볼펜을 받아들었다. 그는 자기의 이름을 쓰는 대신 그 언젠가 어렸을 때 그가 가장 사랑했던 아버지와 동냥을 하며 돌아다닐 무렵 벽에 씌어 있던 낙서를 흉내내서 이런 모습을 그렸다.

♡

그는 경찰서를 나왔다. 그는 자기 집을 찾아 걸었다. 그는 자기 집을 찾아와서야 왜 그들이 그에게 돈을 주었는지 이해할 수 있었다. 그가 평생 그토록 가지고 싶었던 그의 작은 집은 부숴져 흔적도 없이 사라져버리고 그곳은 공원의 풀밭이 되어 있었다.

그는 자기의 눈이 나빠져서 자기 집을 보지 못한 모양이라고 생각했다. 그는 풀밭을 헤맸다. 그의 집이 서 있던 자리는 잘 깎은 잔디밭이 되어 있었고 무성히 토끼풀이 자라고 있었다. 그는 좋은 의미로 그 토끼풀 사이에서 네 잎의 클로버를 찾고 있는 사람처럼 보였다.

그의 집은 아주 작아서 그 집을 비우고 난 뒤 받은 돈으로는 이 지상의 어떤 집도 살 수 없었다. 그가 한때 소유했던 집보다도 작은 집은 존재하지 않았다. 그것은 한 잔의 우유와 식빵 두 개, 말린 건어물, 그러고 나서 우표 한 장 살 수 있는 돈에 불과했다.

노인은 생전 처음 그 돈으로 그토록 먹고 싶었던 우유와 식빵 두 개와 말린 건어 한 마리를 사먹었다. 그는 그의 집을 먹어버린 셈이 었다. 나머지 돈으로 그는 우표 한 장을 샀다.

그러고 나서 그는 결심했다. 그는 힘차게 걸어 공원으로 들어갔다. 그는 자신의 다리를 축(軸)으로 해서 자기 손이 닿을 수 있는 한도 내에서 그릴 수 있는 최대한의 원을 자기 집이 섰던 자리에 그렸다. 그는 그 원의 가장자리에 흰 횟가루를 뿌렸다. 그는 말했다.

"이곳은 내 집이다. 내 방이다. 아무도 들어오지 못한다."

그는 그곳에서 잤다. 그는 양심적인 사람이었으므로 자기 집 이외 의 땅은 절대 침범하지 않았다. 아이들이 공놀이를 하다 공을 빠뜨려 그의 집 근처에 가면 그는 소리질렀다.

"애들아, 멀리 가 놀아라, 여긴 내 집이란다."

아이들은 할 수 없이 이렇게 애원할 수밖에 없었다.

"미안하지만 할아버지, 할아버지 집에 저희들의 공이 들어갔어요. 좀 주시겠어요."

"멀리 가서 놀아라, 너희 공들이 우리집 유리창을 부숴뜨릴 것 같 구나."

행복한 사람들은 주말이면 아이들을 데리고 공원으로 나와 산보 를 했다. 그들은 무심코 그가 앉은 원의 내부로 침범하려 했다. 그럴 때면 그는 소리질렀다.

"여긴 내 집이오, 썩 나가주세요."

내가 찾아갔을 때 할아버지는 나를 알아보았다.

"어서 와라."

그는 말했다. 그는 슬퍼 보였다.

"집이 너무 작아서 너를 문 밖에 세워두는 것을 용서해주겠니?"

"괜찮아요, 할아버지. 여기가 할아버지의 새집인가요?"

"암, 그렇지, 여기가 내 집이야."

"할아버지네 집에 편지를 보내려면 어떻게 하지요?"

"전번 주소로 편지를 보내면 돼. 헌데 아가야, 이 집엔 못질을 할 벽이 없구나, 난 그것이 제일 슬퍼."

할아버지는 자신의 집 마당에 나팔꽃도 심고 엉겅퀴도 심었다. 그는 배추도 한 포기 심었으며, 아주 작은 채송화를 두 그루 심었다.

"내 꽃밭을 봐라, 얼마나 아름답니? 이담에 씨가 여물면 네게 채송화 씨앗을 주겠다."

그는 누울 수가 없었다. 그의 집 마당은 너무 작았으므로 그는 선 채로 잠들었다.

"이층을 만들어야겠다."

언젠가 내가 또 찾아갔을 때 그는 결의에 찬 목소리로 말했었다. 그는 하루 낮과 밤에 걸쳐 사닥다리를 하나 만들었다.

"어떠냐 내 이층? 다락방 좀 보렴."

그는 계단을 올라 사닥다리 위에 위태롭게 주저앉으며 말했다.

"아주 좋아요, 아주 근사해요, 할아버지."

그는 언제나 사닥다리 위에 올라가서 잠이 들었다. 우리들은 그곳을 다락방이라고 불렀다. 그는 사닥다리에 그가 산 우표 한 장을 붙였다. 그것은 그의 집을 유일하게 치장시켜주는 단 하나의 그림액자였다. 우표에는 먼 나라의 여왕 초상화가 새겨져 있었다.

나는 알고 있다. 할아버지는 마침내 자기 집을 가졌으며, 그 집에서 지냈던 일 주일이 가장 행복했을 것임을. 행복이란 무엇인가. 그것은 할아버지가 꽃밭을 지나 응접실 문을 열고 거실을 거쳐 이층으로 올라가는 계단에서 잠시 발을 멈추고 먼 나라의 아름다운 여왕의 초상화를 들여다보는 일이 아닌가.

공원 관리 사무소에서 위촉한 한떼의 투구 쓴 사람들이 노인을 데리러 왔다. 그들은 노인을 차에 실었다. 노인은 소리질렀다.

"여긴 내 집이야, 신발을 벗고 들어오시오. 마루에 흙물이 묻어요."

그러나 그들은 신발을 벗지 않았다. 그들은 군화를 신은 발로 그가 애써 가꾼 꽃밭을 짓밟았다. 두 그루의 채송화가 무참하게 죽었고 나팔꽃은 이미 시들어 있었다.

"내 꽃밭. 아, 아, 내 꽃밭을 밟지 말아요."

그들은 노인을 떠메고 어디론가 사라졌다. 막 사라질 무렵 노인은 울면서 나를 보며 말했다.

"아가야, 저 이층의 다락방을 네게 주겠다. 네가 그것을 다 가지렴."

할아버지는 다시 돌아오지 않았다. 나는 할아버지의 사닥다리를 메고 집으로 돌아왔다.

지난 토요일 나는 두 아이를 데리고 오랜만에 그 공원에 가보았다. 공원엔 수많은 사람들이 나와 해바라기를 하고 있었다. 아이들은 경마장의 경주용 말처럼 뛰놀고 있었고 아버지들은 갓 태어난 아이들을 목마를 태우고 휘파람을 불고 있었다. 여기저기서 깔깔대는 웃음소리가 쩡쩡 울려퍼지고 있었고, 사진을 찍는 아버지들의 모습이 바빠 보였다. 카메라 렌즈 앞에서 억지 웃음을 지어 보이는 아이들은 입에 치약 거품을 물고 있는 것처럼 보였다.

나는 할아버지의 집에 가보았다. 그곳은 여전히 푸른 잔디밭이었다. 내 아이들이 잔디밭을 뛰놀며 나를 불렀다.

"아빠, 이리 와서 함께 놀아요."

나는 생전 처음 할아버지의 울타리 안으로 들어가보았다. 집도, 그집의 주인도 사라져버린 빈 마당엔 토끼풀과 꽃들이 무성히 자라 있었다. 토끼풀 위에 자란 흰 꽃들은 밤에 그가 빨아 넌 빨래들처럼 보였다. 나는 그 꽃을 따서 아들 손목에 팔목시계를 만들어 채워주었다. 딸아이에게는 꽃반지를 만들어주었다. 아이들은 너무나 행복해서 말했다.

"아빠는 못 만드는 게 없네, 토끼풀꽃 가지고 시계도 만들고 반지도 만들고."

우리들은 해 저물도록 네 잎을 가진 토끼풀을 찾았다. 나는 한 개도 찾지 못했는데 딸아이가 세 개를 찾았다.

"아빠, 이건 아빠에게 주는 행운의 선물이에요."

나는 무심코 황혼빛에 빛나는 그의 빈 집터를 내려다보았다.

아, 아, 할아버지는 아직도 풀밭에 너무나 많은 것을 가꾸고 계신다. 지금은 흔적도 없이 사라져버린 그의 꽃밭에 바람으로 찾아와 물도 주고 손수 비를 뿌리면서. 저 바람에 여리게 흔들리는 토끼풀의 꽃을 보아라. 너는 그 꽃 한 송이에도 미치지 못한다. 가만히 들어보렴. 바람들이 풀의 현(絃)들을 뜯고 스쳐 지나간다. 그들은 하프 소리를 내고 있다. 그리하여 풀들이 엮은 초금(草琴)으로 아름다운 노래를 연주하고 있다.

"그러나 온갖 영화를 누린 솔로몬도 이 꽃 한 송이만큼 화려하게 차려입지 못하였다."

나는 아주 어렸을 때 할아버지의 집 벽에서 읽었던 성경 구절 하나를 떠올렸다.

그렇다. 이 모든 것이 다 그의 것이다. 우리의 것이 아니다. 우리들은 그의 집의 한 칸을 빌려쓰고 있을 뿐이다. 이 우주는 모두 그의 집이다.

그날 밤 산보를 마치고 돌아온 내게 아내가 말했다.

"여보, 저 그림 벽에 좀 붙여주세요."

아내는 상점에서 사온 명화의 복사화를 가리키며 말했다. 키가 닿지 않았으므로 창고에서 사닥다리를 가져왔다. 까마득히 오래 전에 그 할아버지에게서 물려받은 사닥다리였다. 나는 사닥다리 위에 올라서서 못질을 했다. 나는 그날 밤에야 처음 그의 이층 다락방에 올라가본 셈이었다. 나는 그의 다락방에서 충분히 액자가 걸릴 만큼 튼튼히 못질을 했음에도 불구하고 서너 번 더 망치질을 했다.

그 옛날 어렸을 때 그가 내 앞에서 그러했듯이.

닭이 먼저냐 달걀이 먼저냐

그는 이상한 사람이었다.

어렸을 때 그는 선생님으로부터 이상한 말을 들었다. 그것은 닭이 먼저냐 달걀이 먼저냐는 질문이었다. 그는 대답했다.

"닭이 먼저입니다."

그러자 선생님은 물었다.

"어째서 닭이 먼저냐."

그는 대답했다.

"닭은 달걀을 낳습니다. 닭이 있어야만 달걀은 태어날 수 있는 것입니다. 그러니까 닭이 먼저입니다."

그러자 아이들은 와아아— 하고 웃었다. 선생님도 크게 웃고는 이렇게 대답했다.

"하지만 그 닭은 저 혼자서만 태어나는 것이 아니다. 닭은 닭 알에서 태어나게 되어 있는 것이다. 닭의 알, 즉 달걀이 없다면 닭은 태어날 수 없는 것이다."

그 다음날 선생님은 또다시 그에게 물었다.

"닭이 먼저냐 달걀이 먼저냐."

그는 이번에는 자신있게 다음과 같이 대답했다.

"달걀이 먼저입니다."

292

"어째서 달걀이 먼저라고 생각하느냐."

"닭은 닭의 알에서 태어나게 되어 있는 것입니다. 닭의 알, 즉 달걀이 없다면 닭은 태어날 수 없는 것입니다."

그는 선생님에게 배운 그대로의 정답으로 대답했다. 그러나 선생님은 이렇게 말했다.

"네 대답은 틀렸다. 네 대답은 정답이 아니다. 이 세상의 그 어떤 달걀도 저 혼자 생겨날 수는 없는 것이다. 반드시 닭이 있어야만 달걀은 생겨날 수 있는 것이다. 그러므로 닭이 먼저인 것이다."

"하지만."

그는 말했다.

"그 닭은 달걀에서 부화되어 생겨나는 것이 아닙니까."

"하지만 그 달걀은 닭이 낳는 것이다. 닭이 없으면 달걀은 생겨날수가 없는 것이다."

"그렇다면 선생님, 어느 것이 정답입니까. 닭이 먼저입니까, 달걀이 먼저입니까."

그가 진지한 표정으로 묻자 선생님은 대답했다.

"나도 그 정답을 모른다. 이 문제가 생겨난 이래로 수많은 사람들이 닭이 먼저라고 혹은 달걀이 먼저라고 주장하여왔다. 그래서 어떤 때는 닭이 먼저라고 주장하는 사람이 달걀이 먼저라는 사람을 폭행하고 고문하고 때리고 심지어는 죽이기조차 하였으며 어떤 때는 달걀이 먼저라고 주장하는 나라가 닭이 먼저라고 주장하는 국가를 침략하고 전쟁을 일으키기도 했었다. 역사는 이 두 가지 학설의 싸움에서부터 발전되어왔다. 과학도 마찬가지였다. 그러나 그 누구도 이 정답을 밝힌 사람은 없다."

그날 밤 그는 집으로 돌아와 종이 한 장에는 닭을 그리고, 다른 종이에는 달걀을 하나 그렸다. 그는 두 장의 그림을 벽에다 붙이고 이렇게 결심했다.

"아무도 밝히지 못한 진리를 반드시 내가 밝혀낼 것이다. 닭이 먼저인가 달걀이 먼저인가의 진리를 내가 밝혀낼 것이다."

그후부터 닭의 문제는 그의 평생 화두가 되었다. 그는 자라서 청년이 되었고 대학에 들어갔다. 청년이 되어서도 그는 언제나 어디서나 닭이 먼저인가 달걀이 먼저인가만을 곰곰이 궁리했다. 실제로 그는 이렇게 도표를 만들어보기도 했다.

"여기에 한 개의 달걀이 있다. 이 달걀은 닭에서 나온 것이다. 그 닭은 달걀에서 나왔으며 달걀은 닭에서 나왔다."

그리하여 그가 만든 도표는 이렇게 단순화되었다.

'닭→달걀→닭→달걀→닭→달걀→닭→달걀→닭→달걀
→닭→달걀……'

그러나 그 순환은 끝이 없었다. 달걀이 맨 처음인 것처럼 느껴지는 순간에는, 그러면 그 달걀은 저 혼자서 태어날 수는 없지 않겠느냐는 의구심이 들었으며, 그래서 닭이 먼저인 것같이 느껴지는 순간에는 닭은 달걀 속에서 부화되어 깨어나는 난생동물(卵生動物)임에 틀림이 없다는 사실이 생각나곤 했었다. 고민 끝에 그는 한 가지 결론을 내렸다. 그래서 그는 모처럼 선생님을 찾아갔다. 선생님은 예전보다 늙었으나 아직 노인은 아니었다. 그는 선생님을 보고 이렇게 말했다.

"선생님, 제가 마침내 정답을 알아내었습니다. 닭이 먼저인가 아니면 달걀이 먼저인가의 정답을 알아내었습니다."

"그런가."

선생님은 미소를 띄우면서 말했다.

"그러면 내게 그 정답을 말해주게나. 닭이 먼저인가 아니면 달걀이 먼저인가."

"닭이 먼저일 수도 달걀이 먼저일 수도 있습니다."

"어째서 그러한가."

"닭과 달걀은 떼려야 뗄 수 없는 불가분의 존재입니다. 하나의 존재를 둘로 나누려 하는 그 자체가 모순인 것입니다. 그러므로 닭이 먼저라는 답도 정답이며 달걀이 먼저라는 답도 정답인 것입니다."

그러자 그의 대답을 들은 선생님이 고개를 흔들며 말했다.

"자네의 말이야말로 모순이다. 이 세상에 두 개의 진리는 없는 것이다. 닭이 먼저라는 사실도 진리이고 달걀이 먼저라는 사실도 진리라면 그 진리는 이미 진리가 아닌 것. 닭과 달걀은 분명히 하나의 존재가 아니라 두 개의 개체이다. 두 개의 개체가 어떻게 동시에 먼저일 수가 있겠는가. 어머니의 뱃속에서 한날 한시에 태어나는 쌍둥이도 먼저 태어나고 늦게 태어나서 하나는 형이 되고, 하나는 아우가 되는 것이다. 닭이 먼저라는 사실도 옳고 달걀이 먼저라는 사실도 옳다면 한배에서 태어나는 쌍둥이는 둘 다 형이며 둘 다 아우라는 모순을 갖게 되는 것이다. 그러므로 자네의 대답은 정답이 아닌 것이다."

그는 실망하여 집으로 돌아왔다.

그는 군대에 들어가 구보를 하고, 불침번을 서고, 총을 쏘면서도 닭이 먼저인가 달걀이 먼저인가를 심사숙고했다. 그는 한 여인을 만나서 사랑을 하게 되었다. 사랑을 하면서도 그는 닭이 먼저인가 달걀이 먼저인가를 심사숙고했다. 두 사람은 마침내 결혼을 하게 되었다. 결혼을 하고 신혼생활중 어느 날 밤 아내가 된 여인이 고민에 가득 찬 그에게 물었다.

"당신은 무엇을 그렇게 항상 고민하세요."

그는 솔직하게 대답했다. 자신에게는 평생의 숙제가 하나 있다는 것. 그것은 이 세상에서 그 누구도 밝혀내지 못한 진리를 찾아내는 일이라는 것.

그러자 그의 아내가 물었다.

"그 진리란 무엇인가요."

그는 대답했다.

"나는 닭이 먼저인가, 달걀이 먼저인가 하는 문제의 정답을 찾기 위해 이렇게 고민하고 있는 것이오."

깔깔깔, 그의 아내는 웃으며 말했다.

"겨우 그런 것을 고민하고 있다니. 닭이 먼저건 달걀이 먼저건 그게 무슨 상관이에요. 닭은 잡아서 삶아 먹으면 그만이고 달걀은 깨뜨려서 프라이를 해서 먹으면 그만이에요. 문제는 닭이 먼저인가 달걀이 먼저인가를 밝혀내는 데 있는 게 아니라 어떻게 하면 황금 알을 낳는 닭을 구하는가에 있는 거예요. 당신은 이제 아내와 곧 있으면 태어날 아이를 가진 가장이에요."

과연 아내의 말처럼 아내는 아이를 낳았다. 아들이었다. 그리고 나서 몇 년 뒤 아내는 또다시 아이를 낳았다. 이번에는 딸이었다.

그는 아내와 두 아이를 가진 가장이었지만 아직도 닭이 먼저일까 달걀이 먼저일까 하는 문제에 사로잡혀 있었다. 그래서 그는 무능하기 짝이 없는 가장이었다. 그는 직장에서 일을 하면서도 퇴근 후 직장동료들과 어울려 술을 마시면서도 닭이 먼저일까 달걀이 먼저일까 하는 문제만을 골똘히 생각하고 있었다. 참다 못한 아내가 그에게 울부짖으면서 말했다.

"그놈의 망할 놈의 닭과 달걀, 도대체 당신은 언제까지 닭과 달걀에 매달려 있을 거유. 이봐요, 여기 당신의 달걀이 있어요."

아내는 그의 앞에 어린아이들을 세워놓으며 말했다.

"이 아이들이 달걀이라면 당신은 달걀을 낳은 닭이에요. 당신의 아이들을 쳐다보면서 실컷 닭이 먼저인가 달걀이 먼저인가, 아버지가 먼저인가 아들이 먼저인가를 생각해보시구료."

아내의 이 말은 그를 번쩍 정신이 들게 하였다. 아내의 말대로 내가 왜 닭과 달걀에 그토록 매달려 있는 것일까. 닭은 난생동물이고, 인간은 태생동물이 아닌가. 그렇다면 닭에 집착할 것이 아니라 인간의 문제에 매달려야 할 것이 아닌가. 그렇다. 닭이 먼저인가 달걀이 먼저인가는 중요치 않다. 그 대신 내가 매달려야 할 새로운 문제는 아버지가 먼저인가 아들이 먼저인가 하는 인간의 문제인 것이다.

이때부터 그의 화두는 이렇게 변했다.

"아버지가 먼저인가 아들이 먼저인가."

그는 이상한 사람이었다.

그는 심각한 고민 끝에 모처럼 선생님을 찾아갔다. 선생님은 완전히 늙어서 백발의 노인이 되어 있었다. 그는 선생님에게 이렇게 말했다.

"선생님, 저는 아주 중요한 사실을 깨닫게 되었습니다."

선생님은 늙어 귀가 먹었으므로 그는 소리를 고래고래 질러야 했다.

"무엇을 깨달았단 말이냐. 닭이 먼저인가 아니면 달걀이 먼저인가 하는 문제의 정답을 깨달았단 말이냐."

"아닙니다. 저는 달걀이 먼저냐 닭이 먼저냐 하는 문제는 우리 인간에게 별로 중요하지 않다는 사실을 깨달았습니다."

"그럼 무엇이 중요하단 말이냐."

"아버지가 먼저인가 아니면 아들이 먼저인가 하는 것이 더욱 중요한 문제라는 사실을 저는 깨달았습니다. 왜냐하면 우리는 닭과 같은 동물이 아니라 인간이기 때문입니다."

"그것은 문제도 아니다."

선생님은 대답했다.

"어째서 그렇습니까."

"그 어떤 아들도 아버지보다 앞설 수는 없기 때문이다. 아버지가 있어야만 아들은 태어날 수 있는 것이다. 어떻게 아들이 아버지를 낳을 수 있단 말이냐. 그러므로 네 문제는 문제도 아니다."

"허지만."

그는 말했다.

"이 세상의 그 어떤 아버지도 한때는 아들이었습니다. 그 어떤 어머니도 한때는 딸이었듯이. 이처럼 아들을 거치지 않은 아버지는 이 세상에 존재할 수 없는 것입니다."

그러자 선생님은 몹시 화를 내면서 이렇게 말했다.

"그렇다면 내가 네 아들이란 말이냐. 네가 내 아버지란 말이냐."

그는 실망하여 집으로 돌아왔다. 그날 밤 그는 집으로 돌아와 종이 한 장에는 아버지를 그리고 다른 한 장에는 아들을 그렸다. 그는 두 장의 그림을 벽에다 붙이고 이렇게 결심했다.

"아무도 밝히지 못한 진리를 반드시 내가 밝혀낼 것이다. 아버지가 먼저인지 아들이 먼저인지, 내가 밝혀낼 것이다."

실제로 그는 이렇게 도표를 만들어보기도 했다.

"여기에 한 사람의 아들이 있다. 이 아들은 그의 아버지가 낳은 것이다. 그 아버지는 다시 아들에게서 나왔으며 그 아들은 아버지에게서 나왔다."

그리하여 그가 만든 도표는 이렇게 단순화되었다.

'아버지 → 아들 → 아버지 → 아들 → 아버지 → 아들 → 아버지 ⋯⋯.'

그러나 그 순환도 끝이 없었다. 아버지가 맨 처음인 것처럼 느껴지는 순간에는 그 아버지도 저 혼자서는 태어날 수 없지 않겠느냐는 의구심이 들었으며, 그래서 아들이 먼저일 것 같다고 느껴지는 순간에는 이 세상에 그 어떤 아들도 아버지에 의해서 태어났다는 생각이 들었기 때문이었다. 이 세상에 그 어떤 인간도 스스로 태어나는 독생자

(獨生子)는 없는 것이며, 인간은 수정된 후 모체 안에서 태어나는 태생동물임에 틀림없다는 사실에 생각이 미치곤 했었다.

그는 심각하게 이 문제에 몰두하기 시작했다.

그러던 어느 날 그는 우연히 성경을 보게 되었다. 성경에는 아주 좋은 말들이 많이 있었으나 그의 눈을 강하게 끌어당긴 것은 '예수의 족보'에 대한 구절이었다. 그 구절은 다음과 같았다.

"……예수께서는 서른 살가량 되어 전도하기 시작하셨는데, 사람들이 알기에는 그는 요셉의 아들이며, 요셉은 옐리의 아들이며, 그 위로 거슬러올라가면 마땃, 레위, 멜기, 얀나이, 요셉, 마따디아, 아모수……."

예수의 족보는 끝이 없었다. 그는 이 구절이 몹시 흥미 있었다. 왜냐하면 예수는 '요셉의 아들'이며 그 요셉은 '옐리'의 아들이라는 구절이 명기되어 있다는 사실 때문이었다. 예수의 족보는 이렇게 끝이 나고 있었다.

"……므두셀라, 에녹, 야렛, 마할랄렐, 캐난, 에노스, 셋, 아담 그리고 마침내 하느님께 이른다."

그는 예수가 자신을 낳은 아버지 요셉, 그 아버지 요셉을 다시 낳은 아버지 옐리와 같이 '아버지와 아들'의 대를 물려 78대나 걸쳐서 하느님께 이른다는 사실을 깨달았던 것이다. 성경은 이렇듯 예수가 하느님의 아들임을 증명하기 위해서 장황하게 예수의 족보를 나열해놓고 있는 것이다.

그러나 그는 여전히 이해할 수 없었다.

예수의 족보는 '하느님'에 이르러 끝이 나 있었지만 하느님이 그 누구에 의해서 태어난 것인가에 대해서는 거두절미하고 있었기 때문이었다. 그는 오랜만에 다시 선생님을 떠올렸다. 그러나 그가 선생님을 찾아갔을 때 선생님의 아들은 선생님이 돌아가셔서 무덤에 묻혀 있다고 말해주었다. 하는 수 없이 그는 이 문제를 해결하기 위해서 존경받고 있는 성직자를 찾아가 이렇게 물었다.

"성경에 나오는 예수의 족보에 대해서 흥미롭게 보았습니다. 예수는 요셉이 낳았으며, 요셉은 엘리에게서 나왔으며, 엘리는 마땃에게서 나왔습니다. 이렇게 78대를 거슬러올라가면 마침내 하느님께 이른다는 구절을 보았습니다."

"그렇습니다. 형제여."

성직자는 부드럽게 웃으면서 이렇게 말했다.

"예수님께서는 바로 하느님의 아드님이신 것입니다."

"그러면 하느님은 그 누가 낳으신 것입니까."

그는 진지하게 물었다. 그의 질문에 당황한 것은 오히려 성직자였다. 성직자는 대답했다.

"하느님은 그 누구로부터 낳은 적도 없고, 태어나신 적도 없는 절대적인 존재, 그 자체이십니다. 굳이 말하자면 하느님을 낳은 사람은 하느님 자신인 것입니다. 하느님은 시작도 없고 끝이 없는 무시무종 (無始無終)의 절대자일 뿐 아니라 전지전능한 절대자인 것입니다."

그는 실망하여 집으로 돌아왔다. 성직자의 대답은 그가 원하는 진리가 아니었다. 그가 원하는 진리는 논리적으로도 과학적으로도 증명될 수 있는 완벽한 진리였지 불가사의한 초자연적인 현상을 신화화한 진리가 아니었기 때문이었다. 그래서 그는 한 가지 결론을 내렸다.

"더이상 예수의 족보에 집착할 필요는 없는 것이다. 왜냐하면 그것은 나하고는 상관없는 예수의 족보이기 때문이다."

그러나 소득이 없었던 것은 아니었다. 그는 자신의 족보를 구했다. 예수처럼 자신의 가계를 추적해보기 위해서였다. 그의 이름은 김경수였으므로 김씨 문중에서 소중하게 보관하고 있는 족보를 구해서 펼쳐보았다.

족보의 맨 끝에는 자신의 이름이 적혀 있었다. 자신의 이름 위에는 자신을 낳은 아버지의 이름이 적혀 있었다. 김순철, 그것이 아버지의 이름이었다. 아버지를 낳은 아버지의 이름은 영호였고, 아버지의 아버지, 그 아버지를 낳은 사람의 이름은 용선이었다. 아버지의 아버지, 그 아버지의 아버지를 낳은 사람의 이름은 인덕이었으며, 인덕은 현택이 낳았다. 현택은 한수가 낳았으며, 한수는 근식이 낳았다. 근식은 재정이 낳았고, 재정은 대진이 낳았다.

그는 자신을 탄생시키기 위해서 수많은 아버지들이 태어났고, 살았고, 사랑을 하였음을 깨닫게 되었다. 때로는 비참하게 죽기도 하였으나 어쨌든 아들을 낳았다. 그들이 아들을 낳지 못하였더라면 그는 이 세상에 태어나지조차 못했을 것이다. 그래서 그는 성경을 모방하여 자신의 족보를 이렇게 정리해보았다.

"나 경수는 순철의 아들이며, 순철은 영호의 아들이다. 그 위로 거슬러올라가면 용선, 인덕, 현택, 한수, 근식, 재정, 대진, 명환……."

족보를 거슬러올라가보면 맨 처음 시조(始祖)의 이름이 적혀 있었다. 시조의 이름은 수로(首露)였다. 그러니까 예수가 하느님의 아들인 것처럼 그는 수로의 아들이었던 것이다. 그러나 그는 만족할 수가 없었다. 그의 족보는 수로에서 끝이 나 있었지만 그 수로가 어디서부터 온 존재이며, 누가 낳은 아들인가 하는 의문은 여전히 풀리지 않고 있었기 때문이었다.

그래서 그는 족보를 돌려주기 위해서 문중에서 가장 존경을 받고 있는 사람을 찾아가 이렇게 물어 말했다.

"우리 문중의 시조가 누구신지 족보를 본 후에는 잘 알겠습니다만 한 가지 여쭤볼 것이 있습니다."

"무엇인데."

그 사람은 미소를 지으며 말했다.

"우리 문중의 시조인 수로는 누구의 아들입니까. 수로를 낳은 사람은 누구입니까. 그는 어디서 온 것입니까."

그 순간 그 사람은 몹시 화를 내면서 이렇게 말했다.

"이 망할놈아, 너는 애비도 에미도 없단 말이냐. 문자 그대로 시조라 함은 우리 가문의 첫번째 되는 사람이 아닐 것이냐. 그 첫번째 되는 사람에게 무슨 아버지가 있을 것이냐."

그는 더이상 물어볼 수가 없었다. 더이상 물어보았다가는 그 자리에서 한 방망이 얻어맞고 쫓겨날 판이었다.

그는 이상한 사람이었다.

그는 어쩔 수 없이 역사학자를 찾아가 다음과 같이 물었다.

"나는 김수로왕의 후예입니다. 그래서 나는 우리 문중의 시조인 김수로왕이 어디서 왔는지 알고 싶습니다."

그러자 역사학자는 웃으며 말했다.

"그것은 어렵지 않습니다."

그는 서재에 꽂혀 있는 한 권의 책을 뽑아들었다. 그것은 『삼국유사(三國遺事)』란 책이었다. 역사학자는 책을 펼쳐 '가락국기(駕洛國記)'란 항목을 펼쳐들었다.

"여기에 다음과 같은 구절이 있습니다."

그리고 나서 그는 그 구절을 읽기 시작했다.

"천지가 개벽된 후 이곳에는 아직 나라 이름이 없었다. 그리고 군신의 칭호도 없었다. 이럴 때에 아도간(我刀干)을 비롯하여 아홉 사람의 추장들이 백성들을 통솔했으니 모두 일백호로서 7만5천 명이었다. 이 사람들은 거의 산과 들에서 살았으며, 우물을 파서 마시고, 밭을 갈아먹었다. 후한(後漢)의 세조(世祖) 광무제(光武帝) 건무(建武) 18년 3월에 그들이 살고 있는 북쪽 구지(龜旨)에서 무엇을 부르는 이상한 소리가 났다. 백성 이삼백 명이 거기에 모였는데 사람의 소리 같기도 하지만 그 모습을 숨기고 소리만 내서 말했다. '여기에 사람이 있느냐.' 추장들이 대답했다. '우리들이 있습니다.' 그러자 또 말했다. '내가 있는 곳이 어디냐.' '구지입니다.' '하늘이 나에게 말하기를 이곳에 나라를 세우고 임금이 되라고 하였으므로 일부러 여기에 내려온 것이니 너희들은 모름지기 산봉우리 꼭대기에 흙을 파면서 노래를 부르되 '거북아 거북아 머리를 내밀어라. 만일 내밀지 않으면 구워 먹겠다' 하고 노래를 부르면서 춤을 추어라. 그러면 곧 대왕을 맞이하여 기뻐 뛰놀게 될 것이다.' 아홉 추장들이 이 말을 좇아 모두 기뻐하면서 노래하며 춤을 추다가 얼마 안 되어 우러러보니 자줏빛 줄이 하늘에서 드리워져서 땅에 닿고 있었다. 줄 끝을 찾아보니 붉은 보자기에 금합(金匣)이 싸여 있으므로 열어보니 해처럼 붉은 황금 알 여섯 개가 있었다. 여러 사람들은 모두 놀라고 기뻐하면서 함께 백배하였다. 얼마 안 있어 다시 싸안고 아도간의 집으로 돌아와 두었는데 이렇게 열두 시간이 지나 그 이튿날 아침에 여러 사람들이 모여서 그 합을 여니 여섯 알은 화해서 어린아이가 되어 있었는데 그 용모가 매우 출중하였다. 이 아이를 평상 위에 앉히어 여러 사람들이 절하고 하례하면서 지극히 공경했다. 그가 마침내 왕위에 오르니 세상에 처음 나타났다고 해서 이름을 수로라 했다."

역사학자는 다 읽고 나서 이렇게 말했다.

"이렇듯 김수로왕은 알에서 나왔습니다."

이상한 사람은 그제야 분명히 알 수 있었다. 그는 집으로 돌아와 벽에 있던 도표를 쳐다보았다.

'아버지→아들→아버지→아들→아버지→아들……'

그제서야 그는 그 도표가 틀렸음을 알 수 있었다. 아들은 아버지에서 태어나고 또 그 아버지는 또다른 아버지에서 태어나지만 거슬러 올라가면 시조 수로는 아버지도 아들도 아닌 황금알(黃金卵)에서 태어났음을 알 수 있었던 것이다. 그러므로 '아버지가 먼저인가 아들이 먼저인가' 하는 순환은 깨어지고 이 세상의 모든 아버지와 이 세상의 모든 아들은 황금알에서 태어났음을 깨달았던 것이다. 그래서 그는 벽에 붙은 그 도표를 찢어버렸다.

그러는 동안 그는 완전히 이상한 사람으로 취급당하고 있었다. 초등학교 시절 선생님으로부터 들었던 '닭이 먼저냐 달걀이 먼저냐'는 질문을 통해 그 정답을 반드시 밝히리라 결심했던 그는 아내로부터 '이 아이들이 달걀이라면 당신은 달걀을 낳은 닭이에요. 당신의 아이들을 쳐다보면서 아버지가 먼저인가 아들이 먼저인가를 생각해 보시지요' 하는 불평을 듣는 순간 닭보다 인간의 문제에 매달려야겠다고 결심을 바꿨던 것이다. 그는 이 문제에 매달려 많은 시간을 보냈으며 직장에서는 무능한 사람으로 쫓겨났고, 아내는 어느 날 그에게 이렇게 말했다.

"당신은 정상이 아니에요. 당신은 미친 사람이에요."

그리고 나서 아내는 선언하듯 말했다.

"나는 더이상 미친 사람과 살 수 없어요. 우리 헤어져요."

그는 이상한 사람이긴 했지만 미친 사람은 아니었다. 그는 이상한 사람으로 취급받는 것은 견딜 수 있었지만 미친 사람으로 취급받는 것은 견딜 수가 없었다. 그는 혼자서 집을 나왔으며 마침내 혼자서 살게 되었다.

그러나 그는 외롭지가 않았다. 왜냐하면 그는 어릴 때부터 줄곧 생각해왔던 문제의 정답을 알게 되었기 때문이다.

"나는 황금알에서 태어났다."

그는 자신을 존경하고 있지는 않지만 그래도 이따금 용돈을 주며 만나고 있는 아들을 찾아가 이렇게 말했다.

"너 역시 황금알에서 태어난 것이다."

그러자 아들은 이렇게 말했다.

"정신 차리세요, 아버지. 자꾸 그런 말씀을 하시면 더이상 아버지라고 부르지도 않겠어요. 그리고 더이상 나를 찾아오지 마세요."

그는 아들로부터 쫓겨나 혼자 있는 집으로 돌아왔다. 그는 또다시 생각했다. 학자를 통해 김씨 문중의 시조인 김수로가 황금알에서 태어난 것을 알게 되었지만 그 황금알은 도대체 어디서 온 것일까 하는 새로운 의문에 사로잡히게 되었던 것이다.

그 알은 누가 낳은 것일까. 그 알은 도대체 어디서 온 것일까. 역사책에 의하면 황금알은 '하늘에서 드리워진 자줏빛 줄에 매달린 붉은 보자기로 둘러싸인 금합(金閤)에 들어 있었다'고 전해지고 있다. 그렇다면 그 줄은 어디에서 내려온 것일까. 그 줄은 하늘에서 드리워진 것이다. 그렇다면 도대체 그 줄은 하늘에 사는 누가 내려준 것인가. 그 줄을 내려보낸 사람은 역사책에 나오는, 모습을 숨기고 소리로만 '여기에 사람이 있느냐' 하고 물었던 바로 그 사람인 것이다.

그래서 이상한 사람은 또다시 이렇게 도표를 만든다.

'아버지 → 아들 → 아버지 → 김수로 → 황금알 → 자줏빛 줄 → 하늘 → 모습을 숨기고 소리만 내었던 사람.'

그러나 그의 추적은 더이상 진전되지 못했다. 그는 이렇게 생각했다. 그 모습을 숨긴 사람은 도대체 어디서부터 온 것일까. 아니다. 그 역사책의 시작은 다음과 같았다.

'천지가 개벽된 후 이곳에는 아직 나라 이름이란 없었다.'

그렇다면 그 모습을 숨긴 사람이 태어나기 전의 세상은 무엇이었을까. 천지가 개벽되어 하늘과 땅이 갈라지기 전의 세상은 무엇이었을까. 아버지와 아들이 태어나기 이전의 세계와 천지가 개벽되기 이전의 세계에는 과연 무엇이 있었던 것일까.

그는 생각하고 또 생각했다. 그리하여 이상한 사람은 이 이상한 문제를 생각하느라고 완전히 이상한 노인이 되어 있었다. 그의 시선은 완전히 현실을 떠나 먼 영혼을 향하고 있었다. 그는 완전히 이 세상을 초월해 있었다. 그는 자신이야말로 낳고 죽음이 없는, 오고감이 없는 불멸의 존재임을 깨달았다. 이상한 사람은 자신이 '한 처음, 천지가 창조되기 전부터 살아 있었던 존재'임을 깨달았다. 또한 그는 자신이 '한 처음, 아버지와 아들이 태어나기 전부터 살아 있었던 존재'임을 깨달았다. 그래서 사람들이 그에게 나이를 물으면 그는 이렇게 대답하곤 했다.

"내 나이는 셀 수가 없습니다. 내 나이는 영원(永遠)입니다."

어느 날 노인은 땅 위에 드리워진 줄 하나를 보았다. 처음에 그는 그 줄이 땅에 떨어진 노끈인 줄 알았다. 그런데 그것이 아니었다. 그는 다가가 그 줄을 잡아당겨보았다. 그 줄은 하늘에서 드리워져 땅에 닿아 있었다. 그것은 자줏빛 줄이었는데 그 끝에 붉은 보자기가 매달려 있었다.

노인은 그 붉은 보자기로 자신의 몸을 감쌌다. 그리고 천천히 줄을 타고 하늘로 올라갔다. 그로부터 그 이상한 사람은 영원히 돌아오지 않았다.

자전거 타고 바다 건너기
—최인호의 『달콤한 인생』 읽기

우찬제(문학평론가, 서강대 교수)

작가 최인호는 끊임없이 자기 세계를 갱신하며 소설의 깊이
를 추구해왔다. 거칠게 말해 40년 가까운 그의 소설 역정은
매혹적인 감수성의 문학에서 선(禪)적 투시와 심화된 성찰
의 문학으로 이행해온 도정이었다. 그럼에도 불구하고 최인
호에 대한 문학적 평가는 별로 이루어져 있지 않은 편이다.
여러 가지 측면에서 최인호에 대한 문학적 읽기를 본격적으
로 시작해야 할 때가 아닐까 싶다.

1. 상징적 악몽과 상상적 열망 사이

　최인호는 '70년대 작가군의 선두주자'였고 '청년 문화의 기수'였다. 1970년대 초「술꾼」「모범동화」(1970), 「예행연습」「타인의 방」「미개인」「처세술 개론」(1971), 「무서운 복수」(1972) 등을 발표할 무렵, 그의 소설은 새로운 감수성의 신개지로 받아들여졌다. 마치 1960년대 초에 '감수성의 혁명'을 가져온 작가로 찬사를 받은 바 있던 김승옥의 경우처럼, 최인호 역시 김병익·김치수·김현 등의 비평가들에 의해 새로운 가능성을 지닌 작가로 주목받았던 것이다. 그러다가 산업화, 도시화 세태를 배경으로 호스티스의 삶과 죽음을 그린 장편『별들의 고향』(1973)이 베스트셀러가 된 이후 문화사회학적인 사건을 연출하기도 했으나 한편에서는 '호스티스 작가'라느니 '상업주의 작가'라느니 하는 부정적인 평가를 받기도 했다. 그런 가운데서도 그는 끊임없이 자기 세계를 갱신하며 소설의 깊이를 추구해왔다. 거칠게 말해 40년 가까운 그의 소설 역정은 매혹적인 감수성의 문학에서 선(禪)적 투시와 심화된 성찰의 문학으로 이행해온 도정이었다. 다시 말해 보이는 '벽 구멍'에서 보이지 않는 '길 없는 길'로의 긴 여로였다고 하겠다. 그 여로는 그리 간단치 않다. 그럼에도 불구하고 최인호에 대한 문학적 평가는 별로 이루어져 있지 않은 편이다. 베스트셀러 작가라는 문화사회학 혹은 상품사회학적 관심 탓이었을까. 어쨌든 그는 대표적으로 과소 평가된 작가 중의 한 명인 것만큼은 틀림없다. 가령 1989년부터 중앙일보에 연재를 시작하여 1993년에 4권으로 완간한 장편『길 없는 길』에서 펼쳐 보인 '내가 곧 부처'라는 명제의 서사적 형상화 양상은 그 넓이와 깊이 양면에서 최인호의 작가적 역량을 십분 확인시켜준 대표적 사례라고 생각한다. 또 최근 발간되어 이제 본격적인 읽기가 시작되고 있는『상도(商道)』역시 그러하다. 여러 가지 측면에서 최인호에 대한 문학적 읽기를 본격적으로 시작해야 할 때가 아닐까 싶다.

　최근 들어 최인호를 재평가하는 자리에서 김종욱은 "자기정체성에 대한 불안이야말로 세계의 부정성을 극복할 수 있는 계몽적이고 이성적인 자아에 대한 확신에 바탕한 1970년대 민족민중문학과 구별되는 최인호의 독자적인 영역"(「근대화의 유혹과 개인적 자유 사이에서의 줄다리기」,『문학사상』2000년 3월호, 53쪽)일 것이라고 말한 바 있다. 근대화의 격랑 속에서 세계의 억압적 권력이 자유롭고자 하는 개인을 억누를 때, 그 개인은 불가피하게 소외의 지대에서 주체 분열의 위기를 맞을 수밖에 없는데, 최인호가 다룬 인간상들이 대개 그러한 성격을 보여준다는 것이다. 대체로 타락한 근대의 현실을 규율하는 상징적 질서는 진실의 길을 탐문하는 개인들에게 상징적 악몽으로 받아들여지기 십상이다. 그럴 때, 즉 상징적 악몽에 대면했을 때 주체의 반응은 여럿일 수 있다. 최인호의 경우, 크게 보아 세 가지 경우로 그것을 나눌 수 있겠다. 1) 상징적 악몽을 혹독하게 체험하거나, 2) 상징적 악몽이 강요되는 현실의 대안에서 상상적 열망을 추구하려는 역설적 전회를 시도하거나, 3) 상징적 악몽과 상상적 열망 사이에서 위태로운 줄타기를 하는 경우 등이 바로 그것이다.

첫번째 경우, 상징적 악몽 속에서 절망한 최인호의 인물들은 위악의 포즈를 취하거나(「술꾼」「모범동화」「처세술 개론」 등), 혹독한 거세 공포에 시달리거나(「아버지의 죽음─전람회의 그림」「방생」 등), 소외된 형상 그 자체이거나(「타인의 방」 등), 실존적 위기나 허무 의식에 포박되거나(「깊고 푸른 밤」 등) 하는 등 다채로운 형상으로 제시된다. 반면 상상적 열망이 강하면 비루한 존재의 역설적 승화나 상상적 몽유 실험이 두드러진다. 두번째 경우에 해당되는 것으로, 장편 『길 없는 길』을 비롯해 「산문(山門)」「이별 없는 이별」 등에서 최인호는 상상적인 구원의 가능성을 탐문한다. 상징적 악몽과 상상적 열망 사이의 긴장의 자장이 주를 이루거나, 그 대조 어법이 전경화되는 세번째 경우는 어찌 보면 공통적인 특성일 수 있다. 자아와 세계의 대립을 기저로 하는 모든 서사의 구조가 그러하려니와, 최인호의 소설 역시 그렇다. 아니 더 정확하게 말하면, 최인호 소설의 기본 문법은 그 둘 사이의 긴장과 대립에 대한 도저한 인식에서 비롯된다고 할 수 있기 때문에 이 유형은 더 주목할 만하다. 동시대의 다른 작가들보다 더 현저하게 이가(二價) 원소들의 대립 양상을 최인호가 구조화하고 있기 때문이다. 「위대한 유산(遺産)」이나 「이상한 사람들」 같은 텍스트는 그 구조적 정식을 잘 드러낸 경우다. 이를 먼저 논의하면서 최인호 소설의 특성에 다가서고자 한다.

2. 자전거 타고 바다 건너기, 혹은 허공의 상상력

「위대한 유산」(1982)은 상징적 악몽과 상상적 열망 사이의 구조적 대립을 극명하게 보여주는 텍스트다. 성인이 된 서술자-주인공은 어린 시절을 회상할 때마다 곤혹스럽다. 그것은 소망의 양태와 체험한 사태 사이의 극명한 대조 때문이다.

(가) 누구든 어린 날의 기억은 달콤하고 포근한 추억으로 남아 있을 것이다.
집이 가난했든 부자였든, 누구에게나 어린 날의 기억은 풍요하고 정다운 느낌으로 남아 있게 마련이다. 어린 날의 추억은 그래서 언제나 질 좋은 닭털침낭처럼 부드럽고 따뜻한 회상 속에 떠오르고 있다. (……) 아아, 어린 시절은 행복했어―

(나) 나는 어린 날을 회상하려면, 전쟁과 폭력과 거리에서 죽은 즐비한 시체와, 피와 아우성 소리, 그런 것부터 떠올리고, 굶주리고 헐벗고 증오와 적의에 차 있는 어린 시절이 부서진 파편처럼 떠올라 아직까지 그 처절하던 기억들이 내 영혼을 난도질하고 상처를 입히는 끔찍한 상상을 우선 하곤 한다.
가정의 평화라든지, 어머니의 웃음소리, 아버지의 엄격하면서도 자상한 사랑 따위와는 거리가 먼, 고아와 다름없다는 느낌이 제일감으로 떠올라, 나는 숫제 발빠르고 버릇 없는 추억의 촉수가 내 의지와는 상관없이 어린 날의 녹슨 빗장을 벗기고 어린 날로 되돌아가는 음침하고 우울한 추억의 길고 긴 회랑으로 달려갈 때면 나는 가지 마, 제발, 그곳은 끔찍한 지옥과 같은 곳이야, 제발, 돌아와, 하고 소리질러 꿈에서 깨어나버리곤 하는 것이다.

따온 부분 (가)와 (나)의 대조는 분명하다. '달콤하고 포근한 추억'과는 상반되는 '끔찍한 지옥과 같은 곳'에서의 '음침하고 우울한 추억' 뿐인 어린 시절이었다는 것이다. 여기서 (나)는 확실히 최인호식 상징적 악몽의 시니피앙이다. "전쟁과 폭력과 거리에서 죽은 즐비한 시체와, 피와 아우성 소리, 그런 것부터 떠올리고, 굶주리고 헐벗고 증오와 적의에 차 있는 어린 시절"에 주인공은 그 악몽으로부터 벗어나고 싶어했다. 그 악몽으로 인해 열 살도 채 못 된 어린아이는 고독한 염세주의에 시달리면서도 꿈꾸는 몽상가이고자 했다. 그 악몽의 땅을 벗어나야 했기 때문이다. 그 방법은 미국으로 가는 길밖에 없다고 아이는 생각했다. 누가 미국으로 데려가만 준다면 "그들의 똥구멍이라도 나는 핥을 용의가" 있었지만, 그의 열망을 들어줄 이는 어디에도 없었다.

그러던 중 동네에 서커스단이 들어와 공연을 하게 된다. 그들의 곡예와 마술도 경이로운 환상의 세계였거니와, 더더욱 주인공을 열광케 한 것은 추첨으로 선물한다는 자전거였다. 악몽의 현장을 탈출해야겠다는 주인공의 열망은 그 자전거가 자기에게 당첨될 것이라는 열망으로 전이된다. 그리고 그 자전거만 지니게 된다면 바다를 건너 미국으로 갈 수 있다는 몽환적 열망으로 이어진다. "나는 당첨될 것이다. 그래서 나는 자전거를 탈 수 있을 것이다. 자전거는 내 것이다. 저 자전거는 내 것이다. 저 자전거가 내 것이 된다면, 나는 당장에라도 미군 부대를 때려칠 것이다. 나는 미군 부대를 때려치고 산과 들을 건너서 아무 데고 떠날 것이다. 집에서 멀리멀리 떨어진 곳으로 마구 달릴 것이다. 바다 위도 달릴 것이다. 바퀴가 물에 빠지기 전에 재빨리 페달을 밟는다면 자전거는 종이배처럼 물위에 뜰 것이다. 나는 자전거를 타고 바다 위를 건널 것이다. 그래서 아주 먼 나라로 떠날 것이다. 그것은 내가 비로소 얻은 단 하나의 희망이며, 유일한 구원이었다."

두말할 필요도 없이 여기서 자전거는 열망의 시니피앙이다. (가)에서 (나)로 탈주하기 위한 탈것의 징표가 바로 자전거라고 할 수 있다. 그런데 (가)에서 (나)로 가기 위해서는 현실적인 조건이 필요하다. 사회적인 조건에서 인간적인 조건까지 다양한 조건들을 갖출 때 가능한 일이 된다. 그런 면에서 본다면 이 소설에서 어린아이의 현실적 조건들은 매우 열악하다. 따라서 예의 탈주는 가망 없는 희망에 다름아니다. 이런 사정이 환상에 가까운 열망을 낳는다. '자전거 타고 바다 건너기'의 열망이 바로 그것이다. 아이는 바퀴가 물에 빠지기 전에 재빨리 페달을 밟는다면 자전거가 종이배처럼 물위에 뜰 것이며, 그러면 바다를 건널 수 있을 것이라고 믿는다. 일종의 허공의 상상력이라 이름할 수 있는 이런 환상적 믿음은 현실적 조건의 열악성을 반증하는 구체적 사례가 아닐 수 없다. 그러므로 우리는 이렇게 정리해볼 수 있다.

a) 주인공이 처한 현실적 조건은 매우 열악하다. 즉 자아와 세계의 대결 상황에서 세계의 폭압상이 너무 심하기에, 그런 세계에 대한 자아의 패배는 예정되어 있는 것이나 한가지다.

b) 현실에서 패배가 예정된 자아는 세계의 상징적 억압 기제로부터 탈주하기 위해 상상적 열망의 세계를 지향한다. 현실의 디스토피아에 대비되는 열망의 유토피아에 대한 충동은 매우 강렬하다.

c) 그럴수록 a)와 b)의 거리는 극대화된다. 거리의 극한값이 환상적 은유를 낳는다. '자전거 타고 바다 건너기'가 그런 경우다. 그것은 현실의 질서에서 보면 혼돈의 우주다. a)와 b)를 혼돈스럽게 뒤섞으면서 메타포를 창출하기 때문이다. 카오스가 a)에 가까이 가면 앞의 1) 유형이 되고, b)에 다가서면 2) 유형이 된다. 물론 '자전거 타

고 바다 건너기'는 3) 유형이다.

「이상한 사람들」역시 이런 구도에서 이해된다. 이 작품은 "그는 이상한 사람이었다"는 문장으로 시작되는 네 가지 이야기를 병렬적으로 제시하면서 계기적으로도 서사적 의미 전개를 알게 한 텍스트다. '포플러'에서 이상한 사람은 높이뛰기를 잘 하는 대장장이다. 그는 세 아이와 아내를 어처구니없게 잃은 불행한 사람이다. 최고로 2미터 40센티를 뛰어넘은 기록 보유자지만 높이뛰기를 하다가 다리를 다쳐 절뚝발이가 된 그는 더이상 높이뛰기를 잘 할 수 없게 된다. 그럼에도 그는 여전히 높이뛰기에의 열망을 버리지 않는다. "무지개를 향해 달려갈 수 있는 먼 거리의 지평선이 내 앞에 환히 펼쳐져 보일 수만" 있기를 계속 열망한다. 그래서 그는 포플러 한 그루를 심는다. 포플러가 자라는 대로 뛰어넘다가 마침내 "하늘만큼 뛰어오를 수 있기"를 소망하면서 말이다. 소망대로, 환상처럼, 포플러를 뛰어넘던 그는 마침내 하늘을 향해 높이 치솟은 포플러를 뛰어넘다가 허공 속으로 사라지고 만다. 그에게 땅(a)과 하늘(b)의 대립은 도저했다. 그러나 이상한 사람이었기에 그는 그 대립을 가르고 허공으로 사라져간 것이다. '허공'의 세계로 진입하기는 곧 자전거 타고 바다 건너기의 메타포와 비슷하다. 두번째 이야기 '침묵은 금이다'의 이상한 사람은 35세의 중견 부장으로 유복한 중산층이었다. 어느 날 그는 거짓말을 하지 않기 위해 입을 다문다. 그런 진실에의 열망 때문에 회사에서 쫓겨남은 물론 가족에게도 버림받는다. "내가 벙어리가 아니라 그들이 귀머거리"이기 때문에 그가 말하지 못한다는 그의 역설은 "마음의 문"이 이미 닫혀버린 사람들에게 소통되지 않는다. 거짓말의 세상과 진실의 세상 사이에서 '마음의 문 열기'는 앞의 허공의 세계로 진입하기 메타포와 겹친다. 세번째 이야기 '이 지상에서 가장 큰 집'은 집 없는 상태에서 집짓기를 시도하는 작은 노마의 간절한 사연을 담고 있다. 존재 근거를 박탈당한 채 피투성이처럼 살아가는 피투성(被投性)의 존재인 인간이 집으로 상징될 존재 근거를 마련하려는 열망을 담고 있기에, 단순한 도시 빈민의 이야기를 넘어 인간 존재론의 성찰을 가능케 하는 모티프가 바로 작은 노마의 집짓기라 하겠다.

그것들은 앞서 말한대로 병렬적으로 겹쳐지면서 계기적인 의미 전개 양상을 보인다. 병렬적으로는 a)와 b)의 대립 해소를 위한 모티프이자 메타포라는 점에서 겹쳐지며, 계기적으로는 허공으로 탈주해 마음의 문을 열고 존재의 집짓기를 시도한다는 전개 과정을 보여주는 것이다. 그런 과정을 거쳐 마지막 이야기 '닭이 먼저냐 달걀이 먼저냐'에 이르면 '무시무종(無始無終)'의 세계에 인식론적으로 도달한다. 상징적 악몽과 상상적 열망 사이에서 역설의 진리를 탐구하려 한 결과물이다. 물론 이야기 세계에서 있었던 진리든, 새로운 방식으로 발견한 역설의 진리든, 그 진리의 관념적 제시가 두드러지면, 실존의 긴장이 떨어지고 서사 가치가 훼손될 수 있다. 그 과정에 대한 면밀한 탐사가 무엇보다 중시되어야 하는 것이다. 「이상한 사람들」에서 최인호는 그 과정을 동화적 상상력에 입각해 흥미롭게 보여준다. 서술하는 어른의 힘이 미치기 이전의 경험하는 아이의 시선을 요령 있게 포착하여 생동감 있게 제시하면서, 둘 사이의 대화적 감각도 덧붙이고 있다.

네 이야기에서 이상한 사람들은 모두 허공으로 사라졌다. 그들 모두 자전거를 타고 바다를 건널 수 있는 사람들이었기 때문일까. 첫번째 이야기에서 "우리는 지금 허공에 있다"고 진술했던 서술자는 마지막 이야기에서 그 서사적 재현을 신비체험처럼 보여주면서 허공의 상상력을 극화한다.

어느 날 노인은 땅 위에 드리워진 줄 하나를 보았다. 처음에 그는 그 줄이 땅에 떨어진 노끈인 줄 알았다. 그런데 그것이 아니었다. 그는 다가가 그 줄을 잡아당겨보았다. 그 줄은 하늘에서 드리워져 땅에 닿아 있었다. 그것은 자줏빛 줄이었는데 그 끝에 붉은 보자기가 매달려 있었다.

노인은 그 붉은 보자기로 자신의 몸을 감쌌다. 그리고 천천히 줄을 타고 하늘로 올라갔다. 그로부터 그 이상한 사람은 영원히 돌아오지 않았다.(306쪽)

3. 실존적 위기와 허무 의식, 혹은 길 없는 길 위에서의 방황

허공의 존재론은 매우 극적이고 긴장감 넘치지만 때때로 공허할 수 있다. 게다가 자전거의 뒷바퀴가 땅에 닿거나 물에 젖으면 영락없이 허공에서 지상으로 급전직하 유폐될 위기에 봉착하게 마련이다. 그럴 때 앞서 말한 대로 1) 유형에 접근하게 된다. 가령 이 작품집에 실린 「달콤한 인생」은 1)에 접근한 경우다. 전체적으로 볼 때 이 소설은 파우스트 테마에 입각한 이원적 세계관의 바탕 위에서 이야기를 펼친다. 1·4 후퇴 때 피난길에서 한 여인이 아이를 낳는다. 이 아이를 놓고 수호천사와 악마가 경쟁한다. 괴테의 『파우스트』에 나오는 메피스토펠레스 격인 악마는 "난 이 아이에게 권력과 재물과 명예를 주겠어. 그 대신 이 아이의 영혼을 소유하겠어. 그리하여 이 아이에게 허무와 절망을 키워주겠어. 그렇게 해서 마침내 이 아이가 자살하도록 만들 거야. 두고봐, 최후의 승리는 내가 얻게 될 것이니"라고 장담한다. 이에 수호천사는 "물러가라, 악마야. (……) 난 이 아이를 지키고 있는 수호천사이다. 난 이 아이를 반드시 영원한 천국으로 이끌겠어"라고 응수한다. 초현실적 세계에서 이런 게임이 벌어지는 가운데, 현실 세계에서 아이는 태어나고, 태어나자마자 악마의 예언대로 어머니를 잃고, 인정 많은 아낙의 손에 의해 박순택으로 자란다. 비속한 현실에서 비루하게 자라던 그는 양모마저 어처구니없는 상황에서 여의고, 탈가하여 소매치기를 하며 살다가 우연히 친부를 만나게 되어, 한선우라는 이름으로 권력과 재물과 명예를 일시적이나마 누리게 된다. 그것도 잠시, 과거가 들통나고 모든 것을 잃게 된다. 마지막 남은 아들까지 잃은 그는 허무와 절망 속에서 자살을 결심한다. 지하철 플랫폼에서 자살하려고 대기하던 중 한 아이 엄마의 비명을 듣고 철로에 떨어진 아이를 건진 다음 자신은 들어오던 지하철에 치여 죽는다. 자살 직전 아이를 구함으로써 수호천사의 승리로 끝나지만, 일찍이 악마가 예언한 대로 살다가 죽는 것이다. 이렇듯 박순택 / 한선우의 삶과 죽음은 악마의 예정대로 패턴화된 형상이다. 현실의 영광과 절망을 한꺼번에 보여주는 극적 패턴에 다름아닌 것이다. 게다가 초월적 세계의 조종을 받는 삶과 죽음이어서 실감이 덜하긴 하지만, 최인호가 성찰한 바 현실의 상징적 악몽을 극화하려는 의도만큼은 분명히 전달된다. 여기서 초월적 세계를 뒤로 미루고 박순택 / 한선우의 삶과 죽음만을 전경화해서 보면 분명히 1)에 접근한 소설이라는 사실을 확인할 수 있다. 하지만 이원적 세계관의 그림자가 너무나 분명하고, 현실적인 세계의 문제도 지극히 패턴화되어 있다는 점에서 전적으로 1) 유형이라고 보기는 어렵다. 이에 비해 「깊고 푸른 밤」은 1) 유형에 좀더 가까이 접근한 작품으로 보인다.

「깊고 푸른 밤」은 일종의 길찾기 소설이다. 주인공 '그'와 준호가 동행하여 자동차로 샌프란시스코에서 로스앤젤레스로 가는 여로를 중심축으로 플롯이 형성된다. 1980년 가을 그는 "절박한 분노와 자포자기적 울분이 용암처럼 끓어오르"는 가운데 김포공항을 떠나 미국으로 향했다. 텍스트 안에서 직접적으로 언명되고 있지는 않지만, 그의 분노는 필경 그해 5월 광주사태와 관련된 것으로 추측된다. 그 가공할 폭력에 분노하다 못해 "상한 짐승처럼 이를 악물고" 지내다가 마치 도망치는 심정으로 한국을 벗어났다고 술회하고 있다. 그와 동행이 된 준호는 70년대의 대중가수였는데 대마초 사건으로 사회적으로 매장을 당한 다음 이런저런 사업에 손댔으나 모두 실패하자 가족을 버리고 미국으로 떠나가 현재는 불법체류자가 된 인물이다. 정치적 이유든, 개인적 이유든 할 것 없이 그들은 현실과 화해할 수 없거나 실패한 자들이라는 점에서 공통적이다. 온통 허무 의식에 젖어 있는 그들이기에, 그들의 삶의 길에는 뚜렷한 이정표가 존재할 리 만무하다. 당연히 그들의 하늘에는 별의 지도가 새겨져 있지 않다. 간밤에 같이 폭음하고 마리화나를 피우고 싸우던 무리들이 아무렇게나 잠들어 있는 모습이 그의 눈에는 이렇게 비친다. "그들은 모두 가면을 쓴 사람처럼 보였다. 몸은 지치고 피로해서 쓰러질 것만 같았다. 그들은 이제 마악 임종을 한 뒤 영혼이 육신을 빠져나가 거칠고 황량한 어두운 벌판을 이리저리 배회하다 우연히 만난 아직 이승에서 방황하는 죽은 자들의 혼령처럼 보였다." 이 시선의 주인은 그러나 정작 자신이 그 시선의 대상일 수 있음을 자각하지 못한다. 분열되어 있고 실존적 위기 상황에 빠져 있음에도 불구하고, 그 위기의 정체나 이유 따위에 대해서 제대로 이해할 수 없기에 그들의 허무 의식은 더욱 깊어만 간다.

어쨌든 그들은 자동차를 몰고 길을 떠난다. 길을 떠나는 최소 이유를 우리는 준호의 이런 발화에서 확인할 수 있다. "형, 왜 우리가 이곳에 와 있을까. 우린 왜 이곳에 있지. 그건 참 이상한 일이야." 존재의 정체성에 대한 근본적 질문이다. 그들이 단순한 "몽유병 환자"만은 아니라는 것을 알 수 있다. 그러나 이야기는 준호의 질문을 정면에서 탐사하지 않는다. 그런 질문을 던져야 하는 상태에서의 위악적 포즈들이 좀더 전경화된다. 길을 가는 과정에서 준호의 과거사가 끼어들곤 하지만 그들의 허무 의식의 근인(根因)은 여전히 오리무중이다. 로스앤젤레스로 가는 1번 도로를 그들은 제대로 찾지 못하고 한없이 헤매기만 한다. 1번 도로를 달리고 있는 줄 알았는데, 알고 보니 246번 도로다. 길은 좀처럼 찾아지지 않는다. 길 없는 길에서, 찾아지지 않는 길 위에서 성난 그가 울화통을 터뜨린다. "그 지도는 엉터리야. 우린 속았어. 우린 엉뚱한 길을 지금까지 달려온 거야." 엉뚱한 길을 달렸다는 분노와 허탈감은 더욱 깊어진다. "난 알구 있어. 처음부터 일번 도로는 로스앤젤레스로 가는 도로가 아니었어. 로스앤젤레스는 이번 도로로 삼번 도로로 달려간다 해도 영원히 도착할 수 없을 거야. 왜냐하면 로스앤젤레스란 도시는 이 세상에 존재하지도 않으니까. 그건 지도 위에만 씌어 있는 가공의 도시 이름일 뿐이야. 되돌아가봐. 넌 일번 도로를 영원히 만날 수 없을 테니까." 이쯤 되면 매우 근본적인 지경에 이른 것이다. 1번 도로는 없다는 것, 아니 로스앤젤레스는 없다는 이 인식은 매우 도저하다. 그러니까 1번 도로나 로스앤젤레스는 지상에 존재하는 공간이 아니었던 셈이다. 다시 말해 로스앤젤레스로 향하는 1번 도로란 그들에게 삶의 구경 (究竟)을 탐사하는 길〔道〕이었던 셈이다. 그러나 지상에서 어찌 구경적 길을 발견할 수 있으랴. 그들이 그 1번 도로를 찾지 못하는 것은, 그런 면에서 보면 차라리 자연스럽다. 그 어떤 지상의 척도도, 지도도, 또 어떤 지상의 양식도 그들에겐 결코 우호적이지 않다. 길을 못 찾고 헤매며 분통을 터뜨리는 상황에서 자동차마저 고장나서 움직일 수조차 없는 상태가 된다. 이미 밤은 깊었고 주변에서 구원을 요청할 수도 없는 고립무원의 상태에서 말이다. 실존적 위기 상황은 대단히 극적으로 펼쳐진다. 삶의 벼랑 끝까지 몰린 상태에서, 존재의 극한으로 밀려난 지경에서, 주인공은 마침내 현실에서의 패배를 승인하고 만다.

그는 거센 파도에 의해서 바다를 건너 밀려온 죽은 시체처럼 바위 위에 쓰러져 누웠다. 그를 낯선 땅으로 유배시켜온 파도들은 서둘러 물러가고 갓 도착한 빈손의 파도들만 그를 사로잡기 위해서 그물을 던지고 있었다. 그제야 줄곧 그의 마음속에 끓어오르던 분노의 불길이 서서히 꺼져가는 것을 보았다. 파도에 의해서 밀려온 낯선 뭍으로의 망명이 그의 분노를 잠재운 것은 아니었다. 그는 그가 살아온 모든 인생, 그가 보고 듣고 느꼈던 모든 삶들, 그가 소유하고 잃어버리고 허비했던 명예와 허영, 그가 옳다고 믿었던 정의와 법(法), 때로는 성공하고 때로는 배반당했던 그의 욕망, 끊임없이 추구하던 쾌락과 성욕, 그가 한때 가지고 버렸던 숱한 여인들, 그 모든 것들로부터 무참하게 얻어맞고 마침내 처절하게 패배당한 것 같은 느낌을 받았다. 처절하게 패배당했다는 사실을 깨달았을 때 그의 분노는 참따랗게 재를 보이며 소멸되었다.
  이제는 원한도, 증오도, 적의도, 미움도, 아무것도 가질 이유가 없었다. 그는 딱딱한 바위의 표면 위에 입을 맞추며 그를 굴복시킨 모든 승리자들에게 용서를 빌었다. 그리고 이젠 정말 돌아가야 한다고 다짐했다. 그는 너무 지쳐 있었으므로 그 누구에게든 위로받고 싶었다.(252 ~253쪽)

길 없는 길 위에서 허무 의식에 젖어 방황하던 주인공이 현실의 상징적 악몽을 그대로 수긍하고 현실에서 새로운 길찾기의 패배를 승인하면서 그 현실로 돌아가겠다고 다짐하는 대목이다. 낭만적 패배주의자의 미학을 알 수 있게 한다. 그러나 이 결구가 "왜 우리가 이곳에 와 있을까. 우린 왜 이곳에 있지. 그건 참 이상한 일이야"라고

했던 이 서사의 근본 질문에 대한 답을 찾는 데, 아무런 실마리도 제공할 수 없다는 것은 정녕 문제다. 그것은 질문의 근원성과도 관련되고, 현실의 근원적 포악성과도 상관될 것이며, 또한 그것들을 다루는 작가의 현실 인식 태도와도 연관될 터이다. 앞서 말한 1) 유형에 가까이 다가갔음에도 불구하고 현실의 구체적 탐사와 재현에서 제한적이었다는 것, 이것은 작가 최인호가 1) 유형 지향보다는 2) 유형 지향에 좀더 관심이 있었음을 상기하는 바이기도 하다. 즉 다른 방식으로 새로운 길찾기를 하고 싶었던 것인지도 모른다.

4. 새로운 길찾기를 위한 몽유 실험

1) 유형에 접근해서 현실적 문제를 구체적으로 재현하는 것보다는 2) 유형에서 그 문제들을 넘어설 수 있는 근본적 대안 세계를 탐사하는 데 작가가 상상적 의지를 보인다고 했을 때, 우리는 다시 앞서 본 '자전거 타고 바다 건너기'의 메타포나 허공의 상상력을 떠올리게 된다. 지상의 수많은 길들에서 길을 찾을 수 없어 좌절하고 패배한 영혼들이 허공에서 새롭게 길을 트려고 하는 상상적 열망이 바로 그것이다. 최인호의 경우 그것은 『길 없는 길』에서 명료히 보여주었듯이 종교적 구도의 길이나, 옛 야사(野史)에서의 몽상적 이야기 지향을 통해서 담론 실천된다.

가령 「산문」 같은 작품은 천도재(薦度齋) 이야기를 통해 영혼의 구원 가능성과 새로운 생명의 지평을 탐문한 소설이다. 한 여인이 법운(法雲) 스님에게 찾아와 자신이 낙태시킨, 그래서 "태어나지도 못하고 죽어버린 태아를 위한 진혼재(鎭魂齋)"를 부탁한다. 그러면서 그 여인의 사연과 법운의 사연이 교직되며 펼쳐진다. 법운은 "그 여인이 낙태시킨 갓난아이의 영혼을 달래주는 다비장이기도 하였지만, 태어나자마자 버려진 비참한 자신의 어린 시절의 영혼을 달래주는 진혼재인 것 같은 느낌"으로 천도재를 올린다. 그런 과정에서 법운은 그 아이가 다름아닌 자기 자신일 수 있으며, 그 여인은 자기를 법당에 버리고 달아난 자기 어머니의 모습일 수 있다는 생각을 한다. 전체적으로 무상계의 인연에 대한 그윽한 성찰을 보이는 가운데, 그 누구도 생사법을 벗어날 수 없다는 무상성 속에서도 제한적이나마 생명의 충일한 상태에 감사드리는 것으로 이야기를 마친다. 새롭게 태어난 제비 새끼들이 뼈찌뼈찌 하고 울면서 어미 제비와 화답하며 제 둥지에서 생명의 기운을 지피는 것을 보면서, 법운은 합장하며 이렇게 중얼거린다. "제비 새끼들 다섯 마리 모두가 무사하게 태어나도록 하여주셔서 감사합니다. 나무 관세음보살 마하살. 제비 새끼들이 태어나 극락 왕생하였으니 이 모두 감사하나이다. 나무 아미타불 관세음보살." 낙태로 인해 천도재의 대상이 되었던 태어나지도 못한 여인의 아이와 무사히 태어난 제비 새끼 사이의 대조가 극명하다. 죽음과 태어남의 대조, 생명 없음과 생명 있음의 대조, 이 대조와 함께 탄생과 극락 왕생의 일치 가능성에 대한 성찰이 법운으로 하여금, 새로운 눈으로 산의 문(山門)을 응시할 수 있게 해주는 것처럼 보인다. 그러니까 표제로 쓰인 '산문'은 여인이 천도재를 위해 들고났던 구체적인 공간 지표에서 그칠 수 없다. 그것은 '길 없는 길'로 통하는 형이상학적인 문의 메타포로 볼 수 있는 것이다.

「산문」이 불교적 세계관에 근거하여 길 없는 길을 탐색한 경우라면, 「이별 없는 이별」은 기독교적 세계관에 바탕을 둔 작품이다. 구체적인 실증을 요하는 대목이긴 하지만, 「이별 없는 이별」은 작가 최인호의 가족사적 배경을 바탕으로 씌어진 자전적 이야기로 보인다. 아버지를 일찍 여읜 상황에서 집안의 대부 역할을 해왔던 큰누나의 사망과 장례식 이야기를 펼치고 있는데, 적어도 이 소설에서 자아와 세계의 갈등은 두드러지지 않는다. 거리의 서정적 결핍에 가까이 있다고 느껴질 정도로 자아는 세계에 동화된다. 그도 그럴 것이 돌아가신 큰누나에 대한 예찬과 진혼의 서사라는 성격에 가깝기 때문이다. 게다가 그 죽음이 창세기에 나오는 아름다운 무지개 신화와 겹쳐지면서, 삶과 죽음은 초극되고, 죽음을 통한 이별은, 영원한 세계에서의 이별 없는 이별로 승화된다. 특히 "나는 누나를 땅속에 묻지 아니하고 내 가슴 깊은 곳에 묻었다. 누나는 내 가슴속에서 항상 살아 움직이고 있을 것이다. 비 온 뒤 저 서편 하늘에 떠오르는 찬란한 무지개처럼 누나는 내 가슴속에서 내가 원하면 언제든 찬란한 무지개로 떠오르고 있을 것이다"는 결구는 영락없는 서정 지향의 고백처럼 보인다. 이 서정 지향은 자세히 살피지 않더라도 큰누나에 대한 특별한 가족애와 함께 죽음을 성찰하는 기독교적 믿음에서 연원된 것으로 짐작할 수 있을 것이다.

한편 「몽유도원도」에서는 옛 야사를 현대적으로 풀면서, 권선징악(勸善懲惡)이라는 옛 이야기 패턴과 형식에 기대어 현실의 상징적 질서에서 일탈하고자 한다. 1980년대 중반 이후 옛 이야기의 현대적 담론화 작업에 공들였던(『잃어버린 왕국』『왕도의 비밀』 등) 최인호의 화법이 「몽유도원도」에 그대로 나타나 있다. 여기서 작가는 백제 때의 도미 설화를 새롭게 풀어놓는다. 백제 21대 개로왕(여경)은 어느 날 낮잠의 짧은 꿈속에서 절세의 미인을 만나게 된다. 그 몽유(夢遊)의 여인, 즉 꿈속에서 만났던 천상(天上)의 여인을 현실 세계 속에서 찾으려고 여경은 온갖 방법을 다 동원한다. 그러다가 결국 도미의 아내 아랑을 발견하고 그녀를 취하려 한다. 사특한 권력을 이용해 도미의 눈을 빼내 장님을 만들고 배에 태워 강물에 띄워보낸 다음 아랑을 데리고 가려 했으나, 여경은 결국 이루지 못한다. 천우신조로 도미가 타고 갔던 배가 빈 배의 상태로 아랑이 통곡하고 있는 지점으로 와서 그녀를 태우고 도미가 있는 곳으로 인도했던 것이다. 그들은 나중에 고구려로 피신해 걸인처럼 힘들게 살았지만, 이 세상에서 가장 아름다운 피리 소리와 사랑의 노래와 황홀경의 춤을 남긴다. 반면 "한갓 꿈속에서 본 도원경(桃源境)을 현실에서 찾기 위해 헤매는 몽유병(夢遊病)"자와도 같았던 여경, 도미의 눈을 빼어 소경을 만들고 남의 아내를 탐했던 여경은 고구려의 공격을 받고 비참한 최후를 맞게 된다.

이런 이야기인 「몽유도원도」에서 두 가지 사실이 주목된다. 하나는 현실의 상징적 악몽으로부터 벗어나 상상적 열망을 이룬 상태를 보여주고 있다는 사실이다. 도미와 그 부인 아랑은 대왕 여경으로부터 목숨과 그보다 더 귀하게 여긴 사랑을 빼앗기게 될 처지에 있었다. 곧 상징적 악몽의 극단적인 상태다. 그 고난을 그들은 극복하고 상상적 열망의 상태인 사랑의 지속 혹은 가장 아름다운 사랑의 완성을 성취한다. 다른 하나는 옛 이야기의 형식과 논리를 빌려 상상적 열망의 타당성을 입증해 보이려고 시도했다는 사실이다. "인간은 자신이 뿌린 만큼 그대로 거두게 되는 법. 이 세상에 있는 모든 만물은 이 진리를 벗어날 수 없다. 죄의 씨앗을 뿌리면 죄의 열매를 거두고 선의 씨앗을 뿌리면 복밭(福田)의 열매를 뿌린 만큼 거두게 되는 법. 인과응보의 이 진리를 세인들은 다만 하나의 상징으로만 받아들일 뿐이다"라는 주제적 진술 단위에서 이 점이 여실하게 확인된다. 예의 진리가 혹 상징으로만 받아들여진다고 하더라도 그 자체로 의미 있는 일이라는 것이다. 현실의 상징적 악몽에서 벗어날 수 있는 힘과 지혜를 동시대의 현실에서 찾기 곤란할 때 옛 신화나 설화의 상상 공간에서 그 힘을 빌려오고자 했던 사례는 근대 모더니즘 이후의 세계문학사에서 흔히 찾아볼 수 있는 사례다. 「몽유도원도」는 짐작하다시피 『삼국사기』에서 찾아 가져온 이야기다. 인간의 보편적 진리를 담고 있는 옛 이야기의 논리와 틀을 통해 나름대로 길 없는 길을 새롭게 내보고자 시도했던 것이다. 비록 현실에 길이 없더라도, 길 없는 길에서 길 찾는 길은 무한히 많은 법이다. 길은 없으면서 있다. 길이 없더라도 산은 푸르고 물은 흐른다. 그래서 길은 있다. 작가 최인호는 다채로운 방식으로 길을 내며 길을 걸어온 상상의 나그네다.

| 작가 연보 |

1945년   10월 17일 서울에서 변호사였던 아버지 최태원(崔兌源)과 어머니 손복녀(孫福女)의 3남 3녀 중 차남으로 출생.

1951년   1월 6 · 25동란으로 인해 부산으로 피난.

1952년   3월 초등학교 입학. 2학기 때 2학년으로 월반.

1953년   서울에 돌아와 영희초등학교로 전학.

1954년   덕수초등학교로 전학.

1955년   아버지 별세.

1958년   서울중학교 입학.

1961년   서울고등학교 입학.

1963년   고등학교 2학년 때 단편 「벽구멍으로」가 한국일보 신춘문예에 입선.

1964년   연세대학교 문리대 영문과 입학.

1966년   11월 공군 사병으로 군 입대.

1967년   단편 「견습환자」가 조선일보 신춘문예에 당선. 11월에는 단편 「2와 1/2」로 『사상계』 신인문학상을 수상.

1969년   단편 「순례자」(『현대문학』) 발표.

1970년   단편 「술꾼」(『현대문학』), 「모범동화」(『월간문학』), 「사행」(『현대문학』) 발표. 공군을 제대하고 11월 황정숙과 결혼.

1971년   단편 「예행연습」(『월간문학』), 「뭘 잃으신 게 없으십니까」(『신동아』), 「타인의 방」(『문학과지성』), 「침묵의 소리」(『월간중앙』), 「미개인」(『문학과지성』), 「처세술개론」(『현대문학』) 발표.

1972년   단편 「황진이 1」(『현대문학』), 「전람회의 그림 1」(『월간문학』) 발표. 장편 「별들의 고향」을 조선일보에 연재. 「타인의 방」 「처세술개론」으로 현대문학 신인상을 수상. 연세대학교 영문과 졸업. 딸 다혜 출생. 단편 「전람회의 그림 2」(『문학과지성』), 「영

가」(『세대』), 「황진이 2」(『문학사상』), 「병정놀이」(『신동아』) 발
표. 중편 「무서운 복수」(『세대』) 발표. 장편 「내 마음의 풍차」를
중앙일보에, 「바보들의 행진」을 일간스포츠에 연재. 장편 『별
들의 고향』(전2권), 소설집 『타인의 방』 출간.

1974년　단편 「기묘한 직업」(『문학사상』), 「더러운 손」(『서울평론』) 발
표. 희곡 「가위 바위 보」를 산울림 극단에서 공연. 장편 『바보들
의 행진』, 소설집 『영가』 출간. 세계 13개국 순방. 『맨발의 세계
일주』 출간. 아들 성재(도단) 출생.

1975년　단편 「죽은 사람」(『문학과지성』) 발표. 『샘터』에 「가족」 연재 시
작. 장편 『구르는 돌』 『우리들의 시대』(전2권), 『내 마음의 풍
차』 출간. 영화 〈걷지 말고 뛰어라〉 감독.

1976년　단편 「즐거운 우리들의 천국」(『한국문학』) 발표. 장편 「도시의
사냥꾼」을 중앙일보에 연재.

1977년　「개미의 탑」(『문학사상』), 중편 「두레박을 올려라」, 희곡 「향기
로운 잠」(『문학사상』), 「다시 만날 때까지」(『문학과지성』), 「하
늘의 뿌리」(『문예중앙』) 발표. 장편 「파란 꽃」을 서울신문에 연
재. 장편 『도시의 사냥꾼』(전2권), 소설집 『개미의 탑』 출간.

1978년　중편 「돌의 초상」(『문예중앙』) 발표. 장편 「천국의 계단」을 국제
신보에, 「지구인」을 『문학사상』에, 「사랑의 조건」을 『주부생활』
에 각각 연재. 소설집 『돌의 초상』 『작은 사랑의 이야기』 및 산
문집 『누가 천재를 죽였나』 출간.

1979년　단편 「진혼곡」(『문예중앙』) 발표. 장편 「불새」를 조선일보에 연
재. 장편 『사랑의 조건』 『천국의 계단』(전2권) 출간. 미국 여행
(3개월간 체류).

1980년　장편 『지구인』(전3권), 『불새』 출간.

1981년　단편 「아버지의 죽음」(『세계의문학』), 「이상한 사람들 1, 2, 3」
(『문학사상』), 「방생」(『소설문학』) 발표. 장편 「적도의 꽃」을 중
앙일보에 연재. 『안녕하세요 하나님』 출간.

1982년	장편 「고래사냥」을 『엘레강스』에, 「물위의 사막」을 『여성중앙』에 연재. 단편 「위대한 유산」(『소설문학』), 「천상의 계곡」(『소설문학』), 「깊고 푸른 밤」(『문예중앙』) 발표. 「깊고 푸른 밤」으로 제6회 이상문학상 수상. 장편 『적도의 꽃』, 소설집 『위대한 유산』 출간.
1983년	장편 『물위의 사막』, 소설집 『가면무도회』 출간. 장편 「밤의 침묵」을 부산일보에 연재.
1984년	장편 「겨울 나그네」 동아일보에 연재. 소설로 쓴 자서전 『가족 1』 출간.
1985년	장편 「잃어버린 왕국」 조선일보에 연재. 장편 『밤의 침묵』 출간.
1986년	장편 『잃어버린 왕국』, 산문집 『모르는 사람에게 보내는 편지』 출간. 영화 〈깊고 푸른 밤〉으로 아시아영화제 각본상 수상. 영화 〈깊고 푸른 밤〉으로 대종상 각본상 수상.
1987년	장편 『저 혼자 깊어가는 강』, 소설로 쓴 자서전 『가족 2』 출간. 가톨릭에 귀의(영세명 베드로). 어머니 별세. 〈잃어버린 왕국〉 KBS 다큐멘터리 촬영차 장기간 일본에 체류.
1988년	〈잃어버린 왕국〉 다큐멘터리 5부작 KBS 방영. 「어머니가 가르쳐준 노래」 『생활성서』에 연재.
1989년	산문집 『잠들기 전에 가야 할 먼길』 출간. 장편 「길 없는 길」 중앙일보에 연재.
1990년	『현대문학』에 장편 「구멍」 연재.
1991년	장편 「왕도(王都)의 비밀」 조선일보에 연재. 산문집 『사람들 사이에 섬이 있다』 출간.
1992년	동화집 『발명왕 도단이』 출간. 중편 「산문」(『민족과문학』) 발표. 『샘터』에 연재중인 「가족」 200회 기념으로, 가족 1 『신혼 일기』, 가족 2 『견습 부부』, 가족 3 『보통 가족』, 가족 4 『이웃』 출간. 영화 〈천국의 계단〉 시나리오 집필. 『시나리오 선집』 3권 발간.
1993년	『길 없는 길』(전4권) 간행. 가톨릭 『서울주보』에 칼럼 연재 시

작. 〈일본 속 한민족 탐방〉으로 일본 여행.

1994년   교통사고로 16주간 입원 치료. 장편 『허수아비』 출간. 동남아,
         유럽, 백두산 여행. 1개월간 중국 답사 여행. 『별들의 고향』 재
         출간.

1995년   『왕도의 비밀』(전3권) 출간. 광복 50주년 기념 SBS 다큐멘터리
         6부작 〈왕도의 비밀〉 촬영. 중국을 6개월간 여행. 한국일보에
         「사랑의 기쁨」 연재. 동아일보 칼럼 집필.

1996년   산문집 『사랑아 나는 통곡한다』 출간. 다큐멘터리 6부작 〈왕도
         의 비밀〉 SBS에서 방영.

1997년   장편 『사랑의 기쁨』(전2권) 출간. 장편 「상도(商道)」 한국일보
         에 연재. 가톨릭대 국문학과 겸임교수. 장녀 다혜, 성민석군과
         결혼.

1998년   『사랑의 기쁨』으로 제1회 가톨릭문학상 수상.

1999년   『내 마음의 풍차』 재출간. 가톨릭신문에 「영혼의 새벽」 연재 시
         작. 산문집 『나는 아직도 스님이 되고 싶다』 출간. 작은누이 명
         욱 교통사고로 별세. 소설가 박완서와 15일간 미국의 콜롬비아
         대학을 비롯 여러 대학에서 강연.

2000년   산문집 『날카로운 첫키스의 추억』 출간. 월간 『들숨날숨』에 「이
         상한 사람들」 연재. 「가족」 연재 300회 자축연. 시나리오 〈몽유
         도원도〉 집필. 소설가 오정희와 15일간 미국의 UCLA 대학을
         비롯 여러 대학에서 강연. 큰누이 경욱 별세. 『상도』(전5권) 간
         행. 외손녀 성정원 출생.

2001년   소설집 『달콤한 인생』, 산문집 『어머니가 가르쳐준 노래』 출간.
         장편 「해신」 중앙일보에 연재중.

최인호 중단편 소설전집 5
달콤한 인생
ⓒ 최인호 2002

1판 1쇄 │ 2002년 4월 30일
1판 2쇄 │ 2011년 3월 11일

지은이 최인호
펴낸이 강병선
책임편집 김현정 조연주 장한맘 손미선
마케팅 신정민 서유경 정소영 강병주 | 온라인 마케팅 이상혁 한민아 정진아
제작 안정숙 서동관 김애진 | 제작처 (주) 상지사P&B

펴낸곳 (주)문학동네
출판등록 1993년 10월 22일 제406-2003-000045호
주소 413-756 경기도 파주시 교하읍 문발리 파주출판도시 513-8
전자우편 editor@munhak.com | 대표전화 031)955-8888 | 팩스 031)955-8855
문의전화 031) 955-8890(마케팅) 031) 955-8864(편집)
문학동네카페 http://cafe.naver.com/mhdn

ISBN 89-8281-402-7 04810
      89-8281-497-3 (세트)
www.munhak.com